CALIFORNIA HIGH SCHOOL

De la même auteure dans la collection

Luv

L'Initiation
Touchdown. Campus Star

SONIA BIRDY

CALIFORNIA HIGH SCHOOL

New adult addictives

1

Ella

Mamie est morte et depuis mon monde est un véritable brouillard. Je marche à côté de mon corps sans vraiment savoir ce qui m'arrive.

C'est comme si j'étais prise dans un cauchemar, un cauchemar dont je n'arrive pas à me réveiller.

Tout le monde n'arrête pas de me demander si ça va. Je me contente de hocher la tête. Je suis comme sonnée, abasourdie et ça fait des mois que ça dure.

C'est dans ce brouillard que j'ai assisté aux funérailles de mamie. Il l'avait maquillée pour l'occasion, elle avait presque l'air vivante.

On m'a demandé si je voulais faire un discours, j'ai pleuré, on m'a laissée tranquille.

Depuis on ne me demande plus rien, à part si ça va évidemment.

Non, ça ne va pas ! Et je crois que ça n'ira plus jamais.

Un malheur n'arrivant jamais seul, les services sociaux m'ont prise en main.

Je suis mineure. Je ne peux apparemment pas vivre seule. J'ai beau avoir supplié cette mégère de Mme Falton, lui expliquant qu'à 16 ans j'étais largement capable de m'occuper de moi, elle n'a rien voulu savoir.

Alors j'ai été propulsée dans le système, passant de famille d'accueil en famille d'accueil.

Nouvelle chambre, nouveau lycée, nouveau départ, mais toujours le même désespoir.

Comme je n'ai pas la langue dans ma poche, je ne fais en général pas long feu dans une famille. On me trouve effrontée, pas assez docile, voire dangereuse.

Il faut dire que M. Chang ne s'attendait pas à ce que je lui plante un couteau dans la main après qu'il s'est introduit dans ma chambre en pleine nuit, soi-disant pour me parler de mon comportement au lycée. Il a fini aux urgences et moi de retour à l'orphelinat au grand désespoir de Mme Falton.

Au moins elle a compris que les familles d'accueil et moi ça n'allait pas le faire. Elle s'est donc mis en tête de retrouver le seul membre de ma famille encore vivant et susceptible de s'occuper de moi. Ma mère.

Bonne chance!

La dernière fois que j'ai eu des nouvelles de ma génitrice, j'avais 6 ans. Elle était venue à Noël avec plein de cadeaux sous le bras. Elle avait réussi à jouer à la maman pendant quelques jours, puis avait disparu comme elle était apparue.

Mamie, avec qui je vivais depuis toujours, m'avait dit de ne pas m'en faire, qu'elle finirait par revenir. Je l'ai longtemps attendue et un jour j'ai décidé que je n'attendrais plus. Ce jour-là, je me suis sentie libérée d'un poids.

Parfois je me suis demandé où elle était, ce qu'elle faisait, si elle avait eu d'autres enfants.

Mais maintenant je m'en fiche.

Qu'elle aille se faire foutre! J'espère que Mme Falton ne la retrouvera pas. Je préfère encore vivre dans une famille d'accueil, où le père pervers essaye de me coincer dès que sa femme a le dos tourné, plutôt que de vivre avec elle.

– Ella, installe-toi s'il te plaît! m'intime Mme Falton depuis son bureau.

J'entre et je ferme soigneusement la porte derrière moi.

– Qu'est-ce qui se passe? Pourquoi vous voulez me voir? Vous m'avez trouvé une nouvelle famille d'accueil?

Je suis en train de bouffer mes peaux de doigts. Une sale habitude que j'ai depuis petite. Mais j'appréhende ce qu'elle va me dire. Je suis bien à l'orphelinat et je n'ai aucune envie d'aller dans une autre famille pourrie, où l'on va me maltraiter ou me peloter. La dernière expérience m'a suffi.

– Non, ne t'inquiète pas. Ce n'est pas cela.

Je soupire de soulagement et me détends dans ma chaise.

– J'ai retrouvé ta mère.

Mon sang se glace et mon cerveau bloque un instant.

– Ma mère? Mais où? Comment?

– J'ai engagé un détective privé, me dit-elle en me faisant un sourire satisfait, et ça a porté ses fruits.

– Je ne sais pas si on peut dire ça. Je crois que vous voulez surtout dire son lot de merde.

– Ella! Ne sois pas grossière.

La gentille brune un peu rondelette en face de moi fronce les sourcils. Visiblement, elle n'est pas habituée à ce genre de langage. Moi je trouve que j'ai été plutôt polie pourtant.

– De toute façon, c'est bien beau que vous l'ayez retrouvée, mais sachez que ça ne sert à rien. Ma mère n'a jamais voulu de moi et c'est pas maintenant que cela va commencer.

– C'est là que tu te trompes, Ella. Ta mère est dans l'obligation de t'accueillir. Elle est ton seul parent vivant. Elle est contrainte par la loi d'exercer son rôle de mère.

– Et si elle refuse?

– Si elle refuse, elle devra en référer devant un juge pour abandon de mineure. De toute façon, elle a déjà accepté.

– Quoi?

Je bondis de ma chaise.

– Et pourquoi vous avez pris cette décision sans me consulter avant? Je ne veux pas aller vivre avec elle. Je la déteste, elle me déteste!

– Non, pas du tout, Ella. Elle avait même l'air émue quand je lui ai dit quelle jolie jeune fille intelligente tu étais devenue.

Je lève les yeux au ciel. Je sais qu'elle ment. Toutes les lettres que mamie et moi lui avions envoyées avec une photo sont toujours restées sans réponse.

– Assieds-toi et écoute-moi, s'il te plaît.

Je m'exécute car je suis épuisée par toutes ces conneries.

– Alors ta mère vit aujourd'hui à Laguna Beach, en Californie. Elle travaille comme femme de ménage pour une famille très aisée apparemment. Elle vit chez eux. Ils lui prêtent la maison du jardin. Tu auras donc ta propre chambre et tout l'espace dont tu as besoin. Tu seras également scolarisée dans un établissement très prestigieux.

– Je dois quitter Chicago, tous mes amis, pour aller vivre avec cette femme qui m'a abandonnée alors que je n'avais que 2 ans ? Et je suis censée me réjouir. Remercier la destinée de me mettre un énième coup dans les côtes ?

Elle acquiesce. Je crois qu'elle est vraiment convaincue par ces conneries et ça me fait sortir de mes gonds.

– Pourquoi vous me faites ça, madame Falton ? Je croyais que vous m'aimiez bien. S'il vous plaît, ne faites pas ça !

Je me lève de mon siège et m'agenouille devant elle pour la supplier. Des larmes d'amertume me brûlent le coin des yeux.

– Je vous en prie. J'ai 17 ans. Je pourrais rester ici, travailler à l'orphelinat, vous aider avec les petits. Ils m'aiment bien et m'obéissent. Je ferai n'importe quoi, la vaisselle, les lits. Je ne vous coûterai pas un rond, promis. Mais s'il vous plaît, ne m'obligez pas à y aller.

Je tire sur son chemisier et plonge ma tête contre son ventre, avant de pleurer hystériquement. Je crois que je suis en train de péter les plombs. Tout le stress, la tristesse de ces derniers mois me rattrapent d'un coup.

Mme Falton a la gentillesse de me laisser me vider de mes larmes avant de tendrement me tapoter sur l'épaule pour que je reprenne mes esprits.

– Écoute, Eleanor ! Je fais ça pour toi. Crois-le ou non. À Laguna Beach, tu vas avoir de très bonnes opportunités scolaires. Si tu travailles dur, tu peux même obtenir une bourse et aller à l'université. C'est bien plus que ce que tu pourrais accomplir ici. J'ai déjà fait toutes les démarches pour t'inscrire à Laguna High, un lycée des plus prestigieux.

Je la regarde, dépitée, et me contente de hocher la tête. Je ne cherche plus à argumenter. Je sais que mon avenir est scellé.

Je l'écoute donc d'une oreille distraite m'expliquer à quel point la Californie est formidable et à quel point j'ai de la chance, que tous les gosses de l'orphelinat tueraient pour être à ma place, mais moi, tout ce que je comprends, c'est qu'après avoir perdu mamie, je vais devoir aussi renoncer à Pierce et Maria, mes deux meilleurs amis que j'aime comme des frères, et qui sont la seule raison pour laquelle j'ai réussi à tenir ces douze derniers mois.

Alors il est hors de question qu'on m'envoie nulle part ! Je vais rester à Chicago, un point c'est tout ! Quitte à me barrer de l'orphelinat, où l'on ne veut de toute façon pas de moi !

2

Ella

Mon plan fugue a complètement échoué.

Pourtant, tout avait été pensé au millimètre. Je devais attendre que tout le monde dorme avant de tranquillement me faufiler par la fenêtre pour rejoindre Pierce qui m'attendait en bas de la rue, avec la bagnole de sa sœur. J'allais ensuite vivre chez lui. Planquée, le temps d'atteindre ma majorité, et ensuite j'aurais pu faire un gros doigt au système.

Mais une fois encore le sort en a décidé autrement.

Par sort, je veux dire l'alarme de l'orphelinat. Je n'avais pas prévu dans mon plan génial que les fenêtres des chambres soient dotées de capteurs sensoriels.

Aussi, à peine avais-je enjambé la fenêtre que l'alarme s'était déclenchée, faisant un boucan d'enfer et réveillant tout le monde.

Je n'en mène pas large actuellement dans le bureau de Mme Falton, mais au moins elle a compris à quel point je ne veux pas aller à Laguna Beach et que si elle m'y oblige, alors je fuguerai. Et ça, elle ne pourra pas m'en empêcher.

– Eleanor, je suis vraiment déçue par ton comportement.

La directrice me toise du haut de sa chaise, alors que les bras croisés en face d'elle, je soutiens son regard.

– Je vous ai dit que je ne voulais pas y aller. Et si vous m'y obligez, eh bien je me casserai à nouveau.

– Et tu feras quoi ?

Je hausse les épaules.

– Je me débrouillerai !

– Tu ne peux pas te débrouiller, tu n'as que 17 ans.

– Bientôt 18, et je me suis toujours débrouillée jusqu'à maintenant, je ne vous ai pas attendus, vous et vos lois à la con.

– Ella ! As-tu la moindre idée des dangers qui guettent une jeune fille seule et vulnérable dans la rue ?

– Je sais me défendre. Et je trouverai du travail, j'ai plein d'amis qui sont d'accord pour m'héberger.

– Dans des squats insalubres ?

– Ce sera toujours mieux qu'ici où vous n'attendez qu'une chose, vous débarrasser de moi, quitte à m'envoyer à l'autre bout du pays, chez une femme qui me déteste.

Je la défie d'un regard noir et déterminé. Je sais bien que je joue à la forte tête, qu'au fond je suis terrorisée, mais je ne peux pas montrer mes faiblesses.

Jamais montrer ses faiblesses !

Malheureusement, Mme Falton n'a pas dit son dernier mot et sait exactement où appuyer pour me faire mal.

– Ella, pense à ta grand-mère et à tous les sacrifices qu'elle a faits pour t'élever. Tu crois vraiment qu'elle voudrait ça pour toi, une vie de bohème à faire des petits boulots et vivre dans la rue ?

Touchée !

– Vous ne pouvez pas parler de mamie, vous n'en avez pas le droit.

J'éclate en sanglots et cache mon visage dans mes genoux. Je me pince les lèvres aussi fort que je peux jusqu'à sentir le goût métallique du sang.

Je m'en veux de me laisser aller et d'être une pauvre mauviette qui chiale, mais là, c'est trop dur. Je n'y arrive plus.

J'entends la chaise de Mme Falton grincer et sens sa main chaude se poser sur ma tête. Ce contact m'apaise et me bouleverse en même temps.

Elle me prend dans ses bras, et je m'abandonne complètement à mon chagrin.

Je n'ai plus l'habitude qu'on me touche ou qu'on ait pour moi un quelconque geste d'affection, alors mon corps a d'abord un réflexe de tension, mais je suis trop épuisée pour lutter.

Je n'ai plus la force.

– Chut, Ella ! Ne te mets pas dans cet état. Je t'assure que je fais ça pour ton bien. C'est exactement ce qu'aurait voulu ta grand-mère pour toi. Un avenir glorieux loin des quartiers insalubres du sud de Chicago. Fais-le pour elle.

Elle murmure ces mots et me berce en même temps.

Au fond, je sais qu'elle a raison. C'est exactement ce qu'aurait voulu mamie, elle me l'a si souvent répété : « Travaille dur et va à l'université, comme ça, tu ne finiras pas comme ta vieille grand-mère à te casser le dos toute la journée. Tu auras un travail au chaud bien payé où tu donneras des ordres au lieu d'en recevoir. »

J'entends encore sa voix résonner dans ma tête. Et j'efface mes larmes du revers de ma main puis me redresse.

Ça suffit de chialer, Ella. Tu n'es pas une mauviette ! Tu peux faire ça en l'honneur de mamie !

Un an, c'est l'affaire d'un an. Après, je me casserai à la fac et je n'aurai plus besoin de voir ma mère.

Forte de ces nouvelles résolutions, je me redresse sur ma chaise. Je m'éclaircis la gorge :

– Quand est-ce que je dois partir ?

Le sourire satisfait qui fend le visage de Mme Falton m'indique qu'elle est ravie que je sois revenue à la raison.

– Tu pars demain matin. Ta mère ne pouvait pas venir te chercher jusqu'ici par contre, elle travaille.

– Le contraire m'aurait étonnée, maugréé-je tout en triturant mes doigts.

Saleté de peaux mortes !

– Je t'emmènerai à l'aéroport. Elle a dit qu'elle te récupérerait à l'aéroport de San Diego, mais au cas où elle n'honorerait pas sa promesse, je te file son adresse ainsi que du cash pour prendre un taxi.

On dirait que Mme Falton est comme moi, elle ne se fait aucune illusion sur l'irresponsable qui m'a mise au monde.

Je soupire longuement pour calmer l'angoisse qui s'insinue doucement en moi. Tellement de questions se bousculent dans ma tête.

Je ne connais pas ma mère, je ne sais même pas à quoi elle ressemble, et maintenant je dois vivre avec elle ? Et mes amis et mon lycée, est-ce que j'aurai la chance de les revoir un jour ? Aucune de ces interrogations ne trouve évidemment réponse et le flou de mon avenir me terrifie.

Je récupère les billets d'avion et les liasses que je fourre dans mon sac à dos, initialement préparé pour ma fugue, puis me redresse pour quitter le bureau de Mme Falton.

3

Ella

Comme nous l'avions prévu, ma mère ne s'est pas pointée à l'aéroport pour me chercher.

Pourquoi suis-je déçue?

Peut-être que j'espérais au fond de moi que la pire des mères que la terre ait jamais portée se soit miraculeusement transformée en Mary Poppins?

Connerie! Ça n'arrive que dans les films ce genre de scénario.

De toute façon, je ne suis pas ici pour créer des liens avec elle mais pour honorer toutes les promesses que j'ai faites à ma grand-mère. Je vais réussir! Je n'ai pas été capable de la rendre fière de son vivant, mais je vais le faire maintenant. Voilà ce que cette putain de ville de bourges prétentieux va m'apporter! Une opportunité de réaliser les rêves de mamie.

J'attrape mon sac à dos, où j'ai rassemblé mes biens les plus précieux et quelques vêtements, et suis les panneaux qui indiquent l'endroit où se trouvent les taxis.

Je grimpe dans le premier qui se présente devant moi, un minivan blanc. Je m'installe à l'arrière.

– Bonjour! Vous pouvez m'emmener à cette adresse, s'il vous plaît?

Sans un mot, le chauffeur s'insère dans le trafic et quitte l'aéroport. Nous prenons la route, direction Laguna Beach. Je passe mon temps à regarder par la fenêtre. On roule pendant plus d'une heure, longeant la côte californienne avant d'arriver à destination. Je ne vois pas pourquoi tout le monde fait tout un plat de cette ville. OK! Il y a l'océan, des plages, un port de plaisance, mais franchement c'est minuscule, et Chicago a beaucoup plus de caractère. Ici, tout semble faux et surfait.

– Nous sommes bientôt arrivés, m'annonce le chauffeur avant

de s'engouffrer dans un quartier résidentiel en haut d'une colline qui surplombe la mer.

Les maisons ou plutôt palaces se succèdent. Elles sont toutes immenses et rivalisent d'ingéniosité pour paraître plus jolies que la voisine. Ce qui me frappe, c'est qu'il y a des palmiers et des arbres partout, c'est vraiment très vert.

J'ai l'impression d'être en pleine nature, alors que nous sommes au sud de la Californie, et que le climat est censé être aride. J'imagine que quand on a des millions de dollars à dépenser en irrigation, rien n'est impossible.

Des nanas superbes et bien gaulées courent avec leurs chiens tout aussi parfaits. Pas de place pour un vilain bâtard ici, visiblement. Que des races pures, yorkshire ou dalmatien.

Je me demande si la ségrégation s'opère également parmi les êtres humains.

« Votre pedigree n'est pas assez brossé, vous ne pouvez pas rester ici. »

Je souris de ma propre pensée.

Ma grand-mère me répétait toujours que mon imagination était mon pire ennemi.

Ça, et ma grande gueule.

Le taxi s'arrête soudain devant une demeure somptueuse. Le genre de truc qu'on voit dans les films. La façade est tout en brique. Il y a des vitres immenses qui laissent entrevoir le luxe qui se trouve à l'intérieur.

– Voilà, nous sommes arrivés, mademoiselle.

Je siffle entre mes dents. Ma mère s'est dégoté une place de choix à ce que je vois.

Et dire que pendant toutes ces années je pensais qu'elle ne me voulait pas car elle avait du mal à joindre les deux bouts. Au moins, ça aurait pu justifier son manque d'intérêt pour sa progéniture, la rendre plus humaine. Non, je crois que c'est juste ma gueule qu'elle n'aime pas.

Pff, quelle mère de merde!

Vivre dans l'opulence et laisser sa fille derrière.

Quelle conne!

J'ai des envies de meurtre, mais je me contiens. De toute façon, ça ne sert à rien!

J'attrape mon baluchon et me hisse hors du taxi après avoir réglé la course. Heureusement que Mme Falton m'a donné du cash.

Je m'avance lentement comme si j'étais sur un terrain miné et sonne plusieurs fois, mais personne ne semble être là.

J'insiste jusqu'à ce que la porte s'ouvre enfin. Un homme d'un certain âge habillé comme un pingouin me toise avec un sourcil levé. Il semble agacé par mon insistance, il faut dire que j'ai sonné une bonne dizaine de fois.

– Bonjour! Que puis-je faire pour vous, mademoiselle?

– Euh… eh bien je suis Ella Gonzalez.

– Et moi je suis Henry Bird! Pourtant, je ne fais pas de boucan pour le crier sur tous les toits.

Sa réponse me fait prendre la mesure du ridicule de mon entrée en matière.

– Je suis la fille de Lisa Gonzalez, je crois qu'elle travaille ici. Je suis venue la voir.

– Lisa a une fille? Première nouvelle.

– Oui!

Le fait qu'il n'en ait aucune idée ne devrait pas me donner l'impression d'être une moins-que-rien. Mais c'est pourtant le cas.

– Oui! Elle n'en est pas très fière, plaisanté-je, pour masquer mon embarras. J'éclaircis ma gorge. Bref je suis, enfin je suis censée m'installer ici, mais je n'arrive pas à la joindre.

– Vous installer ici? M. et Mme Miller sont-ils au courant?

– C'est qui ça?

– Les propriétaires.

– Eh bien je n'en sais rien! Tout ce qu'on m'a dit, c'est que je devais débarquer ici pour vivre avec ma mère, le reste me dépasse un peu. Bref, vous allez me laisser entrer ou pas? Je crève la dalle moi.

J'essaye le passage en force, mais il me retient à bout de bras.

– Pouvez-vous s'il vous plaît surveiller votre langage, jeune fille?! Nous n'avons pas élevé les cochons ensemble. Et puis non! Hors de question que je vous laisse entrer, encore moins vous installer. Il n'y a personne ici à part moi. Et je ne sais pas si ce que vous me racontez est vrai. Le mieux, c'est que vous reveniez ce soir quand votre mère, si c'est vraiment votre mère, sera rentrée.

– Vous pourriez peut-être l'appeler? À vous, elle vous répondra sûrement. C'est moi qu'elle évite… depuis dix-sept ans!

– Je n'ai pas pour habitude de déranger mon personnel lorsqu'il est en congé.

– Ah, parce qu'en plus c'est son jour de congé? Et elle n'a même pas daigné m'accueillir comme il le faut!

Je serre les poings de rage, il se contente de hausser les épaules. Comment le blâmer? Il ne doit sûrement pas croire à mon histoire ridicule. Je m'assois sur les marches du perron, désespérée.

– Et en attendant je fais quoi?

– Je sais pas, moi! Comme tous les gosses de votre âge, allez vous balader à la plage.

Là-dessus, il ferme la porte et me laisse comme une conne sur le perron. Je grogne et passe une main dans mes cheveux pour me calmer.

Mon ventre gargouille, je sors un billet de vingt dollars de ma poche. C'est tout ce qu'il me reste.

Il est quatorze heures! Je vais me trouver un endroit où je pourrai manger un morceau et attendre avant de revenir ici. L'envie de me barrer une fois pour toutes, de disparaître dans la nature me traverse l'esprit, mais je pense immédiatement à ma grand-mère, à tous ses sacrifices pour m'élever.

Je ne peux pas me permettre d'agir comme une écervelée. Fuguer et ensuite faire quoi? Vagabonder? Faire du strip-tease?

Personne ne payerait pour voir mes nichons microscopiques.

Cette pensée me fait marrer et je décide d'aller explorer cette fameuse Laguna Beach.

4

Ella

– Quinze dollars le burger! Non mais vous hallucinez pas un peu? C'est quoi comme viande? De la chair de bison?!

La jeune fille derrière son comptoir, habillée d'un costume des années soixante pour aller avec ce restaurant vintage, ose me regarder d'un air éberlué.

C'est pourtant pas moi qui viens de lui annoncer une info ridicule.

– Bon! Vous le voulez ce plateau ou pas? Car il y a du monde qui attend derrière.

Je me retourne et vois une longue file qui s'est effectivement formée derrière moi.

Je suis entrée dans ce fast-food en pensant que j'allais m'en sortir pour sept dollars et voilà qu'elle m'annonce le double. Sachant que j'ai pris le bus pour atterrir ici, il ne me restera que deux dollars pour rentrer.

Je soupire et finis par me résoudre à lui tendre les billets demandés. Je suis affamée. Je suis sûre de ne rien trouver de moins cher ici. Je n'ai donc pas le choix.

Dépitée, je me dirige vers la terrasse. Je choisis de me mettre sur une table au soleil près de l'entrée. À peine assise, je me jette sur mon burger, et gémis d'extase à la première bouchée.

Je n'ai rien avalé depuis hier soir. Je termine le burger en moins de temps qu'il ne faut pour le dire puis m'attaque aux frites.

Je remarque une bande de filles, avec un look faussement décontracté mais tout de même sophistiqué, qui m'observent.

Je tente un petit sourire. Me faire des amis ne serait peut-être pas une mauvaise idée.

Pour s'adapter à un endroit, rien de tel que de dompter l'autochtone.

Je me ravise immédiatement lorsque je comprends qu'elles sont en train de se moquer de moi.

Elles échangent quelques mots entre elles tout en m'observant puis se mettent à rire.

C'est quoi leur putain de problème !?

Je sirote mon Coca en faisant sciemment du bruit pour apporter de l'eau à leur moulin. Elles se marrent de plus belle, mais cessent immédiatement et ouvrent grand la bouche quand je leur adresse un doigt d'honneur.

Offusquées, elles se retournent enfin et reprennent leurs conversations de pimbêche.

Je finis mes frites et m'enfonce dans mon siège pour mieux observer la mer. Je n'ai jamais vu l'océan auparavant. Et c'est encore plus beau que ce que j'imaginais ! Je rêve de sentir le sable sous mes pieds.

Il y a une petite promenade qui sépare la terrasse de la plage mais je peux quand même apercevoir l'océan au loin. L'air humide et iodé est très agréable, je dois bien l'avouer.

Il y a des surfeurs et quelques personnes dans l'eau. Le soleil tape fort en cet après-midi de septembre et me réchauffe la peau. Pour la première fois depuis des heures, je me sens complètement détendue.

À Chicago, on a le lac Michigan qui est très beau, et où l'on peut se baigner l'été. Quand on réussissait à s'extirper du quartier, Maria Pierce et moi fraudions le L Train pour y aller. On passait notre temps à bronzer, jouer au volley et se baigner.

L'été est court à Chicago mais on sait comment en profiter à fond.

Mon cœur se serre lorsque je repense à mes amis, quand vais-je pouvoir les revoir ?

Je prends une photo de la vue et l'envoie à Maria en ajoutant un texto !

[Tu me manques, *sista* !]

Elle ne répond pas tout de suite, ce qui est un peu déprimant, alors je range mon téléphone, débarrasse mon plateau et décide d'aller me promener sur la plage. Je retire mes Vans, mes chaussettes et enfonce mes pieds dans le sable chaud, avant d'aller les faire tremper. C'est froid mais très agréable. Je m'installe ensuite au plus près de l'eau, observant les vagues faire leur éternel rouleau.

Rien ne les perturbe. En avant en arrière, en avant en arrière, toujours ce même bruit de fracas. Toujours cette brise légère et entêtante. Le tout aurait presque un pouvoir hypnotique sur moi.

Des larmes se mettent à couler machinalement sur mes joues.

Au bord de l'océan, devant l'immensité du monde, je réalise à quel point je suis seule. Mamie me manque horriblement. Je pourrais m'enfoncer dans l'eau et la rejoindre, avalée par ce monstre bleu.

Personne ne saurait jamais ce qui m'est arrivé…

Effaçant mes larmes du revers de ma main, je me force à ne pas sombrer en pensant à des choses positives. Mamie qui fait la cuisine, les mains pleines de farine, son sourire indéfectible. Elle était forte, fière, toujours prête à affronter les moindres tracas de la vie. Et Dieu sait qu'ils étaient nombreux. Nous ne roulions pas sur l'or, c'est le moins qu'on puisse dire, et mamie occupait deux jobs pour subvenir à nos besoins. Elle refusait que je l'aide, que je trouve un travail le week-end comme la plupart de mes amis. L'important, c'étaient les études, il fallait que je réussisse, que j'aie une meilleure vie qu'elle. Elle me botterait le cul si elle savait ce qu'il me passe par la tête en ce moment. Je me redresse donc, chassant ces idées noires de ma tête, et continue à me balader.

Laguna Beach est un paradis de surfeurs, hipsters et bouffeurs de quinoa. Les rares magasins où j'ai osé m'aventurer sont hors de prix et proposent des sweats de clochard à deux cents dollars.

Le pire, c'est qu'à chaque fois que je pousse une porte je me fais recevoir par une vendeuse qui me toise et m'observe comme si j'allais voler quelque chose. Ils ne doivent pas voir souvent de Latinos par ici, à moins que ce soient mes fringues qui lui indiquent que je n'ai rien à faire là.

Quoi qu'il en soit, je me sens aussi bienvenue qu'un éléphant dans un magasin de porcelaine, alors je ne reste pas longtemps.

J'erre comme une âme en peine et retourne à la villa à la tombée de la nuit.

***

Me voilà à nouveau devant cette immense porte en bois. J'espère que mon accueil sera un peu plus chaleureux. Je mordille nerveusement mes peaux de doigts en attendant qu'on veuille bien m'ouvrir.

Le majordome se tient devant la porte et, cette fois, me gratifie d'un minuscule sourire.

– Bonsoir Ella !

– Bonsoir monsieur Bird.

– Vous avez passé une bonne journée ?

Je hausse les sourcils, étonnée. Il semble beaucoup plus sympa que tout à l'heure. Peut-être a-t-il découvert que je disais la vérité.

– Ça a été, merci ! Est-ce que ma mère est rentrée ?

– Oui ! Elle vous attend derrière, dans la maison de jardin.

Il m'annonce cela comme si j'avais la moindre idée de ce qu'il racontait.

– Je vais vous y accompagner.

– OK ! Merci.

– M. et Mme Miller ne rentreront pas ce soir pour le dîner. Nous ferons donc les présentations demain matin.

Je me contente d'acquiescer, je suis épuisée.

– Vous avez l'air fatiguée, mademoiselle. Vous avez mangé quelque chose aujourd'hui ?

– Oui, un burger sur la promenade, mais je suis revenue jusqu'ici à pied. J'ai les jambes en feu.

– Vous êtes venue jusqu'ici à pied ?

– Pas le choix, je n'avais plus d'argent.

Il me regarde longuement, l'air un peu désolé, puis s'éclaircit la gorge.

– Bon, suivez-moi, je vais vous montrer votre nouvelle maison.

Ma nouvelle maison ? Elle habite dans une maison à elle ?

– Oui, M. et Mme Miller la lui louent pour un prix dérisoire.
– Et vous aussi vous vivez ici?
– Oui, j'occupe une pièce à l'étage.
– Il y a combien de domestiques?
– Un peu moins d'une dizaine.
– Waouh! Je réalisais pas qu'ils étaient si riches.
– C'est très inconvenant de parler d'argent.
– Désolée.

Inconvenant, pour qui?

Je me contente juste d'énoncer des faits. Évidemment, je me garde bien de lui faire part de mes pensées.

– Ont-ils des enfants?

– Oui, un garçon. Zack. Il doit avoir à peu près votre âge. Il est en terminale.

J'acquiesce et essaye d'encaisser toutes les informations qu'il me donne. J'en ai un peu le tournis. Je n'étais pas prête à tous ces changements.

Je le suis silencieusement, traverse un jardin magnifique et immense. Les arbres sont éclairés de petites loupiotes et au milieu du jardin d'Éden se trouve une immense piscine. L'eau a l'air délicieuse. Je rêve déjà de m'y baigner.

– N'y pensez même pas, jeune fille! C'est réservé aux propriétaires de la maison. Les employés ne peuvent pas y aller.

– Mais ils ne sont pas là n'est-ce pas, fais-je avec un sourire espiègle au coin des lèvres.

– Je ne m'y aventurerais pas si j'étais vous. Mme Miller déteste qu'on outrepasse les règles.

– Outrepasse, répété-je en riant. Vous parlez toujours comme ça?

– Vous préféreriez peut-être que je parle comme un charretier?

– Non! Ce langage va parfaitement avec le reste. C'est juste que c'est drôle. J'ai l'impression de me retrouver dans un roman d'Emily Brontë.

– Vous lisez! C'est bien!

– Oui, l'alphabétisation est arrivée jusqu'à South Chicago. Difficilement, mais quand même.

– Alors c'est de là que vous venez.

– Oui, j'y suis née et j'y ai grandi, dis-je fièrement.

– Voilà, nous y sommes, m'indique-t-il soudain.

Je m'arrête un instant pour regarder la maison qui est censée me servir de refuge cette année. J'en ai le souffle coupé. Une maison rien que pour moi ! Mamie et moi partagions un petit appartement avec une plomberie des plus bruyantes et des plus anciennes. Quand ce n'était pas le frigo qui dansait la gigue, c'étaient les plombs qui sautaient. Si l'on cuisinait, on ne pouvait pas regarder la télé. Sinon tout explosait. Cela nous a valu bien des fous rires.

Me remémorer ces moments complices avec mamie m'attriste, je ravale les sanglots qui se sont formés dans ma gorge.

Nouvelle vie ! Il faut que j'aille de l'avant !

– Alors qu'en pensez-vous ?

– Elle est très jolie. On dirait une réplique miniature de la maison des Miller.

– C'est tout à fait ça ! Vous verrez, vous serez bien ici.

– Merci !

– N'hésitez pas si vous avez besoin de quoi que ce soit.

– Je vous remercie. Ça devrait aller.

Je lui adresse le sourire le plus assuré que j'aie en stock. Pourtant dès qu'il s'éloigne, mon corps tout entier se met à trembler.

Derrière cette porte se trouve ma mère. Une femme que je n'ai pas vue depuis plus de dix ans, qui visiblement n'a jamais voulu de moi, elle l'a encore prouvé aujourd'hui par son attitude. Je prends mon courage à deux mains et frappe à la porte. Cette dernière s'ouvre d'un coup sec mais pas sur ma mère !

5

Ella

Un mec habillé d'un tee-shirt ACDC et d'un jean affublé de chaînes, cheveux plaqués en arrière, se tient derrière la porte.

Il a toute la panoplie du rockeur qui s'accroche à ses 20 ans alors que ses rides et débuts de cheveux gris ne laissent aucune ambiguïté sur son âge.

Qui est ce mec? J'espère que ce n'est pas le petit ami de ma mère.

Il vacille sur ses jambes en essayant d'avancer vers moi. À la façon qu'il a de lutter pour maintenir ses paupières ouvertes, je sais qu'il est bourré.

Génial!

Je me mets en mode défense. Je ne connais que trop bien ce genre d'énergumène. Le pub en bas de chez moi regorgeait d'ivrognes de son espèce.

Ils sont crados et bruyants, un peu vulgaires aussi, mais en général inoffensifs. Ils aboient plus qu'ils ne mordent.

Le rockeur me toise de haut en bas, une Heineken à la main. Je me cramponne à mon sac à dos.

– Qui es-tu? fait-il d'une voix chargée d'alcool.

Yep! Définitivement un loser.

– Je suis Ella Gonzalez! La fille de…

Eh merde! Marre de me justifier et de m'expliquer. Après tout, ma mère n'a pas daigné parler de moi à qui que ce soit, alors je ne vois pas pourquoi je devrais me définir à travers elle.

– Je viens voir Lisa! dis-je, un peu lasse.

J'aimerais enfin pouvoir me poser, prendre une douche. Dormir. Ce putain de voyage a été long et depuis que je suis arrivée dans cette maudite ville, j'ai l'impression d'être dans un jeu de Mario Bros où tout le monde se dresse sur mon chemin pour m'empêcher d'arriver à mon but.

– C'est toi mon cadeau d'anniversaire ?

Son regard de pervers se fixe sur ma poitrine. Je croise instinctivement les bras pour me camoufler.

– Tu manques un peu de seins mais t'as un beau cul, tu feras l'affaire !

Je m'étouffe littéralement devant ce connard qui me prend pour une prostituée.

Et ma mère ? Elle cautionne ce genre de trucs ? C'est quoi ce délire ?

– Je ne suis pas une pute ! Bordel !

– Je sais, je sais, tu viens juste pour faire un strip-tease. Lisa sait toujours comment me combler pour mon anniversaire.

Cette fois j'en ai assez. Je grogne de rage et le pousse afin qu'il s'écarte de mon chemin.

– Lisa !!!

Une femme blonde que je devine être ma mère se dresse en haut de l'escalier. Elle me regarde longuement et je fais de même. Je suis frappée par la beauté et la jeunesse de ses traits.

Dans mes souvenirs d'enfant, elle ne ressemblait pas du tout à ça. Elle était plus grande et avait l'air plus forte.

Là, postée à l'étage dans son pyjama en satin, elle me donne l'impression d'une gamine à peine plus âgée que moi.

Elle me paraît frêle. Vulnérable.

– Ella ! Mais qu'est-ce que tu fais là ? Je croyais que tu n'arriverais que demain.

Ma mère s'avance vers moi. Je retiens mon souffle pendant ce qui me semble une éternité. Je suis comme tétanisée, je ne peux que l'observer se rapprocher de plus en plus, le cœur battant.

J'ai l'impression que ce moment est irréel. Enfant, je m'imaginais souvent comment se passeraient nos retrouvailles.

J'imaginais une mère aimante, avec un tablier coloré qui sentirait les cupcakes et la pâte à gâteau.

Aucune de mes images mentales ne m'avait préparée à ça. Une femme enfant fragile, un peu écervelée, aux goûts amoureux plus que discutables.

Elle me tient à bout de bras et m'observe longuement, les yeux remplis de larmes.

– Ella, ma chérie?

Ma chérie?

Ces mots sonnent faux dans sa bouche, pourtant je ne peux empêcher la vague d'amour et de chaleur qui m'envahit.

Lisa me serre dans ses bras. Je reste figée comme un bout de bois. Elle prend mon visage entre ses mains.

– Regarde-toi! Tu as tellement grandi, tu es tellement belle.

Elle passe une main dans mes cheveux, enroulant une de mes boucles brunes autour de son doigt.

– Tu ressembles à ton père.

Mon père! Un dandy du Venezuela qui a engrossé ma mère et a disparu.

Elle cligne des yeux et des larmes viennent envahir ses joues.

Quant à moi, je reste stoïque. Je ne sais pas trop quoi penser de cet accueil et de cette profusion d'affection.

Mais j'avoue que lorsqu'elle me prend dans ses bras et m'appelle ma chérie, quelque chose au fond de mon être gonfle de bonheur, et il vaut mieux que je n'y prête pas trop attention.

J'ai si souvent été déçue par cette femme. Je ne lui donnerai sûrement plus l'occasion de me décevoir à nouveau. Surtout ne pas croire à son baratin.

– Tu as fait un bon voyage? Désolée, j'aurais voulu venir te chercher à l'aéroport, mais je pensais que tu n'arrivais que demain. J'ai dû m'embrouiller dans les dates, avec l'anniversaire de Clint.

Je hoche la tête et serre les dents pour ne pas hurler ma colère. On voit où sont ses priorités!

– Tu as faim?

– Non ça va, je suis juste fatiguée.

– Attends! Je vais te montrer ta chambre. Tu verras. Tu seras bien ici.

– Lisa, tu vas où? Je te rappelle que tu me dois toujours une surprise.

– J'arrive, Clint! Va te servir une autre bière dans la cuisine. Je reviens tout de suite. Le temps d'installer la petite.

– Elle va rester ici celle-là ? C'est qui ?

Elle hésite, déglutit, regarde ses chaussures.

– C'est…

Allez Lisa, un petit effort ! Tu peux le faire !

– C'est ma… ma… ma petite sœur.

Mon ventre se serre. Elle ne veut même pas avouer la vérité à ce pauvre ivrogne. Je suis à ce point insignifiante à ses yeux qu'elle ne peut assumer mon existence devant ce trou du cul qui ne se souviendra sûrement de rien demain.

Ma mère se retourne vers moi et me supplie du regard pour que je n'avoue pas son secret honteux. Je lui fais un regard las qui veut dire : « Ne t'inquiète pas Lisa ! Je ne suis pas très fière non plus de t'avoir toi pour mère. »

Je la suis sans broncher, toujours accrochée à mon sac à dos comme à une bouée de sauvetage.

Nous traversons un petit couloir où se trouvent des portraits de ma mère.

C'est vrai qu'elle est belle. Dommage, je n'ai pas hérité de son physique. Je suis aussi brune qu'elle est blonde, aussi mate qu'elle est blanche, nos yeux verts sont peut-être la seule chose que nous avons en commun, mais je suis clairement une Latina.

– Voici ta chambre ! dit Lisa en ouvrant la porte de la dernière pièce du couloir.

Je jette un œil à l'intérieur, encore un peu méfiante, et suis agréablement surprise de constater qu'il y a non seulement un lit immense, un dressing et une coiffeuse, mais que l'ambiance y est plutôt cosy. Il y a des fleurs dans un vase, une grande baie vitrée, c'est plus que ce que j'ai jamais possédé.

J'entre et marche avec précaution, le sol en bois craque sous mes pas.

Je parcours la pièce des yeux à la recherche du truc qui cloche. Je m'attends à une chute brutale, à ce qu'on me dise : « Euh… ta chambre c'est le trou à rats derrière le placard. »

– Alors elle te plaît ? me fait Lisa, les yeux remplis d'espoir.

– Elle est grande.

– Oui et tu as ta propre salle de bains aussi !

Je me contente encore une fois de hocher la tête, même si cette nouvelle me ravit. Je ne voudrais pas qu'elle pense que je lui suis redevable de quoi que ce soit.

– Demain, je t'emmènerai faire un peu de shopping. Je suppose que tu n'as pas pu amener grand-chose.

Elle pose ses yeux sur mon sac à dos que je serre davantage contre ma poitrine.

« C'est maintenant que tu te préoccupes de ça !!! », ai-je envie de crier, mais je me contente de hausser les épaules. Encore et toujours.

Elle me regarde longuement comme si elle avait envie de se confesser, ou de s'excuser, je ne sais pas trop. Tout ce que je sais, c'est que sa présence et son silence commencent à me taper sur le système.

– Je suis fatiguée. J'aimerais pouvoir me coucher.

– Oh, oui bien sûr. Je te laisse, on aura l'occasion de discuter demain.

– Oui… Ou jamais, marmonné-je à moi-même.

Je sors mes affaires de mon sac pour bien lui signifier de me laisser tranquille. Je soulève mon tee-shirt en me disant qu'elle va prendre ça pour un signal et ficher le camp. À mon grand soulagement, elle se dirige vers la sortie.

– Bon, alors bonne nuit.

– Oui c'est ça ! Bonne nuit.

Avant de refermer la porte, elle se retourne et me dit cette phrase qui finit d'achever nos retrouvailles foireuses :

– Ella ! Je préfère que tu ne m'appelles pas maman devant tout le monde. Personne ne sait que j'ai été fille mère et dans cette société un peu guindée aux principes moraux étriqués, cela pourrait me coûter mon travail. J'espère que tu comprends.

– Pas de problème, Lisa !

Je lui fais le sourire le plus assuré que j'aie en stock en essayant d'ignorer la brûlure de ce nouveau rejet…

6

Ella

J'ai atterri en enfer, ou quoi !

Je cache mes oreilles entre les deux énormes coussins qui se trouvent sur mon lit, mais malheureusement cela ne suffit pas à étouffer les couinements et les grognements qui émanent de la chambre de ma mère.

C'est pas possible de faire autant de bruit, à croire qu'ils ont complètement oublié ma présence.

J'essaye en vain de bloquer toutes les images mentales horribles qui me viennent à l'esprit en imaginant ma génitrice s'envoyer en l'air avec son loser de petit ami, mais rien n'y fait. Mes chastes oreilles sont en train de saigner.

Lorsque le lit se met à claquer contre le mur, je m'arrache à mes couvertures en dessous desquelles j'ai cru pouvoir enfin trouver refuge, il y a quelques heures, m'habille à la hâte afin de sortir de l'antichambre du diable.

Je ne sais pas vraiment où aller, mais il me faut quitter cet enfer de toute urgence, si je veux sauver ce qu'il me reste d'innocence.

En passant devant la porte de la chambre de Lisa, je réprime l'envie d'envoyer un violent coup de pied dedans, pour calmer les deux animaux en rut ! Berk ! Rien que d'imaginer ce qui se passe là-dedans me donne envie de gerber.

Je dévale les escaliers à toute vitesse. Au rez-de-chaussée, les cris sont un peu étouffés et à la limite du supportable. J'hésite à me coucher sur le canapé du salon, mais les dernières fesses que j'ai vues posées sur cet objet sont celles de cet abruti de Clint et cette vision finit d'achever mon dégoût.

Je décide donc d'aller faire un tour dans le jardin histoire de me laver le cerveau.

Un bol d'air frais envahit mes poumons lorsque je me retrouve enfin à l'extérieur. Je prends une profonde inspiration, partagée entre le soulagement et la fatigue mentale.

Je marche pieds nus jusqu'à la piscine et m'assois sur le rebord. Le carrelage aux motifs ethniques est froid sous mes cuisses. Les yeux fixés sur la surface bleutée, j'aperçois mon reflet un peu déformé par l'eau. Parfait miroir de ce qu'est devenue ma vie. Un brouillon de l'ancienne.

L'impression d'avoir atterri dans la quatrième dimension, où plus rien n'a de sens. Toutes les personnes que j'ai croisées aujourd'hui n'appartiennent pas à mon passé et sont censées faire partie de ma future vie, mais pour l'instant ce ne sont que des étrangers et moi je suis coincée dans cette réalité que je ne reconnais pas.

Mes pensées divaguent sur toutes les péripéties de la journée, et je me masse les tempes dans l'espoir de faire disparaître l'horrible migraine qui menace de faire exploser mon crâne. Il est à peine vingt-trois heures. J'ai l'impression de ne pas avoir dormi depuis quarante-huit heures.

Je balaye mon reflet du revers de la main pour le faire disparaître. L'eau est si chaude qu'elle me procure un réconfort immédiat.

Ça doit être agréable de s'y baigner. Je n'ai jamais nagé dans une piscine chauffée.

« C'est réservé aux propriétaires de la maison, les employés n'ont pas le droit d'y aller ! »

J'entends la voix de l'autre oiseau de malheur résonner dans ma tête.

Pff ! De toute façon je ne suis pas leur employée et comme il l'a dit lui-même, personne n'est là aujourd'hui. Je ne risque pas de déranger. Et puis c'est cruel d'avoir une si belle piscine sous les yeux et de ne pas pouvoir en profiter. Ça ne pourra pas les emmerder s'ils n'en savent rien.

Pas vu pas pris, comme dirait Pierce.

Je regarde à droite à gauche pour m'assurer qu'il n'y a personne. Je fais passer mon long tee-shirt qui me servait de pyjama par-dessus ma tête avant d'attacher mes cheveux en chignon.

Mes sous-vêtements dépareillés ne sont pas idéaux pour nager, mais faute de mieux, ça fera l'affaire.

Je me pince le nez comme une petite fille, compte jusqu'à trois avant de m'élancer dans cette eau chaude et délicieuse. Je fais quelques longueurs, ça me fait un bien fou de sentir l'eau glisser sur ma peau.

On n'a rien inventé de mieux. Je m'allonge sur le dos un instant, la beauté du ciel est époustouflante, je peux contempler les étoiles. J'en aperçois une qui brille plus que les autres. Ça doit être la Grande Ourse. L'étoile du Berger, comme m'avait expliqué mamie la seule fois où nous avions été camper.

J'avais 8 ans et découvrais pour la première fois les joies de la nature. Les feux de camp, les *s'mores* grillés et les balades en forêt.

Mamie s'était dégoté un petit ami qui aimait le grand air. Leur histoire n'a pas duré malheureusement. Peut-être qu'elle ne se serait pas tuée à la tâche si elle était restée avec cet homme qui lui apportait amour et réconfort. Quand j'y pense, je ne l'ai jamais vue aussi heureuse et épanouie qu'à cette époque. Mais lui ne voulait pas s'occuper d'un enfant, il s'était déjà sacrifié pour élever les siens et mamie m'avait moi.

Elle a donc dû renoncer à l'amour pour faire face à ses responsabilités. Parfois je me dis que si je n'étais pas venue au monde, ce serait un grand soulagement pour tout le monde.

Les mots prononcés par ma mère tout à l'heure me reviennent en tête : « Personne ne doit savoir que j'ai été fille mère. » Plus que jamais j'ai l'impression d'être une forme de malédiction.

Un rire étouffé suivi d'un gémissement de femme me sort de mes pensées lugubres.

Je me redresse et vois un couple s'approcher tout en s'embrassant. La fille me tourne le dos, mais je peux percevoir d'ici qu'elle est émoustillée vu la façon qu'elle a de se frotter au mec qui lui caresse les fesses.

Ses mains disparaissent devant elle, elle lâche un gémissement. Je me penche pour mieux apercevoir leurs visages mais dans l'obscurité je ne vois rien. Qui sont ces gens ? Trop jeunes pour être le couple Miller, ces deux-là ont plutôt l'air d'avoir mon âge.

C'est sûrement leur fils qui est venu s'encanailler avec sa copine.

Lisa m'a parlé d'une société guindée, tu parles ! Il n'y a rien de guindé dans ce qui se passe devant moi. Le couple continue de reculer et s'approche de plus en plus.

Merde !

Je dois me planquer, il ne faut pas qu'ils me voient. Discrètement, je nage jusque dans un coin. Avec un peu de chance, ils ne sont que de passage et vont se mettre à l'abri quelque part pour finir leur affaire.

Après tout, ce n'est pas comme si cette propriété gigantesque ne regorgeait pas de milliards de chambres pour faire des cochonneries.

Cassez-vous, s'il vous plaît, cassez-vous.

Au lieu de répondre à ma prière silencieuse, la grande et belle brune gaulée comme un mannequin jette sa robe et dégrafe son soutien-gorge, je comprends qu'ils ne sont pas près de déguerpir.

Je suis définitivement dans la merde.

Mon premier réflexe, c'est de m'immerger dans l'eau pour me cacher. Difficile de passer inaperçue, mais faute de mieux, je tente le coup.

Quarante-cinq secondes, c'est tout ce que j'ai pu faire avant de revenir à la surface, mais ça a suffi à la jolie brune pour avancer dans son entreprise.

Le garçon est maintenant assis sur le rebord, la tête penchée en arrière et une main sur l'épaule de la fille qui, stratégiquement placée entre ses jambes, s'occupe de lui faire une fellation.

C'est pas vrai ! Qu'est-ce qu'il y a ce soir ? Tout le monde a décidé de s'envoyer en l'air devant moi !

Je manque de m'étouffer lorsque le garçon en question relève la tête. Ses yeux sont fermés. Tandis que les miens sont fixés sur cette scène improbable, il se mordille la lèvre de plaisir et mes joues me chauffent. Ses abdos fermes et bandés offrent un spectacle fascinant. Son visage éclairé par les lumières immergées de la piscine me paraît presque irréel.

Arrête de les mater, c'est indécent, déguerpis tout de suite avant qu'il ne soit trop tard.

Je regarde les petits escaliers à ma droite qui me permettraient de sortir le plus vite possible ; peut-être qu'ils seront tellement occupés qu'ils ne me verront pas.

Je sais que ce n'est pas l'idée du siècle, mais là, tout de suite, je manque un peu d'imagination. Au moment où je m'apprête à mettre mon plan à exécution, le mec ouvre les yeux et nos regards s'accrochent quelques secondes, il reste figé, moi aussi. Cet instant me paraît durer une éternité.

J'entends mon pouls battre dans mes tempes, ses yeux se plissent, comme s'il n'était pas sûr de ma présence. Au lieu de me sauver, je reste immobile comme une biche prise dans les phares d'une voiture. Hypnotisée. Fascinée par sa beauté.

Il est le premier à réagir, repousse la fille d'un geste brusque, avant de couvrir son sexe.

7

Ella

– Hé, toi ! Qu'est-ce que tu fous là ? hurle-t-il en relevant son short à la hâte.

Sa petite amie se retourne brusquement et me scrute, horrifiée. Elle s'essuie la bouche et se met à hurler à son tour.

Dans la panique, je fais ce qu'il y a de plus stupide à faire, je plonge la tête la première pour m'immerger, pour échapper à ce moment on ne peut plus embarrassant.

Réflexe de petite fille.

Me cacher et prier pour que l'univers veuille bien m'envoyer une solution. M'avaler en son sein le temps de la tempête, ou me planquer derrière un vêtement qui me rendrait invisible, comme dans *Harry Potter*. Tout sauf devoir expliquer ma présence en sous-vêtements dépareillés dans la piscine, qui m'était interdite, au mec le plus canon que j'aie jamais vu, qui doit sûrement en être le propriétaire.

Sans parler de ce à quoi je viens d'assister.

Je ne sais pas combien de temps je reste sous l'eau, mais lorsque mes poumons réclament leur nourriture vitale, je me redresse en prenant une grande inspiration salutaire. Le temps de remettre mes cheveux en place et de papillonner des cils pour retrouver la vue, je constate à mon grand soulagement que les deux tourtereaux ne s'occupent plus du tout de moi mais sont plutôt occupés à s'écharper.

– C'est qui cette fille à poil dans ta piscine, encore une de tes conquêtes ? Tu t'es gouré ce soir dans ton agenda et tu as donné deux rencarts au lieu d'un ?

– Mais qu'est-ce que tu racontes, Shelby ?! Je te dis que je ne connais pas cette meuf.

– Bien sûr, Zack ! Une fille t'attend dans ta piscine et toi tu continues de nier. C'est comme avec Sam, jusqu'au bout j'ai cru à tes bobards. Mais plus maintenant, tu m'entends ! C'est fini entre nous !

Putain, mais elle est en train de le larguer en plus.

Beau gosse aux abdos de fer essaye de se justifier mais rien n'y fait, la furie en face de lui n'en démord pas.

Elle agite ses mains dans tous les sens et hurle à pleins poumons. Elle pense qu'il la trompe…

Elle pense qu'il la trompe avec moi ?

Elle ne doit pas avoir les yeux en face des trous pour s'imaginer que je constitue un quelconque danger.

Je profite du fait qu'ils ne me regardent plus et me hisse hors du bassin avec une agilité qui me surprend. La peur décuple mes forces. Je me risque à un dernier coup d'œil avant de détaler comme si j'avais la mort aux trousses.

J'entends que le garçon me crie dessus mais je l'ignore. Rentrer se mettre à l'abri, oublier cet incident. Voilà mon objectif.

Arrivée au seuil de ma nouvelle maison, j'essaye d'ouvrir la porte. Évidemment, elle est fermée. Je maudis ma bonne étoile qui une fois de plus a décidé de me chier sur la tête.

Je m'acharne sur la poignée un moment, en grognant, puis je comprends que c'est peine perdue. Le loquet devait être verrouillé de l'intérieur.

– Tiens, je crois que ça t'appartient.

Une voix grave surgit dans mon dos, et ma peau se couvre de chair de poule.

Je me retourne lentement et je me retrouve nez à nez avec lui. Le beau gosse de la piscine, il s'est rhabillé. Il me tend mon tee-shirt que je m'empresse d'enfiler sous son regard menaçant. Il a l'air en colère, très en colère.

– Tu es qui ? Qu'est-ce que tu fous là ? C'est cet abruti de Matt qui t'a demandé de l'attendre ici ?

– Qui est Matt ?

– Un pote… dit-il en soupirant. Et c'est moi qui pose les questions. Dépêche-toi car ma patience a des limites. Là tout de suite, j'ai qu'une seule envie, appeler les flics et te faire coffrer pour violation de propriété privée.

La moutarde me monte au nez. Il faut dire qu'en général il m'en faut peu pour m'enflammer, beau gosse ou pas, il se prend pour qui de me crier dessus comme ça? Et les flics, sérieux? Il a cru que j'étais une criminelle. C'est bon, je n'ai rien fait de mal dans sa précieuse piscine de merde!

– Calme tes nerfs, Ken. Ce n'est pas de ma faute si Barbie a décidé de te larguer ce soir.

Il semble un peu décontenancé par ma réponse, il croyait quoi? Que j'allais m'excuser? S'il veut qu'on s'embrouille alors on va s'embrouiller. Poings fermés et mâchoire crispée, je suis déjà prête à enchaîner les insultes.

Il se rapproche dangereusement, me surplombant de sa taille, essayant de m'intimider. Il ferait mieux de garder ses distances s'il ne veut pas que je lui mette un coup de genou dans les couilles. Ça lui apprendra à les exposer.

– Je répète et c'est la dernière fois, menace-t-il entre ses dents serrées. Qui es-tu? Et qu'est-ce que tu fous là?

Je prends un accent de gangster hispanique.

– Je suis venue cambrioler cette belle baraque de bourges à la con.

Je souris, fière de moi, sa mâchoire se crispe. Il me saisit par le bras et me tire pour m'emmener je ne sais où.

L'instinct prenant le dessus, je me débats comme une diablesse, le pousse violemment et me mets à courir. Pour aller où? Je n'en sais rien. Trop tard pour réfléchir.

– Hé! Reviens ici!

Il se lance à ma poursuite. Je cours pieds nus à travers le gazon, le tee-shirt mouillé me collant à la peau, je dois avoir l'air d'une folle.

J'ai à peine eu le temps de faire quelques mètres qu'il me rattrape et me plaque au sol comme le ferait un footballeur professionnel. L'oxygène quitte mes poumons et l'espace d'un instant j'ai du mal à respirer. Il me retourne et se place au-dessus de moi.

– Lâche-moi !

J'essaye de m'extirper, mais il a bloqué mes mains au-dessus de ma tête et presse son corps contre le mien pour m'immobiliser.

Ma peau est en feu au contact de la sienne, pourtant je suis trempée. Je devrais avoir froid, mais c'est tout le contraire. Je ne sais pas si c'est la montée d'adrénaline ou lui, mais mon cœur bat à mille à l'heure.

Mes yeux rencontrent les siens alors que j'essaye de reprendre mon souffle. Son regard se pose sur ma poitrine, qui monte et descend au rythme de ma respiration affolée, il inspire, ses narines se dilatent, puis il répète lentement :

– Qui. Es. Tu ?

– Va te faire foutre !

– OK ! C'est toi qui l'auras voulu.

Il empoigne mes mains avec l'une des siennes et sort son portable de sa poche. Il me montre l'écran. Il vient d'appeler le 911.

– Laguna Beach Police, quelle est votre urgence ?

Je grimace.

– OK ! OK ! C'est bon ! raccroche… Je suis… je ne suis pas une voleuse.

Il lève un sourcil. Je déglutis, on dirait que j'ai avalé de la sciure de bois tellement ma gorge est serrée. Je sens une montée de larmes m'étrangler.

– Je suis la fi… la sœur de Lisa.

– Tu es la sœur de Lisa Gonzalez, la femme de ménage, cette Lisa ? demande-t-il d'une voix incrédule.

– Oui !

Il considère quelques instants mes mots, le regard suspicieux.

– Tu peux me lâcher maintenant ?

La vulnérabilité dans ma voix ne lui a pas échappé et il libère enfin mes mains. Il se redresse, un peu sonné, et s'assoit à mes côtés.

Je m'assois à mon tour, essayant de remettre mes cheveux et mes idées en place.

Un ange passe, et nous restons silencieux un moment. Je masse mes poignets, qu'il a serrés un peu fort, l'enfoiré. Il se retourne vers moi et remarque que je grimace de douleur.

– Je t'ai fait mal?

– C'est maintenant que tu t'en soucies? craché-je.

– Désolé, j'ai cru que tu étais...

– Une Mexicaine venue te vandaliser. Oui, tout le monde sait qu'on n'est qu'une bande de criminels nous autres Latinos, fais-je, la voix tremblante.

Je sens que je suis au bord des larmes et j'essaye de ne pas craquer.

– N'importe quoi!

Il passe une main sur son visage un peu confus.

– Je n'ai jamais dit ça. Et puis si tu ne t'étais pas mise à courir comme si tu avais quelque chose à te reprocher aussi.

Mon premier sanglot s'échappe bruyamment sans que je puisse l'en empêcher. Je cache mon visage dans mes genoux en essayant de me ressaisir mais rien n'y fait.

Mon départ de Chicago, les retrouvailles fiasco avec ma mère, cet endroit, ces inconnus qui me traitent comme de la merde. C'est trop pour une seule journée. Je me sens seule, tellement seule.

– Hé, hé, hé ne pleure pas, je suis désolé de t'avoir bousculée.

Une main hésitante se pose sur mon épaule je fais un geste brusque pour le sommer de ne pas me toucher. Il se retire immédiatement. Mais comme je ne me calme toujours pas, il revient à la charge.

Ça commence par ses phalanges qui effleurent ma joue pour effacer mes larmes. Ma respiration se bloque, mais je le laisse faire, sans trop savoir pourquoi d'ailleurs, puis sa main caresse mes cheveux lentement, tendrement, et ça me procure une drôle de sensation de bien-être. Il enroule sa main autour de ma nuque pour enfin m'attirer à lui. Il me prend dans ses bras, mon nez s'écrase contre son cou. Ses bras puissants m'enveloppent et son parfum envahit tous mes sens.

– Je suis vraiment désolé. Je ne voulais pas te faire mal.

Je soupire contre sa peau et me laisse aller au chagrin. Je suis partagée entre l'envie de le repousser ou de le serrer fort. Je ne fais rien de tout ça, je continue juste à pleurer.

– Chut, fait-il contre ma tempe après un long moment. Tout va bien.

Ses lèvres sont si proches que je sens son souffle sur ma joue. Mes yeux rencontrent les siens et mon cœur loupe un battement. Ses yeux, leur couleur, si bleue, si intense, il y a un cercle doré autour de chaque iris et ça leur donne un côté unique.

Il me fixe d'un air sérieux, presque grave. Je déglutis quand son regard se pose sur ma bouche et reste un peu trop longtemps.

Son téléphone émet un bip, il s'éclaircit la gorge puis me lâche.

J'en profite pour reprendre mes esprits, effacer mes larmes et me recomposer pendant qu'il répond à son texto. Il soupire longuement, se frotte le visage, puis passe une main dans ses cheveux.

– Écoute… Je suis vraiment désolé, je ne voulais pas te faire de mal. Je ne sais pas ce qui m'a pris. Et maintenant tu pleures à cause de moi et…

– C'est bon, ce n'est pas grave, j'ai vu pire et je m'en remettrai. Je ne pleure pas pour ça de toute façon. Je suis juste… fatiguée.

– Longue journée ?

– Tu ne crois pas si bien dire.

J'esquisse un sourire, il fait de même.

– Et si on recommençait depuis le début ? propose-t-il. Salut ! Je m'appelle Zack Miller. Enchanté !

– Eleanor Gonzalez, mais tout le monde m'appelle Ella.

– Enchanté Ella.

Je prends la main qu'il me tend et une onde électrique vient traverser mon corps. Il continue de me dévisager. J'ai du mal à soutenir son regard, l'impression d'observer une flamme de trop près, ça me réchauffe de l'intérieur et en même temps ça m'éblouit. Quelque chose me dit que s'approcher trop près de cette flamme risquerait de me brûler.

Et puis il y a tout le reste de son visage qui est tout aussi fascinant. Sa mâchoire angulaire, sa bouche pleine, ses cheveux châtains qui retombent sur son front.

Un plissement de paupière un peu prononcé et je sens des papillons virevolter dans mon ventre.

Qu'est-ce qui me prend ? Je perds la tête ou quoi ?

Je m'éclaircis la gorge et lui lâche enfin la main.

– Alors comme ça tu es la sœur de Lisa ! Je ne savais pas qu'elle avait une sœur.

Elle non plus...

– Vous êtes très différentes ! fait-il en m'observant de haut en bas.

– Nous n'avons pas le même père, c'est pour ça !

– Et tu es venue lui rendre visite ?

– Pas vraiment. Je vais vivre ici avec elle. Ma grand-mère est morte et je n'ai plus personne pour s'occuper de moi. Alors elle va m'héberger le temps que je termine le lycée.

Il me regarde avec attention.

– Je suis désolé pour ta grand-mère.

– Merci !

– Où sont tes parents ?

Je hausse les épaules car je n'ai pas envie de m'épancher sur le sujet, et puis je ne connais pas ce type qui, il y a encore cinq minutes, était prêt à me jeter en pâture aux flics.

– Donc tu dis que tu vas habiter ici ? Mon père est au courant de ça ?

– Moi qui pensais que l'interrogatoire était terminé, plaisanté-je. Je crois que oui mais je n'en suis pas sûre. Je suis censée le rencontrer demain.

– Tu ne vas pas être déçue du voyage.

Son ton est amer.

– Méfie-toi de ma belle-mère, et un conseil : évite de lui dire que tu t'es baignée dans la piscine !

– Ou que j'ai vu son beau-fils se faire sucer dans cette piscine.

Mon Dieu !

Je plaque une main devant ma bouche.

Pourquoi j'ai dit ça ?!

Voilà mon plus grand problème dans la vie. Ma grande gueule, mon incapacité à la fermer, à ne pas dire exactement tout ce qui me passe par la tête.

Je sens mes joues chauffer. Et dire que cette conversation prenait enfin une tournure civilisée. Bien sûr, je viens de tout gâcher.

Les yeux de Zack s'écarquillent puis il éclate de rire, et je ne peux m'empêcher de faire de même.

– En effet, je ne pense pas qu'elle apprécierait. Par contre toi, j'ai eu l'impression que tu appréciais le spectacle. J'ai vu comment tu matais.

Il fait un geste vers son pénis.

Il est sérieux !?

– Quoi ? Non ! Il ne faut pas prendre tes rêves pour une réalité.

Il place ses mains derrière lui pour s'asseoir plus confortablement, ce qui a pour effet d'abaisser légèrement son short. Mon regard se pose maladroitement sur cette ligne en V qui mène tout droit vers…

– Tu vois, tu es encore en train de me mater.

– N'importe quoi !

Il retourne l'écran de son téléphone pour m'éclairer le visage.

– Et en plus tu rougis.

Je place instinctivement mes mains sur mes joues pour faire baisser la température.

– Ça c'est parce que j'ai pris un coup de soleil aujourd'hui à la plage.

– Bien sûr, ça doit être ça.

Son sourire satisfait m'agace et j'ai une très grande envie de lui asséner un bon petit coup de pied dans les couilles. Mais j'ai assez fait de conneries aujourd'hui. Et surtout j'ai eu mon lot de sensations fortes.

Nous contemplons l'horizon pendant un moment. La villa des Miller se trouve sur les hauteurs d'une colline qui a vue sur l'océan. Et d'ici on peut distinguer quelques bateaux et l'écume des vagues.

– Et tu viens d'où au juste? demande-t-il soudain, m'arrachant à mes rêveries.

– Tu en poses des questions! Tu es toujours comme ça?

– Tu en as suffisamment vu de moi ce soir, alors c'est normal que ce soit ton tour de te dévoiler, non?

– C'est de bonne guerre! Je viens de Chicago. Et je compte bien y retourner au plus vite. Après mon bac. Mes deux meilleurs amis y habitent. Et ils me manquent déjà.

– Je suis sûr que tu vas te plaire ici à Laguna Beach. C'est un paradis sur terre.

– Une ville de bourges et de surfeurs, qui bouffent du quinoa, sont amoureux de leur salle de sport, et ne jurent que par leur chirurgien esthétique. J'en doute.

– C'est quoi ces clichés à la con?

– Ose me dire que je me trompe.

Il hausse les épaules.

– Tout est parfait ici, regarde autour de toi, continué-je.

Je fais un geste en direction des palmiers, du gazon parfaitement tondu.

– Et la perfection ça m'ennuie.

Surtout que moi je suis loin d'être parfaite.

– Parfois les apparences peuvent être trompeuses.

Sa voix a baissé de quelques octaves, et son visage s'est assombri. Je l'observe arracher l'herbe et la projeter devant lui. Son profil est fascinant, il a une cicatrice à l'arcade. Je me demande comment il se l'est faite. Je ressens l'étrange envie de le toucher.

J'ai dû le regarder un peu trop longtemps. Lorsqu'il se retourne et que nos yeux s'accrochent, je rougis et baisse le regard.

– Il est temps de fumer le calumet de la paix, Ella Gonzalez.

Je me retourne vers lui d'un coup sec, ne comprenant pas ce qu'il veut dire.

– California style.

Il me fait un clin d'œil, sort quelque chose de son sweat-shirt noir à capuche. Le bruit d'un briquet, une flamme et cette odeur que je reconnaîtrais n'importe où.

Je hausse un sourcil en le regardant allumer un joint. Il plisse les paupières et tire longuement avant qu'une fumée épaisse ne s'échappe de sa bouche. Je déglutis. Il est beau à en couper le souffle.

Il me le tend comme si c'était la chose la plus normale du monde. Après tout, c'est vrai que c'est légal ici.

J'accepte et tire sur le mégot. Je tousse longuement avant que la sensation de bien-être ne m'envahisse complètement.

Nous continuons à discuter longtemps, tout en nous passant le joint, la tension entre nous s'est complètement dissipée.

– Alors c'est comment la vie à Chicago ?

– Plutôt cool. Il fait très froid l'hiver et extrêmement chaud l'été. Les gens sont bruyants, dingues de leur ville. Tu peux manger de tout. De la bouffe coréenne, polonaise, italienne, russe, éthiopienne. C'est hyper cosmopolite. Et ça vit tout le temps. T'as l'impression d'être au centre du monde. Ce que j'adore par-dessus, tout c'est la ferveur avec laquelle les gens de Chicago soutiennent leur équipe de foot.

– Les Chicago Bears ! confirme Zack.

– Ouais, ils ont été huit fois champions de la ligue.

– On dirait que tu t'y connais vraiment bien en foot, dit-il, mi-amusé, mi-intrigué.

– Pas vraiment, je soutiens juste ma ville. Je pourrais te faire le même discours sur l'équipe de basket ou de base-ball.

– Je vois, Chicago c'est ta passion !

– Un peu ouais, confirmé-je avec enthousiasme.

Il sourit et laisse apparaître une minuscule fossette qui me fait fondre immédiatement. J'essaye de me concentrer sur autre chose que la beauté de ce mec, pour ne pas avoir l'air d'une fille écervelée, mais c'est vraiment difficile. Je suis attirée par lui comme un papillon par la lumière. Le mieux c'est encore que je regarde l'horizon.

– Et toi, c'est quoi ta passion ? À part plaquer des innocentes jeunes filles au sol et jouer à l'exhibitionniste ?

Il relâche la fumée de sa bouche d'un coup, surpris par ma petite note d'humour, et se marre. Il regarde à droite et à gauche.

– Je ne vois aucune fille innocente par ici. Plutôt une voyeuse à grande gueule.

Je me marre à mon tour.

– Touchée !

On se regarde longuement, testant le sens de l'humour de l'un et de l'autre et appréciant ce moment on ne peut plus naturel entre nous. Je ne le connais pas, mais je me sens étrangement à l'aise avec lui.

– Non, plus sérieusement, je suis passionné de foot. Je joue dans l'équipe du lycée, et je rêve de passer pro.

– Quelle position ?

– *Quarterback* !

– Ça fait longtemps que tu joues ?

– Quelques années. Après l'accident qui a coûté la vie à ma mère, il fallait m'occuper l'esprit et canaliser mon agressivité. Mon père a trouvé cette solution. Je me suis jeté à corps perdu dans le foot. Ça m'a aidé à remonter la pente et c'est devenu une de mes raisons de vivre.

– Je suis désolée pour ta mère.

– Merci !

Il garde le silence un instant, son regard se voile de tristesse et bizarrement j'ai envie de le serrer dans mes bras pour le réconforter.

Je n'en fais rien évidemment. Au lieu de ça j'essaye de le faire marrer en lui racontant toutes les conneries qui me passent par la tête, la *weed* servant de carburant à mon imagination débordante.

– Tu cours vite pour une fille ! On te l'a déjà dit ? Et tu es forte aussi.

– Et toi tu as des sacrées compétences de plaquage au sol. Je suis sûre que je vais avoir des bleus demain matin.

– Merde, j'ai vraiment fait le con. Désolé.

– Non, c'est de ma faute, je n'aurais pas dû m'enfuir mais plutôt tout t'expliquer. Ça t'aurait sûrement évité une dispute avec ta copine.

– Ce n'est pas de ta faute. Shelby s'emporte vite.

– C'est ta petite amie ?

– Ouais…

Pourquoi suis-je déçue ?

– Ça fait longtemps que vous êtes ensemble ?

Il hoche la tête. J'aimerais en savoir plus mais visiblement il n'est pas disposé à en dire davantage.

Un vent souffle et je grelotte. Je suis toujours mouillée sous mon tee-shirt.

– Tu as froid ?

– Un peu.

Il retire son sweat-shirt et me le tend. Je le regarde, un peu perplexe.

– Prends-le si tu ne veux pas attraper la mort.

– Merci !

J'enfile son sweater qui sent le tabac, la plage et un parfum épicé.

Ma nouvelle odeur préférée !

Il consulte sa montre.

– Putain, il est plus d'une heure du matin.

– Si tard que ça ! Je n'ai pas vu le temps passer. Je ferais mieux de rentrer.

Surtout que je ne sais pas encore comment je vais faire pour ouvrir la porte de chez Lisa…

– OK ! Je te raccompagne. C'est sur ma route, plaisante-t-il.

Son sourire. Il remue quelque chose au fond de mes entrailles.

Nous marchons en silence côte à côte et je réalise que je suis hyper consciente de sa présence. Le froissement de son short, le bruit de ses pas sur l'herbe, et ses phalanges qui sont proches, tellement proches de moi. J'aimerais qu'il me prenne la main.

Mais qu'est-ce que je raconte ?

Il a une copine et puis il est bien au-dessus de ma ligue. Ce genre de mec ne considère pas les filles comme moi. Je suis assez lucide sur moi-même pour le savoir.

– Voilà, tu es arrivée !

– Merci de m'avoir raccompagnée, je n'aurais jamais réussi à retrouver mon chemin sans toi.

– Ouais !

On se sourit longuement et puis un bruit à l'étage attire notre attention à tous les deux.

– Ella, c'est toi ?

Ma pseudo sœur passe la tête par la fenêtre. Et j'en suis soulagée car je n'avais aucune envie de passer la nuit dehors ou encore de la réveiller.

– Oui, tu peux descendre m'ouvrir, s'il te plaît ?

Elle hoche la tête pour toute réponse, et quelques secondes plus tard la porte s'ouvre sur Lisa qui se camoufle derrière un peignoir en satin vert. Elle regarde Zack, et se recoiffe d'une main mal assurée.

– Bonsoir monsieur Miller.

Ses yeux passent de Zack à moi. Je lis la panique dans son regard.

– Bonsoir Lisa ! Ella, j'ai été content de faire ta connaissance. On se voit demain.

Il nous décroche à toutes les deux un sourire hésitant avant de tourner les talons.

J'entre en essayant d'ignorer les papillons qui virevoltent dans mon ventre en le regardant s'éloigner.

Est-ce que les coups de foudre existent ?

Si oui, un éclair vient de s'abattre sur moi.

Ma mère ferme la porte violemment et me ramène à la réalité.

– Je peux savoir ce que tu faisais dehors à cette heure-ci ? Et c'est quoi cette odeur ? Tu as fumé ?

Non mais elle est sérieuse !?

Elle ne s'est jamais occupée de moi. Il y a encore quarante-huit heures, elle niait jusqu'à mon existence et maintenant elle joue à la mère stricte qui a des principes ?!

Je lui réponds sur un ton sarcastique :

– Rien ! J'ai une tendance loup-garou et je sors régulièrement à la tombée de la nuit pour m'approvisionner en viande fraîche. Si tu n'étais pas intervenue, j'aurais sûrement bouffé Zack.

Elle me fixe, interloquée, incapable de répondre à mon insolence adolescente. Il faut dire qu'elle manque un peu d'entraînement.

Je la pousse du revers de la main pour me frayer un chemin dans la maison.

Au milieu de l'escalier, la voix de ma mère m'interpelle et me bloque dans ma course.

– Doucement ! Tu vas réveiller Clint !

Je me mords les lèvres pour ne pas l'envoyer se faire voir. Ça ne la dérange pas de m'empêcher de dormir en rejouant le *Kamasutra*, par contre mes pas dans les escaliers risquent de réveiller son précieux Clint !!!

– Tu ne lui as rien dit j'espère, reprend-elle d'une voix plus posée, à M. Miller.

– Non ! Ne t'inquiète pas. Ton secret honteux est bien gardé avec moi.

Là-dessus je fais volte-face, tape délibérément fort des pieds sur les escaliers pour faire un boucan d'enfer et termine ma course par un claquage de porte en bonne et due forme.

Histoire de bien marquer le coup.

Je sens que cette année va être fun !

8

Ella

Le lendemain, c'est une agréable odeur de café qui me sort de mon sommeil. Je lutte d'abord un instant, j'ai envie de rester dans la chaleur de mes couvertures, là où des souvenirs de torse musclé et d'yeux océan continuent de peupler mon cerveau embrumé.

Aucune envie d'en sortir et d'affronter cette nouvelle journée dans cet univers inconnu. Quoique, maintenant que j'ai rencontré Zack, il me semble beaucoup moins hostile. Il me paraît plutôt sucré, long, doux et dur.

Mes joues s'empourprent lorsque je visualise à nouveau son sexe dans ma tête et ma main se dirige instinctivement vers ma petite culotte pour libérer toutes les tensions que ce mec a provoquées en moi hier soir. Des coups sur la porte me font sursauter et m'arrêtent dans mon élan.

– Ella, tu dors ?

« Non je me masturbe ! », ai-je envie de répondre, mais évidemment je m'abstiens, car je ne suis pas sûre que mon insolence puisse réchauffer les relations glaciales entre ma mère et moi.

Au lieu des sarcasmes, je choisis l'ignorance. Malheureusement, elle insiste, et les coups sur la porte reprennent de plus belle.

– Ella, ma puce ?

Elle passe sa tête dans l'embrasure, enfin c'est ce que j'en conclus car sa voix se fait plus forte. Je grogne et me recroqueville.

– Je vais travailler : tu trouveras le nécessaire pour le petit déjeuner dans la cuisine. Dès que tu es prête, passe au manoir pour que je te présente à M. et Mme Miller. Je ne leur ai pas parlé de toi alors je suis un peu nerveuse. J'espère qu'ils ne vont pas mal le prendre, poursuit-elle, malgré mon silence.

Évidemment qu'elle n'avait pas parlé de moi. Je suis sûre que jusqu'à hier elle devait espérer que l'avion dans lequel je me trouvais se crasherait, comme ça elle n'aurait pas à affronter ses responsabilités.

Je ravale mon amertume et essaye de me convaincre de ne pas lui voler dans les plumes et de continuer à jouer à la belle au bois dormant. Je n'ai aucune envie de commencer ma journée comme je l'ai terminée hier, en me disputant avec elle. Mais elle ne me facilite pas la tâche avec son insistance.

– Ella, tu m'entends ?

Mais quelle relou !

– Tu as compris ?

– Ouiii !

Mon cri est bien plus fort que ce que j'aurais voulu et je regrette un peu mais bon, trop tard. Alors je continue à faire ma tête de cochon. Elle referme enfin cette porte et s'en éloigne.

Alléluia.

Dans un soupir, j'envoie valser mes couvertures et sors de mon lit.

Fini les fantasmes. Bonjour la réalité.

Je marche à tâtons en essayant d'éviter les meubles de cette chambre qui m'est encore étrangère, atteins tant bien que mal la fenêtre, ouvre les stores, et suis éblouie par le magnifique soleil qui illumine la piscine, le jardin, et l'océan au loin. Il faut avouer qu'il y a pire comme vue pour se réveiller le matin. Même ma mauvaise humeur ne peut m'empêcher de le constater.

Mes yeux se posent sur le manoir qui apparaît derrière l'abri de jardin. Toutes ces vitres, toutes ces pièces. Je me demande où est la chambre de Zack.

Après une douche salutaire, je me sèche les cheveux et me glisse dans une paire de jeans. Je saute sur place et tire sur la ceinture pour faire passer mon postérieur. Je déteste mes fesses et mes hanches trop larges. Mon père s'est fait la malle dès qu'il a pu mais ses gènes vénézuéliens eux sont bien restés !

Pour ne rien arranger, la plupart de mes fringues sont trop vieilles et ne me vont plus vraiment.

Pas envie de trop y réfléchir.

J'enfile un tee-shirt des Ramones, mes Vans, et me dirige vers la cuisine.

Je cherche partout dans les placards, puis trouve des céréales que je verse dans un bol avant de les grignoter une à une. Je consulte mon portable, toujours pas de nouvelles de Maria. Je commence à désespérer. Je lui envoie :

[Hé, tout va bien ?]

Rien !

Je l'appelle et tombe directement sur son répondeur. Une boule se forme dans ma gorge. Depuis l'accident cardiaque de mamie, j'ai une peur bleue qu'il arrive malheur à mes proches. Un jour elle allait bien et la seconde d'après elle était morte. Comme ça, sans prévenir, sans aucun signe avant-coureur. La vie peut basculer du jour au lendemain. Tout ce qu'on croit solide, permanent, essentiel peut s'envoler. Alors quand on ne me répond pas au téléphone cela m'angoisse.

J'essaye de me raisonner, après tout, il est encore tôt. À tous les coups, elle est sortie hier soir et fait la grasse matinée.

Je finis mon petit déjeuner et décide de rejoindre ma mère chez les Miller, pour la fameuse présentation officielle.

M. Bird m'accueille au manoir avec un sourire contrit. Je crois que c'est sa marque de fabrique.

– Bonjour, mademoiselle Gonzalez. Vous avez bien dormi ?

– Oui, merci et vous ?

Il semble étonné que je lui retourne la question, et met un instant avant d'y répondre.

– Euh… j'ai eu des nuits plus tranquilles.

– Moi aussi, à vrai dire.

Je lui souris et il me rend la pareille.

– Entrez, M. et Mme Miller sont en train de prendre le petit déjeuner. Je vais annoncer votre présence.

– OK !

Il traverse l'immense entrée et disparaît à droite. Mes yeux se posent sur l'escalier et le magnifique chandelier en cristal qui le surplombe. Une chose est sûre, c'est que ces gens sont pleins aux as et qu'ils n'ont aucun problème à le montrer.

– Ella, veuillez me suivre s'il vous plaît.

Je sursaute, surprise en train de toucher un buste en granite érigé sur une des tables adjacentes. Je n'ai jamais rien compris à l'art moderne. Pourquoi les gens dépensent-ils des fortunes pour acheter des trucs aussi hideux ou inutiles? Peut-être juste pour montrer qu'ils le peuvent.

Je suis M. Bird dans un dédale de couloirs, traverse une magnifique bibliothèque tout en bois où des livres habillent les murs jusqu'au plafond pour arriver enfin dans la salle à manger.

Les époux Miller sont installés autour d'une grande table en bois, alors que ma mère est occupée à les servir.

Elle porte une tenue de soubrette tout ce qu'il y a de plus cliché et surfait. Elle me paraît encore plus jeune et vulnérable ainsi. Je ne savais pas qu'elle devait mettre ce genre de truc! On n'est plus au XVIIIe siècle, sérieux. Il faut croire que les Miller aiment tracer une ligne nette entre eux et leur personnel.

M. Bird s'éclaircit la gorge afin d'attirer leur attention, de manière informelle. Quatre paires d'yeux sont maintenant braquées sur moi.

Je suis une véritable boule de nerfs, et j'ai l'impression de marcher au ralenti vers ma potence. Heureusement, ma mère brise rapidement la glace.

– Monsieur et madame Miller, je me permets de vous présenter ma petite sœur Ella.

– Votre petite sœur?

– Oui…

Ma mère baisse la tête, visiblement gênée.

– Je suis désolée de ne pas vous en avoir parlé avant mais ma grand-mère, avec qui Ella vivait jusqu'à présent, est récemment décédée. Comme elle est mineure, elle est maintenant sous ma responsabilité. Je voulais donc savoir s'il était possible que… enfin qu'elle s'installe avec moi dans la maison de jardin.

Mme Miller, une jolie brune qui doit être à peine plus âgée que maman, plisse les yeux et redresse son menton d'un coup sec.

– Enfin Lisa, vous n'y pensez pas. Si tous nos employés faisaient cela, nous devrions transformer notre maison en foyer d'accueil. Je vous rappelle, ma chère, que nous vous avions autorisée à occuper la maison de jardin de manière temporaire, cela s'est peu à peu transformé en solution permanente et nous avons fermé les yeux, mais là, vous nous en demandez beaucoup trop. Je crois que vous avez pris notre gentillesse pour de la faiblesse, conclut-elle d'un air sévère. Peut-être est-il temps que vous trouviez votre propre logement. Vous pourrez ainsi y accueillir qui vous le souhaitez.

Je reste interdite devant le mépris et la condescendance de Mme Miller. Pour qui se prend-elle pour parler aux gens comme ça? En tout cas, c'est Zack qui a raison. Sa belle-mère est une conne. Je ferais mieux d'écouter ses conseils et de me méfier d'elle.

– Madame Miller, vous savez que les loyers de Laguna Beach sont exorbitants et que je devrais m'excentrer. Vu l'heure à laquelle je commence, ce serait vraiment compliqué pour moi de conduire jusqu'ici tous les matins avec les embouteillages.

– Peut-être pourriez-vous aller vivre chez votre petit ami? Ça lui éviterait de venir aussi souvent. D'ailleurs je ne vois pas sa présence sur notre propriété d'un bon œil non plus. Cette maison de jardin va devenir un camp de réfugiés à force d'y accueillir tous vos proches.

Mais quelle conne! J'hallucine complètement là. Et Lisa qui ne réagit pas!

– Je le lui ferai savoir, vous ne le verrez plus, mais je vous en prie, laissez ma sœur et moi rester.

Ma mère semble avoir rétréci face aux éclairs que lui envoie cette sale mégère. La voir se faire traiter avec tant de mépris me fait de la peine et me donne envie d'oublier mon amertume et d'être un peu plus sympa avec elle, de prendre sa défense. Je suis donc prête à riposter lorsque M. Miller intervient.

– Judith! Tu es dure. Lisa est l'une de nos meilleures employées. Elle n'a jamais compté ses heures, alors on peut faire un geste.

Cette jeune fille n'a nulle part où aller et nous avons de la place. Elle ne sera sûrement pas une nuisance ou un problème.

– Évidemment, toi t'es toujours prêt à aider la veuve et l'orphelin. On ne sait même pas d'où elle sort. Elle pourrait être une droguée, une délinquante… ou pire !

J'ai honte d'être l'objet de cette conversation tellement humiliante. J'ai l'impression d'être un chiot abandonné qu'on essaye de vendre. Et j'en ai marre de ce sentiment de n'appartenir nulle part. Je me mords les lèvres pour ne pas hurler.

Je n'entends pas quand M. Miller me pose une question. Un coup de coude de M. Bird me ramène brutalement sur terre.

– Pardon ?

– Je vous demandais votre âge, mademoiselle.

– 17 ans.

Visiblement, son épouse n'aime pas cette réponse, car elle émet un son étranglé de mécontentement.

– Jefferson, il est complètement irresponsable d'avoir une adolescente de 17 ans ici.

– Je ne vois pas en quoi ce serait un problème, ma chérie ! Tu vois toujours le mal partout.

– Et toi, tu ne le vois nulle part. Je connais ce genre de filles qui n'ont rien et veulent tout obtenir. Crois-moi, tu n'as pas envie de l'avoir dans ta maison à tourner autour de ton fils.

Elle est sérieuse !?

Je m'étouffe avec ma propre salive. Cette pimbêche est clairement en train de m'accuser d'être une coureuse de dot.

– Judith ! Ne dis pas n'importe quoi. C'est juste une enfant, elle est dans le besoin et nous allons l'aider, parce que c'est comme ça qu'on fonctionne dans cette famille.

M. Miller se retourne vers moi et me gratifie d'un sourire chaleureux. Il doit avoir une quarantaine d'années et a un regard doux. Il est grand et imposant, mais à part sa taille et sa carrure, il ne ressemble en rien à son fils. Il n'a pas cette beauté parfaite ni ce côté sombre et torturé.

– Bienvenue chez les Miller, mademoiselle, je suis désolé pour votre grand-mère et j'espère que vous allez vous plaire parmi nous.

Je souris et le remercie. Je suis étonnée qu'il soit si sympa car Zack m'en avait fait un portrait peu flatteur, mais je ne vais pas me plaindre, je suis plutôt ravie qu'il prenne mon parti et mette fin à cette séquence humiliante. Quant à Mme Miller, elle jette sa serviette sur la table avec un peu plus d'énergie que nécessaire, somme Lisa de débarrasser avant de quitter la pièce, on ne peut plus mécontente.

***

Je ne m'attarde pas à la villa, ma mère a du travail et ma présence n'est visiblement pas souhaitée par tout le monde. En quittant les lieux, je sens mon téléphone vibrer dans ma poche. Je le sors à la hâte et constate avec soulagement qu'il s'agit de Maria.

– Hé ! Comment ça va ?

Je soulève l'écran pour bien voir son visage d'ange, son grand sourire me réchauffe immédiatement le cœur.

– Putain Maria ! J'ai cru que tu étais morte. Ça fait plus de quarante-huit heures que tu ne réponds pas.

– Nah ! J'avais pas de tunes pour payer le téléphone, ces cons me l'ont coupé. Mais heureusement Pierce ici présent a réglé ce problème.

Elle claque une bise sur la joue de notre meilleur ami, qui me fait un geste de la main pour me saluer. Il joue avec son piercing dans la lèvre, l'air de rien.

Pierce, c'est le roi de la débrouille et des combines. Il a cette intelligence de la rue qui ne s'apprend pas sur les bancs de l'école. Une fois, il a même réussi à hacker le serveur de mon ancien lycée et a changé les notes de tous les élèves de seconde. Encore aujourd'hui, le proviseur est à la recherche du coupable, enfin selon Maria.

Il peut toujours courir pour le trouver. À Lincoln High, il n'y a pas de balance.

– Tout va bien pour vous ?

– Ouais, la routine.

– Et toi alors, raconte ta nouvelle vie. C'est comment chez les bourges?

– C'est super canon. Attendez! Je vous fais un tour d'horizon.

Je place mon téléphone au-dessus et tourne sur moi-même pour leur donner une vue imprenable sur la piscine et le jardin.

– Waouh, c'est magnifique! T'as de la chance, Ella!

– Je ne sais pas si on peut dire que j'ai de la chance, mais en effet c'est joli.

Je m'assois sur l'un des transats, et lâche un soupir malgré moi.

– Oh, Ella! Qu'est-ce qui se passe? Tu as l'air déprimée.

– Vous me manquez, c'est tout. Ici je me sens un peu seule.

– Et ta mère?

– Elle est un peu moins horrible que ce que j'imaginais, mais bon c'est pas le grand amour entre nous.

– Je suis sûre que ça viendra avec le temps.

– Ouais sûrement.

– Et la famille pour laquelle elle travaille? Raconte-nous.

– Ils sont... Je ne sais pas vraiment quoi en penser. Le père est sympa, la belle-mère une vraie connasse snob et froide et ils ont un fils de mon âge plutôt cool.

– Ah! Trop bien! Au moins tu auras quelqu'un avec qui parler.

– Ouais.

Je souris malgré moi.

– Toi, tu as ce regard!

– Quel regard?

– Celui que tu fais quand tu en pinces pour quelqu'un.

– Non! J'en pince pas du tout pour lui, vous hallucinez complètement. Je viens à peine de le rencontrer.

– Ella!

– Maria! Et puis de toute façon, comment peux-tu savoir ce que je ressens? J'ai à peine prononcé trois mots à son sujet.

– Parce que meuf je te connais depuis que tu as 5 ans et tu ne peux rien me cacher. Alors balance la sauce, il est canon ou il est canon?

Je me marre.

– OK, j'abdique. Oui ! Il est carrément craquant. Footballeur, surfeur, avec un corps de rêve et un sourire à tomber. Mais il est tellement au-dessus de ma ligue. Le mec est un post Instagram ambulant, avec un côté bad boy insaisissable. Bref, tout ce qu'il faut pour me faire tourner la tête, mais j'ai aussi eu un aperçu de sa petite amie, autant dire que les filles aux hanches trop amples ne sont pas du tout son style.

– Ella ! Arrête de te sous-estimer ! m'intime Pierce. Tu vaux mieux que tous ces bourges à la con.

– Je ne me sous-estime pas. Je suis juste réaliste. Bref, c'est pas grave ! L'essentiel c'est qu'il soit cool, malgré des débuts chaotiques. On a beaucoup parlé hier soir, on a fumé un joint et j'ai même vu sa queue.

– Quoi ?!

Au moment où je prononce cette phrase, j'entends quelqu'un s'approcher derrière moi. Je me retourne d'un coup sec, en priant le ciel pour que ce ne soit surtout pas Zack. Je ferme les yeux et rougis jusqu'aux oreilles, car celui dont je suis en train de parler se tient juste là.

Pourvu qu'il ne m'ait pas entendue !

– Salut Ella !

– Hé, Zack, dis-je d'un air faussement dégagé. Qu'est-ce que tu fais là ?

Il hausse un sourcil.

– Je vis ici, tu te souviens.

Il est complètement trempé, sa planche de surf à ses côtés, ses cheveux retombant d'une manière bordélique mais parfaite. Mes yeux descendent le long de son corps musclé. Ses épaules larges, son torse où quelques poils jonchent ses pectoraux, ses abdos saillants, cette ligne en V qui m'a tant fait saliver hier soir. Sa peau hâlée par le soleil et ses yeux bleus auréolés d'or. Seules quelques cicatrices sur son torse rappellent qu'il est humain. Je me demande comment il se les est faites. Elles sont discrètes mais nombreuses.

– Je savais que tu avais apprécié ce que tu avais vu hier, fait-il, un sourire suffisant vissé au coin des lèvres.

– Hein ? Quoi ?

– Ce que tu viens de dire à tes potes. Soit dit en passant, ils sont toujours là.

Il se met face au téléphone et les salue. Mes amis restent bouche bée, eux aussi.

– Je te vois plus tard, Ella.

Et comme ça il s'éloigne, me laissant complètement mortifiée. Malgré ma gêne, je ne peux décrocher mes yeux des muscles de son dos qui bougent quand il marche. J'ai envie d'en tracer tous les contours et les reliefs avec les doigts.

Je redescends sur terre quand j'entends mes potes hurler comme des loups au téléphone.

– Oh, mon Dieu, je vais aller me cacher dans un trou de souris, il m'a entendue. Il m'a entendue vous parler de sa queue.

Je plaque mes mains sur mon visage pour en faire baisser la température.

– Il ne semblait pas s'en offusquer, ne t'inquiète pas, Ella, me rassure Maria. En tout cas c'est toi qui as raison, il est canon, et par canon je veux dire irréel.

– Ouais… C'est Zack ! Zack Miller, dis-je, l'air rêveur.

Et c'est tout ce qu'il leur faut pour partir dans un délire, plein de questions indiscrètes et de scénarios improbables dans lesquels Zack et moi finissons ensemble. J'apprécie leur enthousiasme mais calme tout de suite leurs ardeurs. Zack et moi ne faisons pas partie de la même planète et en plus il est pris.

On continue à discuter pendant une demi-heure avant de se quitter en se promettant de se reparler très prochainement. Maria me fait promettre de prendre discrètement des photos de Zack, à poil si possible, pour les lui envoyer, tandis que Pierce se moque de notre nouvelle obsession.

Parler, rire avec mes meilleurs amis me donne l'impression qu'ils sont toujours là et que rien n'a changé. Je vais peut-être réussir à survivre à cette année, finalement.

Quand je lève les yeux, j'aperçois Mme Miller à l'entrée du garage qui m'observe longuement, comme si j'étais le nouvel ennemi à abattre. Elle ne me lâche pas du regard. Un frisson me traverse l'échine, il y a quelque chose de malsain chez cette femme qui me fait froid dans le dos. Elle finit par grimper dans sa Tesla SUV et par disparaître, à mon plus grand soulagement.

9

Ella

Aujourd'hui c'est le premier jour de lycée pour moi.

Encore un nouvel établissement. J'en ai fait trois depuis la mort de mamie et je commence à sérieusement me lasser de tous ces éternels recommencements.

Me présenter, choisir mes classes, mes activités extrascolaires, me faire des amis, éviter de me faire des ennemis. Quitter ce lycée et recommencer.

Encore et encore et encore !

Au moins, les trois écoles précédentes avaient l'avantage d'être à Chicago, du coup après les cours je pouvais retrouver Pierce et Maria avant de retourner dans l'enfer des familles d'accueil ou la solitude de l'orphelinat. Même si cela voulait dire frauder le métro et risquer de se faire prendre par les contrôleurs. En gardant des liens journaliers avec Maria et Pierce, je me donnais l'illusion que rien n'avait changé, que je faisais toujours partie d'une famille, d'un territoire, que mamie n'était pas vraiment morte, que ma vie n'avait pas basculé dans l'inconnu sidéral.

Un soupir las s'échappe de mes lèvres alors que je fais défiler les quelques cintres qui ornent mon placard.

Hier, Lisa devait m'emmener faire du shopping mais elle a travaillé tard. Elle était crevée et puis elle avait envie de voir Clint.

C'est pas grave ! Elle m'emmènera bientôt, m'a-t-elle promis, enfin elle comme moi savons bien que ses promesses sont aussi fiables que celles d'un junkie en manque.

Ainsi mes choix sont toujours restreints et je me demande ce que je peux porter pour passer le plus inaperçu possible. Je ne cherche pas à impressionner ou à plaire. Je veux me fondre dans la masse. Je jette mon dévolu sur un jean et un chemisier bleu. La parfaite tenue caméléon. J'arrange mes cheveux, attrape mon sac à dos et descends dans la cuisine où Lisa est déjà en train de s'affairer aux fourneaux.

– Bonjour ma chérie! lance-t-elle en claquant une bise enthousiaste sur ma joue.

– Bonjour!

Je me méfie de ses élans d'affection, cela ne fait que quelques jours que je suis là mais j'ai remarqué qu'elle était d'humeur changeante. Un coup elle m'adore et ne cesse de me parler et la seconde d'après elle m'ignore complètement et passe la soirée chez son petit ami en me laissant seule face à un plat froid et à la télé.

Je ne sais pas encore laquelle est la vraie Lisa, la mère aimante ou la garce égoïste. Je crois que ce matin j'ai le droit à la première version.

Je comprends. Elle est encore jeune et elle a sa propre vie mais bon elle ne m'a pas vue depuis dix ans. Elle pourrait au moins attendre quarante-huit heures avant de me laisser seule toute une nuit. Il est vrai que je ne lui rends pas non plus la tâche facile. Je fais constamment la gueule et je lui réponds par monosyllabes, ou par sarcasmes.

Même moi j'aurais pas envie de passer du temps avec moi dans ces conditions.

Mais je ne peux pas m'en empêcher. Elle m'exaspère. Je ne sais pas pour quoi je lui en veux le plus.

Pour m'avoir abandonnée, ou pour avoir ignoré l'enterrement de sa propre mère?

À défaut de lui dire tout ce que j'ai sur le cœur, je préfère la faire souffrir à petit feu.

Je me juche sur l'un des sièges qui ornent le bar de la cuisine: une assiette d'œufs brouillés, de bacon et de pancakes m'attend ainsi qu'un café fumant. Je vois qu'elle a mis les petits plats dans les grands.

– Tu es prête pour ton premier jour, Ella?

– Ai-je le choix?

– Tu verras, tout va bien se passer.

Elle m'observe de haut en bas.

– C'est ce que tu comptes porter?

Sa moue boudeuse détaille mon chemisier avec suspicion.

– Elle est pas un peu trop petite, cette chemise?

Bon, c'est vrai qu'elle est peut-être un peu serrée, surtout au niveau de ma poitrine, il faut dire que je l'ai depuis longtemps. Et quand on y regarde de près, on a l'impression que les boutons-pression vont exploser, mais c'est tout ce que j'ai qui fait un peu habillé, alors on va pas s'embarrasser des détails.

Je réponds par un haussement d'épaules qui vaut bien toutes les explications.

– Tu ne te maquilles pas?

Je plonge ma fourchette dans le pancake et avale une énorme bouchée alors que la dissection en règle se poursuit.

Je suis un garçon manqué. Je déteste le maquillage, mais ça, elle le saurait si elle n'avait pas passé les dix dernières années à m'ignorer.

– Tu devrais te maquiller, ça mettrait ton joli visage en valeur, continue-t-elle.

Mes yeux rejoignent les siens et je lui adresse le regard le plus blasé que j'aie en stock. Je me lève, rince l'assiette dans le lavabo avant de le ranger dans le lave-vaisselle.

– Bon ben je vais y aller! C'est bien en bas de la rue que passe le bus scolaire?

– Oui, c'est bien ça! Bonne journée ma chérie.

***

Laguna High School. Une façade victorienne, tout en briques rouges, un immense escalier en pierre qui mène à l'entrée principale. Des vitraux dignes des plus grandes églises et des arches gothiques.

Y a pas à dire, ça claque!

Je grimpe l'immense escalier, pousse la porte et trouve le bureau des inscriptions.

– Ella Gonzalez, dit la secrétaire en étudiant mon dossier.

Bienvenue. Je vois que vous avez fait plusieurs lycées cette année.

Elle arque un sourcil pour que je lui en explique les raisons mais je me contente de confirmer d'un signe de tête.

Aucune envie de raconter ma vie.

Elle n'insiste pas et me file mon emploi du temps, une carte pour me repérer et la liste des livres dont je vais avoir besoin. Après l'avoir remerciée, je me dirige vers ma première classe.

Quelques élèves sont déjà en train de bûcher sur de gros livres, que je ne me suis pas encore procurés. Je m'installe à une table près de la fenêtre. L'ambiance est studieuse et calme. Rien à voir avec la folie de Lincoln High où les élèves étaient plus là pour gratter le chauffage que pour étudier. Les salles de classe étaient remplies à ras bord l'hiver, et quasiment vides au printemps.

La sonnerie retentit. Tout le monde entre en classe, en discutant et en riant, puis vient le professeur, un grand brun aux cheveux frisés, avec un sourire rassurant et une voix chaude. Il relève les manches de sa chemise et s'adosse à son bureau pour contempler son assemblée.

– Bonjour, mes chers élèves ! J'espère que vous êtes en forme aujourd'hui car on va commencer le chapitre sur les primitives. Prenez votre livre à la page cent vingt et un !

S'ensuit un brouhaha général qui me laisse interdite car un, je n'ai aucune idée de ce que sont des primitives et deux, je n'ai pas encore le livre en question.

Le professeur finit par remarquer mon désarroi. Il vérifie sa liste d'élèves puis me regarde à nouveau.

– Vous êtes nouvelle, mademoiselle ?

Tous les visages qui jusque-là m'avaient tranquillement ignorée se retournent vers moi.

– Oui.

Je m'éclaircis la gorge.

– Veuillez vous lever et vous présenter dans ce cas, je vous prie.

Allez ! Là, il faut pas se louper.

Je me redresse mais je suis interrompue par des coups sur la porte.

– Une minute s'il vous plaît. Entrez.

Une bande de filles toutes plus belles les unes que les autres entrent dans la classe dans leurs tenues de pom-pom girls. Le cliché intégral. Blondes, brunes, rousses, on croirait voir des mannequins de Victoria's Secret défiler. Dents blanches, sourires éclatants, démarches assurées. Je reconnais aisément Shelby, la petite amie de Zack. Celle que j'ai vue dans la piscine samedi soir. Elle tend un billet au professeur qui en prend connaissance.

– Désolées, le coach nous a gardées plus longtemps, précise-t-elle.

D'un sourire de connivence, il les excuse immédiatement et les filles vont s'installer à leurs places dans un flot de rires, de parfums fruités et de regards admiratifs.

Elles s'installent en îlot au fond de la classe et sortent leurs affaires. Un raclement de gorge du professeur impose le silence immédiatement et me remet sur le devant de la scène.

– On vous écoute, mademoiselle.

– Je m'appelle Eleanor Gonzalez, je viens de Chicago, et je vais faire ma terminale ici à… Laguna High.

– Bonjour, mademoiselle ! Bienvenue parmi nous, vous allez adorer étudier ici. Nous pouvons nous vanter d'être l'un des lycées les plus renommés de Californie.

– Merci ! fais-je avant de me rasseoir.

Mais visiblement il n'en a pas fini avec moi.

– Je vois que vous n'avez pas eu le temps de vous procurer notre livre de ?

Je fais non de la tête. Il dépose le sien sur ma table.

– Tenez ! Je vous le prête, mais tâchez d'avoir le vôtre dès demain.

– Bien sûr ! Merci monsieur…

– Monsieur Green !

– Merci, monsieur Green.

J'ouvre le bouquin à la page demandée et sors mon cahier pour prendre des notes. Un mouvement furtif attire mon attention vers la droite.

Un petit morceau de papier a atterri sur ma table. Je me retourne pour voir d'où il provient mais je ne rencontre que des visages impassibles. J'ouvre le petit billet :

Bienvenue parmi nous la pouilleuse !!!
Tu veux pas que je te prête une chemise en plus du livre du prof, celle que tu portes a l'air d'appartenir à ta petite sœur !

Je me crispe, froisse le morceau de papier dans mon poing puis cherche à nouveau qui est l'auteur de cette merde, prête à en découdre. Mais à part quelques gloussements qui parviennent du fond et qui ne me semblent pas destinés, je ne trouve pas.

Je me contente alors de balayer l'assemblée d'un regard noir.

Ils se prennent pour qui, ces petits cons de bourges !

J'ai très envie de riposter par des insultes mais la voix du professeur m'interpelle à nouveau :

– Un problème, mademoiselle Gonzalez ? Vous ne trouvez pas le chapitre sur les primitives ?

– Non, tout va bien ! réponds-je avant de me plonger dans l'écoute du cours et dans la prise de notes, tout en essayant d'ignorer les chuchotements et rires étouffés autour de moi.

Le prof parle vite. Je ne comprends pas la moitié des choses auxquelles il fait référence. Les exercices sont un véritable casse-tête, je me triture les méninges, mordille mon bout de crayon, transpire comme une folle et je redoute de poser des questions de peur de passer pour une débile.

Des auréoles de sueur finissent par apparaître au niveau de mes aisselles.

Oh, génial !

Voilà ce qui arrive quand je suis trop stressée et mon chemisier est bien trop serré pour que cela passe inaperçu.

Super ! Il ne manquait plus que ça !

Je camoufle les dégâts comme je peux, mais je ne suis pas sûre d'être très efficace.

La fin de classe sonne comme une libération. Je m'éjecte de ma chaise et quitte la pièce comme si j'avais la mort aux trousses.

Avant d'enchaîner sur le prochain cours, je dois absolument faire un passage aux toilettes.

Heureusement, je les trouve rapidement et il n'y a personne alors je soulève mes bras face au miroir pour constater l'étendue des dégâts. Comment vais-je me débarrasser de cette énorme tache?

Pas le choix…

J'enlève mon chemisier et décide de le laver. Je prends un peu de savon et je gratte les deux zones sinistrées avant de les rincer. Je place ensuite le tissu sous le sèche-mains, qui se déclenche dans un bruit assourdissant. L'air chaud commence à faire son effet lorsque j'entends un groupe de filles s'approcher.

Prise de panique devant mon reflet et ma brassière verte, je me planque dans les toilettes pour me rhabiller.

– Je t'assure, Sam, c'est elle.

– Franchement, j'ai du mal à imaginer que Zack se tape une pouilleuse pareille.

Je fronce les sourcils et serre les poings en reconnaissant les termes écrits sur le petit mot qui m'était destiné tout à l'heure.

– Tu as vu ses fringues? Et son sac à dos?

– M'en parle pas! Ses Vans sont tellement abîmées qu'on dirait qu'elle les a eues à l'Armée du Salut.

– Encore en train de parler de la nouvelle?

– Shelby est persuadée qu'elle a baisé Zack!

– Shelby croit que tout le monde a baisé ou a envie de baiser Zack!

– C'est pas le cas?

– OK, c'est le mec le plus sexy du lycée. Mais honnêtement il n'a d'yeux que pour toi.

– Tu oublies Sam?

– Oh! Tu ne vas pas recommencer avec ça. On était bourrés, c'était une erreur. Lâche l'affaire. Et puis il est fou de toi. Eleanor, la nouvelle crasseuse plate comme une planche à pain et au cul de mammouth, n'est pas du tout une menace, je te rassure.

– Qu'est-ce qu'elle foutait dans sa piscine au milieu de la nuit, alors?

– Je ne sais pas, tu n'as qu'à demander à Zack?

– Hors de question que je lui adresse la parole. Pour l'instant, je le fais souffrir. Sinon il va croire que je suis à ses pieds et qu'il peut me tromper sans problème. Il faut toujours garder les mecs au pas sinon c'est foutu.

– Mais tu es à ses pieds!

– Il n'a pas besoin de le savoir. En attendant, assurez-vous qu'aucune poufiasse ne s'approche de lui de trop près et ne profite de notre rupture momentanée pour lui mettre le grappin dessus.

– T'es vraiment grave, je te jure.

Le silence reprend à nouveau ses droits dans les toilettes.

Je ressors de ma cachette un peu chamboulée, mais hors de question que je pleurniche pour ces petites connes.

Je me fiche royalement de ce qu'elle pense de moi. Je ravale la boule qui s'est formée dans ma gorge avant de retourner en classe.

10

Ella

Le reste de la journée passe au même rythme. Le soir, lorsque j'arrive enfin chez Lisa, je suis éreintée et désespérée.

Un Post-it sur le frigo m'indique que ce soir Lisa ne rentrera pas. Clint a une surprise pour elle.

Génial!

Le shopping ne sera pas pour tout de suite et puis qui vais-je pouvoir torturer pour faire passer mon désarroi? Je soupire.

Il faut vraiment que je me trouve un job pour ne plus rien attendre de personne. Mais honnêtement, après ce premier jour et le niveau d'exigence de ce lycée, je ne suis pas sûre que je vais pouvoir faire autre chose qu'étudier. J'ai l'impression d'être en bas d'une montagne impossible à grimper.

Je décide d'aller prendre une douche pour me calmer.

Lorsque je sors de la salle de bains, une serviette enroulée autour du corps et une autre dans les cheveux, je remarque que j'ai reçu un message. Expéditeur inconnu.

[Hé! Comment s'est passé
ton premier jour au lycée?]

[C'est qui?]

[C'est Zack!]

Mon cœur accélère. Je croyais qu'il m'avait oubliée ou qu'il n'était juste pas intéressé par ma présence. Je rassemble mes jambes en dessous de moi et tape le prochain message:

[Comment as-tu eu mon numéro?]

[C'est Lisa qui me l'a filé !]

Je souris et retire la serviette qui nouait mes cheveux jusque-là, les ébouriffe pour les aider à sécher.

J'ai envie de lui poser plein de questions : était-il au lycée aujourd'hui ? Et pourquoi m'écrit-il ? J'opte pour un entre-deux :

[Pourquoi lui as-tu
demandé mon numéro ?]

[J'avais envie de te parler.]

Aussi simple que ça. Son honnêteté me surprend, il va droit au but, pas de faux-semblant, pas de jeu débile de séduction. OK, c'est sûrement parce qu'il n'est pas en train de me séduire qu'il est si cool. Ça me donne envie de faire pareil, de me montrer honnête.

[C'est gentil ! Moi aussi
j'ai envie de te parler.]

[OK, alors rhabille-toi,
j'arrive !]

Quoi ? Comment sait-il que je ne suis pas habillée ?

Je passe une main dans ma chevelure de lionne pour la discipliner tout en regardant autour de moi.

Il a foutu des caméras ou quoi ?

Comme s'il répondait à ma question silencieuse, il m'envoie un message.

[Regarde par la fenêtre.]

Je lève les yeux et vois Zack, tout sourire, qui me salue de la main. Mon premier réflexe est de me cacher derrière le mur. Après tout, je suis à moitié nue.

[Depuis quand
tu m'observes ? Pervers !]

Je repasse dans ma tête toutes les fois où je suis sortie à poil de la salle de bains, où j'ai dansé devant le miroir en soutif, une brosse à cheveux dans les mains, ou encore hier quand je me coupais les ongles des pieds sur mon lit !

Le comble du glamour.

Heureusement, je ne vis pas ici depuis suffisamment longtemps pour que la liste des catastrophes soit trop longue.

[Il n'y a pas que toi
qui aies le droit
de jouer au voyeurisme.]

Je souris, il m'a bien eue. Je ne réponds rien et me contente de fermer les stores.

Quelques minutes plus tard, trois coups retentissent à la porte, alors que je suis dans le salon. Je lève les yeux du calepin sur lequel j'étais en train d'écrire.

J'arrange rapidement mes cheveux et regarde si je n'ai pas de taches sur mon tee-shirt grand, gris et informe.

– C'est ouvert !

Je retiens mon souffle en voyant Zack avancer vers moi. Il porte un jean troué délavé et un simple tee-shirt noir qui met en avant sa carrure finement musclée. Il a les mains dans les poches et semble sortir tout droit de la douche. Son odeur est délicieuse. Il relève les sourcils quand il me salue et ça déclenche en moi des trucs complètement dingues. Il faut que je me calme. Il a une copine, et il est bien au-dessus de ma ligue, même si la midinette qui sommeille en moi rêverait de le séduire et de parader devant tout le lycée à son bras, histoire de prouver à tout le monde que je ne suis pas une pouilleuse.

Mais j'ai autant de chances que ça arrive que de voir Harry Styles me demander en mariage.

– Des quesadillas ! fait-il en saisissant le plat posé sur la table. Je peux ? Je viens de rentrer de l'entraînement et je crève la dalle.

– Oui vas-y, bien sûr.

Il s'assoit à mes côtés, prend une première bouchée et ferme les yeux.

– Putain c'est délicieux. C'est toi qui les as faites ?

– Oui !

– Tu sais cuisiner ?

– Évidemment ! Quelle question !

– Ben aucune personne que je connais ne sait cuisiner, même pas ma belle-mère. On a un cuistot à la maison.

– Je trouve ça triste, c'est un plaisir de faire la cuisine. De choisir les ingrédients et de les associer avec amour. C'est tellement meilleur de déguster un plat quand on l'a fait de ses propres mains.

Je dis ça avec un peu trop de passion. Zack m'observe longuement. Je rougis.

– T'es impressionnante, Ella. En plus de tes compétences de sprinteuse. C'est délicieux, dit-il en se léchant le bout des doigts.

Mon bas-ventre se tord. Ses lèvres, elles, sont si charnues, si appétissantes.

– Où as-tu appris à faire ça ? ajoute-t-il, me ramenant à la réalité.

– C'est ma grand-mère. On adorait cuisiner ensemble. C'était notre moment de détente à toutes les deux.

Mon cœur se serre quand je repense à elle, mais j'essaye de garder une contenance.

– Elle te manque ?

– Oui, énormément.

– Je suis désolé.

Il pose sa main sur la mienne pour me réconforter. Un courant électrique traverse mon échine et fait virevolter des stupides papillons. Je retire ma main immédiatement et me redresse.

– Tu veux boire quelque chose ? proposé-je pour m'éloigner de lui et de sa présence magnétique.

– Oui, s'il te plaît !

– Jus d'orange, ça te va ?

Je lui parle depuis la cuisine.

– C'est parfait.

Je prépare ce qu'il faut puis retourne vers le salon avec nos boissons, l'humeur un peu plus gaie que tout à l'heure. J'avoue que je suis contente qu'il soit là, d'avoir de la compagnie.

Je n'ai parlé à personne aujourd'hui à part à Maria et Pierce sur WhatsApp. Toute la journée, j'ai fait profil bas au lycée et j'ai préféré me planquer sous les gradins du stade à l'heure du déjeuner, au lieu d'aller à la cafétéria.

J'aurais pu en profiter pour socialiser, mais voilà, j'étais embarrassée par mon chemisier trop serré. Je sais que c'est une question de temps, que je vais me faire des amis, mais pour l'instant je me sens affreusement seule, alors la visite de Zack tombe à point nommé.

– Hé, qu'est-ce que tu fous?

Je dépose le plateau sur la table basse et arrache mon calepin des mains de ce fouineur de Zack.

Je retire ce que j'ai dit, j'étais peut-être mieux seule!

– On t'a jamais appris à t'occuper de tes fesses?

– C'est quoi cette liste?

– En quoi ça te regarde? rétorqué-je, un peu énervée qu'il foute son nez dans mes affaires.

– T'énerve pas! J'étais pas en train de fouiller. Je voulais regarder le dessin que tu as fait de plus près et ensuite j'ai vu cette liste, explique-t-il avant de reprendre un air grave. Ella. Tu as besoin d'argent?

– Non!

Je me rassois, gênée.

La honte!

Sur cette liste, j'ai écrit le titre de tous les livres dont je vais avoir besoin pour cette année scolaire, ainsi que leur prix que j'ai découvert sur le Net. Quand on fait le calcul, ça s'élève à plus de huit cents dollars, et cela je l'ai aussi inscrit sur ma liste avec un dessin et une phrase désespérée qui me donne envie de disparaître.

– Ben si, c'est ce que tu as écrit dans ton carnet.

Je ne réponds rien, je me contente de l'ignorer. Mais il persiste.

– Pourquoi tu ne demandes pas à Lisa de te les acheter?

– Et pourquoi tu ne t'occupes pas de tes affaires?

Il réfléchit un instant, enfin je suppose puisqu'un silence pesant envahit la pièce.

– OK!

Il quitte le salon, puis la maison, j'entends ses pas sur le gravier.

Il est parti? Bravo Ella! Tu as réussi à l'effrayer avec ta mauvaise humeur.

Dommage! J'avais vraiment besoin de compagnie.

Pourquoi fallait-il qu'il fouine comme ça aussi?!

Avant que j'aie le temps de dévorer toutes les quesadillas pour calmer mon désarroi, Zack revient les bras chargés de bouquins. Il les pose sur la table du salon.

– Voilà, je pense que tu as tout!

La bouche pleine, je finis de mâcher en évitant de m'étouffer.

– C'est quoi?

– Ben les livres dont tu as besoin. Je te les prête.

– Attends! Je ne comprends pas, et toi tu n'en as pas besoin?

– Si! Mais on va se les partager. Il suffit que tu les remettes dans mon casier après chaque classe et je viendrai les récupérer au besoin.

J'en reste bouche bée. Il vient de trouver en moins de cinq minutes la solution à tous mes problèmes. Je ne sais pas comment le remercier!

Enfin, je sais comment j'ai envie de le remercier…

Mais hors de question que je fasse ce dont je n'ai pas arrêté de rêver ces derniers jours.

Zack est mon seul ami ici alors il faut que j'oublie mon coup de foudre à sens unique et que je me concentre sur ce que je peux obtenir, c'est-à-dire son amitié.

– Pourquoi es-tu si sympa avec moi?

– Pourquoi pas?

– Je ne sais pas, on se connaît à peine et…

Tout le monde ici est si horrible, alors pourquoi pas toi?

– Ella, tu es la sœur de Lisa, j'adore Lisa, elle bosse pour ma famille depuis longtemps.

– Comment pourrais-je te remercier?

– En me laissant un peu de quesadillas.

Je réalise que j'ai encore le plat sur mes genoux. Je le lui tends avec plaisir. Il s'installe à mes côtés et prend une part puis mâche avec vigueur.

Ne pas regarder ses lèvres. Surtout ne pas les fixer.

Je m'éclaircis la gorge, saisis les livres qui jusqu'à récemment me paraissaient être le Saint Graal, et les feuillette.

Ils sont un peu abîmés, cornés à certains endroits, surlignés à d'autres, mais ils feront l'affaire.

J'imagine Zack en train de travailler dessus, et rien que cette pensée fait à nouveau virevolter des papillons dans mon ventre. Il est beau, il est sexy et surtout il est sympa.

Il serait parfait pour moi…

Si seulement je n'étais pas moi.

11

Ella

Deuxième jour de lycée, et toujours les mêmes difficultés.

Je pensais qu'une fois que j'aurais les livres, les choses s'arrangeraient pour moi. J'avais tort !

Je ne comprends toujours rien et maintenant je croule sous les devoirs, les *deadlines*, les premiers examens sont déjà pour la fin du mois et le moins qu'on puisse dire c'est que je suis à la ramasse totale.

Ce sont des névrosés dans cette école, je comprends mieux la réputation élitiste de l'établissement.

Personne ne trouve rien à redire à cette cadence, à ces exigences, pas même moi qui fais semblant d'être dans le coup. Le pire, c'est que si l'on foire un exam, on se coltine de l'étude, une forme de détention après les cours à ce que j'ai compris, c'est pire que le bagne !

Bon gré, mal gré, tout le monde doit réussir. Il en va des statistiques et donc de la réputation de l'école. Dans cet environnement policé où tout le monde parle plusieurs langues, je fais figure de canard boiteux.

C'est donc le moral dans les chaussettes et le cerveau embrumé d'équations à plusieurs inconnues, de rudiments de mandarin et de formules chimiques que je cherche le casier de Zack à la pause déjeuner pour y déposer les livres.

Je crois qu'il s'entraîne avec l'équipe à treize heures.

Non pas que j'aie espionné son emploi du temps sur le site de l'école, dans l'espoir de le croiser. Ce serait indigne de moi et contraire à toutes mes bonnes résolutions.

Trente-deux douze. Le casier s'ouvre dans un cliquetis, mon regard est attiré par un petit Post-it jaune collé sur un bouquin.

Je le décroche et le lis :

Passe une bonne journée, Ella !

Je ne peux empêcher mon cœur de battre plus fort. Si je m'écoutais, je déposerais des baisers enfiévrés sur ce simple petit mot. Mais je n'en fais rien, évidemment.

D'abord parce que j'aurais l'air conne devant tout le monde dans ce couloir bondé de lycéens et qu'ensuite je me suis promis d'arrêter de fantasmer sur lui.

Hier, après avoir terminé les quesadillas et erré longuement sur Netflix, nous avons regardé *Ozark* et nous avons passé un très bon moment.

Zack est resté toute la soirée. On a discuté, ri, commenté les épisodes. La raison pour laquelle il est resté m'échappe complètement mais je ne veux pas trop me faire de films. Je crois qu'il apprécie juste ma compagnie. Ça ne va pas plus loin que ça.

D'ailleurs, le nombre de fois où il m'a appelée « poto » devrait suffire à me convaincre qu'il n'y a rien et n'y aura jamais rien entre nous. Je suis lucide, vu la nana qu'il se tape, le sosie de Kendall Jenner, qui ne doit se nourrir que de carottes et de céleris, il n'est pas vraiment intéressé par les garçons manqués au physique quelconque et aux hanches trop larges. Et ça me va. J'ai juste besoin d'un ami.

Une main claque la porte du casier derrière moi, me faisant sursauter.

– Qu'est-ce que tu fous à fouiner dans le casier de mon petit ami ?

Shelby m'arrache le livre que je tenais dans les mains.

– T'as perdu ta langue, Taco Bell ?!

Taco Bell ? Elle est sérieuse, cette conne !

– En quoi ça te regarde ? Et rends-moi ça.

Je réussis à esquiver les deux *cheerleaders* qui jouent aux gardes du corps et plaque Shelby contre les casiers. Un cri étranglé lui échappe.

– Enlève tes sales pattes de moi, espèce de pouilleuse !

Elle se nettoie comme si elle venait d'être attaquée par une rafale de poussière.

– Ne touche pas à mes affaires si tu ne veux pas que je te refasse le portrait.

– Tu oses me menacer? Tu sais qui je suis? Tu sais qui est mon père?

– Non! Et j'en ai rien à foutre!!!

Shelby réajuste son chemisier, un air outré lui déformant le visage.

Quant à moi, j'attrape mon sac à dos, resté par terre, que je hisse sur mon épaule avant de faire volte-face.

– Zack est à moi! Espèce de tarée! Ne va pas t'imaginer des choses! S'il te prête ses livres, c'est qu'il a pitié de toi. Il ne te toucherait même pas pour rire! Pauvre tache! Tu t'es bien regardée?

Je serre les dents et m'oblige à ne pas rebrousser chemin pour lui arracher une bonne poignée de ses extensions brunes.

Elle continue de hurler, attirant l'attention de tous les élèves sur nous. Je lève le bras au ciel et lui fais un joli doigt d'honneur tout en continuant de m'éloigner. Je traverse le couloir, remontée comme une pendule, défonce littéralement les portes battantes qui se dressent devant moi et me séparent de l'extérieur, puis je décide d'aller sur les gradins du stade pour prendre l'air et me calmer.

Mon cœur bat à tout rompre dans ma poitrine, et maintenant que l'adrénaline est retombée, j'ai envie de pleurer. Je serre les dents. Je ne pleurerai pas. Pas pour cette conne raciste! Ni pour personne d'autre d'ailleurs. Mais la dernière phrase qu'elle a prononcée me trotte dans la tête et me fait bien plus de mal que je ne veux l'admettre.

Je sors mes écouteurs, mon sandwich au beurre de cacahouète et décide de passer ma pause déjeuner ici, au calme, loin de l'agitation de la cafétéria.

Au loin, je vois l'équipe de foot se diriger vers les vestiaires. Zack est en train de se marrer avec ses potes. Il tourne la tête vers moi et instinctivement je m'abaisse pour me planquer, c'est complètement ridicule, surtout qu'il peut clairement toujours me voir.

Une vibration interrompt la voix de Billie Eilish dans mes oreilles.

Génial c'est Maria !

Un clic et son visage que j'adore apparaît sur l'écran.

– Salut *sista* !

– Hé ! Maria, comment ça va?

Elle est à la cafétéria et est visiblement entourée de tous nos potes. Il y a un boucan d'enfer. J'entends des rires et des bavardages et cette vision ne fait qu'accentuer ma solitude.

– Attends, Ella, je m'éloigne, je ne t'entends pas.

Quand elle a trouvé un coin calme, elle reprend le fil de la conversation.

– Pourquoi tu tires la tronche? On dirait que tu as pleuré !

– Non, je ne pleure pas, fais-je en me frottant le visage.

Mais ma voix se brise un peu. Putain, je me déteste quand je suis dans cet état.

– Ella ! Qu'est-ce qui se passe?

– Rien ! Vous me manquez terriblement. Toi, Pierce, Chicago, mamie.

J'ai soupiré la dernière partie.

– Toi aussi tu nous manques évidemment. Mais meuf, ressaisis-toi ! Elle est où la Ella battante que j'ai toujours connue? Celle capable de tout affronter et d'envoyer chier tous ceux qui se dressent sur son chemin?

– Je crois qu'on l'a enterrée avec mamie.

– Dis pas des conneries pareilles ou je viens personnellement jusqu'à Laguna Beach pour te botter le cul façon Chicago.

– Ce serait le pied !

– On économise, Pierce et moi. On va venir te voir dès que possible.

– C'est vrai? Putain, c'est la meilleure nouvelle que tu pouvais m'annoncer, ça me remonte clairement le moral.

– T'emballe pas, c'est pas pour tout de suite. En attendant, raconte-moi. Le lycée c'est toujours la merde?

– Maria, t'as pas idée. J'ai l'impression d'avoir atterri dans un pays étranger où je ne maîtrise pas la langue.

– À ce point ! Pourtant tu es la personne la plus intelligente que je connaisse après Pierce.

– Ouais, tout est relatif. À Lincoln High, je faisais partie des meilleurs élèves, mais ici les exigences sont dingues, tu devrais voir le nombre de devoirs qu'on m'a filés rien qu'aujourd'hui et j'ai aucune idée de comment je vais les faire.

– Et ta mère, elle peut pas t'aider ?

– Je ne sais pas mais faudrait déjà que je puisse la voir, elle bosse toute la journée et le soir elle est chez son petit ami. Peut-être pour m'éviter d'ailleurs. La plupart du temps, je me retrouve seule.

– En même temps, tu ne risques pas de te faire des potes si tu te planques sur les gradins du stade.

– Je ne me planque pas, je prends l'air. J'en avais marre d'être enfermée.

– Bien sûr. Continue de te raconter des histoires. Ella, tu évites tout le monde et ensuite tu te plains d'être seule.

Elle marque un point !

– Alors, mets ta culotte de grande fille et va à la rencontre des gens. Ils ne peuvent pas tous être cons, snobs et antipathiques.

– Euh… permets-moi d'en douter.

J'hésite à lui parler de l'altercation avec Shelby. Mais honnêtement pas envie de l'ennuyer avec ça.

– Meuf ! Fais un effort pour t'intégrer. Le rôle de la fille du ghetto c'est cool cinq minutes, mais tu risques de passer une année de merde si tu ne te fais pas d'amis.

– Depuis quand tu es devenue si philosophe, Maria ?

– Depuis toujours. Pas le choix quand on a pour meilleurs potes une tête brûlée et un écervelé. Alors tu vas faire ce que je te dis ?

– OK, je vais faire un effort, marmonné-je.

– J'ai rien entendu.

– Je vais faire un effort, dis-je plus fort.

– Tu as intérêt !

On finit la conversation en parlant de choses plus légères et quand je raccroche, je suis à nouveau reboostée pour affronter le monde cruel de Laguna High.

12

Zack

[Si tu veux qu'on parle, je suis
prête à te donner une seconde
chance.]

Je regarde le texto de Shelby et balance mon portable sur le siège arrière de ma voiture. Je n'aime pas du tout le ton qu'elle emploie. Il implique qu'elle me fait une faveur, qu'elle me pardonne, donc que j'ai fait quelque chose de mal. Ce qui est totalement faux. Je n'ai rien fait, ni avec Ella ni avec une autre.

Alors *fuck it*! Je décide de ne pas répondre jusqu'à ce qu'elle abandonne son air condescendant et qu'elle accepte simplement d'avoir eu tort. Connaissant ma petite amie, ça risque de prendre un bon moment, mais je m'en tape.

De toute façon j'ai mieux à faire ce soir que me prendre la tête avec Shelby sur mes soi-disant infidélités. Je dois retrouver Ella pour un marathon *Ozark*. Cette série est juste dingue et j'avoue que j'apprécie de la mater avec Chicago. Premièrement car elle fait les meilleures *enchiladas* du monde et deuxièmement parce qu'elle est cool. C'est facile de lui parler. Elle est drôle, sans prise de tête.

Je gare ma Jeep dans le garage puis traverse la cour où je croise notre jardinier José qui finit sa journée et ramasse ses ustensiles.

Je le salue longuement et vérifie que ma névrosée de belle-mère n'est pas dans les parages, avant de frapper à la porte des Gonzalez.

Personne ne répond. Il y a de la musique qui émane de l'étage. J'entre et me laisse guider par la voix de Drake. La porte de la chambre de Chicago est entrouverte.

Elle est allongée sur le ventre. Un short un peu plus féminin que celui qu'elle portait hier laisse deviner une cambrure de fou : elle a un sacré beau cul, une taille hyper fine et des hanches très rondes. On dirait presque une poire. Ma bite semble apprécier le spectacle. Alors au lieu d'annoncer ma présence, je continue de la mater.

Son débardeur est légèrement relevé sur son dos, dévoilant deux petites fossettes. Je laisse mon regard se perdre sur ses longues jambes fines et bronzées, sur son cou hyper délicat, son visage fin. Elle se mordille les lèvres en griffonnant des trucs sur une feuille.

Sa bouche est rose, pleine, plutôt avenante, mais ce qui est le plus beau sur son visage, ce sont ses grands yeux de chat. D'un vert perçant, qui tranche complètement avec sa couleur ambrée naturelle.

Ella est vraiment belle ! Ça veut pas dire que je voudrais me la taper. C'est juste un fait objectif. Mais je dois avouer qu'elle n'est pas mon genre de fille. Je les aime plus fines, moins négligées, moins garçons manqués et moins grandes gueules.

Et puis surtout on vit sous le même toit. Coucher avec quelqu'un qui vit au même endroit, c'est la plus grosse des conneries à faire. De plus, ma belle-mère a bien fait comprendre à Lisa qu'au moindre faux pas elle les virerait toutes les deux sur-le-champ. Et je ne peux pas compter sur mon père pour lui tenir tête. Il a perdu ses couilles depuis qu'il est avec cette conne de Judith.

Alors même si mon instinct me pousse en temps normal à faire exactement le contraire de ce qu'on attend de moi juste pour le plaisir d'emmerder le monde, je ne peux décemment pas mettre Lisa et Ella dans une sale situation à cause de mon esprit de contradiction.

Une raison de plus de ne pas laisser ma queue traîner là où il ne faut pas. Même si ma queue en ce moment désapprouve complètement cet argumentaire imparable.

Le visage d'Ella se redresse et elle me voit. Aussitôt un grand sourire fend ses lèvres et illumine son visage.

– Zack ? Tu es déjà là ? Mais quelle heure est-il ?

– Dix-huit heures !

– Oh… fait-elle, un peu étourdie, je n'ai pas dû voir le temps passer.

Elle rassemble les innombrables feuilles qu'elle a éparpillées sur son lit. Elle les organise méthodiquement tout en se mordillant l'intérieur de la joue.

Je balaye sa chambre des yeux, les murs sont blancs et impersonnels. Il y a une coiffeuse dans le coin qui semble affreusement vide. Je me pose sur la chaise du bureau et jette un œil dans sa penderie dont la porte est restée entrouverte. Quelques cintres se battent en duel.

Elle ne plaisantait pas quand elle disait ne pas avoir grand-chose à installer. Je me demande soudain qui elle est.

Quel est son passé? Et pourquoi avait-elle si peu de souvenirs à emporter?

J'aimerais pouvoir lui poser toutes ces questions mais je m'abstiens. Hier, elle a failli m'arracher la tête quand elle a réalisé que je regardais le dessin sur son carnet.

Elle finit de ranger son classeur en soupirant.

– Ella, je peux passer plus tard et te laisser finir tes devoirs si tu veux.

– Non, c'est bon, continue-t-elle, l'air las. De toute façon je n'arrivais à rien, alors autant lâcher l'affaire.

Elle soupire longuement puis se force à me sourire.

– Comment s'est passée ta journée?

– Bien, les cours, l'entraînement, la routine. D'ailleurs, c'est pas toi que j'ai vue sur les gradins du stade à l'heure du déjeuner?

– Non!

Elle fuit mon regard.

– T'es sûre? J'étais quasiment certain que c'était toi.

– Non je te dis. Qu'est-ce que je ferais seule sur les gradins comme une « jpp »?

– C'est quoi une « jpp »?

– Une « j'ai pas de potes ». Expression de Chicago, précise-t-elle.

– Une « jpp »? répété-je, un peu amusé. Comment tu sais que la personne qui « n'était pas toi », fais-je en mimant des guillemets, était seule?

Elle rougit légèrement, puis fronce les sourcils.

– Yo, Columbo ! Tu me lâches ! Je t'ai dit que ce n'était pas moi. J'étais à la cafétéria comme tous les autres élèves. Je mangeais avec… avec Marie, une nana super sympa que j'ai rencontrée à mon cours de robotique.

– Marie comment ? Je connais tout le monde au lycée, comme ça je te dirai si elle est cool ou pas.

– Je ne connais pas son nom de famille. Et qu'est-ce que t'as à me poser toutes ces questions à la con ? Tu fais partie de la police ? Tu crois que parce que tu me prêtes tes livres tu as le droit de m'interroger comme ça ? Je peux te les rendre tout de suite si c'est comme ça.

Elle lève le ton et fronce les sourcils, prête à en découdre. Je ne comprends pas trop pourquoi elle s'énerve, mais je commence à m'habituer à son tempérament de feu. Alors je parle le plus calmement possible pour désamorcer la bombe Ella.

– Détends-toi, j'essaye juste de faire la conversation, et puis si je peux te filer deux ou trois conseils pour réussir ton intégration, ce ne sera pas du luxe. Les élèves de Laguna High peuvent se montrer méprisants et snobs et comme tu viens d'un autre mili…

Je vois ses yeux s'obscurcir davantage.

– D'une autre ville alors…

Elle lève la main pour m'interrompre.

– Mon intégration se passe parfaitement bien, je n'ai pas besoin de ton aide.

– Ouais ?

– Ouais ! Par contre s'il y a un truc que tu peux faire pour moi, c'est m'expliquer comment fonctionnent ces putains de primitives. J'y comprends rien, bordel !

Elle passe les mains dans ses cheveux et tire dessus. Ce qui lui fait une tête un peu bizarre d'alien.

– Tu ne pouvais pas mieux tomber, je suis le mec le plus intelligent de Laguna Beach.

– Et le plus modeste aussi.

– La modestie c'est pour les losers, plaisanté-je.

Elle lève les yeux au ciel mais me décoche quand même son plus beau sourire. Je crois que l'embrouille qui nous menaçait il y a encore cinq secondes vient de se dissiper.

– Donc tu acceptes de m'aider?

– Oui!

– Cool, merci!

– On se met au boulot. On a la première saison d'*Ozark* à finir.

– Maintenant?

– Ben oui maintenant. Tu préfères faire ça à un autre moment?

– Non, non, tout de suite ça me va comme ça, je serai débarrassée.

Elle se lève du lit et vient s'installer à côté de moi. Je lui laisse la chaise et m'assieds sur le bureau. Elle sort un crayon et son classeur pendant que j'attrape le livre pour relire le chapitre sur les primitives.

Elle m'écoute attentivement en mordillant son crayon de papier et en me posant des questions hyper pointues. Je lui propose de faire des fiches, elle s'exécute sans hésiter. Ensuite, on passe à la pratique. Au début, elle se trompe sur quelques exercices que je corrige avec elle, mais peu à peu elle comprend alors je la laisse faire toute seule en m'assurant quand même qu'elle applique à chaque fois la bonne méthode.

J'essaye de garder les idées claires lorsque la bretelle de son débardeur s'affaisse sur son épaule sans qu'elle n'y prête attention. Trop concentrée sans doute.

J'aperçois un joli et délicat grain de beauté, à la naissance de sa clavicule. Puis mes yeux s'aventurent plus bas. Son débardeur qui a l'air vieux s'affaisse et vu d'en haut je peux deviner la naissance de ses seins. Ma bite remarque plus vite que moi qu'elle ne porte pas de soutien-gorge.

Putain! Mais c'est pas vrai!

Je m'éclaircis la gorge et décide de m'éloigner de la zone dangereuse en m'installant sur le bord du lit. À bonne distance. Sauf qu'elle se met à attacher ses longs cheveux bruns qui recouvraient la moitié de son dos en chignon et m'offre le spectacle envoûtant de sa peau mate.

Elle a un grain parfait qui ne demande qu'à être caressé. Elle se retourne soudain, m'arrachant à ma contemplation :

– Ça y est j'ai fini, je crois.

– Montre-moi !

Elle me tend son livre et sa feuille, que j'inspecte soigneusement. Tous les exercices sont justes.

Elle apprend vite, c'est impressionnant !

Je me redresse pour déposer ses affaires sur son bureau en faisant délibérément traîner le suspense, elle attend impatiemment le verdict. Elle observe le moindre de mes gestes puis me presse.

– Alors ! C'était bon ou pas ? Dis-moi !

– Bravo Gonzalez, tu as tout juste !

– Oui !

Elle bondit de sa chaise et se jette dans mes bras, pressant ses seins sur mon torse. Le parfum de ses cheveux dans mes narines m'achève. Ma bite fait un bond et je repousse violemment Ella comme si elle avait la peste.

Une seconde de plus à la sentir contre moi et je bandais comme un cheval. Déjà là, ma bite est demi-molle, mais heureusement Ella ne semble pas le remarquer. Elle doit prendre mon rejet comme un affront et me regarde l'air confuse.

– Pardon, je voulais juste te remercier amicalement, partager ma joie, je n'allais pas…

– Je sais mais tu ne portes pas de soutien-gorge et…

– Et alors, ça te trouble ? Tu ne vas pas me faire croire que mes piqûres de moustique te font de l'effet ? dit-elle en plaisantant.

Elle plaque ses mains sur ses seins comme pour les cacher et rougit.

Mon sang afflue dans ma queue, me brouillant le cerveau. Est-ce qu'elle a une seule seconde conscience du pouvoir érotique de son geste ?

J'enfonce les mains dans mes poches pour éviter qu'elles fassent des choses qu'elles regretteront plus tard.

– Ils ne me font pas d'effet. Ils me… Tu devrais… juste… enfin…

Je me caresse la nuque nerveusement.

– Merde ! Toutes les filles portent des soutifs ! C'est bien pour une raison !

– Il n'y a rien à voir, il n'y a donc rien à cacher. Et non, toutes les filles n'en portent pas, on peut choisir ce qu'on préfère, non ?

Elle attrape malgré tout un soutif dans sa commode, disparaît dans sa salle de bains et revient quelques minutes plus tard.

– Voilà, c'est mieux comme ça ?

– Euh oui…

Je ne sais pas vraiment quoi dire, après tout c'est vrai, elle a le droit de s'habiller comme elle veut.

Pourquoi je me suis emporté ?

Un ange passe. Elle finit par briser la glace.

– Tu as faim ?

– J'ai cru que tu n'allais jamais demander.

– Un bol de *rancheros*, fromage fondu et *jalapeños* ça te tente ?

– J'en rêve !

13

Ella

Les premiers mois passés, je suis forcée de constater que je me suis habituée à mon nouvel environnement. Laguna Beach n'est pas si mal que ça finalement et ma mère n'est pas la pimbêche que je m'étais imaginée.

Bien sûr je suis consciente de ses failles et de son manque de maturité, mais elle gagne un peu de mon respect avec chaque jour qui passe. Il m'arrive donc parfois de me montrer agréable avec elle.

Par agréable, je veux dire que je ne lui balance plus qu'une ou deux remarques acerbes et blessantes par jour au lieu de dix. Pas de quoi s'emballer non plus, mais je fais des efforts.

Mamie serait fière de moi.

Notre routine est maintenant bien rodée, le matin elle me prépare un petit déjeuner gargantuesque et bavarde incessamment avant que j'aille au lycée. Elle me fait plein de promesses à propos de notre nouvelle vie ensemble, des projets vacances et des virées shopping entre filles, qu'elle oublie aussitôt le soir même, préférant les bras de Clint à ses prérogatives parentales.

N'allons pas nous mentir, ce n'est pas la mère du siècle, mais bon, faute de mieux, je vais m'en contenter. J'ai un toit sur ma tête et de quoi me remplir l'estomac. Personne ne me reluque ou ne me méprise, c'est plus que ce que j'ai connu en famille d'accueil.

Et puis avoir la maison pour moi la plupart des soirs a quelques avantages. Ça me permet de passer du temps avec Zack, mon nouveau meilleur ami *slash* athlète musclé au visage de bad boy slash tuteur super sexy slash mec pour lequel j'ai un énorme *crush*.

Et plus je m'efforce de lutter contre ce crush, plus il s'intensifie.

Mais ces derniers jours, il n'est plus passé pour nos soirées révisions et Netflix. On n'en avait jamais parlé concrètement mais je pensais que c'était devenu une tradition. Il venait le soir après l'entraînement pour m'aider avec mes devoirs. Je le remerciais en cuisinant un plat dont j'ai le secret et on finissait la soirée devant une bonne série. C'était le moment le plus sympa de ma journée et j'avoue que ça me manque.

Évidemment, par fierté, je ne lui ai posé aucune question. Pourtant je brûle de comprendre pourquoi il me « *ghoste* ».

Est-ce quelque chose que j'ai fait ou que j'ai dit ?

Peut-être qu'il est juste très occupé. Mais j'aimerais quand même une explication. Je veux dire, on se voyait tous les jours et je pensais que ça comptait pour quelque chose.

Qu'on était amis...

En tout cas, pour moi ça comptait énormément. Sûrement parce que ma vie sociale est inexistante.

Pathétique.

– Ella, il va falloir que tu prennes au moins une robe ! m'intime Lisa, me sortant de mes pensées.

– Qu'est-ce que tu ne comprends pas dans « je ne porte pas de robes » ? fais-je en détournant aussitôt les yeux de la pièce couleur citron que ma mère tient au plus près d'elle, les yeux remplis d'étoiles pour m'en faire la promotion.

– Allez ! Essaye-la au moins, pour me faire plaisir.

Elle fait une moue exagérée, comme si elle avait 12 ans. Je lève les yeux au ciel, soupire lourdement mais capitule quand même. Après tout, elle a tenu sa promesse. Elle m'emmène faire du shopping, avec deux mois de retard certes, mais elle le fait. Je ne peux donc pas passer mon temps à la jouer adolescente insupportable.

Je passe derrière le rideau de la cabine et me débarrasse de mon tee-shirt vert kaki et de mon jean. Je m'empresse d'enfiler la robe pour éviter de m'appesantir sur mes seins trop petits et mes hanches trop larges.

Putain, ce jaune. Je vais ressembler à une bouteille d'Orangina.

– Tu as fini ? hurle ma mère à travers la cabine.

– Oui, une seconde.

– Alors ?

– Alors elle ne me plaît pas…

– Je veux voir !

– Non !

N'en faisant qu'à sa tête, et ignorant les principes élémentaires de l'intimité, Lisa ouvre le rideau et se met aussitôt à taper exagérément dans les mains comme si j'étais la septième merveille du monde.

Elle réalise qu'elle n'a plus 3 ans ou pas ?

– Ella, tu es magnifique. Regarde-toi !

Elle me tire par le bras et me fait sortir de la cabine de force pour m'amener face au grand miroir au centre des cabines d'essayage. Là où d'autres clients sont assis et attendent leurs copines.

– Voilà, ici avec cet éclairage, tu peux voir ce que je vois : une jeune fille superbe qui devient une femme et qui devrait en profiter.

– Mouais. Moi ce que je vois c'est une bouteille d'Orangina, avec des pieds de Hobbit et une chevelure indomptable.

Un des mecs assis lève les yeux de son écran et me mate avec un sourire en coin.

J'ai très très envie de lui demander ce qui le fait marrer quand je suis interrompue par une voix chaude un peu cassée, un peu trop familière.

Zack. Putain c'est pas vrai !

Il a le chic pour toujours me surprendre au mauvais endroit et au mauvais moment.

– Bonjour monsieur Miller ! lance ma mère, alors que je refuse de me retourner, complètement tétanisée devant ce miroir.

Je les entends échanger des banalités. Zack rit et parle de son équipe de foot. Ma mère finit par se dire qu'il y a quelque chose qui ne tourne pas rond chez moi et se met à me harceler avec sa discrétion légendaire.

– Ella, tu as fini de t'admirer ? Tu viens dire bonjour ?

Elle pose ses mains sur mes épaules pour me faire pivoter de force, je me retrouve face à Zack. Je ferme les yeux quelques secondes, je suis mortifiée, rouge de honte qu'il me voie comme ça, avec cette robe affreuse qui met tous mes trop et pas assez en avant, alors que je les camoufle sous un tee-shirt et un pantalon habituellement.

Évidemment il fallait qu'il débarque maintenant. Laguna Beach est minuscule et tout le monde semble toujours se retrouver dans les mêmes endroits. Et ce con sur la banquette qui continue de me dévisager.

C'est quoi son problème?

– Ella, tu te souviens de Zack, n'est-ce pas? Le fils des Miller. Je ne sais pas si vous avez eu l'occasion de vous recroiser à la villa ou au lycée?

Ah oui, c'est vrai! Ma mère ne sait rien de nos soirées révisions et Netflix, vu qu'elle est très rarement là le soir.

Elle pense donc que j'ai suivi à la lettre les mises en garde de Mme Miller qui exige que je me tienne à l'écart de son beau-fils. Moi, la fille de rien qui risque de l'entraîner vers les bas-fonds et la débauche, condamnant par ma seule fréquentation son avenir glorieux. C'était le deal. Je me tiens à distance et elle accepte ma présence, notre présence.

Quelle vieille snobinarde de merde!

Elle mériterait justement que je le souille, et si j'en avais le pouvoir eh bien peut-être que je le ferais.

De toute façon, je ne suis pas à blâmer. Jusqu'à présent, c'est toujours lui qui est venu à moi.

Enfin plus maintenant.

Comme je ne dis rien, ne fais rien non plus et que ce moment commence à être des plus embarrassants, Zack intervient:

– Oui, on a eu quelques occasions de se croiser au lycée.

Il me fait un clin d'œil de connivence. Et bizarrement ses mots me vexent. J'aurais voulu qu'il assume, qu'il assume notre amitié, personne ne m'assume jamais moi. Je suis la fausse sœur de ma mère et la fausse connaissance de Zack.

Je veux qu'on m'assume! hurlé-je dans ma tête.

J'ai bien conscience d'être irrationnelle mais je m'en fiche.

Pour parfaire encore plus mon humiliation, Shelby sort d'une des cabines d'essayage, habillée je vous le donne en mille de la même robe que moi. Sauf que sur elle, elle est divine. Elle retombe parfaitement sur ses hanches, le décolleté est rempli comme il faut et son teint doré se marie magnifiquement bien avec ce jaune. Elle avance vers nous d'un pas assuré, puis se renfrogne lorsqu'elle m'aperçoit.

Shelby se colle à Zack, qui enroule son bras autour de sa taille. Les voir ensemble pour la première fois depuis le soir de la piscine me fait un mal de chien. Je ne savais même pas qu'ils s'étaient réconciliés. C'est peut-être pour ça qu'il n'est pas venu me voir ces derniers temps. Je me sens bête. Ils sont magnifiques. Tellement bien assortis, on dirait une pub Abercrombie. Mon cœur se serre et je ne peux pas détourner mes yeux de la main de Zack posée sur la hanche de Shelby. Jusque-là, j'avais réussi à occulter le fait qu'il a une petite amie dont il est éperdument amoureux et que moi je ne suis que la pseudo sœur de sa femme de ménage avec qui il passe un peu de temps parfois, une forme d'animal de compagnie qu'il vient caresser quand il se fait chier mais qu'il ne sortirait sûrement jamais en public.

– Ah salut, Ella, ça va?

Shelby me fait un énorme sourire puis un câlin.

Je rêve! À quoi elle joue cette conne!?

À l'école, elle me met la misère dès que l'occasion se présente, avec son armada de copines, et là elle me prend dans ses bras?

Quel faux cul!

– Vous vous connaissez? demande ma mère.

– On est ensemble en mathématiques, précise la pimbêche.

– Ah, c'est bien! Vous pourriez peut-être devenir amies? Ma petite sœur vient d'arriver et pourrait bénéficier de quelques connaissances par ici.

Oh, mon Dieu la honte!

Elle vient officiellement d'avouer que je suis une « jpp ». Je crois que je dois être aussi rouge que le rouge à lèvres pétant de Shelby et, avec le jaune que je porte, je dois ressembler à un homard qui baigne dans son lit de moutarde.

– C'est vrai qu'on pourrait s'entendre. Nous semblons avoir plein de choses en commun et notamment les mêmes goûts, ironise-t-elle, un sourcil relevé.

Zack la dévisage. Je crois qu'il pense qu'elle va lui faire une scène, mais elle n'en fait rien.

– Je parle de la robe évidemment. Elle te va très bien, Ella. Tu as de la chance, avec ta petite poitrine, tu peux tout porter. Je rêverais d'avoir la même.

Salope!

Je ne réponds pas. Aucune envie de rentrer dans ce ballet de l'hypocrisie.

– Bon, je vais me changer, annoncé-je d'une voix que j'espère neutre.

Je retourne vers ma cabine, le visage en feu et le cœur au bord des lèvres. J'arrache littéralement la robe et la jette par terre, enfile mon jean et mon tee-shirt comme s'il était vital que je me recouvre, que je me retrouve.

Ça, c'est moi! Un jean, des Vans, une queue-de-cheval.

Je n'ai pas besoin de me déguiser pour plaire.

J'attends un petit moment avant de ressortir, pour être sûre que le couple de l'année soit bien parti. Je replace la robe sur un cintre et vais la remettre en rayon.

– Tu ne vas pas la prendre? demande Lisa en surgissant sur mes talons.

– *Nope*!

– Et pourquoi? Elle te va tellement bien, ma chérie!

– Je ne trouve pas et puis je ne suis pas à l'aise en robe. C'est tout! C'est comme ça. Alors s'il te plaît lâche-moi la grappe!

– OK, ne t'énerve pas.

– Je ne m'énerve pas! hurlé-je, excédée, avant de sortir du magasin en trombe, comme l'adolescente bornée que je suis.

Je m'assois sur l'un des bancs en bois qui jonchent la promenade et commence à me bouffer les peaux de doigts.

Ma mère ne ressort pas tout de suite du magasin. Tant mieux, elle doit avoir compris qu'il me faut quelques minutes pour me calmer, pour oublier ce moment d'humiliation. Je sors mon téléphone pour me distraire et constate que j'ai reçu un texto de Zack, j'hésite à l'ouvrir. Pas d'humeur à lui parler.

Qu'il aille se faire voir avec sa pimbêche.

Mais la curiosité est plus forte que tout. Je clique sur l'enveloppe et mon cœur loupe un battement :

[Tu étais resplendissante
dans cette robe, Chicago !]

Chicago. C'est le petit surnom qu'il a choisi pour moi. Pas très original mais je l'aime bien. Je me rappelle les innombrables papillons qui avaient envahi mon estomac le jour où il m'a appelée comme ça pour la première fois. On était en train de réviser, enfin il m'aidait à résoudre un énième problème de maths et il avait dit : « Bien joué, Chicago ! » Son souffle sur ma joue et sa fossette. Il n'en a qu'une, mais à chaque fois qu'elle fait son apparition elle déclenche des trucs dingues en moi. Car elle est rare. Zack ne sourit pas souvent. Juste ce qu'il faut pour vous donner l'impression d'être le témoin d'un miracle, d'une étoile filante. Je soupire. Ça fait bien longtemps qu'il ne m'a plus accordé la moindre importance.

La colère s'empare de moi.

[Tu as enfin retrouvé
mon numéro.]

Je sais que je suis injuste, mais je m'en fiche.

– Tu veux qu'on aille manger une glace ? m'interrompt soudain Lisa.

– Oui, pourquoi pas ?

Quitte à rentrer sans rien, autant se faire plaisir. Je me redresse, range mon téléphone et lui emboîte le pas. Je remarque qu'elle n'est pas sortie du magasin les mains vides. Elle a deux gros sacs remplis.

– Qu'est-ce que c'est que ça?

– Oh, rien! J'en ai profité pour faire du shopping pour moi vu que toi tu ne voulais rien.

C'est pas que je voulais rien, j'avais trouvé des tee-shirts, des blazers et des jeans que j'aimais bien et que j'avais mis de côté, mais cette histoire de robe m'a plombé le moral.

Je commence à regretter un peu mon accès de colère qui m'a poussée à quitter les lieux sans récupérer les articles choisis au préalable, mais je suis trop fière pour en faire part à Lisa. Tant pis, je devrais faire avec mes bonnes vieilles fringues. Mon ascension sociale au lycée n'est pas pour demain.

De toute façon, avec Shelby contre moi, je ne suis pas près de quitter le statut de paria.

On s'arrête devant un glacier à la devanture colorée. Je prends une glace à la mangue et ma mère à la fraise. On s'installe en terrasse face à la mer et je me jette sur mon dessert sous le regard amusé de Lisa.

– Il fait chaud aujourd'hui. Ça donne envie de se baigner, remarque-t-elle.

Mon regard se pose sur l'horizon et je réalise que depuis que je suis là, je ne me suis pas baignée une seule fois.

– Oui, c'est vrai que ça aurait pu être agréable.

– Tu sais surfer, Ella?

– Évidemment, j'ai grandi à South Chicago. On surfe tous les jours là-bas! ironisé-je.

J'avoue que je ne suis pas sympa. Lisa fait des efforts et moi je l'envoie chier dès que je le peux. C'est quoi mon putain de problème? Pas étonnant que personne n'ait envie de traîner avec moi. Je me comporte comme un molosse à qui on a arraché son os. Je me sens soudain stupide.

– Désolée! Je ne voulais pas dire ça.

– Ce n'est pas grave ma puce.

On continue de se balader le long de la promenade, il y a un monde fou, mais c'est très agréable de faire du lèche-vitrines et de bavarder de choses légères. Je crois que mon amertume la concernant diminue de jour en jour.

Bien sûr, on ne parle pas de l'essentiel. Du pourquoi elle m'a abandonnée, ou même mise au monde. Trop lourd, trop tôt, trop tabou. Ce non-dit plane sur nos conversations comme un vautour sur une carcasse. Tôt ou tard, il faudra aborder le sujet, mais ne gâchons pas cette belle journée ensoleillée.

– Tu as vu comment ce garçon te regardait au magasin? Je crois que tu lui plaisais.

– Quel garçon?

– Celui qui était assis sur la banquette.

– Pourquoi tu me parles de ça maintenant?

– Parce que je me dis que tu aurais pu lui demander son numéro.

– Pff! n'importe quoi.

– Ben quoi? Tu n'as pas envie d'avoir un petit ami? Regarde Shelby et Zack, ils ont l'air heureux.

Coup de poignard dans la poitrine.

– Bien que j'aie eu l'impression qu'il te reluquait un peu.

– Qui? Zack?

Une vague de chaleur monte en moi à la seule évocation de son prénom et de l'éventualité que…

– Oui! Tu n'as rien remarqué?

– Non!

– Il te mangeait littéralement des yeux. C'est normal, tu étais tellement jolie dans cette robe. Dommage que tu ne l'aies pas prise.

– Ne recommence pas avec ça.

– Tu crois qu'ils couchent ensemble, Zack et Shelby?

– Maman!

– Ben quoi, ce sont des choses de la vie. Tu verras, toi aussi tu passeras par là quand tu auras un petit ami.

– Tu peux arrêter de parler, s'il te plaît. C'est gênant là.

– OK, j'arrête, mais sache que tu peux me parler de tout, sexe, contraception, MST, la totale. Je veux être une maman cool pour toi, Ella. Elle enroule son bras autour de mes épaules tout en continuant de marcher.

– Sois juste une mère et ça suffira, osé-je dans un murmure.

Elle ne répond pas mais me serre davantage contre son flanc. Je crois que ça veut dire que le message est passé.

Nous rentrons épuisées, aux alentours de vingt-deux heures. Lisa me dépose et file voir Clint qui est *persona non grata* sur la propriété des Miller depuis que la belle-doche a décidé de le bannir.

Quant à moi, je rentre tranquillement me faire une soirée bouquin. Un regard sur Instagram m'apprend qu'il y a une super soirée chez Maddie Williams. Tout le lycée semble s'y être donné rendez-vous.

Évidemment, mon invitation a dû se perdre par la poste. Je mentirais si je disais que ça ne me fait pas un petit quelque chose d'être exclue. On dit que les années lycée sont les plus belles années. Pas pour moi visiblement.

Des stories plus démentes les unes que les autres s'enchaînent sous mes yeux. Des danses endiablées au son du hip-hop, des jeux de *beer pong*, des plongeons acrobatiques dans la piscine, tout ça a l'air super fun et dans un décor de rêve en plus.

Évidemment, Zack est tagué partout sur les photos avec à ses côtés tous ses amis canon et sa petite amie conne mais canon également.

Il n'y a pas de place pour une Latina aux hanches trop amples dans ce parfait cliché.

Et il est temps que je le comprenne.

14

Zack

– Tu pourrais au moins faire semblant de t'intéresser à ce que je te fais!

Shelby est agenouillée devant moi, sa bouche enroulée autour de ma queue. Elle s'efforce de me satisfaire en rejouant toutes les scènes des films pornos qu'elle regarde pour s'entraîner. Mais aujourd'hui ses faux gémissements et ses faux seins ne me font pas l'effet habituel.

Je ferme les yeux et me concentre pour baiser sa bouche jusqu'à ce que je sente la libération finale arriver. Elle s'éloigne. Elle ne veut surtout pas avaler.

Trop calorique, apparemment!

Je nettoie mon bordel dans un tee-shirt, me jette sur le lit et me roule un joint. Shelby se redresse et rejette ses longs cheveux bruns en arrière dans un geste vif. Elle se penche pour remettre son soutien-gorge. On vient juste de baiser, et d'habitude cette activité n'a pas son pareil pour me distraire de mes pensées, mais aujourd'hui ce n'est pas le cas.

Aujourd'hui je pense à Ella. Ça fait des jours qu'elle m'évite et je ne sais pas pourquoi. J'ai beau la bombarder de textos, rien n'y fait.

À la question: « Tu fais quoi ce soir? », elle a répondu: « Je révise. »

À la question: « As-tu besoin de mon aide? », elle a répondu: « *Nope*! »

À la remarque: « Ça fait longtemps qu'on s'est pas fait un marathon Netflix! », elle a répondu: « C'est vrai! »

Et à la question: « Quand est-ce qu'on peut s'y remettre? », elle a écrit après plusieurs secondes d'hésitation: « Je ne sais pas. »

Son silence me perturbe. Qu'est-ce que je lui ai fait pour qu'elle devienne si froide? La conversation avec sa sœur? La remarque sur sa robe ? Le fait que je me sois remis avec Shelby et que je passe moins de temps avec elle ?

Aucune idée !

Tout ce que je sais, c'est que ça me fait chier. J'adorais nos soirées Netflix. J'adorais tous les plats en sauce qu'elle préparait. Ça me changeait du régime drastique que nous impose ma belle-mère. J'adorais le fait qu'elle n'ait aucun problème à s'empiffrer devant moi. Que je puisse lui parler de tout, du foot, des conneries qui me passent par la tête. Elle est la seule fille capable de me foutre une trempe à *Call of Duty*. J'adorais voir son regard s'illuminer quand elle comprenait une nouvelle notion, résolvait un problème complexe.

Elle est intelligente, même si elle pense le contraire, et drôle, vraiment drôle. Elle dit tout ce qui lui passe par la tête. Ce qui peut parfois être complètement ridicule. Ah oui, et ses chorégraphies TikTok qu'elle enchaînait devant moi… Elle danse comme une déesse. Mais pas de manière aguichante, jamais de manière aguichante. Elle danse car elle aime ça. Car elle a de l'énergie à revendre, une joie de vivre contagieuse qui me donne envie d'être comme elle.

– Elle est où, ta tête, Zack ? Tu ne m'écoutes même pas quand je te parle.

– Mais si, je t'écoute !

– Alors peux-tu me répéter ce que je viens de dire ?

Oh, merde !

Je soupire et baragouine un truc vague sur son prochain concours de beauté qui aura lieu à Los Angeles le week-end prochain. Elle sourit, apparemment je ne me suis pas trompé, tant mieux. En même temps, c'est facile avec Shelby, soit elle parle de ses concours soit elle critique ses copines *cheerleaders*.

Je n'ai jamais compris comment elle pouvait se montrer si plaisante devant elles avec des « Oh, tu es superbe ! », « Non, tu es la meilleure je t'adore ! », et balancer les pires saloperies sur leur compte dès qu'elles ont le dos tourné.

Les filles sont compliquées, au moins entre mecs, on se dit les choses franchement.

– Tu pourrais venir avec moi?

– Où?

– À mon concours à L.A. ce week-end?

Elle lève ses grands yeux noisette sur moi et papillonne des cils pour mieux me convaincre.

– Non! Tu sais très bien que j'ai un match vendredi.

– Ton foot est plus important que moi, boude-t-elle.

Je grogne parce que je sais pertinemment où cette discussion va nous mener. À la dispute.

Elle va me reprocher de ne pas l'aimer autant qu'elle m'aime. Et ensuite elle va entrer dans l'énumération de tout ce que je fais de mal depuis notre rencontre.

Ce qui fait que je ne la mérite pas, et qu'elle est bête de m'aimer. Si elle me sort le couplet du: « Je mérite mieux et les autres mecs tueraient leur mère pour être avec moi, après tout je suis la future miss Californie », je crois que je vais péter un câble.

– Zack, bon sang! Tu en as vraiment rien à foutre de ce que je te dis.

Merde! J'ai encore loupé une information capitale apparemment et c'est assez pour réveiller le volcan.

Elle sort du lit, vraiment énervée cette fois, et se jette sur ses vêtements pour se rhabiller. Je m'appuie sur mes avant-bras pour la regarder faire, et essayer de la calmer.

– Désolé, Shelby, je suis un peu préoccupé en ce moment.

Elle s'arrête net, pose une main sur sa hanche, et relève un sourcil pour me toiser du haut de son mètre soixante-quinze.

– Qu'est-ce qui se passe, cherichou? Qu'est-ce qui te préoccupe? Tu peux me parler, tu sais!

Elle se rapproche et s'assoit à mes côtés avant de caresser ma joue. Je soupire… et apprécie son geste délicat qui ne lui ressemble pas.

– En ce moment, c'est chaud pour moi et mon équipe. On a perdu les deux derniers matchs qu'on a joués. Et si on ne se reprend pas tout de suite, on peut oublier les *playoffs*.

– Et alors? Vous ne pouvez pas toujours gagner.

– Si on s'entraîne, on peut! Et puis cette année, c'est la dernière chance pour Matt de faire une différence et de se faire remarquer par les recruteurs. Si on ne va pas loin dans la compétition, il peut dire adieu à l'université de ses rêves.

– Ça, c'est son problème, pas le tien.

– C'est mon meilleur ami. Ses problèmes sont mes problèmes.

– J'aimerais que tu aies la même sollicitude envers ta fiancée.

– Shelby, on est pas fiancés!

– Pas pour l'instant!

Je grogne d'agacement.

– Écoute, je n'ai pas envie de me marier, on est au lycée, c'est ridicule de penser à ça maintenant.

Elle se lève dans un sursaut.

– Tu as raison, je suis ridicule de t'aimer et de vouloir faire ma vie avec toi.

Elle se dirige vers la porte telle une furie.

– Shelby, putain!

– Laisse tomber, Zack! Je vais te faciliter la tâche et alléger tes problèmes. C'est fini entre nous. Tu peux maintenant passer tout ton temps à penser à ton précieux foot au lieu de faire semblant de t'intéresser à moi!

Elle fait volte-face puis claque la porte derrière elle, me laissant en plan. Je devrais lui courir après, mais ça ne servirait à rien. J'ai tellement eu affaire à ses accès de colère que je sais qu'il vaut mieux la laisser se calmer toute seule dans son coin. Il lui faudra quelques jours, peut-être une semaine ou deux, mais au final elle reviendra. Elle revient toujours.

Je m'extirpe de mon lit, prends une douche rapide histoire de me débarrasser de cette odeur de sexe puis me rhabille.

Je descends les escaliers et me dirige vers la cuisine, mon père et ma belle-mère ne sont pas là. Comme d'habitude, ils ne sont jamais là, toujours pris par des galas et événements guindés. J'ai l'habitude d'être seul. Et c'est mieux ainsi, on ne peut pas se blairer et on n'a rien à se dire. Je préfère la compagnie de M. Bird et de Lisa.

Moins hypocrite, moins douloureux.

Je fonce vers le frigo, le sexe m'a donné la dalle. J'en sors une salade, des morceaux de pastrami et du pain de mie.

– Attendez, monsieur Miller, je vais m'en occuper.

Lisa me stoppe dans mon élan. Elle me prend tous les aliments des mains et m'oblige à aller m'installer sur l'îlot central en granite qui fait office de table. Je l'observe et la remercie chaudement lorsqu'elle dépose le délicieux sandwich sur une assiette devant moi.

– Merci Lisa ! Vous êtes un ange.

Je ne perds pas une seconde avant de le dévorer. Elle me sourit gentiment.

– Doucement, vous risquez de vous étouffer.

La bouche pleine, je lui réponds.

– C'est délicieux et je suis affamé.

Elle rit puis se met à nettoyer la cuisine. Je l'observe discrètement, des interrogations plein la tête. Lisa travaille pour ma famille depuis que j'ai 10 ans, et pourtant je ne sais rien d'elle. Jusqu'à présent, je ne savais pas qu'elle venait de Chicago et qu'elle avait une sœur. Elle ne nous avait pas parlé non plus du récent décès de sa grand-mère. Elle est toujours de bonne humeur et garde un sourire indéboulonnable sur le visage. Un peu comme Ella. Ça doit être de famille.

C'est fou de côtoyer des gens toute sa vie et de connaître si peu de choses sur eux. Je me demande quel type de relation elle entretient avec Ella, si elles s'entendent bien.

Lisa finit par se retourner vers moi, sûrement interpellée par mon regard insistant.

– Tout va bien, monsieur Miller ? Vous m'avez l'air songeur. Est-ce que cela a quelque chose à voir avec la sortie tonitruante de Shelby ?

– Ah, vous l'avez croisée ?

– Oui, quand elle arrive, difficile de ne pas la remarquer. Elle est tellement jolie lorsqu'elle est dans une pièce, on ne voit qu'elle. Vous avez beaucoup de chance.

– Je ne sais pas si on peut appeler ça de la chance.

– Puis je l'ai entendue claquer la porte en repartant et je me suis doutée qu'il y avait de l'eau dans le gaz. D'ailleurs sa sortie dramatique a beaucoup fait rire M. Bird qu'elle a largement bousculé dans le couloir.

Elle étouffe un rire en se remémorant la scène. Mon sang ne fait qu'un tour. Shelby a un sacré culot de s'attaquer à un vieil homme.

– M. Bird aurait dû la remettre à sa place.

– Mais il l'a fait ! Shelby était tellement concentrée sur sa fureur qu'elle ne s'y est pas attardée. Qu'est-ce que vous avez bien pu lui faire au juste ?

– Honnêtement, rien ! Elle démarre au quart de tour. Bref, je n'ai aucune envie de parler d'elle.

Un silence s'installe entre nous.

– Lisa, je peux vous poser une question ?

Ses épaules se raidissent, mais elle acquiesce quand même.

– C'est à propos d'Ella.

Là, elle se met à pâlir.

– Qu'est-ce qui s'est passé ? Qu'est-ce qu'elle a fait ? Elle peut parfois se montrer un peu agressive, mais c'est pas une mauvaise fille, elle a juste pas les codes. Je lui ai demandé de se tenir à carreau, je ne voudrais pas que Mme Miller nous mette à la porte et…

– Relax, Lisa ! Elle n'a rien fait. Je voulais juste la voir mais je n'arrive pas à la contacter. Vous pouvez me dire où elle est ?

Ses yeux deviennent aussi ronds que des soucoupes.

– Pourquoi vous cherchez à la contacter ? Vous êtes amis ? Vous savez que votre belle-mère ne veut pas que vous vous fréquentiez et…

– Non… oui… enfin plutôt camarades de classe, on fait partie du même cours de littérature. Le prof nous a donné un projet à faire ensemble, et donc j'ai besoin de la voir pour… pour travailler. C'est pas interdit ça je crois.

Gros bobard, qui ne passe qu'à moitié. Lisa me regarde, dubitative.

– Elle ne m'en a pas parlé.

– C’est tout récent. On nous a donné le devoir hier.

Son visage semble se détendre.

– Elle ne pouvait pas rêver meilleur partenaire.

Elle sourit.

– Donc, vous pouvez me dire où je peux la trouver ?

– Oui, elle est partie à la plage. Elle s’est mis en tête d’apprendre à surfer.

– OK, merci !

15

Zack

Je me marre en regardant Ella se vautrer avec sa planche. Elle prend les vagues de plein fouet et n'a aucune idée de comment apprivoiser l'océan. Elle boit la tasse plusieurs fois. Se retrouve les cheveux sens dessus dessous mais ne lâche pas l'affaire pour autant. À chaque fois, elle y retourne. Sa persévérance est touchante. Au bout d'une demi-heure, elle ressort de l'eau complètement essoufflée et s'installe sur le sable. C'est le moment que je choisis pour la rejoindre.

– Alors comme ça on essaye de devenir une Californienne surfeuse bouffeuse de quinoa et amoureuse de son chirurgien esthétique?

Elle relève son visage d'un coup sec mais n'a pas l'air enchantée de me voir.

– Qu'est-ce que tu veux, Zack?

Je plante ma planche de surf dans le sable et m'assois à ses côtés.

– Tu es difficile à trouver, Chicago, en ce moment. Tu m'évites ou quoi?

Elle hausse les épaules et continue de scruter l'horizon. J'observe son profil, ses pommettes saillantes, ses yeux verts encerclés de cils très noirs, très longs qui bougent rapidement en ce moment, comme si elle réfléchissait à toute vitesse ou était incommodée par ma présence.

Je remarque qu'elle a du sable sur la joue alors je tends la main pour l'enlever. Elle a un mouvement de recul.

– Ne me touche pas!

Son ton est glaçant! OK, elle est vraiment en colère contre moi et ça me fait vraiment chier. Je déteste qu'elle me rejette.

– Hé! Qu'est-ce qui t'arrive? Qu'est-ce que je t'ai fait?

Elle se retourne et me fusille du regard.

– Pourquoi tu es venu jusqu'ici ?

– Pour te voir. Ça fait longtemps qu'on n'a pas passé de temps ensemble et je sais pas… dis-je en haussant les épaules. Tu me manquais.

Son visage s'adoucit quelques secondes puis elle se ressaisit et porte à nouveau ce masque qui dit : « Ne m'approchez pas, je mords », qu'elle n'enlève qu'en de très rares occasions.

– Ta copine t'a larguée ?

Elle arque un sourcil accusateur.

– Quoi ? Qu'est-ce que ça a à voir avec notre conversation ?

– Réponds-moi !

– Oui, mais c'est pas pour ça que je suis là.

– Bien sûr ! Va-t'en s'il te plaît.

Elle se redresse d'un geste vif, prend sa planche et retourne dans l'eau. Je contemple son cul s'éloigner dans son maillot de bain blanc qui met en valeur sa peau hâlée, elle a vraiment une cambrure de fou ! Je la suis avec ma propre planche.

Elle m'ignore.

Elle m'ignore quand je lui dis de faire attention à la vague qui arrive ; m'ignore encore quand j'essaye de lui expliquer comment se mettre debout sur la planche et refuse de regarder dans ma direction quand je surfe sur une vague particulièrement périlleuse pour l'impressionner.

– Tu vas continuer à jouer à l'enfant longtemps ? demandé-je, clairement amusé par sa moue boudeuse.

Silence.

Putain, elle est tenace.

Je suis assis sur ma planche en attendant la prochaine bonne vague, alors qu'elle n'a pas encore réussi à se hisser sur la sienne. J'aimerais bien l'aider mais elle est têtue comme une mule.

– On vit au même endroit, ça va être compliqué de faire comme si je n'existais pas, Chicago, dis-je après plusieurs tentatives maladroites de renouer le dialogue.

Je commence à être à court d'idées pour attirer son attention.

D'habitude, mon charme me permet toujours d'obtenir ce que je veux auprès des meufs.

Pas avec cette meuf visiblement.

Ella roule des yeux mais garde les lèvres serrées.

– Quel âge as-tu? 8 ans? continué-je.

Elle me fait un doigt d'honneur.

Ah enfin une réaction!

– Attention, Ella, un requin!

Elle se retourne d'un coup sec et se prend une vague dans la tronche. Je me marre en la voyant vaciller, mais regrette immédiatement quand je constate qu'elle a du mal à reprendre le dessus. Je descends de ma planche et viens à sa rescousse. Je la prends dans mes bras, la soulève. Elle prend une grande inspiration, la bouche ouverte.

– Respire, Chicago.

Et c'est ce qu'elle fait. Je dégage ses cheveux qui se sont plaqués sur son visage alors qu'elle tousse, me postillonnant littéralement dessus. Elle essaye de reculer une fois qu'elle a repris ses esprits mais le courant lui rend la tâche impossible.

– Où tu vas comme ça?

Je la maintiens auprès de moi, une main sur sa hanche et l'autre sur ma planche pour nous éviter de dériver.

– Je ne te lâcherai pas tant que tu ne m'auras pas adressé la parole.

– Est-ce que « va au diable Miller » te convient?

J'étouffe un rire.

– C'est un début!

Je préfère ses insultes à son silence.

– Qu'est-ce que je peux faire pour que tu me pardonnes? Quel que soit le truc que je t'ai fait et dont j'ignore la gravité, sache que je m'excuse.

Je dépose un baiser sur sa joue. Elle semble surprise par mon geste et moi aussi d'ailleurs.

Pourquoi j'ai fait ça?

Je me sens bête alors j'ajoute:

– Je n'ai pas de *weed* sur moi pour sceller notre armistice cette fois, mais j'en ai dans la voiture. Si tu veux qu'on aille se détendre un peu.

Elle baisse les yeux, se touche la joue puis murmure :

– À quoi tu joues, Zack ?

– À rien ! Je veux juste que tu m'expliques pourquoi tu me fais la gueule. Je croyais qu'on était potes.

– Moi aussi, jusqu'à ce que tu m'abandonnes du jour au lendemain parce que ta meuf a décidé de te donner une seconde chance.

– Je ne t'ai pas abandonnée.

Elle me lance un regard qui veut dire : « Arrête de te foutre de ma gueule. »

OK, c'est vrai, je ne suis plus passé la voir régulièrement chez elle comme j'en avais pris l'habitude, mais je ne pensais pas qu'elle le remarquerait. C'était juste l'affaire de quelques jours. Et puis, c'est elle qui ignore mes textos depuis.

– Je ne suis pas ton bouche-trou, Zack. Je préfère être seule que d'être traitée avec mépris. Tu ne me parles jamais au lycée, pourquoi ? Tu as honte de moi ?

– Pourquoi j'aurais honte ?

– Je sais pas, moi, peut-être parce que je suis la sœur de ta femme de ménage. Et que ton statut de mec populaire en prendrait un coup si tu t'affichais avec moi.

– N'importe quoi ! Je m'en branle de ce que les gens pensent et tu es la personne la plus fun que je connaisse.

Je passe une main dans mes cheveux, ne sachant comment répondre à toutes ces accusations. Je me sens un peu minable parce qu'au fond, je sais qu'elle a raison. Je l'ai un peu négligée ces derniers temps.

– Écoute ! Je suis désolé si j'ai été distant pendant quelques jours, et c'est vrai que ça a tout à voir avec Shelby. Elle ne me lâchait pas et elle n'est pas ta plus grande fan. Elle croit qu'il s'est passé un truc entre nous.

– Crois-moi, c'est réciproque. Et puis elle est sérieuse franchement ? Elle m'a bien regardée ? Je ne représente aucune menace. J'ai le sex-appeal d'un hérisson.

Je fronce les sourcils. Elle a tellement peu confiance en elle. Pourtant elle est très belle. Vraiment très, très belle et là tout de suite, avec le soleil qui fait briller ses yeux verts d'un éclat particulier, sa peau naturellement hâlée et sa bouche pleine en forme de cœur, je pèse mes mots.

– Qu'est-ce que tu racontes ? Tu es super belle.

– Ne te moque pas de moi, Zack. Je sais que je ne suis pas jolie.

Elle baisse la tête.

– Mais je m'en tape. Là n'est pas la question. Je mérite quand même le respect.

– Tu as raison ! Je suis un connard et j'ai merdé ! Et tu n'es pas jolie, El ! Tu es magnifique.

Ses yeux s'écarquillent et sa bouche s'entrouvre. Je ne peux m'empêcher de contempler ses lèvres pulpeuses qui ont l'air si douces.

Je déglutis, elle inspire, je suis proche, très proche… et là j'ai très envie de…

À ce moment précis, une vague nous submerge et nous envoie valser tous les deux.

On se retrouve quelques secondes plus tard éjectés sur la plage, complètement sonnés. On se regarde puis on éclate de rire. Ce fou rire a l'avantage de briser la glace entre nous.

– Bon alors, Chicago, tu me pardonnes ?

Elle hoche la tête avant de se relever.

– Le dernier dans l'eau est un loser.

Elle court avec sa planche sous le bras, je la suis, en évitant de fixer son cul en forme de poire, et nous passons le reste de l'après-midi sur la plage à surfer et à bronzer.

Ella me laisse lui expliquer les fondamentaux du surf. Elle a fait du skateboard alors elle a un bon équilibre et assimile vite. Elle réussit à se mettre debout sur la planche plusieurs fois. Elle ne tient pas longtemps mais ça va venir.

On chevauche les vagues ensemble. Elle boit la tasse plus que de raison, ce qui me fait marrer, mais dans quelques jours elle sera complètement à l'aise, une vraie Californienne.

Lorsque la journée s'achève, on admire le soleil se coucher, allongés sur nos serviettes tout en fumant un joint, passant de conversations animées en silences confortables.

Même les silences sont agréables avec elle.

– Tu veux venir mater la suite d'*Ozark* à la maison ? fait-elle en tournant son visage vers le mien alors que nous contemplons les premières étoiles. Lisa vient de m'envoyer un texto, elle passe la soirée chez Clint.

Elle a l'air hésitante et triture les fils qui pendent de son short en jean. Ce putain de short qui est beaucoup plus sexy que tout ce que je l'ai vue porter jusqu'à présent.

– OK ! J'amène le pop-corn.

– T'embête pas, je vais préparer des fajitas !

– Encore mieux !

16

Ella

Journée de pluie. Encore ! Quelle poisse !

Je croyais qu'il ne pleuvait jamais en Californie du Sud. L'État ensoleillé, mes fesses oui ! Cette fois je n'ai plus le choix, je vais devoir prendre mon déjeuner à la cafétéria. Et l'idée m'attire autant que de me faire arracher les ongles à la pince à épiler.

Je me suis fait jeter hier de la bibliothèque où je mangeais discrètement mon sandwich en lisant un livre dans les rayons les plus reculés. Et les gradins du stade, mon autre endroit de prédilection, par cette pluie, c'est mort.

Tu peux le faire, Ella ! Tu peux aller manger à la cafèt' comme tout le monde. Personne ne verra que tu es une « jpp ». Relève le menton et lance-toi.

Les mots de Maria résonnent dans ma tête et me donnent du courage. Courage qui fond immédiatement quand je passe avec mon plateau entre toutes les tables bruyantes et bondées. J'ai l'impression qu'on m'observe, qu'on me juge, même si objectivement personne ne me prête attention.

À ce stade de l'année, les groupes sont déjà constitués et les amitiés solides. J'ai loupé le coche. Ma faute, car on ne peut pas dire que j'aie fait beaucoup d'efforts pour m'intégrer. À part Zack, je ne connais personne, et comme il est le *quarterback* de l'équipe de foot en plus d'avoir un physique de mannequin, il est très populaire et très occupé. Du coup je ne le croise pas souvent. Et quand ça arrive, je n'ose pas trop aller lui parler et attends qu'il fasse le premier pas.

Ce n'est jamais arrivé…

Il m'adresse parfois un clin d'œil discret ou un mouvement de menton. Mais j'ai jamais le droit à plus.

Pas en public en tout cas.

Je garde malgré tout la tête haute et m'installe sur une table au fond, puis déballe le sandwich que j'ai préparé ce matin. Je suis affamée, les cours m'ont épuisée. Je me risque à lever les yeux et vois Shelby et sa bande de copines qui me dévisagent d'un air dédaigneux. L'une d'elles arbore un L avec ses doigts sur son front pour signifier loser tandis que les autres se marrent.

Quelle bande de connes !

Je leur fais un doigt d'honneur quand une voix que je ne connais que trop bien s'approche de mon oreille et me file des frissons :

– Je vois qu'on essaye de se faire des amis !

– Zack ? Qu'est-ce que tu fais là ?

– Ben tu vois, je viens manger.

Il décale une chaise et pose son plateau sur la table.

– Avec moi ?

Putain de voix désespérée. Mais je ne peux pas nier mon étonnement. Non que je m'en plaigne, au contraire, je suis ravie qu'il soit là et qu'il m'évite la gêne de manger seule en public.

– Oui… à moins que tu aies honte de moi ?

Il reprend mes mots de la veille. Je me contente de lui sourire et il fait de même. Mon cœur loupe un battement. Ses yeux bleus qui se plissent quand il sourit, cette fossette, cet air torturé qu'il arbore souvent comme si le monde lui avait fait une terrible offense me donnent chaud. Je n'ai pas encore réussi à complètement faire disparaître mes sentiments pour lui, mais j'y travaille.

– Tu es toute seule ? finit-il par demander après quelques secondes.

Je m'éclaircis la gorge.

– Oui… euh mon amie… Marie est malade aujourd'hui.

– Ah oui, c'est vrai ! Ton amie Marie.

Il marque un silence et ses yeux bleus dansent avec humour. Je sens qu'il va me balancer une connerie.

– Marie, la mère de Jésus.

Il tire la langue. Je lui balance une serviette en papier.

– Va te faire foutre, Zack, fais-je en imitant la voix de Ruth dans *Ozark*.

Ce qui me vaut un éclat de rire. Je le fais à chaque fois quand on regarde des épisodes ensemble et il est toujours impressionné par mes compétences à imiter l'accent fort du Missouri.

Hier soir, après le surf, nous avons veillé tard à regarder cette série démente et à nous empiffrer de fajitas. Nous sommes justement en train de débriefer sur la fin de la saison deux quand un grand blond qui porte la même veste que Zack nous surplombe de toute sa hauteur.

– *Yo bro* ! Je t'ai cherché partout ! Mais je comprends mieux pourquoi tu as disparu. Qui est cette bombe ?

Je me retourne pour chercher la bombe en question et les deux se marrent.

– Je parle de toi. Enchanté ! Moi, c'est Hunter.

Une bombe ? Moi ?

Il me tend sa main que je saisis en rougissant.

– Ella, tout le plaisir est pour moi.

Quelques secondes plus tard, plusieurs membres de l'équipe de foot se joignent à nous ainsi que leurs copines et je suis présentée à toute la bande. J'ai du mal à retenir tous les prénoms, mais ils sont tous très cool et le courant passe bien entre nous. C'est agréable de discuter de tout et de rien, d'avoir l'impression de faire partie de la vie sociale de ce lycée.

Un regard à la table de Shelby m'indique qu'elle et ses groupies ne sont pas du tout heureuses de cette soudaine tournure des événements. Elles me dévisagent comme si je venais de tuer leur chat. Je leur adresse un sourire narquois et me reconcentre sur les conversations qui vont bon train.

Hunter est particulièrement sympa avec moi et ne me lâche pas du regard. Je me sens un peu mal à l'aise car il est plutôt direct et que mes compétences en matière de drague sont inexistantes, mais je suis quand même flattée. C'est pas comme si tous les jours un mec comme lui me montrait de l'intérêt. Et j'ai beau être un garçon manqué, cela me fait plaisir de plaire, pour une fois.

Je rougis à plusieurs reprises devant ses compliments, et lorsque mes yeux se posent sur Zack, je constate qu'il nous fixe, la mâchoire serrée et les épaules tendues.

– Tout va bien ?

– Oui !

D'un geste agacé, il balance un papier d'emballage sur son plateau.

– Ella, tu viens à la fête de Maddie samedi soir ? demande Hunter, détournant mon attention de Zack et de sa soudaine mauvaise humeur.

– Je ne sais pas, je n'ai pas été invitée.

– Je t'emmène si tu veux, j'ai le droit à une cavalière.

– OK, dans ce cas, oui, avec grand plaisir.

J'essaye de garder une voix impassible, alors que j'ai envie de crier et de faire une danse de la joie. Je vais assister à une de ces soirées grandioses qui me faisaient tellement baver sur Instagram !

Hunter me sourit. Ses yeux noisette descendent un peu vers mon décolleté, mais ça ne me gêne pas, de toute façon il n'y a rien à voir. Il est très attirant, pas au stade beauté dangereuse inaccessible de Zack, mais qui l'est de toute façon ?

Un raclement de chaise au sol attire soudain notre attention.

– Bon, je me casse ! On se fait chier ici. À plus.

Là-dessus, Zack débarrasse son plateau, avec bien plus d'énergie que nécessaire, et disparaît en me laissant en plan avec sa bande de potes. C'est quoi son putain de problème ? Pour une fois qu'il me calcule au lycée, il m'abandonne ensuite lâchement ? Ce mec me rend dingue. Marre de ses sautes d'humeur à la con. Je le regarde s'éloigner avec l'envie irrépressible de lui courir derrière, de lui hurler dessus. Mais je n'en fais rien car Hunter saisit mon menton pour rediriger mon attention vers lui, son sourire charmeur, son humeur plaisante et constante. Tout le contraire de Zack.

17

Zack

– *Bro*, qu'est-ce qui te prend? grogne Hunter alors que je viens de le plaquer au sol.

Mon visage est à quelques centimètres au-dessus du sien. Je ne peux cacher ma satisfaction de le voir grimacer de douleur. Si je m'écoutais, je lui casserais sa jolie petite gueule et lui broierais les mains. Mains qu'il a posées sur Ella tout à l'heure.

Après l'avoir lourdement draguée à la cafétéria, il a remis le couvert à la sortie des cours. Le mec est tellement désespéré qu'il l'a attendue pour lui porter son sac.

Cliché!

Je ne comprends pas pourquoi elle ne l'envoie pas chier. Elle n'est pas le genre de fille qui aime qu'on lui porte quoi que ce soit. En tout cas avec moi, elle joue toujours à la forte tête.

Revoir le bras de Hunter enroulé autour des épaules de Chicago me donne des envies de meurtre.

Pourquoi? Parce que je sais exactement ce qu'il cherche.

Baiser la nouvelle.

Elle ne représente rien de plus pour lui qu'une chatte à pulvériser histoire de s'en vanter après coup aux vestiaires. Et si d'habitude je m'en branle de son passe-temps d'enfoiré, là il s'agit d'Ella, et je tiens à elle. Bien qu'elle m'ait gonflé à encourager ses avances, avec ses sourires et regards énamourés.

Elle ne voit pas que c'est un player et qu'il cherche juste à la sauter!?

À croire qu'elle n'attendait que ça, qu'une queue se dresse dans sa direction.

J'en suis presque à regretter d'avoir déjeuné avec elle, sans ça elle n'aurait jamais rencontré ce connard de Hunter. Le connard en question gigote sous la pression de mes bras qui le maintiennent au sol et essaye de se dérober.

Ça n'arrivera pas, enfoiré.

– Bouge, Miller, c'est quoi ton putain de problème?

– C'est toi mon problème! fais-je entre mes dents serrées.

Il fronce les sourcils.

– On peut savoir pourquoi?

– Ne t'approche pas d'elle.

– De qui?

– Tu sais très bien de qui je parle.

– Ella?

– Bravo, Einstein!

– Hé, les amoureux, vous voulez qu'on vous laisse seuls? hurle coach Philipps. Relevez-vous maintenant. La récréation est finie.

Il siffle la fin de l'entraînement et nous ordonne de retourner aux vestiaires. Je lâche Hunter qui se redresse immédiatement et retire son casque. Je fais de même puis lui fais face. Je suis plus grand, et j'utilise cela à mon avantage pour essayer de le dissuader de faire une chose qu'il pourrait regretter.

– Reste loin d'elle, tu as pigé?

– Pourquoi? Elle te plaît?

– N'importe quoi!

– Tu veux te la taper, Miller, hein? C'est ça? Avoue! T'es un bel hypocrite. Je te rappelle que tu as une copine.

– Là n'est pas la question. Ella, c'est mon…

Je passe une main dans mes cheveux.

Comment expliquer?

– C'est mon amie, presque un membre de ma famille. Sa sœur bosse pour nous depuis des années, donc je la protège des crevards comme toi qui ne veulent qu'une chose avec elle, comme le ferait un grand frère, quoi!

– Un grand frère, mon cul. Et si je refuse?

– Alors on aura un problème, Hunter. Et tu n'as pas envie d'avoir de problèmes avec moi.

Il serre les poings et sa pomme d'Adam tremble dans sa glotte. Il a envie de me mettre une droite, mais il n'en fera rien car il sait que je pourrais l'envoyer à l'hôpital. Non que je sois plus fort que lui, mais j'ai la réputation d'être bagarreur. Réputation que j'ai acquise après la mort de ma mère.

À cette époque j'étais tellement en colère que je m'embrouillais avec tout ce qui bougeait. Puis j'ai commencé le foot et ça m'a aidé à canaliser mon énergie destructrice.

– Et ton côté surprotecteur n'a rien à voir avec le fait qu'elle soit bandante, évidemment ?

– Rien à voir. Elle n'est pas du tout mon genre de fille.

Il s'approche dangereusement. Tellement proche que je peux sentir son haleine.

Il a envie de mourir aujourd'hui ou quoi ?

– Avoue que tu craques pour elle et que tu es jaloux car tu es pris et que moi je suis célibataire et que je vais pouvoir me la taper. Elle a l'air bonne. Un peu inexpérimentée, mais celles-là sont les meilleures, tu peux tout leur apprendre. Et t'as vu son cul de Latina ?

Il ferme les yeux et se mord la lèvre pendant que je sens la haine bouillonner dans mes veines.

– Mmmmh ! J'ai jamais baisé une fille du ghetto et j'ai hâte de voir ce que ça donne. Tu crois qu'elle parle en espagnol quand elle jouit ?

La fureur s'empare de moi et fait pulser le sang dans mes veines, en l'entendant parler ainsi de Chicago. Je grogne, le pousse puis lui retourne une droite qui le déstabilise. Il me rend la pareille, j'encaisse, m'abaisse et le frappe dans les côtes. Il s'écroule, je me mets au-dessus de lui et le bombarde de mon poing. Il arrive à me mettre quelques coups au visage, mais je ne sens rien, l'adrénaline qui pompe dans mes veines anesthésie la douleur.

Quelques secondes plus tard, je suis éjecté en arrière par mes coéquipiers. Matt, mon meilleur pote, se met entre nous. Il me pousse par les épaules pour essayer de calmer ma rage.

– Tu l'approches encore une fois, Hunter, et personne ne pourra se mettre entre toi et moi pour sauver ton cul.

– Va te faire foutre, Miller !

– Zack, putain, ferme ta gueule ! siffle Matt en me regardant comme si j'avais perdu la raison.

Et c'est le moment que choisit coach Philipps pour rappliquer. Il siffle et on se range en ligne comme à l'armée. À bout de souffle, un goût métallique dans la bouche, je nettoie le sang sur mes lèvres et crache par terre, tout en l'observant faire les cent pas devant nous.

– Miller ! Patterson ! Qu'est-ce qui se passe ?

Hunter et moi échangeons un regard meurtrier. Mais ni l'un ni l'autre ne balancera quoi que ce soit au coach. C'est juste pas comme ça qu'on fonctionne.

– Rien, monsieur.

– Ça n'avait pas l'air d'être rien, pourtant.

– Et bien sûr, les autres, vous ne savez pas non plus ?

– Non, monsieur !

Il continue de nous cuisiner pendant quelques minutes puis finit par lâcher l'affaire. Il sait qu'on ne dira rien, de toute façon.

– Bon, gardez cette agressivité pour le match de vendredi, et maintenant tout le monde aux vestiaires.

Toute l'équipe lui obéit, mais je décide de rentrer directement chez moi pour éviter d'étrangler Hunter et d'aggraver mon cas auprès du coach.

18

Zack

Allongé sur mon lit, une poche de glace sur les phalanges, je réfléchis aux événements de la journée. Je sais que je n'aurais pas dû défoncer la gueule de Hunter mais cet enfoiré ne m'a pas laissé le choix. Et au moins comme ça, je suis sûr qu'il a compris. Hunter et moi on est en bons termes la plupart du temps mais il y a toujours eu une forme de compétition entre nous. C'est un bon joueur. Doué et tête brûlée, un peu comme moi. Sauf que lui ne recule devant rien pour emmerder l'adversaire. Il ne ferme jamais sa gueule, adore provoquer avec des trucs stupides comme la fois où il a jeté des kilos d'ordures dans le jardin du capitaine de l'équipe de Barrington High et a failli nous faire éliminer du championnat. Il adore emmerder Matt aussi, lui rappeler qu'il n'a pas encore été choisi par une université pour jouer au foot, alors que Hunter croule sous les propositions. Et que moi j'ai été pris par mon premier choix, Harvard.

Ça fait longtemps que j'ai envie de lui régler son compte et que je cherche une bonne raison de le faire. C'est chose faite. D'une pierre deux coups.

Mon téléphone vibre, je grogne en le sortant de ma poche arrière. C'est Shelby.

[J'ai entendu dire que tu t'étais
battu aujourd'hui à
l'entraînement. Pourquoi ?]

Je ne réponds pas car nous n'avons pas parlé depuis plusieurs jours et que je n'ai aucune envie de me justifier.

[Tu veux que je vienne
m'occuper de toi, chérichou ?]

Elle ajoute un selfie d'elle. Sous-vêtements en dentelle, pose suggestive et regard qui ne laissent aucune ambiguïté sur ses intentions.

Ma bite ne réagit pas.

Shelby est belle. Une bombe même. Le genre de beauté qui ira loin dans le monde des blogueuses mannequins influenceuses. Elle a déjà des centaines de milliers de *followers* sur TikTok et rêve de devenir miss USA. C'est ce qui m'a attiré chez elle au début, son physique parfait et sa détermination, mais j'ai l'impression que sa beauté ne me suffit plus.

OK ! Elle baise aussi comme une championne olympique et ne recule devant rien pour satisfaire ma queue. Mais sortis du pieu, on n'a rien en commun.

Je continue de l'ignorer et envoie un message à Ella. Je suis également en colère contre elle. Je ne lui ai pas parlé depuis quelques heures, mais elle me manque.

[Yo, Chicago ! Prends ta planche,
on va chevaucher de la vague.]

[Non, je ne peux pas,
désolée,
je suis au cinéma.]

Au cinéma ?

Mon sang ne fait qu'un tour.

[Avec qui ?]

Elle met un temps fou à répondre et je suis déjà en train de planifier la mort de Hunter dans ma tête.

Ce fils de pute ! S'il a ignoré mes recommandations, je vais devoir me montrer encore plus convaincant pour qu'il comprenne…

[Avec ma sœur.]

Je m'assois à nouveau sur mon lit, alors que j'étais en train de faire les cent pas. Je passe une main dans mes cheveux, soulagé et un peu perturbé.

Qu'est-ce que j'ai à être à cran comme ça?

Je crois que j'ai vraiment besoin de tirer un coup. Ça fait bien trop longtemps.

[Lisa a décidé que le mercredi
serait notre soirée filles et que
nous allions passer ce moment
à rattraper le temps perdu.
C'est cool, non?]

Je peux presque entendre son enthousiasme dans sa voix. Cette voix un peu cassée et ce rire unique.

[Oui, c'est cool.
Vous regardez quoi?]

[Un film d'auteur coréen,
j'ai oublié le titre.]

[Chiant?]

[Un peu. Je préfère Ozark.
Mais je compense en mangeant
des pop-corn au caramel.
Un délice!
On a rien inventé de mieux.]

Je souris en l'imaginant se lécher les doigts comme elle le fait à chaque fois qu'elle mange des trucs sucrés. Sa bouche pulpeuse enroulée autour de son index. Elle… fait des petits bruits de succion et…

Putain, mais je suis en train de bander?!

[Bon, je te laisse, ma sœur se demande à qui je parle, et je veux pas nous griller, alors à plus.]

[Ouais, à plus !]

Je raccroche et ma main part en direction de ma queue. Des jours que je n'ai pas baisé. Voilà pourquoi je suis à cran. Je garde mon téléphone et fais défiler les photos de Shelby tout en m'astiquant. Mon téléphone en regorge. Elle adore me bombarder de « sextos ». Mais je peine à atteindre la libération. Je ferme les yeux pour mieux me concentrer et le visage d'Ella apparaît.

Elle se lèche les doigts.

Ma bite pulse.

Elle est à la plage dans son bikini blanc et son short à franges. Elle le descend lentement et m'offre une vue spectaculaire de son cul. Je tends la main pour le caresser mais elle se dérobe, et m'adresse ce sourire gêné dont elle a le secret. Elle joue à la timide et ça m'excite. Elle s'agenouille devant moi, alors que je lui demande ce qu'elle fait.

– J'ai eu envie de te sucer depuis le premier jour. Ce jour où je t'ai vu à la piscine.

Je place mon pouce dans sa bouche et elle le goûte. Ses grands yeux verts voilés de désir m'observent comme s'ils me demandaient la permission. Je lui donne l'autorisation de faire ce qu'elle veut.

Elle tire sur mon calbut, me branle sans ménagement puis me prend en bouche. Je serre les dents. Ella se met à me sucer. Dedans, dehors, dedans, dehors.

Mon membre disparaît dans sa bouche en forme de cœur. Elle relève ses grands yeux émeraude vers moi. Et putain j'accélère le mouvement, baise sa bouche jusqu'à atteindre le fond de sa gorge. Mon poing. Sa bouche.

Je tire sur ses cheveux, je tire sur mes draps. Elle se retire au moment de l'explosion et je l'asperge de mon sperme.

Son visage, ses seins, elle en a jusque dans les cheveux.

J'ouvre les yeux.

Putain je viens de me branler en pensant à Ella ! C'est quoi mon putain de problème ? Mais je connais déjà la réponse à cette question et je crois en effet que c'est le début des problèmes.

19

Zack
Quelques jours plus tard

– Yo, Chicago ! Qu'est-ce que tu fais ?

J'ouvre la porte de la chambre d'Ella et me jette sur son lit. J'entends l'eau s'écouler sous la douche. Elle va avoir une sacrée surprise en me voyant. D'habitude je ne viens que quand Lisa est chez Clint, mais là je ne pouvais pas attendre. Les bras repliés sous la tête, j'attends qu'elle sorte, en matant mon téléphone. Un bruit de poignée attire mon attention, des effluves de shampoing envahissent la pièce.

Ella sort de la salle de bains, une serviette nouée sur la tête et une autre qui cache à peine la partie supérieure de son corps.

Putain, cette vision.

Je bouge inconfortablement pour cacher ma semi.

Merde, mais j'ai 12 ans ou quoi ?

– Zack ?! Tu m'as fait peur !

– Merci, tu n'es pas mal non plus.

Elle rit.

– T'es bête ! Lisa est en bas, elle t'a laissé monter sans problème ?

– Oui, elle croit qu'on doit bosser sur un devoir.

– Ah, OK !

Elle me parle en fixant le sol. Et prend des sous-vêtements propres dans la commode. J'aperçois des culottes licornes quand elle fourrage dans son tiroir et j'ai envie de lui balancer quelques vannes, mais je m'abstiens car elle a l'air affreusement mal à l'aise. Ça m'étonne, elle est toujours à l'aise avec moi, d'habitude.

– Tout va bien, Chicago ?

– Oui, c'est juste que je suis à moitié nue et que tu es dans mon lit.

Elle s'éclaircit la gorge.

– C'est euh… Bref, rien, oublie ça.

Je souris devant la rougeur de ses joues. Elle me regarde enfin franchement et ses yeux s'écarquillent.

– Zack ! Qu'est-ce qui s'est passé ? Tu t'es battu ?

Je pose une main sur ma lèvre, dont la plaie est en train de cicatriser.

– Oh ça ! j'avais presque oublié.

Je ne l'ai pas vue depuis la baston. Pour une raison qui m'échappe, elle était très occupée et a à chaque fois décliné mes multiples tentatives de la voir. C'est pour ça que j'ai décidé de débarquer à l'improviste ce soir. Ça et le fait qu'on est samedi. Le jour de la fête de Maddie.

– Non, c'est rien, juste le foot. C'est un sport violent, tu sais.

Je lui souris.

– Ah oui ? C'est ce que dit Hunter aussi.

L'entendre prononcer son prénom comme si c'était la chose la plus naturelle qui soit, comme s'ils étaient les meilleurs amis du monde, me donne l'impression qu'on vient de me mettre un coup de pied dans les couilles.

– Hunter ? Tu l'as revu ?

– Oui. On a été manger une glace hier. Il est vraiment cool, ce mec.

Quand est-ce qu'il a eu le temps de faire ça ?

On avait match hier. Et la tension entre nous était électrique. Malgré tout, l'enfoiré n'a pas écouté mes recommandations, et ça je vais le lui faire regretter. Il a intérêt à quitter la ville et vite.

– Bon, puisque tu es là, tu vas m'aider à choisir une tenue pour ce soir, me lance-t-elle en souriant.

– Tu comptes toujours aller à la soirée de Maddie ?

– Oui, pas toi ?

– Je n'en avais pas l'intention, non. Je préférerais passer la soirée avec toi, tranquille ici à mater *Ozark*.

– Euh… On pourra faire ça demain. Je n'ai jamais été à une fête aussi grandiose que celle de chez Maddie. Et j'avoue que je suis super excitée.

– Ces teufs ne sont pas aussi fun que tu le crois.

– Arrête, j'ai vu les photos sur Instagram, ça avait l'air presque irréel. J'ai enfin l'impression de faire partie de la vie sociale de Laguna High. Grâce à toi d'ailleurs et je t'en remercie. J'en avais marre d'être traitée en paria. Et ce soir, c'est justement l'occasion de me faire de nouveaux amis.

– Ouais… et tu y vas… avec qui ?

Je connais déjà la réponse à cette question mais je continue d'espérer que mon fils de pute de coéquipier n'ait pas complètement décidé de me la faire à l'envers.

– Hunter.

Elle sourit. Ses grands yeux verts s'illuminent.

Elle en pince vraiment pour lui, bordel !

– T'as l'air de bien l'aimer.

– Oui… Il est cool ! Je peux te dire un truc intime ?

– Oui, bien sûr.

Je déglutis.

Putain, si elle me dit que…

– Hier, il m'a embrassée.

– Quoi ?

Mes poings se serrent. Il a pas attendu pour avancer ses pions, l'enfoiré.

– Ça faisait longtemps qu'on ne m'avait pas embrassée, fait-elle, l'air rêveur.

Je passe une main dans mes cheveux comme si je voulais me les arracher. Elle me tourne le dos et fouille dans son placard. Elle en sort une robe jaune courte et sexy. J'imagine déjà les mains de ce porc de Hunter glisser sous sa jupe…

– Non !

– Quoi ?

Elle plisse les paupières et me dévisage. Je m'éclaircis la gorge.

– Je veux dire, c'est ça que tu comptes mettre ?

Putain, me voilà en train de parler chiffons. Est-ce qu'on vient de me greffer un vagin ?

– Oui, je ne porte jamais de robe d'habitude. Mais je pense qu'il faut un minimum s'habiller pour ce genre de fête, non ?

– Pas vraiment. La plupart des gens vont y aller à la cool. *California style.*

Je mens. Toutes les filles vont rivaliser d'ingéniosité pour mettre leurs culs et seins en avant. Mais Ella n'a pas besoin de le savoir.

– C'est pas la robe que tu portais le jour où je t'ai croisée au magasin avec Lisa ?

– Oui, tu t'en souviens ?

Elle a l'air agréablement surprise.

Si je m'en souviens ? Ma queue s'en souvient, oui.

Elle était hyper bandante dans cette robe, sexy mais pas trop, elle tombait gracieusement sur ses jambes et soulignait délicieusement ses courbes féminines.

Elle m'explique vaguement que Lisa l'a achetée dans son dos et que finalement elle l'aime bien, pendant que je réfléchis à un stratagème pour l'empêcher de porter cette tenue, qui la transformerait plus que jamais en tentation humaine.

Elle disparaît dans la salle de bains puis revient. Elle se tient timidement devant moi, en regardant ses pieds, ses cheveux cascadant sur ses épaules. Eh merde, j'en ai le souffle coupé. Elle est belle. Dans le genre ma beauté ne saute pas aux yeux, mais une fois qu'on la remarque on ne peut plus l'ignorer.

– Bon, t'en penses quoi ?

Elle esquisse un sourire timide et me regarde sous ses cils noirs et épais. Divine elle est, divine, et comment j'ai fait pour ne pas le remarquer tout de suite ? Je m'éclaircis la gorge et prends l'air le plus blasé possible.

– Non ! J'aime pas ce jaune... Ça te grossit.

Sa bouche tombe. Elle perd son joli sourire et je me déteste de lui péter le moral comme ça. Je suis vraiment un enfoiré mais je ne vais quand même pas la jeter dans les bras de Hunter, avec une robe qu'il va s'empresser de lui arracher ? Elle mérite mieux que lui, mieux que de devenir un sujet de discussion crade de vestiaire.

– Je croyais que tu l'avais trouvée jolie ! Tu te souviens ? Ton texto ?

– J'avais dit ça pour te faire plaisir, mais honnêtement, elle ne te met pas en valeur.

Je vais brûler en enfer. Je suis le roi des enfoirés.

Résignée, elle soupire puis la replace dans la penderie.

– Ouais, c'est ce que je pensais aussi. Mais c'est Lisa qui a insisté. Bon, qu'est-ce que je vais mettre, alors? C'était un peu ma seule option.

Elle cherche pendant un moment, la moue boudeuse, puis se rabat sur son attirail habituel jean *boyfriend* et tee-shirt à l'effigie d'un groupe de hip-hop.

– Voilà, ça, c'est parfait! dis-je pour lui remonter le moral.

Elle hausse les épaules, l'enthousiasme qui faisait briller ses yeux a complètement disparu. Je regrette amèrement de lui briser le cœur, mais ne dis rien alors qu'elle retourne s'habiller dans la salle de bains.

– Voilà, je suis prête.

Elle s'assoit à côté de moi sur le lit. Elle n'a pas mis de maquillage. Elle n'en met jamais, et pour cause, elle n'en a absolument pas besoin. Son grain de peau est parfait. Je me demande s'il est aussi parfait sur l'ensemble de son corps.

Je crève d'envie de la voir nue.

C'est quoi mon putain de problème?

– Pourquoi tu me dévisages comme ça?

– Ne sors pas avec Hunter ce soir!

– Hein? Quoi? Pourquoi?

– Parce que c'est un *player* qui s'est tapé la moitié des filles du lycée.

– C'est marrant, il m'a dit pareil de toi.

Le bâtard.

– Il y a un problème entre vous? Car je pensais que vous étiez amis.

– C'est plus mon coéquipier que mon ami. Mais là n'est pas la question, Ella. C'est pas un mec bien. Il ne cherche qu'une chose, c'est te foutre dans son lit. Et en tant que pote, je me dois de te mettre en garde contre lui.

– Peut-être que c'est ce que je veux, moi aussi?

– Quoi? Tu veux coucher avec lui?

– Ben oui. J'ai presque 18 ans et très peu d'expérience… enfin tu vois… sexuelle.

– Tu es vierge ?

– Noooon, j'ai eu des mmmh. On m'a déjà fait des trucs.

Putain, mon imagination part directement explorer tout ce qu'on a pu lui faire. Et je déteste chacune de ces images.

– Des trucs ?

– Oui, tu vois quoi. Pas besoin de te faire un dessin.

Ses joues s'empourprent.

– Bref, toujours est-il que ça n'a jamais été l'explosion pour moi. Et je ne sais même pas si c'est possible. Si ce que je lis dans les livres est vrai ou juste des fantasmes.

Elle essaye de me tuer, là, ou quoi ?

– Quel genre de livres tu lis ? demandé-je en me moquant à moitié.

Surtout pour cacher mon envie de lui arracher ses vêtements.

– Toutes sortes, mais en ce moment des romances. Et à chaque fois, ça parle de déferlement, de tremblement de terre, de feu d'artifice, et j'ai envie d'expérimenter ça, que quelqu'un d'autre que moi me donne un orgasme.

Elle se mordille les lèvres, un peu embarrassée et c'est bon, là je bande. Dur comme la pierre. Je pourrais couper du bois avec ma bite. Je tire sur mon tee-shirt pour camoufler la bosse qui menace de faire exploser mon jean.

Chicago continue de parler, imperturbable, visiblement inconsciente de l'effet qu'elle me fait. Elle pense juste être en train de se confier à son seul ami ici, ignorant que son seul ami ici a envie de la coucher sur le sol et de la baiser jusqu'à ce qu'elle épelle amitié en latin.

– Alors je ne suis pas débile. Je sais bien qu'il n'est pas amoureux de moi et ne le sera sûrement jamais. Peut-être même qu'il m'utilise, mais au moins il me porte de l'intérêt et va m'apporter de l'affection, même pour une courte durée. Et c'est bien plus qu'une fille comme moi peut espérer. De plus, c'est pas comme si je croulais sous les propositions non plus, explique-t-elle en riant. On peut pas dire qu'il y a foule au portillon !

– Une fille comme toi?! Tu plaisantes? Alors tu es prête à te jeter sur la première bite venue? Tu mérites bien mieux que de te faire sauter dans une soirée lycéenne par un connard comme Hunter.

Ma remarque lui fait froncer les sourcils. Et je sais que j'ai été trop loin.

– Je n'ai pas dit que j'allais coucher avec lui ce soir. J'ai juste dit que si ça arrivait, eh bien, je ne le repousserais pas.

– Mais tu le connais depuis quoi, trois jours?

– Une semaine! Et en quoi ça te regarde, Zack, je ne te fais pas de commentaire quand tu te fais bouffer la bouche par Shelby avec sa main dans ton pantalon devant tout le monde dans les couloirs! Et ne me dis pas que tu n'as jamais couché avec une fille juste pour le plaisir. Je suis peut-être discrète au lycée mais ça ne m'empêche pas d'entendre parler des rumeurs. Et ta réputation est bien loin d'être celle d'un saint.

– C'est pas pareil!

– Pourquoi ce n'est pas pareil?

– Je ne sais pas, c'est juste pas pareil… Toi tu es une…

Je ne finis pas ma phrase car elle s'est redressée et est en train de me fusiller du regard.

– Une fille, c'est ça?! Dis-le! Vas-y, espèce de macho de merde! Alors c'est normal pour toi de te taper la moitié de la population féminine de Laguna, mais si moi j'ose émettre l'idée du sexe avec un mec qui me manifeste un peu d'intérêt, tu me juges? Va te faire foutre Zack.

Et là elle claque la porte et me laisse en plan sur son lit.

Je m'allonge dans un grognement, les points posés contre les tempes. Je suis un idiot. Je voulais l'empêcher de voir Hunter, je viens de la pousser dans ses bras.

Ella est tellement têtue qu'elle risque de le baiser juste pour me prouver qu'elle est une fille indépendante et que j'ai tort de la juger.

Bravo, Zack, tu t'es débrouillé comme une couille.

Je dois absolument rectifier le tir avant qu'il ne soit trop tard.

L'univers doit être devenu mon pire ennemi car c'est le moment que choisit ce connard de Hunter pour sonner à la porte. Lisa l'accueille avec son enthousiasme habituel. Enfin de ce que je réussis à percevoir d'en haut. La porte se referme, je me mets à la fenêtre et les observe s'éloigner.

Il a sa main posée sur le bas de son dos, juste au-dessus de son cul, et lui susurre un truc à l'oreille. Elle rit et je me surprends à mettre un coup de poing dans le mur, aggravant les blessures sur mes phalanges qui avaient à peine eu le temps de cicatriser.

20

Zack

[Je passe te prendre dans
dix minutes, sois prêt.]

J'envoie ce message à Matt, mon meilleur pote, tout en me dirigeant vers ma caisse.

[On va où ?]

[À la fête de Maddie.]

[Je croyais que tu ne voulais
pas y aller.]

[J'ai changé d'avis.]

[On peut savoir pourquoi ?]

[Aucune raison particulière !
Bon, tu es chaud ou pas ?]

[OK ! Mais t'as intérêt à avoir
de la weed sur toi.]

[Toujours !]

Je claque mon téléphone sur le siège passager et sors ma Jeep du garage, dans une marche arrière qui fait grincer les pneus. Je sais que ça énerve ma belle-mère alors je m'en donne à cœur joie.

Judith Hils est entrée dans notre vie quelques semaines après la mort de ma mère. Elle a aidé mon père à remonter la pente, selon ses propres dires. Depuis l'accident tragique qui nous a arraché maman, il n'était plus que l'ombre de lui-même, préférant se plonger dans le travail plutôt que de consoler son seul et unique fils. Pourtant j'avais terriblement besoin de lui à l'époque. Après tout, il était tout ce qu'il me restait. Mais je crois qu'il m'en voulait pour ce qui est arrivé, et ne supportait plus d'être dans la même pièce que moi.

Pas besoin de son mépris, je me déteste déjà suffisamment pour deux.

Une part de moi sait qu'il m'en veut toujours. Nos relations ne se sont jamais réchauffées et l'arrivée de Judith n'a pas aidé.

Enfin, lui au moins, ça l'a réconforté.

Il faut dire qu'elle a quelques arguments de taille à son avantage pour redresser l'estime d'un homme, et par taille je parle d'un bonnet D, d'une bouche en canard, et le regard d'une nana qui flaire l'argent à mille kilomètres.

Je me souviens qu'elle venait de s'installer à Laguna Beach et qu'on la croisait partout, au supermarché, au country club, à la plage. Elle semblait toujours au bon endroit au bon moment, comme si mon père était dans son viseur. Étant l'héritier d'une grande famille de Laguna, il suscitait souvent les convoitises. Mais elle, elle était différente, vraiment déterminée. Elle a fini par lui mettre le grappin dessus, à force de persévérance et de gorges profondes.

Mon père l'a épousée très rapidement car il avait réussi à la foutre en cloque en moins de temps qu'il ne faut pour dire capote. On imagine qu'un mec aussi intelligent qui gère une firme d'avocats connaîtrait les fondamentaux de la contraception, mais non. La connerie n'épargne personne visiblement.

Une fois mariée et sécurisée, Judith perdait le bébé dans d'étranges circonstances. Je l'ai toujours soupçonnée d'être malhonnête. Il y a quelque chose dans son regard que je n'aime pas. En même temps, on ne peut pas vraiment se fier à mon avis, vu que je ne suis pas fan de l'humanité en général.

Mon père, quant à lui, est aveugle. Je ne sais pas si c'est de l'amour ou de la lâcheté. Il ne remarque rien, ni son ton sec avec les domestiques ni son penchant pour les choses qui brillent. Judith passe son temps à dilapider la fortune de mon géniteur à coups de voyages en jet privé et de chirurgies esthétiques. Je crois qu'à ce stade il n'y a que son trou de balle qu'elle n'a pas refait. Elle s'efforce de se montrer sympa avec moi mais ses élans d'amour sont aussi faux que ses seins. Et je n'ai jamais réussi à accepter sa présence. Elle a tout fait pour remplacer ma mère au plus vite, redécorant la maison de fond en comble pour effacer son souvenir.

Quant à mon père, sa lâcheté m'exaspère. Et le fait qu'il n'ait pas été là pour moi dans les moments les plus sombres me le rend antipathique. Mais ni l'un ni l'autre n'en ont quelque chose à foutre de mes états d'âme. Ils passent le plus clair de leur temps en voyage ou dans des événements guindés. Une bonne chose, car au moins je n'ai pas besoin de faire semblant de les apprécier. Et puis j'ai mes potes.

D'ailleurs en parlant de potes…

Dans la voiture, Matt me cuisine sur mes véritables motivations pour assister à cette fête, je l'ignore ouvertement comme le connard que je suis. Mais il ne s'offusque pas, on est amis depuis toujours, il sait que je peux être borné et mal luné parfois.

OK! Souvent.

Il finit par lâcher l'affaire quand je lui tends un joint. Le langage universel.

– Putain, j'espère qu'il y a de la chatte et que je ne suis pas venu ici pour rien, fait-il quand nous nous garons devant chez Maddie.

– Allons voir ça!

Je verrouille la porte et nous traversons le jardin à la française de l'immense propriété. Les parents de Maddie sont des artistes renommés, un peu excentriques et, comme la plupart de nos parents, constamment absents. La baraque se trouve dans une communauté fermée au bord de l'océan. La fête bat déjà son plein quand on arrive. Il y a des gens partout, le jacuzzi est pris d'assaut, et certaines filles ont déjà fait tomber le haut. À l'étage, sur les balcons, une bande de mecs organise des sauts périlleux dans la piscine. C'est à qui atterrira au cœur du beignet flottant ou sur le flamant rose.

Plusieurs meufs en bikini me font de l'œil, la plupart sont des amies de Shelby et j'ignore leurs regards qui sentent le cul. Rien ne me gave plus que des filles désespérées.

Je me fraye un chemin par les portes vitrées. La fumée et l'odeur d'alcool de toutes sortes de parfums me prennent à la gorge.

Maddie se jette sur moi dès qu'elle m'aperçoit. Elle est sympa, et l'une des rares filles de l'équipe des *cheerleaders* que je tolère. Simple, un peu hipster, son regard est souvent triste aussi ; et ça, c'est quelque chose qui me parle.

– Miller, tu es venu, c'est trop cool ! Tu veux boire quelque chose ?

Elle m'offre un shot de Fireball que je descends en quelques secondes. Pas d'entraînement pour moi demain, alors j'en profite, mais je dois quand même garder les idées claires si je veux m'assurer que Chicago va bien. À ce propos, où est-elle ? Je balaye la pièce des yeux mais ne la vois nulle part.

– Tu n'as pas vu Hunter ? Je voudrais lui parler.

– Si, il était en train de danser tout à l'heure, avec la nouvelle.

– OK merci.

Je m'avance dans l'un des nombreux salons de la maison moderne à haut plafond et déco minimaliste. Un DJ professionnel a installé ses platines devant la baie vitrée qui donne sur l'océan. C'est là que je la vois, au milieu des corps transpirants. Ella.

Elle est seule, pas de Hunter à l'horizon. Mon premier réflexe est d'aller la voir, mais je me souviens qu'elle est en colère contre moi, alors je décide d'opter pour la seconde option, m'adosser à un mur et l'observer.

Matt, que j'avais laissé avec une jolie blonde dans l'entrée, me rejoint avec un verre de whisky pur et des marques de rouge à lèvres sur le cou. Il me tend un gobelet rouge que je saisis immédiatement.

– À notre victoire ! Heureusement qu'on a gagné, mec. On est à nouveau dans la compétition nationale, maintenant, s'exclame-t-il en levant son verre.

– Ouais ! Et tu as toutes tes chances d'être choisi par une bonne université.

Je lui secoue l'épaule avec fierté.

– Tu vas aller loin mon pote. N'aie aucun doute là-dessus.

Je sais que gagner le championnat est important pour nous, mais surtout pour lui. Son père est un footballeur pro, son frère est un footballeur pro, alors lui n'a pas le droit à l'erreur. Et ça, personne ne le sait à part moi. Il a la réputation d'être cool, un peu je-m'en-foutiste. Ses longs cheveux blonds coiffés en bun et ses grands yeux bleus ne font rien pour contredire son image de surfeur qui ne voit pas plus loin que le bout de sa planche. Mais il subit beaucoup de pressions. Pressions qui l'ont poussé à prendre des amphétamines en troisième.

– Merci Zack ! T'es un vrai pote.

Il m'adresse un sourire d'appréciation.

– Et maintenant place à la teuf !

Matt boit son verre cul sec avant de faire un cri de coyote. Je bois le mien à mon tour, le liquide ambré vient brûler ma gorge et calmer un peu mes envies de meurtre ce soir.

– Et toi alors, ça en est où l'université ? Tu es toujours sûr à propos d'Harvard ?

– Ouais, ils me tournent autour depuis un an déjà. Ils sont motivés et ont une putain d'équipe de foot. Alors…

– Oui c'est sûr. Mais putain, tu sais qu'Harvard c'est à Boston ? Le Massachusetts ? Tant que tu y es, tu vas en Alaska.

Il grelotte faussement comme si le simple fait d'évoquer l'hiver de Boston le catapultait à poil dans une tempête de neige. On ne peut pas faire plus Californien du Sud que Matt. S'il pouvait vivre toute sa vie en tongs, il le ferait. Je me fous de sa gueule et m'adosse à nouveau au mur, mes yeux fixés sur Chicago. Il faut que je lui parle. Que j'aille m'excuser pour toutes les horreurs que je lui ai dites, mais je vais attendre le bon moment car là, elle est concentrée sur sa danse et je n'ai pas envie de l'embêter. Je crois que j'en ai assez fait pour ce soir.

Elle danse au milieu de la piste, ferme les yeux et lève les bras en l'air. Elle bouge avec beaucoup de grâce, on ne voit qu'elle, comme si les autres étaient en noir et blanc. Une chanson latino se joue et elle fait rouler ses hanches. Elle a un putain de rythme dans la peau et mon imagination vagabonde sur autre chose qui pourrait faire bouger ses hanches en rythme.

– Qui est-ce que tu mates comme ça, Zack?

Mes yeux reviennent sur Matt qui arbore cet air suspicieux que je ne lui connais que trop bien. Il pointe son index vers moi, les paupières plissées.

– La nouvelle! C'est la nouvelle que tu mates. C'est pour elle qu'on est venus jusqu'ici? Et c'est pour elle que tu as cassé la gueule de Hunter?

Je me contente de rester silencieux, les bras croisés sur ma poitrine, alors il enchaîne.

– Franchement, Zack, tu crains. Elle ne travaille pas pour toi ou un truc comme ça? Et Shelby?

– On n'est plus ensemble. Et puis Chicago ne travaille pas pour moi, c'est sa sœur qui bosse pour ma famille.

– Chicago? Tu lui as même donné un petit nom?

Il arque un sourcil, l'air de dire: « Qu'est-ce que tu branles! »

Je hausse les épaules.

– En tout cas, tu ne nies pas vouloir la mettre dans ton pieu. C'est contraire au *bro code*, Hunter l'a vue en premier.

– *Fuck* le *bro code*! Et je ne veux pas me la taper, juste la protéger. Tu sais comment est Hunter!

– Euh... je sais comment toi tu es! Et lui au moins il est célibataire.

– Putain mais t'es de quel côté, Matt?!

– Du côté de la vérité. Je te connais, *bro*. Et surtout je connais ce regard. Tu as le même quand tu veux gagner un match. Est-ce que cette fille vaut le coup que tu bousilles l'équilibre de l'équipe?

Je grogne. Il commence vraiment à me casser les couilles.

– Je viens de te dire que je n'ai aucune intention de la baiser alors lâche l'affaire.

– Lâcher l'affaire à propos de quoi? minaude la jolie blonde en bikini de tout à l'heure avant de se pendre au cou de Matt.

Elle est accompagnée de Sam, la meilleure amie de Shelby, qui me regarde par-dessus son gobelet comme si elle avait envie de me manger.

– Rien, Jennifer.

– Je m'appelle Jane, rectifie-t-elle, offusquée.

– Oh oui, désolé. Jane. Moi c'est Tarzan, fait Matt avec la délicatesse qui le caractérise.

Je secoue la tête, amusé.

Comment cet enfoiré arrive-t-il à charmer toutes les filles?

Il a zéro *game*, et ce qui sort de sa bouche la seconde qui suit ne fait que confirmer ma théorie.

– J'aimerais te montrer ma liane.

Blondie glousse pendant que Matt lui mordille le cou. Je suis à deux doigts de vomir. Heureusement, Jane le tire vers l'étage. Il me fait un geste avec son gobelet avant de la suivre dans l'escalier. Je me retrouve donc en tête à tête avec Sam. Ma définition personnelle de l'enfer.

– Tu veux aller faire un tour dans la piscine?

Elle est stone ou quoi?!

– Non.

– Tu as l'air crispé. Ça va?

Je me contente de hocher la tête. Je ne suis pas un grand fan de Sam. Je sais ce qu'elle me veut.

L'année dernière, elle m'a causé pas mal d'emmerdes en faisant croire à tout le monde qu'on avait couché ensemble. Pourquoi? Parce qu'elle a un grain, et qu'elle aime qu'on parle d'elle.

– Shelby n'est pas là ce week-end. Encore un concours de beauté?

– Ouais!

– Tu dois te sentir seul, dit-elle en se mordillant les lèvres.

Putain elle est aussi subtile qu'un éléphant dans un magasin de porcelaine. Je mets fin à son supplice avant qu'elle ne me lâche d'autres conneries de ce genre.

– Ça n'arrivera pas !

– Quoi ?

– Tu sais très bien quoi !

– Pourquoi ? Je ne te plais pas ?

– Shelby n'est pas censée être ta meilleure amie ?

– Oui et non. Vous n'êtes plus ensemble de toute façon ! Et puis ce qui se passe chez Maddie reste chez Maddie. Ça pourrait être notre petit secret. T'en penses quoi ?

Elle mordille le bord de son gobelet en attendant une réponse de ma part.

Ce que j'en pense ? Je préférerais qu'on me broie les couilles pour en faire de la chair à saucisse.

Au lieu de partager le fond de ma pensée, je me contente de l'ignorer et regarde par-dessus sa tête pour voir où en est Ella dans sa performance. Ses joues sont rouges. Elle ondule maintenant sur un morceau hip-hop. Je ne peux m'empêcher de sourire. Elle danse vraiment bien, et surtout elle le fait comme si elle était seule au monde.

Toujours aucune trace de Hunter à ses côtés.

Où est passé cet enfoiré ?

Sam suit mon regard.

– Argh ! Qu'est-ce que Taco Bell fout ici ?

– Quoi ?

– Taco Bell ! La nouvelle ! La Mexicaine. À ce qui paraît, elle vient du fin fond d'un ghetto de Chicago, précise-t-elle en retroussant le nez avec dégoût. Je ne sais pas qui l'a laissée entrer mais il va falloir cacher l'argenterie.

Elle jette ses cheveux par-dessus son épaule dans un geste agacé.

Et la colère monte en moi.

– Les fêtes chez Maddie ne sont vraiment plus ce qu'elles étaient, continue-t-elle, imperturbable. Il fut un temps où ce genre de personnes étaient à notre service. Et regarde-la, à essayer d'attirer l'attention sur elle. Ri-di-cu-le. Bref, revenons-en à ma proposition.

– Dégage !

– Pardon ?

– Je ne veux plus voir ta sale gueule de raciste en face de moi. Alors trace ta route !

Elle ouvre grand la bouche, choquée par mon ton sec et sans appel. Comme elle ne bouge toujours pas, car elle a la fierté d'une toxico face à son dealer, je décide de la contourner pour aller voir Ella.

« Elle est vénézuélienne », ai-je envie de hurler à cette conne de Sam.

Mais pourquoi perdre mon temps ?

21

Ella

Cette fête est géniale !

Je m'éclate comme une folle. Pierce et Maria devraient voir cet endroit de dingues. Je me fais la promesse mentale de les « Facetimer » tout à l'heure. « Roses » de Saint Jhn résonne dans les enceintes et tout le monde se met à crier et danser la dernière chorégraphie TikTok à la mode. Je me sens dans mon élément car s'il y a une chose que je sais faire, c'est danser. C'est un de ces trucs qui me rendent heureuse. Quand je danse j'oublie tout et ce soir j'ai envie de ne penser à rien. Ni à mon avenir scolaire ni aux remarques cruelles de Zack.

D'ailleurs, je l'ai aperçu tout à l'heure en train de parler avec une des pimbêches qui me détestent. Je me demande bien ce qu'ils étaient en train de se raconter. Non pas que ça me regarde.

Et puis qu'est-ce qu'il fout là ?

Il avait dit qu'il ne viendrait pas. Il est sûrement venu pour me torturer, comme il sait si bien le faire. Contrairement à ce qu'il m'a dit, toutes les filles sont apprêtées comme jamais. Je fais tache à côté d'elles, mais bon, ça, j'ai l'habitude.

Pourquoi m'a-t-il menti ? Pour m'emmerder ? Pour m'humilier ?

Sûrement les deux.

Je lâche un long soupir. Je dois oublier Zack et essayer de me faire de nouveaux amis. Des amis qui ne m'insulteront pas à la première occasion, qui ne me diront ni que je suis grosse ni que je suis une fille facile. Des amis comme Hunter. En parlant de Hunter, où a-t-il bien pu passer ? Ça fait un moment qu'il a disparu avec ses potes. Visiblement lui non plus ne peut pas me supporter plus d'une heure.

Qu'est-ce qui ne va pas chez moi ?

On dirait que tout le monde me fuit. Je pivote sur moi-même

avec plus ou moins de grâce et je me retrouve nez à nez avec M. Cruel. Il s'est rapproché, apparemment. Nos regards s'accrochent et mon cœur loupe un battement. Comme à chaque fois que je le vois. J'ai beau essayer de me raisonner, ces putains de papillons à la con n'en font qu'à leur tête, virevoltant partout dans mon estomac.

Il me salue d'un geste du menton avec ce regard torturé qui le caractérise et lui donne cet air supérieurement cool.

Cool, mon cul! Cruel, oui!

Je lui tourne immédiatement le dos pour lui montrer que je suis en colère. Ce qu'il m'a dit m'a vraiment blessée, et si je m'écoutais je lui casserais sa jolie petite gueule. Mais je suis venue ici pour m'amuser. Hors de question de le laisser ruiner mon moment. D'ailleurs il n'est pas censé être là. Je vais donc faire comme s'il n'existait pas.

Bonne chance! se moque ma voix intérieure. Et elle a raison.

Ignorer Zack, c'est comme ignorer le soleil. Quand il arrive dans une pièce, on dirait qu'il en aspire l'oxygène et là je sens son regard partout sur ma peau comme des milliers de brûlures invisibles.

La chanson terminée, le DJ enchaîne sur quelque chose de plus électro, j'en profite pour aller prendre l'air sur la plage, et surtout m'éloigner de Zack.

J'ouvre la baie vitrée, l'odeur de l'océan envahit mes narines. La meilleure des sensations au monde. Avoir le Pacifique pour cour privée.

Est-ce que ces gens se rendent compte de la chance qu'ils ont?

Une brise fraîche me prend par surprise et me fait grelotter, je me frotte les bras pour me réchauffer.

– Tiens, Chicago! Tu vas attraper froid.

Pas besoin de lever les yeux pour savoir de qui il s'agit. Comme je refuse de lui parler, il dépose un truc sur mes épaules. Cette odeur unique, je la reconnaîtrais entre mille. Zack vient de m'offrir son sweater à capuche comme il l'a fait la première fois qu'on s'est rencontrés. Par offrir, je veux dire imposer, car visiblement il est incapable de se contenter d'un « non » et ignore mes tentatives de le punir silencieusement. Mais je ne le laisserai pas jouer au héros encore une fois et me faire oublier qu'il m'a blessée. Cette fois je veux de vraies excuses. Je retire immédiatement le sweater et le lui jette dessus.

– Non merci, je n'ai pas froid.

Il rattrape le sweater avant qu'il atteigne son visage, prouvant par ce geste qu'il n'est pas *quarterback* pour rien. Ses yeux se plissent et il riposte immédiatement avec cruauté comme il sait si bien le faire.

– Les piqûres de moustiques sous ton tee-shirt m'indiquent le contraire.

Je rêve ou il se moque de ma minuscule poitrine?

Agacée, je croise les bras.

– Après m'avoir traitée de grosse, tu me traites de planche à pain. Je peux savoir ce que je t'ai fait pour que tu te comportes comme le dernier des connards avec moi?

– J'ai jamais dit que tu étais grosse.

Il passe une main dans ses stupides cheveux, trop beaux, trop soyeux. Cheveux que j'ai envie d'arracher là tout de suite. Je suis tellement en colère contre lui que je pourrais le mordre. Mais je ne veux pas causer de scène à la soirée de Maddie.

– Laisse-moi tranquille, Zack! Va discuter avec ton fan-club et oublie-moi, s'il te plaît!

Je le pousse pour qu'il s'écarte de mon chemin et vais me réfugier autour du feu, que certains fêtards ont allumé. Je m'installe à même le sable et quelques secondes plus tard, M. Je-ne-comprends-pas-quand-je-ne-suis-pas-le-bienvenu s'assoit à mes côtés. Je regarde son beau visage qui fixe les flammes et me demande comment il fait pour me rendre si heureuse un jour et me donner envie de disparaître sous terre le lendemain.

– Qu'est-ce que tu veux, bon sang?! Tu as décidé de me torturer ce soir ou quoi?

– Non... Pas du tout!

Il se frotte le visage. Encore ce regard torturé. Encore mon cœur qui fait un salto.

Pourquoi j'ai envie de le serrer dans mes bras alors qu'il vient de m'insulter ? Depuis quand je suis devenue ce genre de fille stupide ?

Mais il y a quelque chose chez Zack qui me touche au-delà de toute rationalité.

– Écoute, je suis désolé pour toutes les merdes que je t'ai dites. Je ne sais pas pourquoi je balance toutes ces conneries.

Il soupire avant d'ajouter :

– Je déteste quand tu me rejettes…

– Je ne te rejette pas !

– Tu ne m'accueilles pas non plus les bras grands ouverts.

– C'est normal. Tu m'as blessée ! Je ne sais pas dans quel monde tu vis, Zack, mais dans le mien on n'insulte pas ses amis pour ensuite faire comme si de rien n'était.

Il me regarde longuement.

– Ce n'est pas ce que j'ai fait.

– C'est exactement ce que tu fais. Et tu le sais très bien. Tu pars du principe que tu peux me balancer des choses horribles que je vais encaisser sans broncher et rester à ta disposition à chaque fois que tu auras envie de passer du temps avec moi. Pourquoi ? Parce que tu me prêtes tes livres ? Parce que tu sais que je n'ai personne d'autre que toi ici ? Ou parce que je suis la sœur de ta femme de ménage ?

– Arrête, Ella ! Ça n'a rien à voir.

– Ça a tout à voir, au contraire. La stupide hiérarchie du lycée qui te classe au panthéon et moi dans la merde t'est montée à la tête, visiblement. Mais sache que je ne te dois rien et que je n'ai pas besoin de toi. Alors tu peux descendre de ton trône de mec populaire qui croit que tout lui est dû. Si tu ne me traites pas avec plus de respect je ne veux plus être ton amie.

Il semble choqué par mes mots. Blessé même, je dirais. Il doit beaucoup plus tenir à moi que ce que j'imaginais. Sa bouche s'ouvre et se ferme à plusieurs reprises. Il prend une profonde inspiration, puis dit d'une voix triste :

– Tu as raison, Ella. Je te présente mes excuses. Je suis désolé pour ce que j'ai dit, pour ce que j'ai fait. Je sais que j'ai merdé et je veux me faire pardonner. J'espère que tu me donneras une seconde chance.

– Troisième chance.

– OK, troisième chance, concède-t-il.

– Il n'y en aura pas quatre, Zack ! fais-je en le fusillant du regard.

– Compris ! Promis, je ferai attention de ne plus te blesser.

Il a vraiment l'air sincère, et je sais qu'il est encore plus nul que moi en matière de communication. Alors je hoche la tête et accepte ses excuses. Je n'ai de toute façon aucune envie de me disputer avec lui. J'ai beau lui dire que je n'ai pas besoin de lui, c'est faux. Il est mon centre de gravité. Une des seules choses qui me font tenir. Mais il n'a pas besoin de le savoir.

Après quelques minutes de silence, il se lève et revient avec deux bières. Il m'en tend une que j'accepte et nous retrouvons une forme de sérénité bizarre.

– Où est Hunter ? demande-t-il après un moment.

– Je ne sais pas, il est parti à l'étage avec ses potes. Il devait parler d'un truc important apparemment. Ça fait déjà plus d'une heure.

Je hausse les épaules avant de prendre une gorgée de ma bière.

– Tu t'es fait larguer ? dit-il sur le ton de la plaisanterie.

Ses sourcils s'arquent de cette façon unique qui remue des trucs en moi. Pourquoi je remarque le moindre détail de son visage ? Comme son sourire paresseux, la cicatrice sur son sourcil ou le nombre de fois qu'il humecte ses lèvres. Il me dévisage en attendant que je réponde. Je me flanque une gifle mentale afin de sortir de ma contemplation.

– Peut-être…

Un sourire satisfait fleurit sur son visage.

– On dirait que ça te fait plaisir ?

Il confirme d'un geste de la tête.

– Connard !

Je le taquine en lui poussant l'épaule. Il saisit ma main, la garde dans la sienne. Sa peau est brûlante contre la mienne et je crois que j'arrête de respirer un instant quand il la porte à ses lèvres.

Ses lèvres!

Il a posé ma main contre ses lèvres. J'ai envie de lui demander pourquoi mais je ne veux pas briser ce moment. Au lieu de ça, je me contente de le regarder faire, de ressentir la douceur de ses lèvres sur ma peau en essayant de calmer les battements de mon cœur. Ma respiration s'affole. Il va sûrement voir l'effet qu'il me fait. Je déglutis difficilement quand il me rend ma main.

– Tu veux savoir ce qui me fait vraiment plaisir, Chicago?

Je hoche la tête comme un automate.

– C'est de passer du temps avec toi.

Ses yeux couleur océan sont ancrés dans les miens, et les papillons reprennent du service, mais cette fois ils sont des milliers, et je ne peux plus les remettre en cage.

– Ah! Elle est là, la plus belle.

Je tourne la tête d'un coup sec et aperçois Hunter qui s'approche, l'air déterminé. Il me tend la main et m'invite à me redresser.

– Merci Miller d'avoir pris soin de ma meuf en mon absence.

Sa meuf?

– Ça fait une heure que je te cherche, Ella, tu te cachais où?

Hunter pose sa main sur ma taille puis plaque ses lèvres d'un geste soudain et complètement inattendu contre les miennes.

Je me laisse faire. Je ne comprends pas vraiment ce qui m'arrive. Mes neurones sont encore sous le choc de l'événement précédent. Celui où Zack portait ma main à ses lèvres, si douces, si tendres. L'espace d'un instant il a fermé les yeux et je l'ai vue. Cette fragilité qui a duré une fraction de seconde. Ça a suffi pour faire battre mon cœur un peu plus vite!

Je suis en train de penser à ça, alors que Hunter enfonce sa langue dans ma bouche. Il a un goût de vodka, son baiser est intense, bien plus intense que ce à quoi il m'a habituée jusqu'à maintenant. Il finit par me lâcher. J'en suis presque soulagée.

Qu'est-ce qui me prend?

J'aime bien Hunter. Je suis venue avec lui. C'est lui qui a eu la délicatesse de m'inviter, pas Zack.

– Viens, on nous attend! Tu as déjà joué au *beer pong*?

– Non !

– Tu vas adorer.

Il enroule son bras autour de mes épaules et me tire vers l'endroit où il souhaite m'amener, et je le suis, toujours un peu sonnée.

22

Zack

– Cul sec ! Cul sec ! Cul sec !

Des cris et clameurs résonnent de l'intérieur et attirent mon attention.

Je suis resté une heure sur la plage à essayer de calmer mon envie de découper Hunter en morceaux et de le jeter aux requins. Heureusement Matt m'en a dissuadé, et un joint plus tard me voilà à nouveau capable d'agir comme un mec civilisé. Mais cet état d'esprit disparaît à la minute où je vois Ella en train de danser sur une table. Elle descend sa bière d'une traite, encouragée par la foule. Hunter, qui a clairement l'intention de lui bourrer la gueule pour mieux en profiter, se tient à ses côtés.

Cette façon qu'il a de la regarder en tapant dans les mains de ses potes me fait serrer les poings. Je sais ce qu'il a dans la tête et surtout je sais qu'il ne recule devant rien pour arriver à ses fins.

Chicago a l'air complètement saoule et ne réalise pas que sa prestation est filmée par tous les connards de Laguna High. Et évidemment cet enfoiré de Hunter l'encourage en lui apportant un autre shot qu'elle fait disparaître aussi vite que le précédent, en jetant la tête en arrière.

Qu'est-ce qu'elle fout ?!

Son besoin d'être acceptée par tous ces cons la pousse à faire n'importe quoi. Elle vacille, Hunter la rattrape avec une main sur son cul. Elle se marre, pendant qu'il échange un regard pervers avec Joe, son meilleur pote, aussi connu pour être le plus bel enculé que la terre ait jamais porté. C'est lui qui vendait des amphétamines à Matt au collège, et le voir tourner comme un vautour autour d'Ella ne me plaît pas du tout. Je connais leur mode opératoire. Drogue. Alcool. Sexe. Consentant ou pas. Souvent filmé.

– Waouh ! Je crois que j'ai trop bu, dit-elle, une main sur la bouche, comme si elle était sur le point de gerber.

Un vieux morceau de hip-hop fait trembler les enceintes et tout le monde se met à crier et à lever les mains en l'air. Je reste froid et stoïque au milieu de tous ces corps qui s'excitent et se frottent. Mes yeux sont braqués sur Ella, comme deux fusils chargés prêts à tirer. Elle transpire, ferme les yeux et donne une leçon de hip-hop à tout le monde. Et bientôt tous les regards sont sur elle.

« *It's getting hot in here (so hot)*
So take all off your clothes
I am getting so hot
I wanna take my clothes off[1] »

La moitié des filles ont déjà pris la chose à la lettre et se sont débarrassées du haut. Hunter murmure quelque chose dans l'oreille d'Ella. Elle fait non de la tête, mais cette enflure essaye quand même de l'encourager à faire comme les autres filles en soulevant son tee-shirt. Elle lui bloque les mains et sourit, gênée.

C'est bon, j'en ai assez vu, là.

Je m'avance vers elle. Matt m'attrape par le bras.

– Qu'est-ce que tu fous, Zack ? Elle est avec Hunter.

– Mêle-toi de ton cul !

Je me dégage de son emprise d'un geste brusque, mon sang bouillonnant dans mes veines, et marche d'un pas déterminé vers Chicago. Elle finit par me voir. Son regard est vitreux quand elle me sourit.

– Zack, viens danser !

– Non !

– Pourquoi es-tu toujours si sérieux ?

Elle a du mal à articuler, et ses paupières lourdes ne laissent aucune ambiguïté sur son degré d'ébriété.

– Ella ! Combien de verres as-tu bus ?

Elle hausse les épaules.

– Je sais pas, je n'ai pas compté.

---

1. Extrait de « Hot in Herre », chanson interprétée par Nelly.

Elle bascule vers l'avant et manque de s'étaler.

– Mais beaucoup, glousse-t-elle.

– C'est l'heure de rentrer !

Je lui tends la main pour qu'elle descende de son perchoir.

– Quoi ? Non ! Pour une fois que je m'amuse.

– Tu as trop bu. Tu vas le regretter demain matin. Descends de cette table, je t'emmène chez toi !

– Non, Zack ! Laisse-moi tranquille !

Pas le temps de lui répondre que Hunter entre dans mon champ de vision.

– T'as pas entendu, Miller ? Dégage. Elle a envie de s'amuser ce soir.

Il me pousse.

– Patterson, bouge de mon chemin si tu ne veux pas que je te casse les dents.

– Barre-toi, Miller. Ce soir, Taco Bell est à moi, et je vais bien en profiter vu la façon qu'elle a de bouger.

L'entendre utiliser ce surnom ridicule et raciste me fait perdre le peu de patience qui me restait, et je lui décoche une droite qui l'envoie au sol.

Fuck !

Je secoue mon poing qui me fait un mal de chien. J'ai dû me briser quelques os, mais ça en valait la peine. La musique s'arrête brusquement et tous les yeux sont braqués sur moi. Je me retiens de leur faire un doigt d'honneur, enroule mon bras autour des jambes d'Ella et la fais basculer sur mon épaule pour l'extirper le plus vite possible d'ici, avant que Hunter se remette et que ça tourne à la baston générale.

– Lâche-moi, Zack ! Qu'est-ce que tu fous ?

Elle proteste vivement, mais ma prise est ferme. Je me fraye un passage dans la foule qui s'écarte comme la mer Rouge devant Moïse. La plupart des lycéens me filment, je sais que je vais finir dans de nombreuses stories, mais là, tout de suite, je m'en tape.

Je dépose Ella sur le siège passager alors qu'elle continue de m'insulter. Elle me gifle même à plusieurs reprises. Je serre les dents et encaisse les coups. Elle comprendra demain matin que je fais ça pour son bien. Pour l'instant, elle est toujours sous influence et ça l'empêche de voir les choses de manière rationnelle.

Je renonce à accrocher sa ceinture de sécurité, car elle se débat comme une tigresse. Je finis par lui hurler dessus, ce qui a pour effet de la calmer un peu, contourne ma caisse à grandes enjambées, avant de démarrer en trombe.

Un coup d'œil dans le rétro m'indique que la plupart des fêtards sont sortis et nous regardent partir.

Au milieu, j'aperçois Hunter qui s'est visiblement remis de mon coup de poing.

Dommage !

– La porte est verrouillée, inutile de t'exciter, Chicago, fais-je d'un ton sardonique en gardant les yeux rivés sur la route, après quelques minutes.

Cette tête de mule n'arrête de secouer la poignée que lorsque je longe l'océan et qu'il lui paraît évident qu'elle ne peut plus aller nulle part. À moins que se faire bouffer par un coyote qui traîne dans la vallée soit dans ses projets d'avenir.

– Voilà, c'est mieux !

Ma remarque condescendante ne lui plaît pas du tout. Elle se retourne et me fusille du regard.

– Je te déteste ! Pourquoi tu penses que tu peux m'humilier comme ça ? Je ne suis pas ton chien.

– T'humilier ? Moi ? Je crois que tu faisais déjà ça très bien sans que j'aie besoin d'intervenir. Tu devrais me remercier, au lieu de me prendre la tête. Je serais arrivé une seconde plus tard et tu offrais un strip-tease intégral à tous ces connards.

– N'importe quoi !

Elle a les larmes aux yeux.

– J'aurais jamais fait un truc pareil. Et en quoi ça te regarde ?! Tu es ni mon père ni mon frère, à ce que je sache.

Ses larmes coulent maintenant, et elle les essuie du revers de sa main. Ça me fait de la peine de la voir dans cet état, mais je reste silencieux. Fixant la route. Argumenter avec son cerveau bourré ne sert à rien.

– Pour une fois que je m'amusais. Que je me faisais des amis, dit-elle d'une voix éteinte. Tu étais obligé de tout gâcher.

– Crois-moi ! Ces gens ne sont pas tes amis.

Elle ne répond rien et se contente de regarder par la fenêtre, visiblement résignée.

Mon téléphone dans le porte-gobelet de la voiture ne cesse de vibrer. Je sais que c'est Matt ou les autres membres de l'équipe qui ont dû halluciner de mon comportement. Je ne me comprends pas moi-même, alors difficile de m'expliquer auprès de qui que ce soit. Tout ce que je sais c'est qu'il fallait que j'éloigne Ella de Hunter. C'est chose faite, le reste on verra demain. À chaque jour suffit sa merde. De longues minutes de silence passent.

– Arrête la voiture, Zack, je vais… je vais…

Chicago plaque sa main devant sa bouche.

– Merde !

Je m'arrête en catastrophe sur la bande d'arrêt d'urgence et déverrouille la porte. Elle bondit comme un diable hors de sa boîte et se penche en avant. Je descends la rejoindre et attrape ses cheveux pour éviter qu'elle en foute partout. Elle vomit un long moment et essaye de me repousser.

– Laisse-moi, je ne veux pas que tu me voies dans cet état.

– Arrête, je m'en fous !

Je reste à ses côtés malgré ses réticences et lui caresse le dos pour l'encourager à tout faire sortir. Elle finit par se redresser, et accepte la bouteille d'eau que je lui tends ainsi qu'un mouchoir. Elle se nettoie longuement en me tournant le dos, puis je remarque que ses épaules bougent.

Merde !

Elle pleure. Encore. À cause de moi sûrement.

– Hé, viens là !

Je la fais pivoter sur elle-même et essaye de la prendre dans mes bras.

– Non…

Elle se débat.

– Arrête ! Je suis immonde, grosse, plate et maintenant j'empeste le vomi.

– Ella, ne dis pas ça.

– Pourquoi ? C'est bien ce que tu penses, non ?

– Pas du tout !

– C'est ce que tu as dit tout à l'heure, murmure-t-elle, lasse, avant de s'affaisser dans mes bras.

Un corps mou qui a cessé de lutter. Résigné. On reste comme ça longtemps sous le clair de lune, l'océan à nos pieds. Je finis par prendre son visage en coupe après qu'elle a trempé mon tee-shirt de ses larmes.

– Ella, je suis désolé pour ce que j'ai dit, je ne le pense pas. C'est même tout le contraire. Tu es magnifique. Parfaite, et tu ne devrais pas douter de toi, jamais. Même quand des connards comme moi te disent le contraire.

J'efface ses larmes avec mes pouces. Elle me regarde longuement. Je ne sais pas si mes mots font effet mais ça a le mérite de calmer ses pleurs.

– Ça va mieux ? dis-je après un court instant.

Elle acquiesce et renifle.

– Alors viens, on y va.

Arrivé à la villa, je gare ma voiture et jette un coup d'œil à ma droite. Ella dort à poings fermés.

Génial !

Je frotte mon visage longuement avant de décrocher ma ceinture et de secouer ma passagère par l'épaule.

– Chicago, réveille-toi, on est arrivés.

– Mmmh !

Elle m'ignore complètement et se recroqueville de plus belle contre la portière. Je considère mes différentes options : la laisser dormir dans la caisse ou la porter jusque chez elle. Je choisis la seconde alternative car elle risque de se réveiller avec de sacrées courbatures, vu sa posture. L'extirper de la voiture me donne l'impression de manœuvrer un poids mort. Je la saisis comme je peux. Une main sous ses cuisses, une autre sous sa nuque, et marche en direction de sa maison.

– Non ! Je ne veux pas rentrer, ma mère va me tuer si elle me voit dans cet état.

Sa voix me surprend, je croyais qu'elle dormait.

– Tu veux dire Lisa ?

– Oui… Lisa. S'il te plaît, Zack.

Elle parle d'une voix endormie. Je baisse les yeux vers elle. Ses paupières sont lourdes et elle lutte pour les garder ouvertes. Elle est dans un état second, entre le sommeil et la conscience.

– OK !

Je me dirige maintenant vers la villa.

– Pourquoi tu ne souris jamais ?

– Quoi ?

Je ne sais pas si je dois lui répondre, elle ne se rappellera sûrement pas cette conversation demain.

– J'aimerais te faire sourire plus souvent. J'aimerais que tu me trouves belle et j'aimerais que tu m'embrasses aussi.

Elle soupire puis niche son visage dans mon cou.

– Tu sens tellement bon, et tu es tellement beau que j'ai parfois du mal à te regarder.

J'étouffe un rire. Est-elle consciente de ce qu'elle me raconte ? Je suis sûr qu'elle sera morte de honte au matin.

– Tu peux marcher si tu peux me dire toutes ces conneries.

– Non, fait-elle en s'accrochant à moi de plus belle.

Je sens plus que je ne vois son sourire satisfait. Je suis bien là.

– Tu ne serais pas en train d'en profiter ?

– Peut-être…

Je la regarde tout en avançant, l'air amusé. Ses paupières s'affaissent puis elle s'endort à nouveau. Je traverse la maison sans me faire repérer, il est plus de deux heures du mat. Tout le monde dort, et mes parents sont absents de toute façon. Arrivé dans ma chambre, je dépose Chicago sur mon lit en essayant de ne pas la réveiller. Je lui retire ses chaussures. Dois-je la débarrasser de son jean ? Il a l'air hyper inconfortable. Va-t-elle m'en vouloir si je… Je finis par l'enlever. Ses jambes longues, fines et bronzées apparaissent pour me torturer. Elle porte une culotte en satin noir, transparente à certains endroits. Ses hanches rondes, son cul… merde. Elle est vraiment canon ! Encore plus bonne que ce que je m'étais imaginé. Et pourtant je l'ai souvent vue en maillot de bain. Je connais déjà ses courbes qui tuent. Mais dans cette tenue intime, que je ne suis pas censé voir, elle me semble offerte, érotique, sexy au possible. Je m'efforce de ne pas trop regarder et de rabattre les couvertures sur sa semi-nudité, avant de me mettre à bander comme un cheval. Je suis un crevard ou quoi ? C'est Ella, putain ! Justement, ces derniers temps, je ne la vois plus juste comme une amie. J'ai envie d'elle, de la baiser, qu'elle soit à moi et que personne d'autre que moi ne puisse la toucher. Pas Hunter ni qui que ce soit d'autre. JE.LA.VEUX. Voilà, c'est dit. Je ne sais pas quand ni comment c'est arrivé, mais je ne peux plus le nier. Une douche froide plus tard, je m'allonge à ses côtés en essayant de garder mes distances. Instinctivement, elle se retourne vers moi. Putain, ce qu'elle est belle quand elle dort. Son grain de peau parfait, son petit nez fin et sa bouche qui fait la moue… J'humecte mes lèvres et repense à ce qu'elle m'a dit. Elle aimerait que je l'embrasse ? Moi aussi j'en crève d'envie et à cet instant plus que jamais. Mais je ne vais pas profiter de la situation. Elle est dans les vapes et si ça se trouve elle ne pense pas ce qu'elle dit. Mes mains me démangent, je survole sa joue de ma paume sans la toucher, mes yeux descendent le long de son cou. J'ai envie de poser mes lèvres là où son pouls cogne. J'inspire profondément, me mets sur le dos et fixe le plafond.

Allez, Zack, dors, bordel !

23

Ella

Oh, mon Dieu ! Qui essaye de creuser un trou dans mon crâne ??!!!

J'ouvre un œil, puis un second. Et les referme aussitôt. Une horrible migraine menace de faire exploser ma tête et ma bouche est affreusement pâteuse.

Putain de gueule de bois.

À boire. Il faut que je m'hydrate.

Je cherche à tâtons la bouteille d'eau qui est généralement sur ma table de chevet mais percute un verre à la place.

Tiens ! Lisa a dû le placer là.

J'avale le liquide d'un trait, en ayant l'étrange impression de reprendre vie. J'en renverse une partie lorsqu'un mouvement derrière moi me fait sursauter.

Qu'est-ce que… ?

Je me retourne brusquement et me retrouve face à Zack à moitié à poil qui dort profondément.

Oh, merde !

Mais qu'est-ce qu'il fout là ? Ou plutôt qu'est-ce que je fous là ?

Car je ne suis visiblement pas dans ma chambre comme je le pensais, mais dans la sienne. Mes yeux balayent la pièce à la recherche d'indices qui pourraient expliquer l'inexplicable.

Est-ce qu'on a couché ensemble ?

Dans tes rêves !, se moque immédiatement ma voix intérieure.

Si ça se trouve, je ne suis pas réveillée et tout ceci n'est que le fruit de mon imagination et de mes hormones.

Mon regard se pose à nouveau sur lui. Il est sur le ventre, le visage enfoui dans son avant-bras, m'offrant le spectacle envoûtant de son dos musclé. Je déglutis. Tout ceci est bien réel. Sa présence, la chaleur incroyable que dégage son corps et surtout le désir immédiat qu'il suscite en moi.

OK, Ella ! Respire. Essaye de te rappeler ce qui s'est passé.

Difficile de réfléchir quand on a un marteau-piqueur dans la tête et surtout un Zack à moitié nu dans son lit.

Je ferme les yeux en espérant rassembler les souvenirs de la veille.

La fête de Maddie. Hunter. Le beer pong. Les nombreux shots… Zack, il était là, il s'est battu et m'a emmenée… de force ici… Oh, merde, j'ai vomi en route !

Puis c'est le trou noir.

Je jette un regard sous le drap. Je porte toujours mon tee-shirt, mon jean a disparu mais j'ai encore mes sous-vêtements.

On n'a pas pu… Impossible !

Mon cerveau qui commence à émerger m'indique la première urgence matinale. Je vais faire ma petite affaire et passer de l'eau fraîche sur mon visage histoire de me réveiller pour de bon cette fois. Mon reflet dans le miroir m'arrache une grimace. J'ai une mine affreuse. On dirait une serpillière qui a trop servi.

Heureusement que Zack dort à poings fermés et ne me voit pas avec mes cheveux de lionne. Je les arrange tant bien que mal et les accroche en un chignon défait, qui a l'air tellement cool sur certaines filles mais qui moi me donne envie de démissionner de la vie. Je prends une douche rapide histoire d'effacer cette odeur immonde qui me colle à la peau puis cherche partout dans les placards. Je trouve une brosse à dents emballée que j'utilise en me disant que Zack ne s'en apercevra pas, de toute façon. L'idée qu'elle soit destinée à Shelby quand elle passe la nuit ici me donne envie de frotter autre chose avec.

D'autres souvenirs émergent dans ma tête. Zack m'a portée car je me suis endormie dans sa voiture.

Oh, bordel !

Je crois que je lui ai dit des trucs embarrassants.

« J'ai envie que tu m'embrasses, Zack. Tu es tellement beau que j'ai du mal à te regarder. »

Il a dû bien se marrer. Et il doit sûrement savoir que j'ai un putain de béguin pour lui maintenant.

Je grogne de ma propre stupidité. Et passe encore plus d'eau sur mon visage pour effacer les traces du sommeil. Si seulement ça pouvait également faire disparaître mes conneries.

C'est fini, je ne boirai plus jamais une goutte d'alcool.

De toute façon, je ne suis pas la seule à avoir enchaîné les boulettes hier soir. L'attitude de Zack était loin d'être exemplaire. Alors il n'a pas intérêt à me faire des reproches. S'il a une once de décence en lui, il fera comme si de rien n'était. Il est bon au jeu de l'indifférence de toute façon.

Je sors de l'immense salle de bains luxueuse et pars à la recherche de mon jean et de mes chaussures.

Putain, où ont-ils bien pu passer?

Impossible de mettre la main dessus dans cette obscurité.

Je contourne le lit de Zack qui pourrait au moins accueillir quatre personnes en essayant de ne pas trop baver sur son corps étalé à peine recouvert d'un drap foncé. J'ai rarement l'occasion de pouvoir le mater impunément alors je ne peux pas m'empêcher d'en profiter.

Tous ces muscles, c'est pas humain, sérieux. Si je m'écoutais, je tirerais sur ce drap qui couvre ses fesses que je devine aussi fermes que le reste de son corps. C'est peut-être le moment de prendre une photo pour Maria.

J'immortalise le moment avant de l'envoyer à mon amie. Lis en diagonale les dizaines de messages de Hunter. Il a l'air en colère. Je lui parlerai plus tard. Puis j'allume la lampe torche de mon écran quand un texto de Lisa apparaît.

[J'espère que tu as une bonne
raison de ne pas être dans ton
lit ce matin, jeune fille!]

Merde!

J'avais espéré rentrer avant qu'elle ne s'en aperçoive. Qu'est-ce que je vais pouvoir lui dire maintenant? On n'a jamais vraiment établi de règles ni de couvre-feu, alors techniquement je n'ai rien fait de mal. Je décide de la jouer cool.

[La soirée a fini tard,
j'ai dormi chez Maddie.
Je me prépare là
et je rentre.]

Au moment où j'envoie ce message, j'entends un bip retentir juste derrière la porte.

Fuck. Lisa est dans le couloir.

[Tu aurais pu au moins prévenir !
Je me suis fait un sang d'encre.]

[Je suis désolée.
Je me suis endormie.]

[OK ! On en reparle ce soir.
Je suis déjà au travail.
J'espère que tu as pris
tes précautions.]

Elle est sérieuse ?

[Il ne s'est rien passé
avec Hunter, Lisa.]

[Bien sûr.
Tu n'échapperas pas
à la conversation sur la
contraception, cette fois.]

[Tu veux dire la conversation
que tu aurais dû avoir avant
qu'un dandy vénézuélien
passe par là et te foute
en cloque à 16 ans ?!]

[Ne fais pas la maline, Ella!
Et rentre tout de suite
avant que je vienne te chercher.]

Je grogne d'exaspération puis me rappelle qu'elle n'est pas loin et qu'elle risque de m'entendre. Je ne peux décemment plus aller nulle part, avec ma mère qui arpente les couloirs du manoir des Miller.

J'abandonne donc la quête de mes fringues qui ne me serviront de toute façon à rien et décide de retourner me coucher. Le dénouement de cette histoire peut bien attendre quelques heures de plus. Le temps que je retrouve figure humaine par exemple. Heureusement que ma migraine est passée, par contre.

Je me glisse le plus discrètement possible sous le drap, en mode fax, pour éviter de réveiller Zack. Je me fige quand il grogne et se tourne vers moi. Sa main atterrit sur ma hanche. Et on dirait que le monde a rétréci et se concentre maintenant à cet endroit.

Sa main sur ma hanche. Lourde, chaude… Je ressens des picotements dans tous mes endroits préférés par ce simple contact.

On peut quand même pas avoir un orgasme si facilement?

Je crois que je vais mourir s'il retire sa main.

Est-ce que ça ferait de moi une perverse si je la posais sur mon entrejambe?

L'effet que me fait ce mec est juste hallucinant. Il m'insulte, il m'embrouille, il me hurle dessus mais je ne peux m'empêcher de ressentir des trucs pour lui. Au début je croyais à une simple attirance car il faudrait être aveugle pour ne pas le trouver à son goût, mais maintenant je sais que c'est plus que ça.

Je sais que j'ai autant de chance d'oublier mon béguin pour Zack que d'arrêter la course du soleil.

C'est inévitable.

Mon cœur va se prendre un uppercut. Je l'ai définitivement compris hier quand Hunter m'a embrassée devant lui et que j'ai eu envie de me cacher sous terre. Je voulais que ce soit Zack qui pose ses lèvres sur moi, pas Hunter.

Mes yeux remontent le long de son avant-bras traversé par une veine apparente, le galbe de son épaule musclée, les quelques poils qu'il a sur les pectoraux, les innombrables cicatrices qui abîment sa peau hâlée comme des dizaines de constellations. J'ai envie de les tracer du bout des doigts, de les mémoriser, de m'en imprégner. Mes yeux se posent ensuite sur son visage. Il est proche, il est vraiment très proche.

Et mon Dieu, il est d'une beauté époustouflante. Ses cheveux châtain foncé retombent sur son front en joyeux bordel. Sa barbe de trois jours dessine une ombre sur son visage parfait et ses lèvres roses ont l'air si douces. Il arbore un air paisible, satisfait. Je déglutis. L'envie de poser mes lèvres sur les siennes est intense, presque insoutenable, et me cisaille l'estomac.

Je ferme les yeux pour éviter de faire une chose que je risque de regretter et quand je les ouvre à nouveau, mon cœur loupe un battement.

Les siens sont ouverts, bleu intense et braqués sur ma bouche.

24

Ella

Presque machinalement je me rapproche encore plus de lui. Il ne bouge pas, ne recule pas mais n'avance pas non plus. Je déglutis. J'ai tellement envie qu'il m'embrasse. Je crois que là je serais prête à le supplier, et quelque part il doit être en train de le lire sur mon visage.

Il a un air grave, intense et ne me lâche pas du regard.

Je baisse les yeux la première. Je n'ai pas le courage de me prendre un râteau. Je sais qu'il me trouve grosse et plate et là tout de suite, avec ma gueule de bois, je dois ressembler à un chien écrasé au bord d'une autoroute.

Alors pourquoi voudrait-il m'embrasser?

Il faut que j'arrête de prendre mes rêves pour la réalité.

Pourtant j'ai eu la sensation qu'il en avait envie lui aussi.

J'éclaircis ma gorge puis me mets sur le dos, préférant contempler le plafond plutôt que son beau visage. Je l'entends se lever et disparaître dans la salle de bains. Tant mieux, son éloignement me permet de me calmer.

Il revient quelques minutes plus tard et s'allonge à nouveau à mes côtés. Je sens son regard sur ma joue et finis par me retourner vers lui. Il me sourit, je fais de même.

– Tu as bien dormi? Pas trop la gueule de bois ce matin? dit-il d'une voix fatiguée qui fait trembler mes entrailles.

– Chut!

Je pose mon index sur sa bouche, et le retire immédiatement quand ses yeux s'écarquillent et que mon pouls s'accélère. Le toucher est définitivement dangereux pour ma santé.

– Lisa est dans le couloir, chuchoté-je, pour expliquer mon geste.

Ses yeux bleus se plissent et un sourire joueur s'affiche sur son beau visage.

– Relax ! Elle peut pas nous entendre, murmure-t-il à son tour.

– Et si elle entrait ?

– Pourquoi ferait-elle ça ?

– Je ne sais pas moi, pour te demander ce que tu veux au petit déjeuner ou pour t'amener du linge propre. Les trucs normaux que font les femmes de ménage, quoi ?

– Nan ! Elle sait bien que je suis rarement seul dans ma chambre.

Mon humeur s'assombrit immédiatement.

– C'est vrai, j'oubliais Shelby. Soit dit en passant, j'ai utilisé une de ses brosses à dents. J'espère qu'elle ne m'en voudra pas.

– Tu as bien fait ! De toute façon, elle ne va plus en avoir besoin.

– Pourquoi ?

– Nous avons rompu, tu te souviens ?

– Oui, enfin c'est une rupture temporaire comme à chaque fois.

– Non, c'est définitif.

– Ah oui ?

Je garde un ton neutre, alors qu'au fond de moi je suis en train d'entamer une danse de la joie. C'est pas très sympa de ma part, je le sais bien, mais je n'aime pas Shelby. Elle est horrible avec moi, et beaucoup d'autres personnes aussi, alors que Zack s'en rende enfin compte me fait vraiment plaisir.

– Tu as compris qu'elle n'avait de beau que son apparence ?

– Oui, et je suis intéressé par une autre fille.

– Oh !

J'essaye de cacher ma déception, mais je ne crois pas que je sois très douée pour masquer mes émotions.

Surtout ici dans ce lit à quelques centimètres de lui.

Ça doit sûrement être la fille avec qui il parlait hier soir chez Maddie. Samantha, Mara ou Pipa ! Une des *cheerleaders* à la plastique parfaite qui me détestent. Il y aura toujours des filles en A, à la taille S, au bonnet C pour lui tourner autour de toute façon. Il va falloir se faire une raison. Zack est le mec inaccessible dont tout le monde rêve, moi comprise. Et le fait qu'il soit nouvellement célibataire ne veut pas dire qu'il soit plus à ma portée pour autant.

Bref, je choisis de changer de sujet pour éviter à mon pauvre cœur de se prendre encore des coups auxquels il n'est pas préparé.

– Pourquoi tu m'as forcée à rentrer avec toi hier soir, Zack? Et pourquoi tu m'as amenée ici?

– Tu ne voulais pas que je te dépose chez toi. Et tu avais trop bu, j'avais peur que Hunter profite de la situation.

– C'est vrai qu'il devenait un peu insistant. Et j'avais de plus en plus de mal à le recadrer.

Sa mâchoire se crispe et ses yeux se voilent d'une colère à peine contenue.

– Il t'a forcée à faire quelque chose? Putain, je vais le massacrer ce fils de pute.

– Tu l'as déjà bien amoché, remarqué-je.

– C'est rien comparé à ce que je pourrais lui faire si jamais il a osé lever le petit doigt sur toi.

Zack arrange une mèche de mon chignon qui s'est échappée sur mon front et me regarde intensément. Il a vraiment l'air de tenir à moi, et ça me touche.

– Il ne m'a rien fait, rassure-toi, il essayait juste de me convaincre d'enlever le haut pour faire comme les autres filles.

– J'ai vu ça. Et c'est exactement pour ça que je suis intervenu.

– Tu voulais sauver ma vertu? demandé-je d'un air moqueur.

Mais il ne desserre pas les dents et arbore toujours cet air sérieux et grave.

– Oui. Je suis venu à la soirée de Maddie pour te protéger.

– Je n'ai pas besoin de protection, Zack. Je viens de Chicago. S'il y a une chose que je sais faire, c'est me défendre.

Il soupire.

– Tu ne connais pas Hunter et ses potes. Ce sont de vrais connards. Ils sont capables de tout, comme de droguer des filles, les amener à faire des trucs dégueu et les filmer à leur insu.

– Sérieusement?

– Oui! Je ne voulais pas que tu termines dans l'une de leurs vidéos glauques qui font le tour du lycée.

– Et c'est maintenant que tu me dis ça?!

– J'ai essayé de te prévenir, tu te souviens? Mais tu ne m'écoutais pas. Tu étais obnubilée par Hunter et ses grands discours de faux cul.

Il a l'air exaspéré en prononçant cette phrase. Il déteste vraiment Hunter visiblement. Et après ce qu'il vient de m'annoncer, je crois que moi non plus je ne l'apprécie plus tant que ça.

– Tu n'as pas essayé de me prévenir, tu as passé ton temps à m'insulter.

Il grogne et se frotte le visage.

– Est-ce que tu vas un jour accepter mes excuses? Toi, tu m'as giflé hier, on est quittes, non?

– Tu l'avais mérité.

Je croise les bras avec un air de défiance.

– Tu es encore plus rancunière que moi, ma parole.

– Oui! Femme blessée, attention danger.

Je réprime un rire car au fond je lui ai déjà pardonné.

– Tu vas devoir payer jusqu'à ton dernier soupir. Qui sait, peut-être que je ferai même de toi mon esclave!

Il sourit et place une main autour de ma taille pour me rapprocher d'un coup sec. L'air quitte mes poumons.

Qu'est-ce qu'il fait?

– Fais de moi ce que tu veux! Tu veux savoir la vérité, Chicago?

Je déglutis et acquiesce en essayant d'ignorer notre proximité qui me fait tourner la tête.

– Je t'ai dit toutes ces conneries car j'étais jaloux.

– Jaloux? répété-je dans un souffle.

– À en crever. Te voir dans cette robe, imaginer ses mains sur toi, c'était juste impossible. Il fallait absolument que je te convainque de ne pas la mettre. Quitte à blesser ton ego.

Je reste bouche bée face à ses aveux. Il a fait tout ça par jalousie, ça veut dire qu'il m'aime bien?

– Tu veux savoir autre chose?

Je déglutis. Et acquiesce comme un automate.

– Je ne te trouve pas grosse, Chicago. Je te trouve magnifique. Voluptueuse, sensuelle. Hyper sexy. Tes courbes sont un appel à la baise.

Il caresse ma hanche juste en dessous de mon tee-shirt qui me couvre à peine les fesses. La température de la pièce est montée de mille degrés d'un coup. Je suis à peu près sûre que je vais me transformer en torche humaine s'il continue.

Je n'arrive pas à réaliser que je suis dans ses bras et qu'il me dit tout ça. Je vais me réveiller, c'est sûr. Le réveil va sonner et je serai seule dans mon lit, la culotte trempée comme à chaque fois.

Son regard se pose sur ma poitrine.

– Je ne te trouve pas plate non plus.

– Non?

Il secoue la tête.

– Non! Tes petits seins sont parfaits mais seraient encore plus parfaits dans ma bouche.

Waouh, c'est bon! Appelez les pompiers, je suis en pleine combustion.

Mais il n'en a pas fini avec moi visiblement.

– Tu veux savoir autre chose?

J'acquiesce, je suis incapable de formuler une réponse cohérente. Mon cerveau est parti en vacances.

– Ta peau...

Il fait remonter sa main le long de mon bras. Mon épiderme se couvre de chair de poule dans son sillon.

– ... est tellement douce. Tes yeux sont si verts, si profonds que j'ai l'impression de m'y noyer quand tu me regardes, et ta bouche...

Il marque une pause, ferme les yeux comme s'il allait m'avouer un secret honteux.

– Tu ne veux pas savoir ce que j'ai envie de faire de ta bouche.

Il ouvre les yeux à nouveau, arque un sourcil. Un muscle se tord de désir dans mon bas-ventre. Une chaleur pulse dans toutes mes veines jusqu'à la racine de mes cheveux.

Mon Dieu, je vais mourir.

– Tu te souviens de ce que tu m'as dit hier soir quand tu étais dans les vapes?

Il n'attend pas que je réponde et enchaîne.

– ... Que tu avais très envie de m'embrasser!

Un ange passe alors que je sens son souffle mentholé cogner contre ma peau. Je bois littéralement ses paroles, hypnotisée par ses lèvres et par ses mots. Il est vraiment très, très proche. Et il a toujours l'air aussi sérieux.

Est-ce qu'il va faire ce que je pense qu'il va faire ?

– Moi aussi j'ai très envie de t'embrasser, Ella.

Ses mots. Mon cœur. Mon estomac. Les papillons. Tout est en ébullition.

– Et si tu ne me dis pas de m'arrêter tout de suite, je vais le faire dans… Trois…

Il humidifie ses lèvres.

Je retiens mon souffle.

– Deux…

Il prend mon visage en coupe et caresse mes joues de ses pouces. Son regard sonde le mien pour une autorisation, un doute, je ne sais pas vraiment. J'opine du chef pour qu'il ne revienne surtout pas en arrière.

– Et un…

Il inspire profondément puis dépose sa bouche sur la mienne. Ses lèvres se rétractent puis effleurent les miennes à nouveau lentement, prudemment. Quant à moi, je reste figée. Mon cerveau s'est clairement fait la malle et ne peut pas assimiler ce qui se passe.

Son baiser est doux, tendre. Encore meilleur que ce que je m'étais imaginé. Et Dieu sait que je m'étais imaginé des milliards de trucs. Fantasmer sur lui est devenu un job à plein temps. Mais cette fois c'est vrai. Je ne me fais pas de film.

– Zack Miller est en train de m'embrasser.

Il sourit contre mes lèvres.

Merde, je crois que je l'ai dit à voix haute.

– Ouais. Tu veux que j'arrête ?

Encore ce sourcil arqué qui me fait fondre.

– Jamais.

Il a un sourire triomphant, effleure mon nez avec le sien. J'inspire profondément car j'ai oublié comment on respirait et lui rends son baiser. Sa langue se fraye un chemin sensuel, rencontre la mienne pour mettre K.-O. tous mes sens.

Il enfonce de manière possessive ses mains dans mes cheveux, fait pivoter mon visage pour avoir un meilleur accès puis s'empare de ma bouche franchement comme si elle lui avait toujours appartenu. Sans s'excuser. Il prend, il impose, il s'installe, il plante son drapeau. Son corps dur se colle de plus en plus contre le mien. Je passe une jambe autour de sa taille, ressentant la chaleur que dégage son sexe. Mon cœur et tout le reste s'emballent.

Sa langue est chaude, sensuelle et sait exactement comment faire naître un désir instantané en moi. J'ai du mal à suivre le rythme sans gémir. Chaque passage, chaque caresse est un véritable miracle.

Le manque d'expérience, la timidité, le fait que ce soit putain de Zack Miller qui m'embrasse, je ne sais pas… mais je suis vite essoufflée, étranglée par un désir intense qui menace de me faire exploser.

Nos lèvres se déconnectent et il me laisse reprendre mon souffle. Je respire fort.

– Ça va ?

Ses mains sont toujours dans mes cheveux et ses yeux explorent mon visage comme s'ils le voyaient pour la première fois. J'acquiesce frénétiquement.

– Ouais…

Il me dévore de son regard torturé. Ce moment me paraît durer une éternité, comme suspendu dans le temps. Puis il m'embrasse à nouveau.

Mon corps est brûlant contre le sien. Zack caresse mon dos pendant que sa langue continue de faire des ravages dans ma bouche. Il me suce et me mordille les lèvres, le menton. Le cou, le lobe d'oreille.

Mes seins durcissent et se gonflent de désir. J'ai envie qu'il les touche, qu'il les prenne en bouche comme il l'a dit tout à l'heure. Je n'en peux plus. Mes hanches se mettent à bouger machinalement pour essayer d'endiguer le désir qui tourbillonne au creux de mes reins.

Zack émet un bruit de gorge, primaire, animal, sexy puis

accompagne mon mouvement. Je sens son sexe lourd et ferme contre moi et ça m'excite autant que ça me terrifie.

Comment un simple baiser peut-il me mettre dans un tel état?

Mais ce n'est pas un simple baiser.

C'est un baiser de Zack Miller.

J'ai envie de le sentir en moi et j'ai peur en même temps. Alors je me contente de cette délicieuse friction par-dessus nos sous-vêtements, qui me fait complètement tourner la tête.

Je ne suis pas vierge mais je n'ai couché qu'avec un seul garçon qui n'était pas très doué pour la chose. À moins que ce soit moi qui ne sois pas douée. Dans ses bras, je me sentais moche, gauche, grosse, limite inexistante, un trou dans lequel il avait envie de s'engouffrer mais c'est tout. Moi ou une autre, il s'en foutait. Je le savais bien. Mais je voulais oublier que mamie était morte alors je l'ai laissé m'entraîner une nuit au stade derrière le lycée. Tout ce dont je me souviens, c'est que ça n'a pas duré longtemps et que ça a fait mal. L'herbe mal tondue frottait contre mon dos, pendant que je serrais les dents et priais pour que ça se termine.

Avec Zack, je me sens vivante, désirable et surtout vue. Il prend tout son temps, m'embrasse un long moment sans prêter attention à ses propres besoins. Pourtant il est dur comme de la pierre et je n'en reviens pas de l'effet que je lui fais. Si on m'avait annoncé il y a encore quelques heures que je serais dans son lit dans cette position, j'aurais répondu que j'aurais autant de chance de voir des ailes me pousser dans le dos. Et pourtant me voilà assise sur la queue la plus parfaite du monde avec le mec le plus parfait du monde.

– Zack Miller est en train de bander pour moi.

Il se marre.

– C'est le moins qu'on puisse dire.

Il laisse sa bouche traîner sur mon cou, alternant baiser et succion, puis ajoute :

– Tu vas continuer à parler de moi à la troisième personne comme ça longtemps?

– Ouais, ça m'aide à me rappeler que je ne suis pas en train de rêver.

Il secoue la tête, amusé, et amène ma bouche là où il la veut, c'est-à-dire sur la sienne.

– Je pourrais t'embrasser toute la journée, Ella, susurre-t-il, les paupières mi-closes.

Mon Dieu, ses mots, sa voix rauque, le désir que je lis en lui. Je suis en hyperventilation, en surchauffe sensorielle. Ses mains passent sous mon tee-shirt. Il les balade sur mes flancs et s'arrête à la marge de ma poitrine pour à nouveau caresser mon dos. Il répète ce geste à plusieurs reprises, et à chaque fois j'espère qu'il va me toucher les seins, mais non. Au bout de quelques minutes, le désir se fait trop intense, trop frustrant, je bouge mon torse pour lui donner le feu vert. Il l'effleure mais n'y va pas franchement.

– Tu vas me peloter, bon sang! finis-je par crier, oubliant que Lisa pourrait nous entendre.

Zack éclate de rire et pose ses mains sur mes cuisses alors que je me redresse.

– Te peloter?

Il rit de plus belle.

– Tu as vraiment dit « me peloter »? Y a pas à dire, tu sais comment casser l'ambiance, Chicago.

Il se redresse à son tour, toujours hilare, pour me faire face alors que je suis assise à califourchon sur lui.

Mes joues sont en feu de désir et de honte aussi. Et je dois avoir l'air d'une folle. Lui de son côté a l'air du dieu grec qu'il est. Ses lèvres sont gonflées de m'avoir trop embrassée et ses yeux bleus auréolés d'or sont encore plus brillants que d'habitude. La chaîne qu'il a autour du cou pend entre ses pectoraux. Je me retiens de tirer dessus pour l'attirer à moi à nouveau. On ne peut pas dire que la patience soit ma plus grande qualité.

– Comme c'est demandé avec beaucoup de délicatesse, alors Zack Miller va te peloter.

Son regard rempli d'humour m'indique qu'il se fout clairement de ma gueule là, mais je m'en fiche, je suis trop excitée.

– Prête à te débarrasser de ça? dit-il en tirant sur mon tee-shirt.

Je lève les bras tellement vite que ça le fait marrer. Il jette mon tee-shirt dans un coin de la pièce, puis il décroche mes cheveux qui retombent en cascade sur mes épaules.

– Tu es magnifique, Ella. J'adore le grain de beauté que tu as là.

Il le trace du bout des doigts, dépose un baiser de part et d'autre de ma clavicule, pendant que les battements de mon cœur reprennent leur tambourinement incessant.

C'est possible de faire une crise cardiaque à 17 ans ?

Ses yeux se promènent sur ma peau avec une lenteur déconcertante. Il décroche ma brassière en dentelle. Le moment de vérité est arrivé. Je ferme les yeux et attends la sentence en me mordant les lèvres. Il garde le silence un peu trop longtemps, et mon cerveau se met à paniquer. Il est déçu, il a vu mes petits seins et il est déçu. Qu'est-ce que je croyais ?! Il a l'habitude de nanas super bien gaulées comme Shelby, parfaites avec leur 90 C et leur taille S. Pourquoi je lui ai demandé de me peloter aussi ? Le désir m'a fait perdre la tête et oublier que je ne suis pas à la hauteur. Pas assez bien.

– Putain, Chicago, je crois que je suis amoureux de tes seins.

J'ouvre les yeux pour découvrir un Zack plus excité que jamais.

– C'est vrai ? Ils ne sont pas trop petits ?

Il s'humecte les lèvres.

– Ils sont parfaits.

Je souris. Bizarrement, je crois à ses compliments. Je suis plutôt complexée par mes trop et mes pas assez, mais je ne sais pas comment il réussit à me mettre à l'aise aussi rapidement. Peut-être parce qu'on est amis et que je lui fais confiance, ou peut-être parce que je ne perçois que de la sincérité dans son regard.

– Ils seraient encore plus parfaits dans ta bouche, dis-je timidement.

Il me fait son fameux sourire paresseux.

– Ouais… C'est vrai…

– Tu vas le faire ?

Il arque un sourcil moqueur.

– Tu es plutôt directive dans le sexe toi, non ?

– Monsieur le capitaine de l'équipe de foot n'a pas l'habitude qu'on lui donne des ordres ?

Un sourire effleure ses lèvres mais il continue d'explorer mon corps de ses yeux affamés sans forcément me répondre.

– De toute façon, c'est toi qui l'as dit… je ne fais que te le rappeler au cas où tu aurais oublié.

Je ne peux m'empêcher de parler et de raconter n'importe quoi. Je souffre d'une diarrhée verbale aiguë quand je suis nerveuse. Car j'ai beau faire la maline, j'appréhende quand même la suite des événements.

Est-ce qu'on va aller jusqu'au bout ? Est-ce que j'en ai vraiment envie ? Et que va-t-il se passer après ?

Sorti de ce lit, il est toujours lui et je suis toujours moi. Lui avec son statut de mec populaire et moi de paria. Avec sa belle-mère qui attend le moindre faux pas pour nous foutre à la porte, Lisa et moi.

Sans parler de Hunter, Shelby et les lois naturelles qui font que les mecs comme lui ne finissent pas avec des filles comme moi…

– Je n'ai pas oublié, rassure-toi, mais j'ai envie de t'admirer un peu avant, dit-il, chassant mes pensées lugubres. Tu es tellement belle, Ella. Et je t'ai si souvent imaginée dans cette position que j'aimerais pouvoir en profiter.

Je m'étouffe avec ma propre salive.

– Tu as fantasmé sur moi ?

– Des dizaines de fois, dit-il de la manière la plus naturelle qui soit.

Je pense que j'ai basculé dans la quatrième dimension, je ne vois pas d'autre explication. Zack place son index dans ma bouche puis le promène entre mes omoplates à un rythme lent qui contraste complètement avec les battements affolés de mon cœur. Il le glisse sur mes seins jusqu'à mes pointes qui sont plus dures que jamais. Je frissonne et jette la tête en arrière. Il en profite pour s'emparer de mes seins franchement cette fois. Ce qui me fait tressaillir car il n'y va pas de main morte. Comme tout à l'heure, pour le baiser, il devient primaire, dominateur, insatiable. Quand il me touche ainsi, impossible de réfléchir. Oubliés les questions, la peur, les doutes pour ne laisser place qu'au désir.

Il me caresse avec force, urgence, comme s'il essayait de marquer ma peau. C'est bon et douloureux à la fois. Le mouvement de mes hanches reprend instinctivement du service.

– Oh Zack…

Je répète son nom de plus en plus fort, comme une prière. Il faut que je ferme ma bouche si je ne veux pas que Lisa m'entende, mais je suis incapable de me contenir. C'est trop bon. Et je crois que je vais jouir.

Sa langue relaye ses mains et le double assaut est impitoyable. Sa bouche suce mes tétons et les mordille. Ses mains descendent vers mes fesses. Il impose un rythme insensé à mes hanches. Je ne suis plus qu'une flaque moite et haletante. Mon point le plus sensible frotte contre sa queue et fait monter une pression insoutenable, mon corps implore sa délivrance. J'ai l'impression que je vais exploser. Que je vais mourir de plaisir. Je ne veux surtout pas qu'il s'arrête. Jamais.

Ses doigts glissent sous la dentelle de ma culotte. Il empoigne mes fesses et il grogne de notre friction.

– Ella, ton cul putain. Tu me rends fou.

Il enroule sa langue autour de mes tétons. Je le regarde par-dessus et je crois mourir. Mon sexe est trempé. Il ne me pénètre pas mais son érection glisse contre mon entrée. On dirait que nos âmes sont en train de faire l'amour alors que nous portons encore quelques vêtements.

Je suis au bord de l'orgasme. De la surchauffe sensorielle. Mes gémissements s'intensifient. Zack les étouffe de sa langue chaude et insatiable, et puis il arrive ce moment. Comme un éclair, un tourbillon, mon corps se fige. Je ferme les yeux, et laisse exploser mon plaisir, un plaisir intense, insensé. L'impression d'être une bouteille sous pression, que des dizaines de chevaux galopent dans mon sang et me font perdre pied, crier son nom encore et encore et encore. Mes cris ricochent sur les murs et mes doigts s'enfoncent dans sa chair tandis que je me cambre pour évacuer ce trop-plein de plaisir avant de m'écrouler sur son torse, vidée de toute énergie, flottant dans une étrange félicité. Je ne savais pas qu'on pouvait éprouver autant de sensations en même temps. Je suis presque étonnée d'en sortir indemne. Si c'est ça avoir un orgasme avec lui, alors je ne veux même pas imaginer ce que je vais ressentir quand on fera l'amour pour de bon. Mais j'en ai envie, j'en meurs d'envie même, et tant pis pour les conséquences.

Quand je redescends de mon nuage et que j'ouvre les yeux, je surprends Zack en train de m'observer, appuyé sur ses avant-bras. Ses yeux sont encore fous de désir. Et je sais qu'il n'en a pas fini avec moi.

– Putain, Ella, as-tu une seule idée de ce que j'ai envie de te faire là tout de suite?

Je suis toujours assise sur lui et il bande fort. Malgré mon manque d'expérience, je comprends qu'il ne vient pas de vivre la même délivrance que moi.

– Tu as des capotes? demandé-je comme si tout ceci était normal et que je faisais ça tous les jours.

– Non, répond-il, ce qui me surprend.

– Pas de soucis, j'ai ce qu'il faut.

Je vais chercher dans mon sac et balance les emballages argentés sur le lit.

– Trois! Tu as trois préservatifs dans ton sac, dit-il avec un certain mécontentement dans la voix. Tu avais vraiment l'intention de coucher avec ce connard de Hunter.

Je hausse les épaules, je ne vais quand même pas m'excuser.

– Une fille n'est jamais trop prévoyante. Tu ne vas pas recommencer avec tes remarques de macho à la con, Zack. J'ai des besoins comme tout le monde et si j'ai envie de les assouvir alors je le ferai, que ça te plaise ou non! De plus, ce n'est pas lui qui va en profiter, mais toi.

Je souris mais il garde son air crispé et jaloux. Je peux le voir aux muscles de sa mâchoire qui bougent. J'avoue que ça me plaît de le voir dans cet état.

– Personne ne va en profiter. On ne va pas coucher ensemble, Ella.

Douche froide!

– Ah non? Pourquoi? Tu n'en as pas envie?

– J'en meurs d'envie.

Il prend ma main et la pose sur sa queue, par-dessus le tissu. Je peux sentir à quel point elle est brûlante. Il ferme les yeux à mon contact.

– Je crois que je n'ai jamais eu autant envie d'une chose que de m'enfoncer dans ta chatte.

Un muscle dans ladite chatte se tord de désir en l'entendant prononcer ces mots crus.

– Mais ce ne serait pas raisonnable, ajoute-t-il en retirant ma main et en la portant à ses lèvres.

– Pourquoi?

– Pour tout un tas de raisons que je me ferais un plaisir de t'exposer dès que ma bite aura compris le message.

– Ce ne serait pas raisonnable comme de foutre un coup de poing à ton coéquipier ou pas raisonnable comme de me jeter sur ton épaule pour m'obliger à te suivre?

Je me place à califourchon sur lui à nouveau, histoire de mieux le convaincre de lâcher du lest. Je ne veux pas qu'il me traite comme une chose fragile. Je suis tout sauf ça. Je veux qu'il me traite comme toutes les filles avec qui il a été et dont j'ai entendu parler en laissant traîner une oreille ou deux au lycée. Être invisible a quelques avantages. Ça me permet d'être au courant de toutes les rumeurs. Et les prouesses sexuelles de Zack essentiellement racontées par Shelby et sa meute font partie des gros titres.

– J'aime le Zack irraisonnable, dis-je en déposant un léger baiser sur son torse. Et si on décidait que cette journée serait irraisonnable jusqu'au bout? On aura tout le temps de revenir à la raison demain.

– C'est d'avoir vécu ton premier orgasme qui te rend aussi chaude?

– Qui a dit que c'était mon premier?

– Toi! Juste avant de retrouver Hunter. Tu as dit que tu voulais savoir si tout ce que tu lisais dans tes bouquins était vrai.

– Je crois que je parle beaucoup trop parfois.

– Peut-être… C'est ton premier ou pas ?

– Oui.

Il semble fier de lui et ça m'énerve. Du coup, je décide de l'emmerder.

– Quoique, le jour où Hunter m'a embrassée je ne suis pas passée loin.

Il me saisit par les fesses et me fait rouler en dessous de lui, avant de m'embrasser sauvagement comme pour effacer les mots que je viens de prononcer. Il me lâche après avoir fait naître un désir brûlant dans mes entrailles.

– Ne prononce plus le nom de ce connard, s'il te plaît, Ella.

– Fais-moi taire alors.

Je souris et me frotte contre lui comme une chatte en chaleur. Il suit le mouvement de mes hanches puis grogne et pose sa tête contre ma poitrine. Je vais finir par le faire craquer, je le sais.

– Putain, tu me tues ! Arrête de bouger, je t'en supplie.

– Je dois te dire que ta queue n'est pas d'accord avec tes chastes intentions.

– Ma queue n'est jamais d'accord avec mes intentions. Surtout quand j'ai Ella Gonzalez et son cul d'enfer dans mon pieu.

– Tu trouves que j'ai un cul d'enfer ?

– Une torture, Ella. Je pense que ton cul a été inventé pour m'empêcher de réfléchir.

– Arrête de réfléchir et prends-moi alors !

Il ferme les yeux, soupire. Je crois même qu'il est en train de compter dans sa tête ou de prier. Je ne sais pas. Découvrir que j'ai un tel pouvoir de séduction sur lui m'amuse beaucoup et me fait halluciner aussi.

– Chicago, arrête de me provoquer : j'essaye de faire les choses bien. Et on ne peut pas dire que tu me rendes la tâche facile.

– Personne ne te demande de faire les choses bien. De plus, tu aurais dû y réfléchir avant de m'arracher mon tee-shirt.

– C'est toi qui m'as supplié de te pe-lo-ter, dit-il en se moquant à moitié de moi. Moi, je voulais juste t'embrasser.

Mes sourcils se froncent.

– Tu regrettes ?

– Non, mais je voudrais qu'on parle de tout ça. Qu'on établisse des règles avant d'aller plus loin.

– Des règles ?

– Ouais. Si on décide de continuer, il va nous falloir des règles.

Alors il veut continuer ?

– Je t'écoute.

– D'abord, il ne faut surtout pas que ça se sache. Je ne veux pas que Lisa soit foutue à la porte par ma connasse de belle-mère à cause de nos incartades et on peut pas compter sur mon père pour s'opposer à elle.

– Est-ce qu'elle a vraiment ce pouvoir ? C'est quand même ton père qui m'a permis de rester, contre l'avis de Judith. Peut-être qu'il n'est pas si terrible que ça, peut-être que tu devrais lui accorder un peu plus de crédit ?

– Ella, tu ne sais pas de quoi tu parles. Mon père est un lâche. Judith obtient toujours ce qu'elle veut. Il ne lui refuse rien. J'ai failli en faire les frais. C'est un miracle qu'elle ne m'ait pas envoyé en pension en Suisse quand je passais mon temps à la défier. Aller à l'encontre de sa volonté serait une erreur. Crois-moi.

J'acquiesce. De toute façon, je n'avais pas l'intention de le dire à qui que ce soit. Personne ne me parle au lycée à part Hunter et après hier soir, je ne pense pas que j'aie envie de lui parler à nouveau. Mais une part de mon cerveau ne peut s'empêcher de penser que si Zack ne veut pas que ça se sache, c'est qu'il a honte de moi. J'évite de lui faire part de mes doutes. Je ne veux pas gâcher ce qui commence à naître entre nous en lui prenant la tête.

– Ça me va ! Quoi d'autre ?

– Je ne peux te faire aucune promesse, Ella. À la fin de l'année, je pars à l'université d'Harvard, poursuivre mon rêve de devenir footballeur professionnel. Alors quoi qu'il se passe entre nous, ça s'arrêtera cet été.

Je suis un peu blessée par ces mots. Je ne m'attendais pas à une déclaration d'amour, mais pas non plus à tant de froideur. Nous sommes tous les deux en terminale avec des projets bien différents. Lui, devenir star du football, moi, rentrer à Chicago. Il est évident que rien de tout ça ne peut durer et je ne suis pas assez débile pour croire le contraire. Mais il n'est quand même pas obligé de le souligner à ce point.

Malheureusement, j'ai tellement envie que ça continue que j'accepte ses conditions sans broncher et joue à celle qui maîtrise tout. Mon cœur va morfler, je le sais. Mais aussi pathétique que cela puisse paraître, je préfère un petit bout de Zack, même pour un temps déterminé, que pas de Zack du tout.

– Et dire que je pensais que tu allais me demander en mariage. Me voilà déçue, ironisé-je pour cacher ma peine.

Je force un sourire, il me rend la pareille.

– Je préfère être honnête. Si tu acceptes ces deux règles, alors on peut aller plus loin.

Il caresse mes fesses.

– Beaucoup plus loin.

– Attends ! Moi aussi j'ai des exigences.

– Je t'écoute.

– Je comprends bien que je ne suis pas ta petite amie et que tu n'as pas grand-chose à m'offrir à part un peu de bon temps. Mais tant qu'on couche ensemble, je veux que ce soit exclusif. Je ne veux pas partager.

– Aucun problème, j'attends pareil de toi. Dis à Hunter d'aller se faire foutre.

– Deal.

– Deal.

– Et maintenant tu vas me faire l'amour ?

– J'en meurs d'envie mais je ne pense pas que tu sois prête. Et on a tout notre temps. Pas besoin de se précipiter, fait-il en me caressant tendrement la joue.

– D'accord !

Maintenant que je sais qu'il veut continuer, que ce n'est pas juste l'affaire d'une fois, d'un coup de folie, je me dis qu'on peut bien attendre un peu.

– Bon, je crève de faim. Tu veux manger quelque chose ?

– Tu ne vas quand même pas descendre, faire comme si de rien n'était. Et Lisa?

– Bien sûr que si. Il faut bien qu'on se nourrisse, non? Je vais donc chercher de quoi nous ravitailler. Et ensuite il faudra qu'on réfléchisse à comment te faire sortir du manoir sans que personne ne s'aperçoive de rien.

Il se redresse, met un bas de survêt' gris ainsi qu'un tee-shirt blanc. Il est le seul mec qui peut paraître aussi sexy dans ce simple appareil. Il arrange ses cheveux dans lesquels j'ai passé mes mains une dizaine de fois puis regarde par la fenêtre.

– Est-ce que tu as peur de la hauteur?

Je ne comprends pas tout de suite. Mais quand je réalise ce qu'il envisage, je bondis du lit à mon tour, enroule le drap autour de ma semi-nudité et le rejoins.

– Tu as pété un câble si tu crois que je vais me jeter du haut de cette fenêtre.

– La piscine est juste en dessous. Tu ne risques rien. Et je ne vois aucune autre solution pour passer inaperçue. Je sauterai avec toi, évidemment.

– Me voilà rassurée!

– Fais-moi confiance, Ella, tout va bien se passer.

Je ne sais pas s'il parle du saut dans la piscine ou de notre accord, mais j'ai l'impression étrange à ce moment-là que quoi qu'il me propose, je le suivrai jusqu'aux portes de l'enfer.

25

Ella

Après le petit déjeuner et une autre séance de préliminaires poussée qui m'a conduite à un second orgasme et Zack à la douche froide, je me décide à rentrer chez moi.

Lisa est sur le point de lancer un avis de recherche. Elle m'assaille de textos depuis ce matin, entre menaces et liens vers des articles sur les MST. Je me demande quand elle trouve le temps de faire le ménage. Je lui réponds avec mon ironie adolescente habituelle pour qu'elle me lâche, mais ni mes remarques acerbes ni mes tentatives de la faire culpabiliser ne fonctionnent cette fois. Je crois qu'elle est vraiment en colère et que je vais passer un mauvais quart d'heure. Le fait qu'elle s'inquiète pour moi me touche et m'énerve en même temps. Dans mon esprit, elle n'a pas encore gagné le droit de me faire la leçon.

Nos relations se sont réchauffées depuis mon arrivée mais je n'oublie pas non plus qu'elle m'a abandonnée. Son instinct maternel soudainement retrouvé me paraît toujours un peu surfait.

Zack sort de la salle de bains, sentant bon le shampoing, le gel douche et Zack. Cette odeur unique, virile que j'aimerais mettre en bouteille et promener partout avec moi.

– Prête à faire le grand saut? dit-il en me jetant un regard plein de défi.

– J'ai l'impression que tu aimes beaucoup trop cette idée à mon goût.

Je commence à le connaître, je sais qu'il est tête brûlée, casse-cou, qu'il adore se lancer des défis, flirter avec le danger. Quand on surfe, il s'en donne à cœur joie et se blesse régulièrement. On dirait qu'il aime se faire mal. C'est peut-être pour ça qu'il a toutes ces cicatrices. Ce matin, j'ai eu envie de lui demander d'où elles provenaient, mais je n'ai pas osé. Parfois il est chaud et je me sens très proche de lui et la seconde d'après, il arbore son air froid et distant voué à maintenir le reste de l'humanité à distance.

Zack Miller est une équation à plusieurs inconnues que je rêve de déchiffrer.

Il s'approche suffisamment pour faire louper un battement à mon cœur. Son odeur délicieuse m'envahit et m'empêche de réfléchir, puis il replace une mèche de mes cheveux derrière l'oreille en me bouffant du regard. Ce geste qu'il a déjà répété plusieurs fois depuis ce matin est devenu mon nouveau truc préféré au monde.

– C'est toi qui parlais d'être irraisonnable aujourd'hui, non?

– Je parlais de sexe, d'orgasme, pas de me jeter du haut d'une fenêtre.

– Ce sera pour plus tard, Chicago.

Il m'embrasse brièvement, juste suffisamment de langue et de pression pour me faire tourner la tête à nouveau. Et j'ai du mal à réaliser qu'à partir d'aujourd'hui, il va me toucher et m'embrasser à chaque fois que l'occasion se présentera et que je vais pouvoir faire pareil.

Je me demande si je vais réussir à gérer toutes ces révolutions qui se déclenchent dans mon corps au moindre de ses contacts. Il se peut que je finisse par exploser et qu'on retrouve plein de petites Ella sur les murs.

Il me prend par la main, ouvre la baie vitrée et on se retrouve sur son immense balcon. L'air est chaud, typique d'un matin ensoleillé de la Californie du Sud. Je regarde par-dessus la rambarde avec appréhension.

– Tu es sûr qu'on va pas s'éclater le crâne sur le carrelage?

– J'ai sauté d'ici des centaines de fois avec mes potes. T'inquiète, c'est *safe*.

– Aussi *safe* que des paris débiles que se jettent des lycéens bourrés un samedi soir?

– C'est ça!

Il se marre, prenant un peu trop son pied à mon goût.

– Et tu crois que je vais te suivre juste parce que tu as une belle gueule?

– Non, je crois que tu vas me suivre car tu es comme moi et que tu aimes les défis.

Il enjambe la rambarde et m'invite à faire pareil, je m'exécute, puis essaye de me retourner prudemment. Quand je regarde en bas, je crois voir des étoiles.

Mon Dieu, mais qu'est-ce que je fous ?

– Non ! Je ne peux pas !

– Si tu peux ! Donne-moi ta main, Chicago.

Il m'adresse un sourire charmeur diabolique capable de convaincre n'importe qui de vendre son âme au diable.

– C'est pas le moment de jouer de tes charmes, là.

– C'est toujours le moment de jouer de mes charmes. Vas-y, donne-moi ta main. Tu peux le faire.

– Non !

Ladite main se crispe sur la rambarde pour m'éviter de glisser. Je ne sais pas pourquoi je l'ai écouté.

– Tu me déçois, Ella. Je te croyais bien plus courageuse. Tous ces discours sur la nana qui vient de Chicago, qui a peur de rien et finalement tu flippes pour un petit saut de rien du tout ?

Il me pique dans mon orgueil pour me faire céder, et aussi débile que ça puisse paraître, ça marche.

– Si je me brise la nuque, ce sera de ta faute, Miller.

– Tu me fais confiance ?

Je déglutis et acquiesce malgré tout.

– OK, on saute dans… trois, deux, un !

– Attends, on y va à un ou à zéro ?

– Peu importe.

– Ben si, c'est important. Il faut que je sache sinon je risque de louper mon élan…

– Tu sais que le temps qu'on discute on risque de se faire repérer. Lisa était dans la buanderie tout à l'heure quand je suis allé vérifier, mais elle ne va pas y rester éternellement.

– Je sais, Zack… On pourrait aller plus vite si tu répondais tout simplement à ma question !

– OK, on se jette à un.

– D'accord !

Je retiens mon souffle en l'entendant égrener les nombres et quand le un arrive je lâche sa main.

– Zack, je ne peux vraiment pas. C'est pas assez profond, on va se tuer.

– Fais-moi confiance, Ella. Je ne te forcerai pas à faire un truc dangereux.

– Non !

Il grogne, mi-amusé, mi-exaspéré.

– Pourquoi es-tu si bornée, Chicago ?!

– Et toi, pourquoi tu es si autoritaire ?

Il se frotte le visage et s'approche de moi.

– Qu'est-ce que tu fous ?!

Il se place juste en face, ses mains de part et d'autre de mon corps.

– Enroule tes bras autour de mon cou.

Sa voix grave, ferme et posée ne laisse aucune place à l'hésitation. Son corps irradie d'assurance. Il a cette présence, ce magnétisme que seuls les leaders ont et qui lui servent bien sur le terrain.

– Maintenant, tes jambes autour de ma taille.

Je lui obéis avec une docilité surprenante.

– Ferme les yeux et surtout ne fais pas comme quand tu jouis.

Je le regarde avec des yeux ronds.

– Ne crie pas !

J'acquiesce en me mordant les lèvres. Cette espèce de psychopathe ne prend même pas le soin de se retourner avant de s'élancer dans les airs avec moi accrochée à lui comme un koala. Je crois que cette fois je vais mourir. Le moment est tellement furtif que j'en reste bouche bée. Le vent siffle dans mes oreilles. Mon cerveau a dû faire un court-circuit un moment. L'impact de l'eau froide arrive comme un choc et une délivrance. Lorsqu'on ressort de l'eau et que mes poumons ont retrouvé leur oxygène, je crie d'excitation. Il plaque sa main sur ma bouche.

– Chut ! Tu vas nous faire repérer.

– C'était génial ! J'ai adoré. Tu es complètement dingue mais j'ai adoré. Quand est-ce qu'on recommence ?

Il me dévisage avec un grand sourire sincère, un de ceux qu'il ne fait pas souvent et qui lui donnent l'air d'être un enfant, et ça aspire l'oxygène que mes poumons viennent à peine de reprendre. Mais il retrouve vite son air sérieux comme s'il ne voulait pas qu'on le voie comme ça.

– J'ai adoré également et j'ai hâte de recommencer.

Je ne sais pas s'il parle du saut ou du reste mais il ne me laisse pas le temps de lui poser la question. Il regarde à droite et à gauche pour s'assurer que personne ne nous observe, puis m'embrasse une dernière fois, avant de me laisser partir.

Je m'éloigne de lui avec regret en essayant de ne pas hurler mon excitation ou de faire une petite danse de la joie.

26

Ella

Le reste de la journée passe à une vitesse hallucinante. J'essaye de faire mes devoirs, en ignorant les textos de Hunter qui réclame des explications. Plus le temps passe, plus ses messages deviennent menaçants et le dernier me glace carrément le sang.

[Tu crois que tu peux te
permettre de m'ignorer, Taco
Bell? Je suis Hunter Patterson.
Des filles comme toi, je ne les
fréquente que dans ma cuisine.
Sache que je ne perds jamais
et que tu vas regretter d'avoir
croisé mon chemin.]

Taco Bell?!

Ce surnom ridicule que je dois à cette pimbêche de Shelby refait surface. Apparemment, elle et son armada de copines ne sont pas les seules à l'utiliser. Je me demande qui d'autre au lycée m'appelle comme ça. Le reste de mon déjeuner remonte dans ma gorge en lisant l'avalanche d'insultes qui suivent.

Il a vraiment pété un câble, sérieux!

C'est Zack qui avait raison, c'est vraiment pas quelqu'un de bien, et je regrette de m'être laissé charmer. Je ne réponds pas même si l'envie de l'envoyer se faire foutre me démange. Mais je me dis que ça ne fera qu'envenimer les choses et qu'il finira de toute façon par lâcher l'affaire quand il verra que je me fous de son opinion comme de ma première chemise.

De plus, je suis bien trop occupée à fantasmer pour me préoccuper de quoi que ce soit d'autre. Et rien ni personne ne peut gâcher mon bonheur là tout de suite. Je passe mon temps à rejouer les scènes torrides de ce matin. Je revois Zack sur moi, sous moi, et je ne sais pas combien de petites culottes j'ai ruinées. Je refuse de prendre une douche, je veux garder son odeur le plus longtemps possible. Dire que je suis accro est un euphémisme. J'étais déjà folle de lui avant qu'il ne se passe quoi que ce soit entre nous, mais là je crois que je suis devenue addict à la drogue dure qu'est Zack Miller.

Je suis justement en train de me faire un énième film quand mon téléphone vibre à nouveau. Je grogne de frustration.

Il va me laisser tranquille, ce connard de Hunter!

Un coup d'œil sur l'écran m'indique qu'il s'agit de Maria. Je décroche immédiatement, son visage et celui de Pierce apparaissent sur l'écran. Ils sont dans la chambre de Pierce, je reconnais la couleur grise des murs ainsi que tous les posters de *Star Wars*. Bizarrement, c'est la première fois que la nostalgie ne me prend pas à la gorge. Les effets secondaires de l'orgasme, j'imagine.

– Ellaaaaa! hurle-t-elle sans autre préambule. Je veux tout savoir. Comment as-tu réussi à prendre cette photo de Zack? Vous avez dormi ensemble?

– Oui, et un peu plus. Il m'a embrassée et on a fait d'autres trucs aussi…

– Sérieux?

Elle se met à crier et je fais pareil pendant que Pierce nous somme d'arrêter de jouer aux hystériques. Mais on est comme ça. Quand un truc bien arrive à l'une d'entre nous, notre réaction naturelle est de crier, de sauter ou de danser, parfois les trois en même temps.

Notre courte vie semée d'embûches nous a appris à célébrer les bonnes nouvelles en grande pompe, car nous comprenons peut-être plus que les autres qu'elles sont rares et fragiles.

– Ouiii, c'était juste ouf… Je réalise toujours pas.

– Moi non plus, meuf. Et cette photo! Ce dos! Il est trop bien gaulé. J'avais envie de partager le cliché sur Instagram. Le mec peut donner de sérieux complexes aux plus grands mannequins.

– J'avoue. Il est juste parfait de la tête aux pieds et la raison pour laquelle je lui plais m'échappe complètement. Je suis un mammouth par rapport à son ex.

– Tu es belle, Ella. Quand est-ce que tu te le mettras dans la tête?

– Quand j'arrêterai de me battre pour rentrer dans un jean ou que ma balance affichera des chiffres moins outranciers.

– Tes hanches de Latina, c'est ce qui fait ton charme.

– C'est vrai qu'il a eu l'air de bien les apprécier.

Pourtant, une petite voix quelque part dans ma tête ne cesse de chanter une musique que je refuse d'entendre. Que cette situation lui convient car il n'a pas besoin de s'afficher avec moi. Que je lui plais mais dans l'ombre, à l'abri des regards. Que pour la lumière, c'est vers une fille comme Shelby qu'il retournerait. Il me dit ne pas vouloir de petite amie, pourtant être le petit ami de Shelby, ça ne lui posait pas de problème. Même si ses arguments sont valables. Il le fait pour nous protéger, Lisa et moi. Mais n'empêche que le doute persiste dans ma tête.

Une fois de plus je suis illégitime.

– Comment ça se fait que les choses aient évolué ainsi? Aux dernières nouvelles, tu disais qu'il ne te voyait que comme une pote et tu allais sortir avec Hunter, demande Maria, me sortant de mes pensées lugubres.

Je lui explique toute la situation. La fête. Le coup de poing. La déclaration de Zack. Notre accord secret. Et les menaces de Hunter.

– Quel bâtard! intervient Pierce. Ella, s'il continue de t'emmerder comme ça, dis-le-moi et je lui réglerai son compte.

– À des milliers de kilomètres, tu ne peux malheureusement rien pour moi, Pierce, mais j'apprécie ton offre. De plus, ne t'en fais pas, ce mec ne me fait absolument pas peur, je sais me défendre.

– Je sais que tu es une *badass*, El. Mais quand même, fais attention à toi.

– Toujours!

– Bon, revenons-en à Zack le beau gosse, reprend Maria. Cette situation te convient-elle? Je te connais: je ne t'ai jamais vue comme ça avec un mec, tu as sûrement déjà des sentiments et je ne voudrais pas que tu souffres.

Ai-je le choix?

Je suis déjà bien trop accro pour renoncer même à une partie infime de son cœur.

– Oui, ça me va! On est jeunes et les histoires d'amour à nos âges ne peuvent pas être prises au sérieux. Au moins là, les choses sont claires. Pas de sentiments. Juste du bon temps. Et je sais d'avance que ça n'ira nulle part.

Peut-être que si je le répète suffisamment je finirai par m'en convaincre.

– Si tu es sûre de toi, alors tant mieux.

On continue de discuter un moment. Ils me racontent qu'ils sont à la recherche d'un appart. Pierce a eu 18 ans. Il bosse au Black Horse Pub après le lycée et Maria travaille chez un traiteur, alors ils peuvent se permettre un petit truc. Un pied-à-terre rien qu'à eux, loin de leurs familles dysfonctionnelles. Ça a toujours été notre rêve, de faire une coloc, et le fait qu'ils le fassent sans moi me rend un peu nostalgique, mais je ne dis rien. La vie suit son cours, c'est normal. Je suis contente pour eux. Nous nous quittons au bout d'une heure et je décide de préparer le dîner.

Le fait que je cuisine le plat préféré de Lisa n'est absolument pas une tentative d'essayer de l'amadouer, ce serait bien trop calculateur de ma part.

Elle passe la porte un peu avant vingt heures, étonnée de voir que la table est prête et que la maison sent bon le pot-au-feu.

Elle retire ses chaussures en soupirant et en se massant la nuque. Elle a de longues journées de labeur, travaille six jours sur sept et ne se plaint jamais. C'est un trait de sa personnalité que j'admire beaucoup. Ça et sa constante bonne humeur. Même si parfois son côté « oui oui » me tape sur les nerfs.

– Est-ce que tu as fait ce que je pense que tu as fait?

– Oui! confirmé-je avec fierté.

Lisa soulève le couvercle du faitout et inspire avec délectation.

– Hummm, ça sent divinement bon!

– Merci !

– Mais c'est pas pour autant que tu vas échapper à notre discussion, jeune fille.

Elle dépose un baiser sur ma tempe et me renifle à moitié.

– Tu sens le sexe.

Je pique un fard. Elle n'a pas son pareil pour m'embarrasser.

– N'importe quoi ! Allez, passons à table avant que ça refroidisse.

– Tu as raison, je meurs de faim.

Je la guide par les épaules jusqu'à sa place et je m'installe en face, avant de la servir. Elle m'observe silencieusement.

– Vas-y, goûte !

Elle s'exécute, non sans exagérer sa réaction à coups de gémissements gustatifs.

– C'est vraiment bon, tu es meilleure cuisinière que moi, Ella.

– N'exagérons rien.

Nous avalons nos plats en silence et au moment où je crois qu'elle a lâché l'affaire et que je vais échapper à la discussion, elle part chercher un préservatif dans son sac, puis prend une banane dans la corbeille à fruits.

– Je vais te montrer comment on utilise une capote, Ella, dit-elle de but en blanc.

Je m'étouffe avec la gorgée d'eau que je viens d'avaler. Cette femme est folle et il n'y a pas moyen que nous partagions le même patrimoine génétique.

– Surtout, il ne faut jamais ouvrir l'emballage avec les dents, continue-t-elle, imperturbable, alors que je me tape le front contre la table. Tu as sûrement vu ça dans les films mais c'est une bêtise. Tu risques de le déchirer. Tu pinces ensuite le bout et tu le déroules sur le sexe de ton partenaire.

Je risque un coup d'œil et la vois littéralement dérouler le préservatif sur la pauvre banane qui n'a rien demandé à personne.

La situation serait comique si elle n'était pas incroyablement embarrassante. Mes joues sont en feu. Et elle a réussi un tour de maître : faire en sorte que je sois à court de mots.

– Pourquoi rougis-tu, Ella ? Si tu es assez grande pour découcher et faire l'amour avec un garçon, tu es assez grande pour écouter mes explications.

– Je ne découcherai plus jamais ! Promis, mais je t'en supplie, arrête le massacre et laisse cette pauvre banane tranquille.

– Il faut s'assurer de choisir la bonne taille. Ni trop petit car ça risque de craquer, ni trop grand parce que la capote peut rester coincée en toi et là c'est direct les urgences. Le mieux c'est encore que tu te promènes avec plusieurs tailles.

Je grogne de frustration.

– Lisa, s'il te plaît ! Tais-toi ! Je te le dis et je te le répète comme je l'ai fait mille fois par texto. JE N'AI PAS COUCHÉ AVEC HUNTER.

– Inutile de crier ! Je te montrais juste comment te protéger. Les garçons sont négligents et ne pensent jamais aux capotes.

Putain, mais elle est en boucle.

– Lisa, tu comprends pas ou quoi ? Je te dis que je n'ai rien fait avec Hunter qui nécessite l'usage d'un préservatif. Et tu es mal placée pour me parler de contraception, je suis la preuve vivante que tu es nulle en la matière.

– Justement. Je voudrais t'éviter de faire les mêmes erreurs que moi.

Une erreur ? Moi ?

Sa remarque me heurte comme une tonne de briques et je ravale les sanglots qui se forment instantanément dans ma gorge. Mais je peine à les retenir, ces larmes-là se sont formées il y a dix-sept ans déjà et n'attendaient que ça pour pouvoir s'exprimer. Je me redresse dans un geste soudain qui fait grincer la chaise au sol.

Le visage de Lisa pâlit lorsqu'elle réalise la cruauté de ses mots.

– Ella, je t'en prie, ce n'est pas ce que je voulais dire.

Mais je ne l'écoute déjà plus. Je fais volte-face, grimpe rapidement les marches de l'escalier et disparais dans ma chambre. Arrivée sous mes couettes, j'éclate en sanglots. J'ouvre les vannes. Toutes les larmes que je n'ai pas versées ces dernières années, je les laisse couler maintenant.

J'ai toujours su que j'étais une erreur, que je n'étais pas voulue, le fruit d'une mauvaise décision, mais l'entendre dire à voix haute par ma propre mère me fait plus de mal que je l'imaginais possible.

Quelques coups retentissent à la porte pendant que j'essaye d'endiguer la crise. Mon oreiller est trempé de larmes.

– Ella, ouvre-moi, je t'en supplie.

Je ne réponds pas.

– Je t'en supplie, ma puce, ce n'est pas ce que je voulais dire.

Après moult supplications, Lisa finit par s'éloigner. Enfin c'est ce que je crois au début car les coups cessent sur la porte. Mais le cliquetis de la serrure quelques minutes plus tard m'indique qu'elle est en train d'essayer de déverrouiller la porte.

Elle finit par crocheter la serrure à coups de tournevis, me rappelant ainsi qu'elle aussi a grandi dans le sud de Chicago et connaît les fondamentaux de la débrouille. Elle s'incruste dans mon lit et s'allonge derrière moi alors que mon corps est toujours secoué de soubresauts. Elle m'enveloppe dans ses bras et je la laisse faire. Lisa me serre fort, m'abreuvant de cet amour maternel qui m'a tellement manqué. J'ai envie de la repousser mais je n'en fais rien. Je n'ai pas la force. Mon corps me semble lourd, submergé de tristesse. De non-dits, de questions sans réponse.

Je finis par me calmer après ce qu'il me semble être une éternité. Je me retourne vers elle et remarque qu'elle aussi pleure. Je place une main sur ses joues et efface une de ses larmes. Elle saisit ma main et la serre fort dans la sienne.

– Ella, j'ai fait beaucoup d'erreurs dans ma vie, mais te garder n'en est pas une. Je sais que je ne suis pas une mère parfaite mais je t'aime de tout mon cœur.

– Tu as une drôle de façon de le montrer. Si j'étais une erreur, tu aurais dû avorter !

– Ne dis pas ça !

– Tu aurais pu nous éviter bien des emmerdes si tu l'avais fait. Avoue que tu y as pensé !

– J'y ai pensé, bien sûr, je ne vais pas te mentir. Tout le monde me répétait que c'était la solution, me rappelait qu'à 16 ans je n'avais ni la maturité ni les ressources pour t'élever, que je foutais mon avenir en l'air. Mais je ne pouvais pas m'y résoudre. Tu faisais partie de moi. J'ai su à la minute où j'ai entendu ton cœur battre que je te garderais.

– C'est une histoire très émouvante, Lisa. Sauf que tu oublies de mentionner dans ton récit que tu m'as abandonnée alors que je n'avais que 2 ans. Quel intérêt de me garder si c'était pour me tourner le dos quelques années plus tard?

– Je l'ai fait pour toi, Ella.

– Pff! Bien sûr!

– Écoute-moi, s'il te plaît. Je sais que j'aurais dû avoir cette conversation avec toi depuis longtemps mais l'occasion ne s'est jamais présentée.

Je lève les yeux au ciel.

– Bon d'accord, je manquais de courage. Mais je crois que le temps est venu de tout t'expliquer.

J'acquiesce et avale le nœud qui s'est formé dans ma gorge.

– Comme tu le sais donc, j'ai rencontré ton père à un concert. J'étais naïve et inexpérimentée, il était plus âgé et incroyablement charmant. Il était en ville avec son groupe pour quelques jours. Il m'a invitée sur scène puis dans les coulisses. J'étais assez bête pour croire qu'il me trouvait spéciale. On a couché ensemble. C'était ma première fois et quelques semaines plus tard, je découvrais que j'étais enceinte. Et lui ben il avait quitté la ville en me laissant un faux numéro.

– Je suis au courant de ça. Mamie me l'a raconté des milliers de fois pour me mettre en garde contre les garçons. Ce que je veux savoir, c'est pourquoi tu m'as abandonnée.

Elle soupire.

– Je ne voulais pas le faire. Les choses ont pris une tournure qui m'a échappé. J'avais surtout besoin d'aide. Je ne savais pas comment t'élever. J'ai arrêté le lycée et j'ai dû trouver un travail. Je n'étais pas très douée pour m'occuper de toi. Maman ne m'aidait pas beaucoup non plus. Elle voulait me punir pour ce que j'avais osé faire. Elle m'a dit de trouver un endroit à moi. Que si je voulais prendre des décisions d'adulte alors il fallait que j'assume! Ce que j'ai fait, et là les choses se sont encore plus obscurcies. J'étais nulle en tant que mère. Tu pleurais tout le temps. Tu refusais de prendre mon sein. Les seuls moments où tu étais apaisée c'était quand maman te gardait. Un soir où tu me faisais à nouveau une crise de larmes, j'ai pété un câble et je t'ai déposée chez ta grand-mère. Juste pour la nuit. Il fallait que je dorme. Mes journées de travail au fast-food étaient longues et ingrates. Quand je suis revenue te chercher le lendemain, j'ai vu à travers la fenêtre à quel point tu étais heureuse avec ta mamie. Tu souriais, tu jouais. Alors je me suis dit que tu serais beaucoup plus heureuse sans moi.

– Et donc tu m'as abandonnée !

Elle hoche de la tête avec un air tourmenté.

– Ça devait être temporaire. Au début je me disais que j'allais m'établir quelque part et venir te chercher.

– Mais ce jour n'est jamais arrivé, finis-je à sa place.

– Je suis revenue quand tu avais 6 ans, je voulais te prendre et t'amener ici mais maman a refusé.

– Quoi ? Mamie ne m'a jamais rien dit. Qu'est-ce qui me prouve que tu ne dis pas toutes ces choses parce que plus personne ne peut te contredire ?

– Je te dis la vérité, Ella. Maman t'aimait beaucoup trop pour te laisser partir et puis elle avait peur que je te fasse du mal. Et je ne lui en veux pas. Elle avait raison. Elle ne me faisait pas confiance et voulait te protéger.

– Pourquoi tu ne m'as jamais écrit ou appelée alors ?

– Je t'ai écrit, Ella. Des milliards de lettres. Et quand j'appelais, maman me disait que tu ne voulais pas me parler, que c'était une phase, que ça te passerait. Qu'il fallait que je sois patiente ! J'en ai beaucoup souffert tu sais, mais je savais que tu étais heureuse à Chicago et que maman s'occupait bien de toi. J'ai fini par me résigner et refaire ma vie en me disant qu'un jour tu reviendrais vers moi.

J'encaisse toutes ces informations en essayant de déceler le vrai du faux. En essayant de remettre toutes les pièces du puzzle de ma vie dans l'ordre. Ma mère ne m'a pas abandonnée. Enfin ce n'était pas son intention. Et mamie ?

Elle m'aurait menti ?

Bizarrement, je ne lui en veux pas… Elle m'a élevée du mieux qu'elle a pu et ce serait ingrat de ma part de cracher sur sa tombe maintenant. Les gens font des erreurs, c'est comme ça. L'important, c'est qu'elle m'aimait. Et ça, je n'en ai jamais douté.

– Et les funérailles? Pourquoi tu n'es pas venue?

– Je ne savais pas qu'elle était morte. Crois-moi, j'ai beaucoup pleuré quand je l'ai appris. Je n'ai pas pu lui dire au revoir. Ma propre mère. Elle me manque.

– Elle me manque aussi.

– Tu lui ressembles beaucoup, Ella. Tu as sa force, son sens de l'humour et ses talents culinaires aussi.

Je souris. Elle fait de même.

– Je t'aime, ma fille, et te garder est la meilleure décision que j'aie prise de toute ma vie. Je sais que je n'ai pas été la meilleure des mères mais je vais me rattraper. Je vais commencer par ne plus dormir chez Clint aussi souvent.

– Non… dis-je un peu trop rapidement, ce qui lui fait lever un sourcil. Je veux dire, ce n'est pas nécessaire. Ça ne me dérange pas d'être seule. J'aime plutôt ça, ajouté-je pour mieux la convaincre.

La vérité, c'est que je veux pouvoir passer du temps avec Zack et avec ma mère dans les parages, ce sera impossible.

– Tu es sûre?

– Oui! De plus, j'ai peur que si on se voit trop souvent, on finisse par s'entre-tuer.

Elle rit et me prend dans ses bras.

Je la laisse faire pas trop longtemps avant de la repousser pour la forme, car elle est affreusement collante et que j'ai un rôle d'ado insupportable à jouer.

On finit la soirée à parler de choses plus légères avant de s'endormir toutes les deux dans le même lit. Mère, fille, enfin réunies.

27

Ella

À la minute où j'arrive au lycée, je sais que je vais passer un mauvais quart d'heure. Par quart d'heure, je veux dire six heures d'affilée de chuchotements, de regards intrigués et de moqueries sur mon passage.

Certains élèves m'observent avec admiration, d'autres avec détestation, quelques-uns avec compassion, mais une chose est sûre, je ne passe plus inaperçue.

Je suis la fille que Zack Miller a jetée sur son épaule à la fête de Maddie, je suis celle qui a couché avec Hunter et sucé toute l'équipe de foot samedi soir, si on en croit les conneries écrites sur les murs des toilettes des filles.

Conneries que je me suis empressée de corriger en ajoutant :

J'ai sucé ton père aussi, il ne te l'a pas dit ?

Je sais que mon irrévérence n'arrange rien mais je ne pouvais pas me laisser insulter sans rien faire.

Je suis aussi Taco Bell, la fille cachée de Pablo Escobar. Je suis la femme de ménage des Miller, une immigrée clandestine. Si on les écoute, je suis aussi responsable du réchauffement de la planète et de l'extinction des ours blancs.

Toutes ces rumeurs ont envahi le lycée et les réseaux sociaux en moins d'un week-end. Je suis passée de celle que personne ne remarque à celle que tout le monde adore détester. Le pire, c'est que Zack, lui, ne subit aucune foudre. En tout cas, c'est pas son nom qui est traîné dans la boue. Les gens spéculent sur notre sortie dramatique samedi soir mais aucune de ces spéculations n'est à son désavantage, alors que moi on ne m'épargne pas. Ce double standard est profondément injuste. Et le fait qu'il ne m'accorde pas un regard ne fait que confirmer les allégations les plus tordues. Zack garde donc son statut de roi du monde intouchable qui traverse les couloirs comme s'il marchait sur l'eau tandis que je dois raser les murs.

Notre deal est simple. Personne ne doit savoir qu'on est ensemble.

Qu'il se rassure, personne ne se doute de rien vu l'application qu'il met à m'ignorer.

Le seul répit que j'ai dans ce chaos, c'est que Hunter n'a pas mis toutes ses menaces de la veille à exécution. Petite victoire. Bizarrement, il m'ignore également.

Je me demande si ça a quelque chose à voir avec le fait que Pierce me demandait son adresse IP hier. Connaissant mon geek de pote et sa capacité à hacker les plus grands systèmes informatiques, il a trouvé le moyen d'intimider Hunter à distance. « Tout le monde a des secrets, aime à répéter Pierce, et ce n'est pas de ma faute si personne ne protège son *cloud.* »

Mais Hunter est une goutte d'eau dans la mer. Et Pierce ne pourra pas intimider tous les anonymes de ce couloir. Personne ne m'agresse, pas directement en tout cas. Ici le jeu est subtil, faux cul. L'ennemi est insaisissable, c'est la foule, la rumeur.

Le harcèlement collectif est fourbe, silencieux. Comme un bourdonnement incessant dans l'oreille dont on ne peut pas se débarrasser. Ce n'est pas assez fort pour attirer l'attention des profs, mais pas assez discret pour me permettre d'oublier et de baisser ma garde.

Mon casier a été rempli de conneries : tampons, préservatifs usagés et j'en passe. Dans les couloirs, j'entends des « salopes » étouffées, suivies de rires et en cours de sport, je me suis pris une balle de basket en pleine face alors que j'étais en train de m'étirer, ce qui m'a causé un petit séjour à l'infirmerie.

Évidemment, personne n'a rien vu, même pas le prof. Un ibuprofène plus tard, et l'assurance de l'infirmière que je n'ai pas de traumatisme crânien, je retourne aux vestiaires pour prendre une douche et me changer. Il n'y a déjà plus personne. Je lâche un soupir de soulagement. Je n'étais vraiment pas d'humeur à écouter les remarques blessantes sur mes cuisses ou la qualité de mes sous-vêtements.

La chaleur de l'eau a le mérite de me calmer. Je masse mes épaules qui sont extrêmement tendues.

Allez, Ella ! Plus que quelques heures et tu pourras rentrer chez toi.

Un bruit étrange attire mon attention. Des pas, des rires, une porte qui claque. Je m'empresse de sortir de la cabine de douche, d'enrouler une serviette autour de ma nudité, sentant bien le coup foireux arriver, et quand je rejoins à nouveau le vestiaire, je constate que mes fringues ainsi que mes chaussures ont été aspergées de sauce salsa.

J'étouffe un grognement et inspecte l'ensemble des dégâts. Il y en a absolument partout ! Prise d'un élan de rage, je claque mes affaires souillées dans mon sac à dos puis sors dans les couloirs vêtue de ma seule serviette, fonce tout droit vers Shelby et sa bande sous les rires et les flashs des téléphones. J'attrape Shelby par le cou et la claque contre le vestiaire. Ses yeux s'écarquillent d'horreur et de peur.

– Hé ! Qu'est-ce qui te prend ?

– C'est toi qui as foutu de la sauce sur mes fringues ?

Elle fronce les sourcils.

– De quoi tu parles ?

– Tu sais exactement de quoi je parle.

Ses copines se précipitent vers moi et m'obligent à la lâcher. Et comme je ne veux pas perdre ma serviette et me retrouver à poil devant tout le lycée, je ne me débats pas trop. Une fois derrière le dos de ses gardes du corps, Shelby reprend son sourire diabolique.

– Ouais, c'est bien moi, c'est pour aller avec ton corps de burrito que la moitié du lycée a déjà fourré.

Et là, c'en est trop ! Tant pis pour ma nudité ! Je recule pour prendre mon élan et me jette sur Shelby qui crie comme une truie qu'on égorge alors que je l'ai à peine touchée. Un bras m'attrape par-derrière. Mes pieds quittent le sol et je suis plaquée contre un torse d'acier. Un parfum que je connais trop bien envahit mes narines.

– Qu'est-ce que tu fous, Chicago? grogne Zack dans mon oreille.

– Lâche-moi! Je vais lui casser la gueule à cette grosse conne!

Il ne m'écoute pas, il est trop occupé à essayer de m'extirper de cette zone dangereuse où tous les lycéens se sont agglutinés. Après quelques mètres, il s'arrête enfin, enlève sa veste à l'effigie de l'équipe de foot et la passe sur mes épaules.

– Où sont tes fringues?

– Demande à ton ex!

– Viens, tu ne peux pas rester comme ça, tu risques de te faire renvoyer!

Il me saisit par le bras et m'amène à sa voiture. Je le suis tant bien que mal. Pieds nus, c'est un peu compliqué de marcher à son rythme.

– Grimpe, m'ordonne-t-il, une fois arrivé à sa Jeep.

– Tu m'emmènes où?

– Loin d'ici.

Il démarre en trombe sans même m'adresser la parole. Il roule un petit moment en silence, sillonnant la vallée, avec un air renfrogné et intense. Il s'arrête ensuite au bord d'une falaise. À nos pieds, l'océan est enragé. Il coupe le moteur, passe une main sur son visage, avant de soupirer. Pour une raison que j'ignore, il semble en colère contre moi. Ce qui m'exaspère encore plus.

– On va pas pouvoir garder notre relation secrète si tu attires l'attention sur toi et que je suis obligé de te venir en aide. Tout le lycée doit être en train de parler… et…

– C'est tout ce qui te préoccupe? Ta réputation? Que je n'attire pas l'attention? Et comment je vais? Pourquoi je suis dans cet état? crié-je en montrant mon accoutrement, ça ne t'intéresse pas?

Je n'attends pas qu'il réponde et je sors de la voiture en claquant la portière, furieuse après lui, après moi, après la terre entière. Je descends le chemin abrupt qui nous sépare de la petite plage déserte au pas de course. Le vent emporte ma serviette. Heureusement, la veste de Zack m'arrive aux genoux. Je la ferme immédiatement.

J'entends Zack crier mon nom. Je l'ignore et m'installe sur la plage, les yeux rivés sur les vagues. Cette plage est surplombée par deux falaises, ce qui lui donne un aspect sauvage et reclus. Aujourd'hui, c'est une journée grise et venteuse, le parfait miroir de mon humeur.

Quelques minutes plus tard, Zack me rejoint. Il a visiblement récupéré la serviette et me la tend.

– Je crois que tu as perdu quelque chose !

– Oui, ma dignité.

– Pourquoi tu dis ça ? demande-t-il en s'asseyant à mes côtés.

– Parce que je suis prête à toutes les humiliations pour être avec toi. Même me faire harceler par tout le lycée. C'est de ta faute si tout le monde me traite comme de la merde ! Si tu n'avais pas fait de scène à la fête de Maddie, rien de tout ça ne serait arrivé. Et maintenant tu m'accuses d'attirer l'attention sur nous ? Tu aurais très bien pu rester en dehors de tout ça. Je ne t'ai pas demandé de me défendre, Zack.

– Tu étais sur le point de massacrer Shelby et de te faire virer. Je ne pouvais pas rester les bras croisés sans rien faire. Son père est un homme très influent qui donne beaucoup d'argent à l'école. Le proviseur n'aurait pas laissé passer ça. En plus, tu allais aussi perdre ta serviette et te retrouver à moitié à poil devant tout le monde.

– Et c'est ton problème parce que ?

– Parce que je ne veux pas que tout le monde voie ma meuf nue, Ella.

– Je suis ta meuf maintenant ? Première nouvelle.

– Oui et non, enfin tu sais bien ce que je veux dire.

– Non, je ne sais pas et ne t'en fais pas, je ne t'aurais pas embarrassé avec mon corps de burrito que la moitié du lycée a déjà fourré, craché-je en essayant de retenir mes larmes.

– C'est quoi encore ces conneries ? Qui a dit ça ?

– Shelby, juste avant que je lui refasse le portrait. Ah oui ! elle a aussi recouvert mes fringues de salsa pendant que je prenais ma douche, mais ça tu le saurais si tu m'avais demandé comment j'allais avant de me faire des reproches.

Il reste silencieux et se mord l'intérieur de la joue en fronçant les sourcils, pendant que je projette du sable devant moi et efface au passage les larmes qui coulent sur ma joue.

– Viens par ici, fait Zack lorsqu'il remarque mon désarroi.

Il enroule son bras autour de mon épaule et m'attire à lui. Je me laisse faire et viens nicher mon visage dans son cou. Aussi bête que cela puisse paraître, son odeur m'apaise instantanément. Il caresse ma joue de ses pouces, dépose un baiser sur mon nez avant de me placer entre ses jambes et de poser son menton sur le sommet de mon crâne, m'enveloppant de son corps, me protégeant du vent et du reste du monde.

– Shelby est une sale conne. N'écoute pas ce qu'elle te dit! Elle est jalouse de toi depuis le début. Elle a toujours su qu'il y avait un truc entre nous.

– Il ne se passait rien jusqu'à hier matin.

– Il faut croire qu'elle a compris avant même qu'on le comprenne nous-mêmes.

Je soupire.

– S'il n'y avait qu'elle ça irait. Mais là j'ai l'impression que l'ensemble du lycée me traque.

– Comment ça?

Je lui raconte ma journée d'enfer. Les mots dans les toilettes, les insultes, mon casier.

– Ella, je suis vraiment désolé, je ne savais pas. Les connards de Laguna ont vraiment fait fort cette fois. Ça va? Tu n'es pas trop éprouvée?

Il penche son visage tandis que je relève le mien. Son air sincèrement inquiet me réchauffe le cœur.

– Je vis ma meilleure vie, comme tu peux l'imaginer, couverte de sauce et d'insultes, ironisé-je.

Il dépose son front sur mon épaule et soupire.

– Je suis tellement désolé, Chicago. Je vais régler ce problème. Plus personne ne va t'emmerder, crois-moi.

– Comment tu vas faire?

– Je vais trouver une solution. Ce qu'il te faut, c'est une protection.

– Tu comptes jouer au garde du corps? Difficile de faire ça tout en m'ignorant.

Il ne répond pas alors j'enchaîne.

– Et toi de ton côté, personne ne t'a embêté? Tes coéquipiers?

– Non! Hunter semble être passé à autre chose. Tout le monde a suivi. Les mecs de l'équipe sont pragmatiques. L'important c'est le *game*. Notre sélection. Notre avenir universitaire. Les conflits, on les règle vite pour ne pas qu'ils débordent sur le terrain et interfèrent avec le jeu.

– Comment se fait-il que Hunter se soit consolé aussi rapidement?

– Apparemment il s'est fait un plan à trois épique après notre départ. Il nous a raconté tous les détails.

– Et le coup de poing?

– Il s'en fout!

– C'est bizarre. Hier encore il était énervé et m'a bombardée de messages menaçants.

– Il a fait quoi? Pourquoi tu ne m'as rien dit?!

Il me fait pivoter vers lui, je me place sur les genoux.

– Je sais pas, je n'ai pas eu le temps. Je t'ai à peine vu aujourd'hui et puis j'avais d'autres choses à faire, comme essayer de survivre jusqu'à la fin des cours.

– Je vais le massacrer, cet enfoiré de merde.

– Si tu fais ça, tu attiseras le feu de la rumeur, Zack.

– Je m'en branle! Je ne vais pas le laisser t'insulter et s'en sortir les couilles nettes.

Il grogne de frustration. Puis prend mon visage en coupe.

– J'aurais dû te laisser tranquille et ne pas t'attirer dans cette spirale infernale. Il n'est pas trop tard, Ella. Tu veux qu'on arrête?

Son regard torturé a pris la couleur du ciel. Gris et ombragé.

– Non! Surtout pas… J'aime ce qui se passe entre nous… Je ne veux pas que ça s'arrête alors que ça vient juste de commencer. Pas à cause de tous ces petits cons en tout cas.

Il soupire et pose son front contre le mien. Il parle lentement à quelques millimètres de mes lèvres.

– Ella, je ne veux pas que ça s'arrête non plus. Je n'ai pas arrêté de penser à toi aujourd'hui.

– Ouais ?

Mon cœur s'emballe en l'entendant prononcer ces mots.

– Oui, confirme-t-il, les yeux rivés sur ma bouche.

Il effleure mes lèvres des siennes puis m'embrasse lentement, tendrement, me faisant oublier toutes les épreuves de cette journée d'enfer. Sa langue se fraye un chemin langoureux tandis que ses mains se perdent dans mes cheveux. Je m'accroche à ses épaules avec l'impression étrange que le sol se dérobe sous moi. C'est l'effet Zack. J'en veux toujours plus et suis presque déçue lorsqu'il met fin à notre baiser.

Je m'éclaircis la gorge et essaye de reprendre une contenance.

– Moi aussi j'ai beaucoup pensé à toi, enfin quand je n'étais pas en train de nettoyer mon casier, mes fringues ou d'arracher les extensions de Shelby, plaisanté-je.

Ce qui le fait sourire.

– Comment fais-tu pour en rire ? Ils ont été horribles avec toi ces connards.

– Vaut mieux rire que pleurer. Bien que j'aie fait les deux aujourd'hui. Mais ces petits bourges se trompent s'ils pensent pouvoir me briser. Il m'en faut plus. Après tout, je viens…

– Du sud de Chicago, finit-il à ma place.

– Ouais.

– Et tu es la fille la plus courageuse que je connaisse.

– Merci.

On se sourit longuement, toute trace de colère a quitté mon corps.

– Tu veux que je te ramène chez toi ? Inutile de retourner au lycée maintenant.

Il replace une mèche de mes cheveux derrière l'oreille.

– Non… j'ai envie de terminer cette journée sur une note positive.

Et surtout j'ai envie de passer du temps avec lui.

Je me rassois entre ses jambes. Mon regard se promène sur

cette plage, je profite enfin du paysage. Le sable a ici et là des teintes violettes à cause de la roche environnante et de l'érosion.

Un immense rocher percé au centre, où une colonie de pélicans a élu domicile, laisse passer l'écume des vagues. Le ciel gris donne une couleur argentée à l'océan.

– Cette plage est magnifique.

– Oui, j'adore venir ici quand j'ai besoin de solitude. Il y a trop de rochers pour faire du surf, du coup elle est souvent déserte. Ma mère m'amenait ici quand j'étais petit. Elle me faisait croire que des pirates y avaient caché leur trésor et je passais des heures à le chercher. Elle me disait aussi que si je regardais à travers le trou de la roche, là, juste là, fait-il en le pointant du doigt, au moment du coucher du soleil, je pourrais apercevoir leur navire. Alors j'arrêtais de m'agiter et je contemplais le soleil dans l'espoir de le voir.

Il déglutit puis se tait soudain, comme si le fait d'évoquer ce souvenir lui avait échappé. Il ne parle jamais de sa mère.

Je le regarde. Son visage s'est assombri et son regard s'est voilé d'une tristesse, d'une vulnérabilité qui me touchent en plein cœur. Je lui prends la main. Il baisse vers moi ses yeux océan qui ne manquent jamais de me couper le souffle.

– Elle devait être une super maman.

– Elle l'était.

Il n'en dit pas plus, porte ma main à ses lèvres puis l'embrasse lentement. Un silence apaisé nous englobe. Je pose ma tête contre son torse et me remplis de ce moment unique. Seule avec lui face à la puissance de la nature. Toutes les conneries et les bassesses de cette journée s'envolent comme par magie.

On n'a pas besoin de se parler pour être bien ensemble et ça me plaît autant que ça me terrifie.

28

Zack

– J'ai besoin d'une faveur, Matt, dis-je d'une voix étranglée en poussant l'haltère au-dessus de moi une dernière fois.

Je replace la barre de cent kilos qui me brûle les muscles dans son emplacement, me redresse, nettoie mon visage imbibé de sueur et attrape une bouteille d'eau que je descends d'une traite, avant de me placer en face des cordes de CrossFit. Matt s'installe à mes côtés. Ses cheveux blonds coiffés en bun et ses grands yeux bleus lui donnent un air de Viking.

Nous sommes venus tôt à la salle de sport pour nous entraîner tous les deux avant le lycée. Le reste de l'équipe n'arrive que beaucoup plus tard. Il a besoin de muscler son jeu pour taper dans l'œil d'une université et en tant que capitaine et meilleur ami, je lui ai proposé mon aide.

Je sais à quel point le prochain match lui tient à cœur. Les quelques erreurs qu'il a faites ces derniers temps sur le terrain ont bousillé le peu de confiance qui lui restait. Ça et les critiques incessantes de son père. Les comparaisons qu'il subit depuis l'enfance. On attend de lui qu'il soit à la hauteur de son nom de famille, MacCaffrey, qui fait figure de royauté à la NFL. Matt est plus un surfeur qu'un footballeur mais son père ne veut pas l'entendre.

Bien que notre dernière rencontre se soit soldée par une victoire, il sait qu'il a encore beaucoup à prouver.

– Oh, merde ! Je m'attends au pire. Quand tu as ce regard et ce ton, c'est que tu prépares un truc foireux.

– Non, rien de foireux ! Juste un petit service, dis-je en lâchant les cordes et en m'installant sur un des tapis au sol pour faire une série de pompes.

– Dis-moi, je t'écoute.

Je finis par m'interrompre et m'asseoir pour lui expliquer la situation.

– J'aurais besoin que tu fasses croire à tout le monde que tu sors avec Ella Gonzalez.

– Ella, c'est la sœur de ta femme de ménage, c'est ça? demande-t-il en se grattant la tête.

– Oui.

– Celle pour qui tu t'es embrouillé avec Hunter samedi?

– Exactement!

– Pourquoi je ferais ça au juste?

– Parce que tout le lycée est sur son dos depuis la fête de Maddie, et si elle sort avec un membre de l'équipe de foot, elle devient intouchable.

– En quoi ça te concerne?

– C'est un peu à cause de moi si elle est traquée par les connards de Laguna High. Ma réaction disproportionnée à la fête l'a mise sous le feu des projecteurs, et comme rien ne plaît plus aux vautours que de s'attaquer à une proie facile, il lui faut une protection.

Chicago agit comme si ce n'était rien de grave, elle joue la forte tête, mais je commence à la connaître et je sais que ça l'affecte énormément. Je veux donc l'aider et réparer mes conneries.

Il plisse les paupières, intrigué.

– Si tu veux mon avis, laisse couler. Cette fille est une mauvaise nouvelle pour nous tous. Elle vient à peine d'arriver que déjà elle a foutu la merde dans l'équipe.

– Matt, ne parle pas d'elle comme ça! Tu ne la connais pas.

– Je ne la connais peut-être pas mais je sais qu'elle a réussi en quelques semaines à faire tourner la tête de Hunter et la tienne même si tu ne veux pas l'avouer. Alors si tu pouvais me laisser en dehors de tes plans douteux, j'apprécierais.

– *Bro*! J'ai vraiment besoin de toi, là.

Il me lance un regard intrigué.

– Pourquoi tu ne sors pas avec elle toi-même? Tu es footballeur aussi, le capitaine qui plus est. Et arrête-moi si je me trompe, mais tu n'es plus avec Shelby non plus. Donc libre de faire ce que bon te semble.

– Parce que je ne peux pas…

– Tu peux développer?

– Judith, ma belle-mère, a interdit à Ella de m'approcher. Si elle désobéit, Lisa et elle devront se trouver un autre endroit où vivre et tu sais que tout est hors de prix à Laguna Beach. Elles finiraient par quitter la ville, Lisa trouverait sans doute un autre travail, et je ne veux pas la perdre, elle m'a quasiment élevé, sans parler d'Ella que j'apprécie beaucoup.

Bel euphémisme vu que j'ai passé la nuit dans ses bras à l'embrasser jusqu'à ce que je ne puisse plus contenir mon besoin de m'enfoncer en elle. Mais je ne l'ai pas fait, malgré ses encouragements diaboliques.

Je n'avais pas l'intention de passer toute la nuit avec elle. Je me suis endormi au milieu de la troisième saison d'*Ozark*, elle ne m'a pas chassé. Je me suis réveillé à l'aube, mon érection pressant contre son cul bombé, je suis vite sorti par la fenêtre avant que Lisa ne prenne son service.

La tête pleine d'images torrides d'Ella, et avec une gaule d'enfer, j'ai traversé le jardin aux premières heures du matin. J'ai croisé M. Bird qui m'a adressé un regard réprobateur. Je lui ai fait le signe de se taire, il a secoué la tête comme pour me faire comprendre qu'il ne cautionnait pas mes conneries. Je sais que je peux lui faire confiance, c'est un vieux bougre conservateur, mais il ne dira rien. Il est comme le reste d'entre nous, il déteste Judith.

De retour dans ma chambre, je me suis branlé sous la douche en repensant à Ella. La façon qu'elle a de se cambrer pour que je suce ses seins encore plus fort tout en m'observant, stupéfaite, comme si elle n'en croyait pas ses yeux. J'entends encore sa voix haletante me suppliant de lui faire l'amour. Elle réagit à la moindre caresse, au moindre effleurement comme si elle allait se consumer, comme si on ne l'avait jamais touchée avant.

Je ne rêve que d'une chose, la baiser, la faire mienne. Tout lui faire découvrir. Son corps est tout en courbes, voluptueux, doux et délicieux. Ses hanches qui débordent de mes mains m'excitent comme ce n'est pas permis. Je ne suis sorti qu'avec des filles très minces. Je croyais que c'était mon truc mais je me suis trompé. J'aime la féminité exacerbée d'Ella, et chaque fois que je la touche, j'ai l'impression de découvrir une merveille supplémentaire.

Elle a peu d'expérience, mais ce qu'elle ne comprend pas, c'est que ce sont ses imperfections, ses incertitudes qui la rendent encore plus excitante à mes yeux. Elle ne surjoue pas. Jamais. Elle est authentique, naturelle. Parle sans filtre. Me fait rire. Bref, elle me rend fou.

C'est pour ça que je me dois de m'imposer des limites car sinon je passerais mon temps à la baiser. Et je veux que notre première fois soit unique, spéciale, dans un endroit idyllique, pas un truc à la sauvette, ou illégitime. Elle mérite mieux que ça. De plus, elle a beau me soutenir le contraire, je ne suis pas sûr qu'elle soit prête. Je le vois dans ses gestes tremblants, maladroits, ses yeux qui semblent s'excuser de ne pas faire ce qu'il faut, ses hésitations, quand elle croit que je vais aller plus loin. Mais je ne suis pas pressé, j'attendrai qu'elle soit complètement à l'aise et prête. Je ne veux pas qu'elle le fasse parce qu'elle se compare à mes ex ou qu'elle pense que c'est ce que j'attends d'elle.

– Je savais qu'elle était tordue, ta belle-mère, mais là elle explose tous les records. Qu'est-ce qu'elle en a à foutre de la vie sexuelle de son beau-fils ? demande Matt, me sortant de mon fantasme.

– Je pense qu'elle a une dent contre Lisa et cherche des excuses pour la foutre à la porte comme elle l'a fait avec toutes les employées femmes de la propriété. Lisa est jeune, mon père a une affection particulière pour elle, et ça, Judith ne le supporte pas.

– Je vois, elle a peur de la concurrence.

– Il faut croire. Bon bref, tu acceptes de jouer le jeu ou pas ?

– OK, mais à deux conditions !

– Lesquelles ?

– Que tu me dises ce qui se passe vraiment entre vous. Pas de *bullshit* ! Pas de « je suis comme son frère… elle ne me plaît pas blablabla ». J'ai vu comme tu la regardais samedi et crois-moi, si je regardais ma sœur comme ça, il faudrait m'enfermer d'urgence.

J'acquiesce d'un geste du menton. Ses yeux s'illuminent de malice. Je sais que je peux tout lui dire. C'est mon meilleur pote. Et il préférerait vendre sa couille droite plutôt que de me trahir. Je lui explique tout, il m'écoute d'une oreille attentive.

– Et tu l'aimes bien ?

Je hoche la tête.

– Ouais, elle est cool. Je m'entends vraiment bien avec elle et je sais pas, c'est naturel entre nous et en même temps torride. J'ai jamais eu ça avec une fille. Tu sais, quand tu as envie de passer du temps avec elle, même après la baise.

Il hausse un sourcil.

– Tu me parles de science-fiction là.

– Arrête, t'es con ! Bon, quelle est ton autre condition ?

– Que tu me donnes ta vieille planche de surf…

– Non, mec ! C'est un collector, tu sais à quel point j'aime cette planche.

– Et toi tu sais à quel point j'aime la chatte, et m'afficher avec ta précieuse Ella, c'est aussi priver ma bite de pas mal d'opportunités.

– Putain, t'abuses !

– Tu veux la protéger ou pas ?

Je grogne de frustration.

– OK ! Je te la prête pendant un mois.

– Tu me la donnes !

– Deux mois !

– Tu me la donnes !

Je soupire mais finis par abdiquer.

– C'est bon, t'as gagné.

– Ouais !

Il fait un mouvement circulaire de son poing pour fêter sa victoire.

– T'es vraiment le roi des enfoirés, tu le sais ça ?!

– Ouais ! De toute façon, tu vas bientôt plus en avoir besoin vu que t'as fait le choix d'aller te geler les couilles à Boston. Bon alors, qu'est-ce que tu veux que je fasse avec cette fille ?

– Passe du temps avec elle, prends-lui la main, file-lui ta veste, parade dans les couloirs. Bref! Comporte-toi comme un petit ami le temps que tout le monde passe au prochain scandale.

– Ça ne devrait pas être trop difficile. Elle est plutôt canon. J'ai le droit de l'embrasser? De lui toucher les fesses? Elle a un cul d'enfer et tu sais que Magic Matt ne peut pas résister à une belle paire de fesses, dit-il en pointant sa queue du doigt.

Je lui mets un coup dans l'épaule. Il fléchit et se marre.

– Garde-la dans ton pantalon, connard, si tu ne veux pas que je te la coupe.

– OK! OK! Pas de contact, j'ai compris, t'énerve pas. Mais méfie-toi, c'est peut-être elle qui va tomber sous mon charme et me supplier pour que je la lui montre. Je te rappelle qu'elles ne sont pas nombreuses celles qui résistent à Matt MacCaffrey.

Il joue des sourcils pour m'emmerder. Je lui balance ma bouteille d'eau vide à la gueule, il l'esquive de justesse et se marre.

– Quand veux-tu qu'on commence?

– Idéalement aujourd'hui. Mais il faut d'abord que j'en parle à Ella.

– Quoi? Tu ne lui en as pas encore parlé?

– Non, mais je suis sûr qu'elle sera d'accord.

Enfin j'espère!

29

Zack

– Vous avez pété un câble tous les deux ? Pourquoi je me plierais à ce jeu ridicule ? dit Ella en croisant les bras.

Matt et moi l'avons rejointe à son casier avant le début des cours pour lui annoncer notre plan. Mais vu la tronche qu'elle tire, elle n'est pas du tout emballée par cette idée.

Elle nous tourne le dos et entre le code de son casier. D'innombrables conneries en tombent, dont une mini-*piñata*. Je m'efforce de garder mon calme et de ne pas créer de scandale, mais difficile quand j'ai envie de casser la gueule de tous ceux qui l'emmerdent. Problème, ils sont aussi nombreux qu'anonymes, sauf Shelby évidemment, mais Shelby j'en fais mon affaire.

Chicago lâche un soupir las, s'empresse de prendre ses livres et de refermer son casier à la hâte. Ses épaules sont courbées et ses joues rouges de honte. J'ai envie de la prendre dans mes bras là tout de suite pour effacer cet air triste qu'elle s'entête à dissimuler par un sourire.

– J'ai de la chance. Cette fois ils m'ont épargné la sauce salsa, ironise-t-elle en claquant la porte pour la refermer.

– Ces enfoirés ne perdent rien pour attendre, dis-je, les poings serrés.

Je balaye le couloir des yeux, fusillant les passants. Il me faut tout le self-control du monde pour ne pas foutre mon poing dans la face du premier connard qui oserait rire ou faire un commentaire.

Matt ramasse la *piñata* en forme de taco, va la mettre à la poubelle et revient vers nous.

– Voilà pourquoi tu as besoin de moi, annonce-t-il en enroulant son bras autour de l'épaule de ma Chicago.

Et même si cette idée est la mienne, cette vision me fout la haine. Je sais que je suis le roi des hypocrites mais je n'aime pas voir un mec toucher Ella. Et Matt a beau être mon meilleur pote, je sais exactement ce qu'il pense quand il plonge dans ses yeux vert clair.

– Je ne vois pas le rapport, proteste Ella.

– Le rapport, c'est que dans ce lycée il y a une hiérarchie et des règles tacites. Quiconque est la petite amie d'un membre de l'équipe de foot est intouchable. Et quoi de mieux que de sortir avec le footballeur le plus beau, le plus sexy et le plus doué du lycée ? demande Matt avec un sourire en déployant charme et fossettes. Alors je le répète : je te propose mes services gratuitement, qui plus est ! Tu n'as rien à faire, juste apprécier le show.

– Et le plus modeste aussi, non ? répond Ella en retirant son bras.

Une bouffée de fierté m'envahit. J'aime qu'elle ne cède pas aussi vite et surtout qu'elle soit hermétique à son charme.

– C'est complètement ridicule, continue-t-elle. Il est peut-être temps de briser cette organisation macho et sectaire qui nous pourrit à tous la vie. Vous croyez pas ?

– Tu as raison, interviens-je, mais tu as plus de chance de régler la famine dans le monde que de convaincre tous ces cons de se comporter autrement.

Elle acquiesce et s'adosse à son casier.

– C'est vrai qu'ils sont tenaces. Mais si j'accepte votre proposition…

Je souris de toutes mes dents, tandis que Matt se frotte les mains comme un chat qui vient d'avaler un canari.

– Et je n'ai pas dit que j'acceptais, personne n'y croira. On ne s'est jamais parlé tous les deux, explique-t-elle en regardant Matt.

– C'est pour ça qu'il va falloir être très, très convaincants.

Mon blond de pote s'approche, surplombe Ella de son mètre quatre-vingt-cinq et place une mèche derrière son oreille. Je me crispe. Je pourrais lui arracher cette main avec laquelle il effleure sa peau, sa peau si douce et délicate. Il va falloir que je maîtrise mon tempérament jaloux si je veux que le plan fonctionne. Et surtout si je ne veux pas envoyer mon meilleur pote à l'hôpital. Il lui susurre un truc à l'oreille. Elle lève les yeux au ciel mais glousse à sa petite blague. Voir son regard clair s'illuminer ne serait-ce que quelques secondes pour quelqu'un d'autre me donne l'impression qu'on me fout un coup de poing dans le ventre.

– C'est bon, on a compris là.

Je le tire par le bras, histoire qu'il s'éloigne un peu d'elle.

Il se marre l'enfoiré. Je crois qu'il aime beaucoup trop cette situation.

– OK, je veux bien essayer. Tous ces coups bas m'épuisent, et si votre stratagème peut y mettre fin alors soit. Mais je te préviens, ne m'approche pas de trop près, je mords. Bon, je dois aller en classe.

Elle ramasse son cartable et s'élance dans les couloirs.

– Attends, on t'accompagne.

Matt prend la main d'Ella dans la sienne. Elle a un mouvement de recul mais finit par obtempérer.

Notre traversée attire tous les regards et les chuchotements. Le plan semble fonctionner à merveille. Il faut dire que Matt met un point d'honneur à parler extrêmement fort et à surjouer la complicité et l'amour. J'ai beau savoir que c'est faux, je suis jaloux à en crever.

– Voilà, nous sommes arrivés. J'ai cours d'histoire, explique Ella, en regardant ses chaussures.

Elle semble gênée et décontenancée par toute cette mascarade. J'ai envie de la serrer dans mes bras pour la rassurer mais c'est Matt qui a ce privilège.

– Bon, eh bien, bonne journée, ma chérie, hurle cet abruti pour que tout le monde l'entende. Tu vas beaucoup me manquer, mon petit cœur en sucre.

Son petit cœur en sucre ?

Je lève les yeux au ciel. Cet enfoiré est aussi crédible qu'un acteur des *Feux de l'amour*. Il ne sait vraiment pas y faire et pour cause, il n'a jamais eu de petite amie. Il est du genre à baiser tout ce qui bouge sans rappeler le lendemain. Cliché mais véridique. Malheureusement, il est ma meilleure option, la seule personne en qui j'aie entièrement confiance.

Matt attire Ella à lui d'un geste brusque et plaque ses lèvres sur les siennes. Chicago rougit et écarquille les yeux tandis que je suis sur le point d'arracher la tête de mon pote.

Quand il la lâche, Ella se nettoie la bouche du revers de sa main et entre dans la classe en titubant. Matt s'adosse à l'encadrement de la porte et lui lance un dernier baiser.

– Monsieur MacCaffrey, vous n'avez pas cours ? intervient le prof qui le regarde par-dessus ses lunettes.

– Si, si, mais je ne peux pas me résoudre à me séparer de ma petite amie Ella Gonzalez. C'est ma petite amie depuis hier.

Il sourit de toutes ses dents.

– Je ne sais pas ce qui m'arrive mais je crois que je suis amoureux, ajoute-t-il, la main sur le cœur. Vous croyez au coup de foudre, monsieur Hayes ?

L'ensemble de la classe le regarde avec des yeux ronds comme des soucoupes. Ils sont partagés entre surprise, jalousie et consternation. Ella, quant à elle, est rouge de honte et nous fusille tous les deux du regard. Je la comprends. J'ai moi-même envie de massacrer Matt qui est à deux doigts de se mettre à genoux et de chanter une sérénade façon Cyrano de Bergerac, mais version viking.

– Vous m'en voyez ravi, monsieur MacCaffrey. Mais si vous pouviez fermer cette porte et nous laisser commencer notre cours, nous vous en serions reconnaissants.

– Avec grand plaisir. Ella, mon petit cœur en sucre, on se retrouve tout à l'heure à la cafétéria pour un déjeuner en amoureux.

Cette dernière ne lui répond pas et se planque derrière son livre d'histoire. M. Hayes se lève de son bureau et ferme la porte au nez de l'amoureux transi.

– C'était fun ! chuchote Matt en se retournant vers moi. Je crois que je vais adorer jouer le rôle du *lover*. J'ai trouvé une nouvelle vocation. *Fuck* le foot ! Je veux devenir acteur. Avec tous les contrats de mannequinat qu'on m'a proposés, je ne sais pas comment j'ai fait pour ne pas y penser plus tôt.

Je lui assène une tape derrière la tête qu'il a l'audace d'accueillir avec surprise.

– Putain Miller ! C'est quoi ton problème ?

– Tu poses encore une fois ta bouche sur Ella et je te broie les couilles, dis-je on ne peut plus sérieusement.

– Désolé, je me suis laissé un peu emporter. Mais il faut dire qu'elle a une bouche…

Un autre coup dans l'épaule.

– Enfin, je veux dire, j'étais dans mon personnage et c'est toi qui m'as demandé d'être convaincant.

– Convaincant ! Oui. Suicidaire ? Non. Personne ne t'a demandé d'enfoncer ta langue dans la gorge de ma meuf.

– On ne fait pas d'omelette sans casser des œufs.

– La seule chose qui risque d'être cassée ici, c'est ta jolie petite gueule si tu ne gardes pas tes germes pour toi. Et aussi évite d'en faire trop, c'est contre-productif. Personne ne tombe amoureux en une journée et personne n'appelle sa meuf « mon petit cœur en sucre ».

– Tu es jaloux parce que je suis le prochain Chris Hemsworth. Quand on y pense, il me ressemble un peu, tu ne trouves pas ? Putain je kifferais de jouer dans un *Avengers*.

Je me marre car cet abruti est vraiment trop con, mais je ne peux pas lui en vouloir plus de cinq minutes et ce, depuis toujours.

On finit par se séparer, chacun ayant un cours différent, et quand j'arrive devant mon casier, je vois Shelby qui m'attend de pied ferme.

Putain, merde, qu'est-ce qu'elle me veut ?

J'entre mon code en l'ignorant mais cette tête de mule n'est pas du tout du genre à comprendre qu'elle n'est pas la bienvenue quelque part. Je claque la porte et soupire quand je l'entends dire :

– Zack, il faut qu'on parle.

– Je t'écoute ! Qu'est-ce que tu me veux ?

Elle croise les bras sur sa poitrine et me regarde en minaudant. Parfait maquillage, sourire maîtrisé, corps moulé dans toutes les dernières fringues à la mode, même son vernis s'accorde à son *crop top*. Elle est canon dans le genre « je suis belle et je le sais », mais tellement vide. Je ne sais même pas pourquoi elle m'a plu à un moment donné.

– Je te pardonne et je veux bien de toi à nouveau dans ma vie, dit-elle sans préambule.

Son sourire satisfait s'efface quand je lui réponds :

– Désolé mais je ne suis plus intéressé.

Peut-être que je ne l'ai même jamais été mais que je me voilais la face.

– Comment ça ?

Ses sourcils se froncent dans un moment d'égarement mais elle détend vite son visage pour ne surtout pas choper de ride. Comme elle me l'a souvent répété dans ses longs monologues ininterrompus, il n'est jamais trop tôt pour lutter contre les imperfections de la peau. Son obsession pour sa beauté, son régime, son image… tout me sort par le trou de balle là tout de suite.

– Eh bien, après la quatre-vingt-dix-neuvième rupture sans raison et deux semaines sans se parler, je pense que j'ai eu ma dose. Et cette fois, je ne veux pas qu'on reprenne là où on s'est arrêtés.

Et pour ne pas déjà griller la couverture d'Ella, je me retiens de lui dire que ce qu'elle a fait à ma meuf montre à quel point Shelby est détestable.

Aussi moche à l'intérieur que belle à l'extérieur.

– Mais Zack, on s'aime ! Et c'est comme ça qu'on fonctionne. Je te quitte, tu réfléchis à ce que tu m'as fait et je reviens quand tu as compris et mûri.

Elle a fumé ?

– Non, on ne s'aime pas.

Je ne lui ai jamais dit que je l'aimais d'ailleurs.

– Je pense pas que tu saches ce que ça veut dire aimer, à part aimer ta propre personne. Et tu ne me fais pas mûrir, tu me casses les couilles avec tes crises à la con, plus débiles et injustifiées les unes que les autres. Désolé de ne pas toujours t'écouter avec passion quand tu critiques tes amis ou les miens. De ne pas toujours m'intéresser à la couleur du dernier rouge à lèvres de Kylie Jenner. Et ce dernier clash, où tu as quitté la maison en trombe et bousculé M. Bird au passage, a été la crise de trop.

– Je me souviens pas l'avoir bousculé, répond-elle.

– Évidemment que tu ne t'en souviens pas. Tu ne penses qu'à ton cul.

Je prends une profonde inspiration et essaye de lui parler calmement pour qu'elle comprenne.

– Écoute, Shelby, je n'ai pas envie de me prendre la tête avec toi. Tout ce que tu dois comprendre, c'est que je ne veux plus rien avoir à faire avec toi, on ne s'entend pas, on n'a rien en commun. Alors autant se séparer.

– On a tout en commun, Zack. Tu es le capitaine de l'équipe de foot et je suis la capitaine des *cheerleaders*. C'est notre dernière année au lycée, on est voués à finir reine et roi de la promo, on ne peut pas se séparer maintenant. Je veux mon titre et je veux ma photo dans le *year book* comme ma mère avant moi.

– Voilà encore une preuve, s'il en fallait une, que tu n'en as rien à foutre de moi. Ce qui t'intéresse c'est ce que je représente, ce que je peux t'apporter.

Elle fait un sourire à la personne qui passe à côté de nous, comme si nous n'étions pas en train de nous engueuler, puis chuchote à mon intention.

– Baisse d'un ton, on va nous entendre.

– Je m'en branle qu'on nous entende, Shelby, et je m'en branle du bal de promo. Trouve-toi un autre pigeon avec qui parader. Ça ne devrait pas être trop difficile. Les mecs tueraient pour être avec toi, n'est-ce pas ?

Elle ouvre la bouche et la referme immédiatement pour adresser un énième sourire hypocrite à Dieu sait qui par-dessus mon épaule.

– Tu ne penses pas ce que tu dis, Zack. Tu sais bien que personne ne pourra te satisfaire autant que moi, chuchote-t-elle à nouveau. Je te laisserai la mettre où tu veux.

Son ton sec devient séducteur, enfin c'est ce qu'elle croit. Elle s'approche et effleure mon torse pour descendre jusqu'à ma ceinture. Je m'écarte avant qu'elle n'ait le temps de faire quoi que ce soit.

– Le sexe ne suffira pas cette fois.

Je saisis son poignet et le rejette.

– C'est fini, Shelby ! Fais-toi une raison.

– C'est à cause d'elle, n'est-ce pas ?

– À cause de qui?

– Taco Bell! Tu as un truc pour Taco Bell? C'est pour ça que tu l'as défendue la dernière fois.

Je reste silencieux, la mâchoire crispée.

– Tu ne peux sérieusement pas me quitter pour te mettre avec elle. Elle pèse trois cents kilos. Tu as de la merde dans les yeux ou quoi? Tu la vois pas toute cette cellulite? Et tu imagines la honte sur Insta? Zack Miller a quitté Shelby Jefferson pour Ella Gonzalez la baleine!

– Je t'interdis de parler d'Ella comme ça. Tu ne lui arrives pas à la cheville.

– Tu ne démens pas, donc j'ai vu juste. Tu refuses de te remettre avec moi pour être avec Taco Bell? demande-t-elle, la rage et le dégoût déformant son visage.

– Non! Je ne veux plus avoir affaire à toi car tu es un monstre, Shelby! Un monstre borné, irrespectueux, raciste et superficiel. Quant à Ella, tu as intérêt à la laisser tranquille.

– Et pourquoi je ferais ça?

– Parce que tu te préoccupes trop de ton image de marque pour te permettre de ne plus être invitée aux fêtes organisées par l'équipe. Que diraient tes *followers* si tu ne faisais plus partie des bons cercles, hein? Et je ne sais pas si tu es au courant, mais Ella sort avec Matt.

– Matt? MacCaffrey, ce Matt? Il sort avec Ella Gonzalez?

J'acquiesce d'un geste du menton.

Shelby cherche dramatiquement de l'air comme un poisson rouge qu'on aurait sorti de son bocal.

– Matt MacCaffrey?! Après Hunter Patterson, Matt MacCaffrey. J'y crois pas, dit-elle, abasourdie. Mais elle vous a fait quoi cette fille au juste? Est-ce que je suis en train de faire un cauchemar ou les trolls sont devenus à la mode?

Elle ajoute deux trois insultes, mais je ne l'écoute déjà plus et lui tourne le dos pour rejoindre mon cours de chimie. Shelby peut bien cracher son venin, elle ne peut plus rien contre Ella.

Elle est officiellement sous protection.

30

Ella

Jouer la comédie et se cacher a quelque chose d'excitant et de fun. Officiellement, je suis la petite amie de Matt MacCaffrey. Et si je déteste les hiérarchies ridicules qui régissent ce lycée, je dois avouer que ce nouveau statut me permet de regagner la paix.

En quelques mois, je suis passée du rang des invisibles au rang des parias pour finir à celui des populaires. De quoi choper le tournis. Mais je ne vais pas me plaindre. C'est plus agréable d'être du bon côté de la barrière.

D'abord parce que je n'empeste plus la salsa et que mon casier n'est plus vandalisé. Ensuite parce que ça emmerde royalement Shelby. Voir son air pincé quand elle me croise portant la veste de Matt me fait jubiler intérieurement. C'est puéril, et petit, mais putain qu'est-ce que c'est jouissif.

Elle n'ose même plus m'appeler Taco Bell.

Et enfin parce que je peux ouvertement fréquenter Zack sans éveiller de soupçons. Nous faisons partie du même cercle. Fini les repas pris à la bibliothèque ou sous les gradins en « jpp ». Je mange avec l'équipe de foot et leurs copines. J'apprécie particulièrement Maddie. Elle est un peu artiste rêveuse et n'a pas sa langue dans sa poche, ce qui nous fait quelques points communs.

Hunter est souvent présent aussi mais n'ose pas lever les yeux sur moi, par crainte de représailles. Pierce m'a confirmé depuis qu'il est à l'origine de son intimidation. Il a fouillé son *cloud* et trouvé des photos compromettantes qu'il a menacé de rendre publiques s'il s'approchait de moi. Ayant récemment été accepté à la prestigieuse université de Notre-Dame pour jouer au foot, il ne peut se permettre aucun scandale. Du coup, il me fout une paix royale.

Je suis donc complètement intégrée maintenant et passe le plus clair de mon temps avec Zack, Matt et Maddie.

Matt et moi nous nous entendons comme deux frangins. Il se prend pour un acteur et me claque tous les matins des scénarios ridicules auxquels il veut que je me soumette pour notre *fake show* qu'il a modestement intitulé « le couple de l'année ». Et à chaque fois ça se termine en fou rire et en grand n'importe quoi. Notre complicité agace Zack, du coup on en joue. Nous avons à peu près le même sens de l'humour tous les deux, un peu gamin attardé, et rien ne nous fait plus plaisir que d'emmerder mon petit ami officieux.

Enfin petit ami est un grand mot. Le statut réel de notre relation est toujours à définir, et pour l'instant je ne veux pas me poser de questions, juste profiter. Nous sommes donc surtout des meilleurs amis qui s'embrassent et se chauffent jusqu'à épuisement.

Cela fait un mois que Zack me mène à l'orgasme sans me faire l'amour. Je ne sais pas ce qu'il attend. Enfin si je sais : « le moment et l'endroit idéal », selon ses propres mots. Il veut nous organiser un week-end dans l'une des maisons secondaires des Miller. Problème, la saison de foot bat son plein et il est difficile pour lui de se libérer. J'apprécie qu'il ait envie que ce soit un moment spécial. C'est mignon et romantique. Il ne veut pas que je tombe amoureuse de lui, pourtant il fait tout pour.

Nous passons quasiment toutes les heures de la journée ensemble à surfer, faire nos devoirs, rire, cuisiner, flâner seuls ou avec nos potes. Pour moi, chaque endroit où nous nous retrouvons en tête à tête est propice à aller plus loin et j'ai de plus en plus de mal à contenir mon désir. Hidden Cove, notre plage déserte où nous aimons aller nous allonger sur nos serviettes et nous chauffer jusqu'au coucher du soleil. La banquette de sa voiture que nous avons tant de fois usée et abusée. Le laboratoire à l'étage du lycée qui est toujours vide. Et surtout ma chambre où Zack passe toutes les nuits sauf quand Lisa est là. Et toutes les nuits, il me caresse, il m'embrasse, il me fait perdre la tête mais il me refuse sa queue. Je vais finir par devenir folle.

– C'est normal que Zack te dévore des yeux comme si tu étais son dessert préféré ? demande Maddie, les sourcils froncés, en sirotant sa bière.

– Quoi ?

– Regarde-le ! Il écoute à peine ce que ses potes lui disent. Est-ce que Matt a du souci à se faire ?

Nous sommes tous réunis autour d'un feu de camp sur la plage pour célébrer la victoire de l'équipe. Au programme alcool, *weed*, bains de minuit, beach-volley et discussions endiablées.

Je me retourne et remarque que les yeux océan de Zack sont braqués sur moi. Le rouge de la flamme qui se reflète sur son visage lui donne un air diaboliquement sexy. Un muscle vient se contracter dans mon bas-ventre. Il est beau à s'en damner et il me faut tout le self-control du monde pour ne pas me lever et aller m'installer sur ses genoux, là, tout de suite. Mais je n'en fais rien, évidemment. Au lieu de ça, je pivote mon visage vers celui de Maddie et essaye de noyer le poisson.

– Non, je crois qu'il est juste en train de réfléchir et de fixer un point à l'horizon.

Elle m'adresse un regard pas du tout convaincu mais change de sujet.

– Donc je te disais, tu devrais tenter ta chance dans l'équipe de *cheerleading*, Ella. Ça peut carrément aider ton dossier pour les demandes de bourses universitaires.

Contrairement aux autres, je n'ai toujours pas envoyé mon dossier d'inscription. La plupart savent déjà où ils vont aller l'année prochaine et finir le lycée n'est plus qu'une formalité pour eux.

Mais pour moi c'est plus compliqué car j'ai besoin d'une bourse. Jusqu'à présent je ne pensais pas avoir la chance de poursuivre mes études au-delà du lycée. Mon plan, c'était de retourner à Chicago bosser pendant un ou deux ans pour épargner, puis de m'inscrire dans une fac bas de gamme que mes maigres économies auraient pu m'offrir.

Maintenant que je suis à Laguna High, tout est possible. Ils ont un vrai programme d'orientation. La conseillère connaît tous les élèves de terminale et essaye de les placer dans les meilleures universités. Mes notes sont meilleures grâce à Zack notamment et je peux aspirer à beaucoup de choses. Mamie serait tellement fière de moi si j'obtenais un diplôme, sans parler de Lisa.

– Ouais, tu as raison. Mais Shelby me déteste et elle est capitaine. Elle va me recaler à l'audition, c'est sûr.

– Elle n'est pas la seule à décider. Le coach et les autres membres de l'équipe ont aussi leur mot à dire. Et tu m'as moi pour soutenir ta candidature.

– Merci, tu es gentille, mais je crois que tu ne feras pas le poids contre la Queen Bitch !

– Tu te trompes sur son compte. Elle a perdu de sa superbe depuis qu'elle n'est plus avec Zack. Et si tu es bonne, eh bien tu es bonne, elle ne pourra pas le nier.

– OK, Mad, je vais y réfléchir.

– Les auditions sont dans deux semaines, insiste-t-elle en attachant sa crinière rousse.

– Je vais y réfléchir, promis.

– Super ! Bon, je vais aller me prendre un truc à boire, tu veux quelque chose ?

– Non… Ça va, merci.

Dès qu'elle se lève, je sens mon téléphone vibrer. Je regarde en face de moi et je vois que Zack a son portable en main. Il est discret comme un éléphant dans un magasin de porcelaine.

[Tu es super belle ce soir, Ella.
Je sais pas si c'est la pleine lune
mais j'ai envie de te faire plein
de trucs crades.
Et je m'en tape si on nous voit.]

[Ça c'est de la poésie.
:D :D :D]

[Tu me connais, toujours
prêt à écrire de la prose
avec ma bite.]

J'étouffe un rire puis réponds.

[Tu es bourré, Zack?]

[Non j'ai bu une bière. C'est
toi qui me rends dingue, si tu
savais ce que j'ai envie de toi.
Je bande rien que d'y penser.]

[À ce point!
Je croyais que tu voulais
attendre le bon moment?]

[Tu rends la tâche difficile
à être aussi sexy.]

Je regarde ma tenue. Je porte un simple *hoodie* noir à capuche et une jupe en jean. Mes cheveux sont complètement défaits par le vent et vu qu'on a surfé tout à l'heure, je ne porte aucun maquillage. En gros je suis aussi sexy qu'un Pokémon. Et je ne parle pas de Pikachu.

[Tu as besoin de lunettes,
Zack Miller.
Mais j'apprécie le compliment.]

[J'espère bien que tu l'apprécies
et j'ai pas besoin de lunettes
mais de ta chatte sur ma langue.]

Je recrache la gorgée de bière que je viens juste d'avaler en toussant bruyamment. Zack semble fier de son effet, il arbore un sourire démoniaque sur ses lèvres qu'il humidifie. Il m'adresse un clin d'œil sexy qui me fait pointer sans vergogne. On va finir par se faire griller, s'il continue.

– J'ai loupé quelque chose d'intéressant? demande Maddie en se réinstallant à mes côtés. Tu as l'air un peu troublée.

– Troublée? Moi? Pas du tout, dis-je d'une voix qui j'espère ne trahit ni mon émoi ni ma culotte trempée.

Je range mon téléphone dans ma poche et continue ma conversation avec Maddie qui me parle de la prochaine expo de son père à laquelle elle veut absolument qu'on assiste. Je sens le regard brûlant de Zack tel un laser sur ma peau. C'est dingue, mais je pourrais dire exactement quelle partie de mon corps il est en train de mater sans même le regarder. Mon portable vibre toutes les trente secondes.

– Tu ne vas pas répondre à tous ces messages, Ella?

– Non, ça doit être ma sœur qui s'inquiète. Je lui écrirai tout à l'heure. Tu disais?

– C'est le plus grand artiste de sa génération, même s'il vient de l'art de rue, et mon père a décidé de devenir son mécène, c'est génial non?

– Carrément génial, oui…

Pas le temps de développer plus longuement que mon téléphone se met à sonner. Je lève les yeux avec la ferme intention de fusiller Zack du regard, mais il n'est plus en face de moi.

Où est-il passé?

– Désolée, je crois que je dois prendre cet appel!

– Je t'en prie. Moi je vais jouer au volley. Rejoins-moi quand tu as fini ton coup de fil mystère.

– C'est pas un coup de fil mystère, crié-je, mais elle ne m'écoute déjà plus.

Elle se dirige vers le terrain toujours éclairé pris d'assaut par le plus gros de la bande.

– Allô?

– Prétends qu'il s'agit de ta sœur! annonce Zack d'une voix de conspirateur.

Je bouge sur mon siège et jette un œil autour de moi, personne ne me prête attention.

– Qu'est-ce qui se passe, Lisa?

– Je suis dans ma Jeep, rejoins-moi, je voudrais te montrer quelque chose.

– Ça ne peut pas attendre que je sois rentrée ? Je veux dire, il y a du monde ici.

Il ne prend même pas le soin de me répondre, partant du principe que je vais lui obéir, comme le connard arrogant qu'il est, et le pire, c'est que c'est ce que je fais.

– Je vais aller chercher un truc, annoncé-je à personne en particulier, comme si j'avais besoin de me justifier, mais aucun membre de la bande ne m'accorde ne serait-ce qu'un regard. Tant mieux, je vais pouvoir m'éclipser discrètement.

31

Ella

Je me redresse, traverse la dune qui sépare la plage du parking et aperçois Zack dans sa Jeep. Il m'observe approcher avec le regard d'un prédateur prêt à bondir sur sa proie.

Mon Dieu, ses yeux bleu intense… et le désir que j'y lis.

Mes genoux deviennent de la gelée et c'est un miracle que j'arrive jusqu'à lui sans trébucher. J'ouvre la porte du siège passager et m'installe.

– Zack ! C'est une très mauvaise idée, il y a la moitié du lycée qui est présente ce soir ! Il suffirait que l'un d'entre eux décide de…

Pas le temps de finir ma phrase que ses lèvres sont sur les miennes et réduisent à néant tous les arguments que je voulais lui exposer. Sa langue déjà brûlante de désir force le passage de ma bouche et vient goûter la mienne, m'obligeant à me taire. Quelques minutes à essayer de suivre le rythme et je ne suis plus que souffle et sensation. Quand il me lâche pour me laisser reprendre mes esprits, j'ai l'impression que mon corps est tout mou et que mon cerveau s'est fait la malle.

Il m'adresse l'un de ses sourires satisfaits.

– Désolé, j'en avais trop envie. Tu disais ?

Je m'éclaircis la gorge et amène mes doigts à mes lèvres comme pour vérifier qu'elles sont toujours là.

– Je disais quelque chose ?

– Oui, un truc chiant, comme quoi on ne peut pas… on ne devrait pas, énonce-t-il en enlaçant nos doigts et en les amenant à sa bouche.

Il dépose des baisers partout sur ma paume et j'essaye d'ignorer les frissons qui parcourent immédiatement ma peau.

– Moi, je trouve qu'au contraire cette magnifique pleine lune est le parfait moment pour faire des conneries…

Ses yeux bleus dans cette obscurité brillent tels deux saphirs hypnotisants.

– Tu parles comme si tu étais un loup-garou, plaisanté-je. C'est quoi ton délire avec la pleine lune?

– Je parlais de conneries à poil, explique-t-il l'évidence.

– Ah bon? dis-je, l'air faussement outragé. Je croyais que tu m'avais fait venir jusqu'ici pour me parler de choses importantes comme je ne sais pas moi, la cause des femmes dans le monde ou encore le réchauffement de la planète?

– Je voulais te parler d'un réchauffement, c'est sûr.

Il fait danser ses sourcils d'un air équivoque.

– Et je voulais surtout te montrer ça.

Il enlève son tee-shirt, me dévoilant son magnifique torse musclé, et sourit de toutes ses dents.

– Tu es sérieux?!

J'étouffe un rire face au ridicule de la situation.

– Tu me montres ton torse? Tu t'es cru dans une télé-réalité ou quoi? Et c'est comme ça que tu comptes me convaincre de m'encanailler avec toi!

– T'encanailler? Encore une expression de Chicago.

– Non, c'est plutôt ma grand-mère qui disait tout le temps ça.

– Ah… et bien sûr que non, je ne suis pas superficiel au point de penser que la vue de tous ces muscles te ferait succomber. Ce serait insulter ton intelligence.

Il finit sa phrase en faisant bouger ses pectoraux, ce qui m'arrache un rire.

– Je voulais te montrer une blessure que je me suis faite au match tout à l'heure et qui m'inquiète. Besoin d'un avis.

Je soulève un sourcil sceptique car Zack est le mec le plus casse-cou que je connaisse, parfois j'ai même l'impression que c'est de l'autodestruction. Ce n'est donc pas une petite égratignure de rien du tout qui devrait l'alarmer.

– Regarde! Tu penses que c'est grave? Je n'arrive pas à savoir.

Il a un sourire de conspirateur et je reconnais son air de gamin qui prépare une connerie. Mais je ne peux m'empêcher de jouer le jeu.

– Où ? Je ne vois rien…

– Là… il y a un bleu.

Il montre vaguement ses pectoraux criblés de cicatrices du doigt. Je sonde son regard. Une étincelle d'humour y brille et m'arrache un sourire.

– Approche-toi, c'est à peine visible.

Je fais ce qu'il me demande et quand je suis suffisamment proche et que son odeur divine m'envahit et me fait soupirer, il dégage les quelques cheveux qui se sont décrochés de mon chignon et parsème ma nuque de baisers tendres et dévastateurs, puis il susurre.

– Je t'ai eue… Mmmh ! C'est moi ou tu sens divinement bon aujourd'hui, Ella ?

Il s'attaque à mon cou et au petit coin sensible que j'ai juste au coin de l'oreille. Le sang afflue dans tous mes endroits préférés.

– C'est toi ! Je sens l'océan, le feu de bois et peut-être un peu la transpi, dis-je d'une voix essoufflée comme si je venais de courir un marathon.

Il rit à moitié. Tout en promenant sensuellement son nez le long de mon cou, détruisant ma petite culotte au passage.

– Tu as un sacré sens de la séduction, Chicago !

– Peut-être que je n'essaye pas de te séduire là tout de suite, mais de t'encourager à être raisonnable et surtout à descendre du train qui nous amène tout droit vers Catastrophe-Ville !

– Depuis quand es-tu devenue une trouillarde ? Je ne t'entends pas protester quand on se cache au lab ou sous les gradins ! dit-il en mordillant mon cou de la manière la plus sensuelle qui soit.⌧Zack est aussi doué de sa langue que de ses doigts et chaque fois qu'il m'approche, il me prouve à quel point il a du talent.

Je ne réponds pas, alors il me fait face et je ne sais pas si c'est une bonne chose que je le regarde, car il est tellement beau quand il est excité que rien ni personne ne peut lui résister.

– Tu veux vraiment que j'arrête ? demande-t-il on ne peut plus sérieusement cette fois.

– Non… mais… c'est juste que rien ne nous sépare des autres

à part la dune et les pinèdes. Si jamais quelqu'un venait à se demander où on est passés…

– À cette heure-là, ils sont tous bourrés, ils s'en foutent. De plus, mes vitres sont teintées je te rappelle.

– Ton pare-brise ne l'est pas, Zack.

Il sort un pare-soleil de sa boîte à gants et le place avec une rapidité qui force le respect.

– Et voilà, problème réglé.

– Tu as réponse à tout, hein?

– Ouais…

Il me sourit et je me détends complètement.

De toute façon, je protestais pour me donner bonne conscience, on ne va pas se mentir, j'en ai autant envie que lui.

– Viens, dit-il en tirant sur ma ceinture.

Je me place à califourchon sur ses cuisses. Il saisit mon visage et m'embrasse passionnément. Ses mains dans mes cheveux, sa langue dans ma bouche, une pure merveille. Il ne me faut que quelques secondes pour sentir l'excitation se former au creux de mes reins.

Mes hanches se mettent à bouger. Il abaisse son siège d'un geste brusque et je me retrouve allongée sur lui. Ses mains me retirent déjà mon *hoodie*. Je lève les bras pour l'aider.

– Tu m'as manqué, Chicago! souffle-t-il en me dévorant du regard.

Je souris et mon cœur se gonfle de bonheur.

Comment veut-il que je ne tombe pas amoureuse de lui?

– Je te rappelle qu'on a quasiment passé la journée ensemble.

– Je sais, mais je ne peux pas te faire ça quand on est avec les autres.

Il tire sur les fils de mon maillot de bain puis empoigne mes seins, durement, je gémis de plaisir. Sa bouche ne perd pas une seconde pour prendre le relais de ses mains. C'est son truc préféré et les nombreux suçons qui parsèment cette zone peuvent en témoigner.

Il enroule sa langue autour de mon sein tout en accompagnant le mouvement de mes hanches. Je le sens dur contre mon sexe et j'ai tellement, tellement envie qu'il me fasse l'amour. Mais je sais qu'il va me dire non alors je le chauffe au maximum, peut-être qu'il finira par céder. Et dire qu'il y a encore quelques minutes j'avais peur qu'on nous voie ! Maintenant je m'en contrefiche. C'est l'effet Zack. Il me rend complètement folle !

Il soulève mes hanches et relève ma jupe en jean pour mieux empoigner mes fesses.

– Putain ce cul, Ella.

Il le malaxe tout en suçant mes seins. Je gémis fort puis le caresse au-dessus de son pantalon.

– Oui vas-y ! Touche-moi.

Je défais son jean à tâtons. Il soulève ses hanches étroites pour m'aider dans ma tâche. Mes gestes sont chaotiques et pressés mais on a l'habitude de se chauffer dans sa voiture. Je ne compte plus le nombre de fois où je me suis cogné le genou sur son frein à main ou appuyée sur le klaxon avec mes fesses par erreur. Mais ni le manque d'espace ni le manque d'oxygène n'est un problème quand on est dans cet état d'excitation. Je finis par y arriver.

Lorsque je sors sa queue, il émet un bruit de gorge qui m'arrache un sourire de fierté. Son sexe est large entre mes doigts et comme à chaque fois que je le vois, je me demande comment un engin pareil pourrait rentrer en moi. Pourtant j'en ai envie. J'en ai tellement envie que ça me tord le ventre de désir.

Il se soulève de plaisir alors que j'enroule mes doigts autour de son membre et commence à le branler comme il l'aime. Il m'a expliqué les fondamentaux. C'est ce que j'aime chez lui, il n'hésite pas à me dire les choses et ça me pousse à faire de même.

Mon manque d'expérience n'est pas un tue-l'amour et j'apprécie sa patience. La première fois que j'ai essayé de lui donner du plaisir comme ça, je lui ai fait mal en le serrant trop fort.

La honte !

Mais au lieu de se moquer, il m'a montré comment faire. J'entends encore sa voix chaude excitée dans mon oreille, m'encourageant à exercer un peu de pression mais pas trop, et à aller plus vite.

Je mets tous ces conseils à l'œuvre en ce moment et jubile de le voir prendre son pied. Il a les yeux fermés, les sourcils froncés, et quand il les ouvre et qu'il remarque que je l'observe, il empoigne mon visage et m'embrasse à m'en faire perdre haleine.

– À mon tour de te faire du bien !

Il place deux doigts dans ma bouche.

– Suce !

Je m'exécute puis il les pose sur mon clitoris pendant que je continue de le caresser. Il exerce une pression suffisante pour me faire voir des étoiles. Il frotte mon point le plus sensible d'un geste circulaire, comme il sait si bien le faire. Il ne faut que quelques secondes pour que je mouille comme jamais et commence à haleter et perdre le fil des événements.

– Putain, Ella, j'ai tellement envie d'être en toi.

– Fais-le, Zack ! Prends-moi !

Il déglutit. Sa pomme d'Adam bouge dans sa gorge.

– Bientôt !

Il me fait basculer sous lui, non sans se cogner, ce qui m'arrache un rire et me distrait de mon excitation galopante.

Il continue de me caresser puis introduit ses doigts en moi. Je gémis de plus belle. L'assaut est double, ses doigts à l'intérieur et son pouce qui frotte mon point le plus sensible encore et encore. Je bouge sur sa main de manière frénétique et je peux entendre à quel point je suis trempée.

Ses gestes, son va-et-vient sont destructeurs. Il me regarde me consumer et, quand j'arrive au point de non-retour, il m'embrasse pour étouffer mes cris de jouissance qui envahissent l'habitacle de la voiture. J'ai à peine le temps de reprendre mes esprits que des coups retentissent sur la vitre.

32

Ella

Nos yeux ronds comme des soucoupes s'accrochent.

Zack me fait le signe de me taire. Je lui jette le regard le plus blasé que j'aie en stock. Évidemment que je ne vais pas me mettre à crier et puis c'est un peu de sa faute si on est dans cette position. Sur le point de se faire prendre. Mon Dieu, je n'aurais jamais dû l'écouter. Je savais que ce n'était pas prudent.

– Sans blague. Un peu tard pour être raisonnable. Monsieur j'ai quelque chose d'urgent à te montrer, lui chuchoté-je, énervée.

– Tu crois vraiment que c'est le moment de me faire des reproches? répond-il au creux de mon oreille.

Je sais que je suis injuste, après tout il ne m'a obligée à rien, mais la panique me fait perdre les pédales. Mon cœur tambourine dans ma poitrine alors que les coups redoublent de ferveur sur la vitre.

Je n'ose même plus bouger pour me rhabiller. Officiellement, on ne peut pas nous voir car les vitres sont teintées, mais si la personne est arrivée il y a quelques secondes elle a dû m'entendre, c'est sûr.

Qu'est-ce qu'il m'a pris de hurler comme si j'étais seule au monde?

Zack Miller, voilà ce qui m'a pris, au sens propre comme au figuré.

Ajoutez à cela la buée sur les vitres, il faudrait avoir le Q.I. d'une huître pour ne pas comprendre ce qui vient de se passer dans cette voiture. Le mieux, c'est encore qu'on arrête de respirer. Peut-être qu'avec un peu de chance cet intrus va se lasser et se barrer.

Mais non, les coups reprennent avec insistance, ce qui a le don d'agacer Zack et, comme la tête brûlée qu'il est, il finit par réagir. Il se redresse, tout en rangeant sa queue toujours demi-molle dans son jean et en remettant son tee-shirt avec cet air glaçant que je ne lui connais que trop bien.

– L'enfoiré qui est en train de défoncer ma vitre a intérêt à avoir une putain de bonne raison de le faire, si ce n'est pas le cas, cours et surtout ne te retourne pas.

Il parle d'un air menaçant avec l'assurance du mec qui n'en a rien à foutre de rien. Mon niveau de stress monte d'un cran. Qu'a-t-il bien pu se passer sur la plage pour qu'on vienne chercher Zack jusqu'ici? Mon cerveau tourne à plein régime, laissant place à mille scénarios possibles. Un rire tonitruant s'élève et vient mettre fin à mes angoisses.

– Sortez de là, les chauds du cul!

– Putain de Matt! nous exclamons-nous tous les deux, soulagés.

– *Fuck you*, MacCaffrey! ajoute Zack.

Soulagée, j'expulse tout l'air que j'avais bloqué dans mes poumons, mais tremble encore un peu à l'idée que ça aurait pu être quelqu'un d'autre. Il faut vraiment qu'on calme nos ardeurs et qu'on fasse plus attention si l'on ne veut pas qu'on nous découvre. Avec toutes les conséquences que cela impliquerait, pour lui, pour moi, pour Lisa.

– Je vais le massacrer, dit Zack en me donnant des lingettes qu'il sort de sa boîte à gants.

Vu le nombre de fois où on se retrouve dans sa bagnole pour se chauffer, on est équipés. Il se nettoie de son côté, me laisse le temps de me rhabiller puis ouvre la porte avec fracas avant de littéralement tomber sur Matt à bras raccourcis. Ce dernier court et se marre. Il a vraiment 2 ans d'âge mental. C'est officiel.

Je sors à mon tour et les retrouve en train de se chamailler comme deux gosses. Je remets ma jupe en place et essaye de me recoiffer. Affronter le regard de Matt alors qu'il vient de m'entendre jouir n'était pas dans mes plans. Et j'ai beau savoir qu'il est cool, c'est un peu gênant. Mais s'il y a un truc que Matt MacCaffrey sait faire, c'est détendre l'atmosphère.

Au moment où je fais mon apparition devant le colosse viking, il prend un air faussement triste et pose sa main sur son cœur puis parle d'une voix mélodramatique. Genre *Feux de l'amour*.

– Ella Gonzalez! Tu es une femme cruelle. Tu viens de briser mon petit cœur. Je ne t'aurais jamais crue capable de me faire ça. Me tromper. Moi. Et avec cette sous-merde qui plus est.

La sous-merde en question lui assène un coup de poing dans l'épaule, ce qui le fait marrer. Je secoue la tête, mi-horrifiée mi-amusée, et Matt passe une main autour de mes épaules avant de déposer un baiser sur ma tempe, comme le ferait un grand frère.

– En tout cas, vous avez de la chance, tous les deux, que je sois venu vous chercher car vu le bordel que vous faisiez là-dedans, impossible de ne pas vous faire repérer.

– Ouais, on a déconné, c'est clair, mais c'est Ella. Elle est trop sexy ! Je ne peux pas lui résister.

Il me regarde comme s'il allait me sauter dessus à nouveau.

– Oh ! T'arrêtes de draguer ma meuf, toi, lance Matt en m'enveloppant dans ses bras pour me camoufler.

Ce qui a le don de me faire rire, de faire fulminer Zack et jubiler Matt. Bref, un samedi soir on ne peut plus normal dans notre joyeux triangle.

– Bon, on y retourne car votre absence va finir par éveiller des soupçons.

– Ouais.

On arrive sur la plage toujours éclairée par le feu de camp que les fêtards ont abandonné pour un bain de minuit.

On échange tous les trois un regard complice puis nous courons en nous débarrassant de nos fringues et nous nous jetons dans l'océan noir. Des cris stridents m'échappent alors que mon corps essaye de s'habituer à la température glaciale. C'est la pire idée du siècle et on sera sûrement tous malades demain. Mais là tout de suite, rien ne compte à part nos clameurs de joie et nos bagarres de gamins.

À cet instant, sous le clair de lune argenté qui se reflète sur la mer et entourée de ma nouvelle tribu, je peux enfin l'avouer.

J'adore la Californie.

33

Ella
Quelques semaines plus tard

[Les présélections
sont aujourd'hui, Ella !]

Je regarde le message de Maddie apparaître sur mon écran. Aussi connue sous le nom de Maddie la Têtue ! Ou Maddie Je-ne-lâche-pas-l'affaire. Elle a réussi à me convaincre de passer les auditions pour devenir *cheerlearder*, j'en ai besoin pour obtenir une bourse universitaire. Alors même si l'idée d'intégrer la bande de Bratz dirigée par Shelby ne m'enchante pas vraiment, j'ai fini par céder.

J'entre dans les vestiaires et me change avec la boule au ventre. La dernière fois que je me suis retrouvée seule dans un vestiaire, on m'a fait un sale coup. Je chasse ces idées noires de ma tête et enfile un short et un tee-shirt histoire d'être à l'aise pour danser. Je fais une queue-de-cheval haute puis m'agenouille pour lacer mes tennis. Une paire de chaussures se cale juste en face de mon visage et une voix de crécelle que je reconnaîtrais entre mille me fait lever la tête.

– Euh… Tu t'es perdue, Taco Bell ?

Je me redresse pour faire face à Shelby. Elle me toise de haut en bas, le visage déformé par la surprise et le dégoût. Elle a vraiment un problème avec moi, cette fille. Mais il va falloir qu'elle le règle car je ne vais pas laisser son attitude de pétasse me détourner de mon objectif. À savoir obtenir une bourse universitaire.

– Je ne pense pas. C'est bien ici l'audition pour intégrer l'équipe des *cheerleaders* ?

Elle arbore une expression incrédule.

– Oui et ?

– Alors je suis au bon endroit, dis-je simplement en ramassant mon sac à dos resté au sol.

– Tu n'es pas sérieuse? Tu ne penses pas une seule seconde avoir la moindre chance d'intégrer l'équipe?

Elle croise ses bras sur sa poitrine, essayant de me faire barrage.

– Il faut croire que si, réponds-je avec un sourire qui semble l'irriter plus que tout. Touchée.

– Tu crois que sortir avec Matt MacCaffrey t'ouvre toutes les portes, mais tu te trompes. Tu es Taco Bell et tu le resteras toujours. De plus, on ne recrute pas de sumo, désolée.

Je m'apprête à lui voler dans les plumes quand Maddie crie mon nom et me fait signe de la rejoindre dans la salle.

– Ella, tu es venue! J'ai cru que tu allais te dégonfler.

– J'avoue que ça m'a traversé l'esprit plusieurs fois.

– Je suis contente que tu sois là.

– Merci!

La coach frappe dans les mains pour annoncer le début du casting.

– Bon, allez, courage, je dois aller dans le jury maintenant. Je suis sûre que tu vas tout déchirer.

Elle m'embrasse sur la joue avant que je ne rejoigne les autres candidates. On se salue toutes du revers de la main. Elles ont mis le paquet niveau look et je regrette de ne pas avoir écouté le conseil de Lisa qui voulait que je me maquille ce matin. Tant pis.

Je ferme les yeux pour me concentrer et écoute en boucle le morceau que j'ai choisi pour faire ma chorégraphie. Enfin, c'est Zack qui l'a choisi pour moi. Il trouvait que la chanson me correspondait bien. J'essaye de visualiser les pas, maintes et maintes fois répétés avec Maddie, dans ma tête. Quelqu'un me tape sur l'épaule. Mince, c'est mon tour.

Je me redresse et viens me placer au centre de la pièce face au jury formé de la coach, de Shelby, de Maddie et de quelques filles que je connais de vue. J'avale le nœud qui s'est formé dans ma gorge et essaye d'ignorer le sourire moqueur que m'adresse Shelby. Je sais qu'elle cherche à me déstabiliser alors je me concentre surtout sur le regard encourageant et bienveillant de Maddie. La coach me demande de me présenter.

– Ella Gonzalez, je suis en dernière année, et je viens de Chicago.

Elle acquiesce et prend note.

– Bienvenue, Ella. Sur quoi as-tu choisi de danser?

– « Cheerleader » de Omi.

Shelby pouffe de rire. Et marmonne:

– Il te faudra plus qu'un message subliminal pour nous convaincre.

Sa remarque lui coûte un regard mauvais de la coach. Mais elle sourit comme un diable, pensant m'avoir blessée.

– Tu es prête?

J'acquiesce. Le responsable de la musique lance le morceau. Les rythmes latinos envahissent la pièce. Je ferme les yeux et me laisse porter par les percussions. Mes hanches bougent en rythme tandis que je me déplace pour occuper tout l'espace.

Je fais quelques tours sur moi-même puis coordonne les mouvements de mes bras avec ceux de mes jambes. Mes gestes sont saccadés, agressifs et très empreints de hip-hop. Je danse comme je l'ai toujours appris à Chicago avec Maria et Pierce quand nous nous éclations dans nos chambres sur les derniers morceaux à la mode. Je n'ai jamais pris de cours mais j'adore regarder des vidéos et imiter les gestes. Danser pour moi est naturel.

Je ne suis pas sûre d'être très sensuelle, mais ma prestation me ressemble et c'est le plus important. J'ajoute quelques gestes typiques de *cheerleader* pour montrer que je suis souple, comme me l'a suggéré Maddie, et suis étonnée d'entendre des applaudissements d'encouragement qui se fondent avec les percussions du morceau. Boostée par cette énergie, je redouble de ferveur et m'approche de la table du jury, où je laisse l'instinct prendre le dessus.

Je joue de mes hanches et de mes cheveux, j'ajoute de l'attitude et du bagou, dont je ne me savais pas capable, avant de reculer pour finir ma prestation sur un levé de jambe et un grand écart qui n'était pas du tout prévu à la base.

À bout de souffle, je savoure les applaudissements qui envahissent l'assemblée. Je me redresse, le cœur battant et le sourire aux lèvres.

– Très jolie chorégraphie, Ella. Tu as pris des cours ?

– Non…

– Il faut peut-être que tu baisses un peu en intensité…

– Ou que tu perdes quelques kilos, ajoute Shelby avant de se faire clairement rembarrer par la coach, cette fois.

– Je ne veux pas entendre ce genre de remarque dans mon cours, dit-elle d'un ton sec.

Je décide déjà que je l'aime bien, cette petite bonne femme blonde aux cheveux courts et au regard franc. Elle s'adresse à moi à nouveau.

– Mais j'adore ton énergie et ce que tu apportes. C'est différent, c'est…

– Ghetto ! lance Shelby.

Cette fois, c'est Maddie qui lui rentre dedans.

– Tu peux pas la fermer une seconde, Shelb !

– C'est à moi que tu parles, Williams ?!

– Oui ! Tu nous emmerdes avec tes remarques cassantes, fulmine ma rouquine de copine.

Un sourire de fierté fleurit sur mes lèvres tandis que Shelby regarde à droite, à gauche pour chercher le soutien de ses copines. Aucune d'elles ne réagit et la coach finit par intervenir.

– Il y a un problème ?

– Non, répondent-elles toutes.

Les joues de Shelby sont rouges de rage et si des yeux pouvaient tuer, je serais déjà morte.

– Ella, nous avons encore quelques candidates à voir puis nous allons délibérer. Merci pour votre participation.

J'acquiesce puis retourne m'asseoir sur le banc, soulagée. Maintenant, il n'y a plus qu'à attendre. Je prends mon téléphone pour passer le temps et constate que j'ai plusieurs messages. Maria, ma mère, Zack. Je les lis dans cet ordre.

[Bonne chance, ma bitch !]

Maria m'envoie un GIF de Beyoncé, notre *queen* à toutes les deux. Elle représente l'assurance et tout ce qu'on aimerait être. D'ailleurs, à chaque fois qu'on a un problème à régler, on se répète : « Qu'est-ce que Beyoncé ferait à notre place? »

Je souris et lui réponds rapidement que je l'aime et que tout s'est bien passé. Je continue de lire mes messages et tombe sur celui de Lisa.

[Ella, il s'est passé quoi
dans ton lit?
Les couvertures étaient
sens dessus dessous ce matin!
T'as fait un cauchemar?
C'est ton audition qui
t'angoisse?]

Merde ! Je me mords l'intérieur de la joue. Ce matin, j'étais tellement à la bourre que j'ai omis de faire mon lit. Il faut dire que la nuit a été courte dans les bras de Zack. Nos séances de chauffe sont de plus en plus intenses et de plus en plus régulières. On n'attend même plus que Lisa soit chez Clint.

Zack grimpe par la fenêtre et se faufile dans mon lit toutes les nuits, où nous brûlons le désir accumulé dans la journée passée ensemble à se frôler et à s'observer sans pouvoir se toucher. Être avec lui m'est devenu essentiel. Une drogue dure. Et on prend de plus en plus de risques. M. Bird sait tout de notre secret.

Il croise Zack à l'aube sortant par ma fenêtre. Il l'a mis en garde. Mais Zack s'en fout ! Être ensemble est encore plus vital que respirer. Nous sommes inséparables. Fusionnels. Rien d'autre ne compte. Même si nous savons tous les deux que nous fonçons inévitablement dans un mur. Mais quitte à y aller, autant y aller à fond. C'est complètement fou, irrationnel, mais mon cœur m'empêche de raisonner et quand mes hormones s'en mêlent, alors là, inutile d'essayer de m'arrêter.

Je finis d'ailleurs par lire son message.

[Je pense à toi. Je suis sûr
que tu vas tout déchirer!
Ce casting tu vas en faire
qu'une bouchée.
Tiens-moi au courant!]

[Je pense que j'ai fait bonne
impression.
J'attends qu'ils délibèrent.]

[Je le savais. Tu danses
comme une déesse. C'était
sûr qu'ils allaient t'adorer.]

[Je n'ai pas dit que
j'étais prise!]

[Je suis convaincu qu'ils
vont te prendre.]

[Tu n'es pas objectif.
Tu es mon…]

J'hésite car je ne sais pas qualifier ce qu'il est… mon petit ami? Mon meilleur ami? Je laisse la phrase en suspens, un long moment. Il finit par couper court.

[Bon Chicago je suis arrivé aux
vestiaires. On se voit ce soir.
Je suis fier de toi.
Et j'ai hâte de te montrer à
quel point.]

[Si je décroche le casting,
tu me feras enfin l'amour?]

Je vois les trois bulles danser puis disparaître pour danser à nouveau.

Je souris, fière de mon effet. Je lui ai cloué le bec. Mais je veux qu'il sache que je suis prête, que je ne suis pas une chose fragile. Que j'ai envie de lui tout entier. Partout, tout le temps. Et que je ne peux plus attendre. Et c'est plus facile de le dire par texto. J'étouffe un rire quand je vois sa réponse s'afficher.

[Putain, Ella ! Matt est en train
de se foutre de ma gueule
parce que je bande alors que
la moitié de nos coéquipiers
sont à poil autour de nous.
Je te laisse imaginer le genre
de blagues que me claque cet
abruti.]

Je l'imagine gêné et me marre de plus belle. La coach finit par appeler toutes les candidates à se rassembler en face du jury. Je prends une profonde inspiration. L'heure de vérité a sonné.

– Merci, mesdemoiselles, pour votre intérêt et vos magnifiques prestations. Vous avez toutes énormément de talent. Et pour celles qui ne seront pas retenues, je leur conseille vivement de retenter leur chance l'année prochaine. Comme vous le savez, nous ne pouvons prendre qu'une candidate et celle que nous avons choisie est…

Elle marque une pause.

– Ella Gonzalez.

Une bourrasque de joie éclate dans ma poitrine quand j'entends prononcer mon nom. Maddie se lève et me tombe dans les bras tandis que Shelby, les bras croisés sur sa poitrine, fulmine de rage et quitte la pièce.

Je n'y crois pas ! C'est génial. La perspective d'obtenir une bourse est définitivement à ma portée maintenant.

Ella : un – Shelby : zéro.

***

Ce soir-là en rentrant, je suis surprise de voir que Lisa est déjà là. D'habitude, elle arrive aux alentours de dix-neuf heures.

– Tu as fini tôt aujourd'hui, fais-je en rangeant mes affaires dans le placard de l'entrée.

Je m'avance vers elle alors qu'elle est sur le canapé. Elle est confortablement assise, les jambes couvertes d'un plaid, un saladier vert sur les genoux. Elle plonge ses doigts et s'empiffre de pop-corn, l'air complètement obnubilée par la télévision. Je lève les yeux au ciel quand je vois la daube qu'elle est en train de regarder.

– Le *Bachelor*?! Encore? Y a pas plus sexiste comme programme!

– Rho... Tu vas pas t'y mettre, toi aussi. Clint me prend déjà suffisamment la tête en disant que c'est une télé-réalité débile.

L'idée d'avoir un point commun avec cet abruti me fait grimacer.

– Je ne pensais jamais dire ça un jour, mais Bon Jovi a raison.

– Arrête de l'appeler Bon Jovi! Il déteste ça.

– Je sais, c'est ça qui est drôle, gloussé-je en me laissant tomber sur le canapé à côté de Lisa.

Les rares fois où je l'ai revu, je me suis fait un malin plaisir à l'emmerder avec ça. Mais au fond je l'aime bien, ce n'est pas un mauvais type. Il est aux petits soins pour ma mère, et c'est tout ce qui compte.

J'étends mes jambes devant moi et m'étire. Je suis exténuée par cette journée et en même temps excitée par toutes ces opportunités qui s'offrent à moi. L'impression que mon univers vient de s'approfondir. Une bourse. Des études supérieures. Un avenir.

– Quand est-ce que tu vas mettre tes préjugés de côté et lui donner une chance? dit ma mère, me chassant de mes pensées.

– Quand il aura compris que la nuque longue c'est ringard.

– Ella! s'énerve Lisa.

Je me marre. Rien ne me plaît plus que de l'embêter.

Sur l'écran, le *bachelor* emmène l'une de ses favorites faire un tour en hélicoptère. Lisa a l'air subjuguée. Moi j'ai les yeux qui saignent devant tant de niaiseries. J'estime la distance qui me sépare de la télécommande et les chances que j'ai de pouvoir l'attraper pour changer cette daube. La voix de la nana qui jubile devant ce macho de mes deux est une torture pour mes oreilles.

– N'y pense même pas, Ella.

– De quoi tu parles?

– De me piquer la télécommande comme tu le fais à chaque fois.

C'est vrai que c'est presque devenu un jeu entre nous. On n'a pas du tout les mêmes goûts. J'aime les séries où ça trucide, elle apprécie les comédies romantiques et les télé-réalités, du coup c'est souvent la guerre de la télécommande, enfin quand elle est là. Mais depuis notre discussion à cœur ouvert, elle met un point d'honneur à passer au moins trois à quatre soirs à la maison. C'est aussi pour ça que Zack n'attend plus son absence pour venir me voir le soir.

– Tu me prêtes toujours les pires intentions.

– Je te connais, c'est pour ça.

Je hausse les épaules et lui fais le regard le plus innocent que j'aie en stock. Elle secoue la tête, amusée, puis replonge sa main dans le saladier.

– Laisse-moi regarder, c'est un moment crucial.

– Le moment où il choisit entre ses douze prétendantes. Quel macho! Je rêve que l'une d'entre elles le frappe à coups de roses, dis-je en écrivant rapidement un texto à Zack pour ne surtout pas qu'il débarque.

Et comme à chaque fois que j'échange avec lui, un sourire fleurit sur mes lèvres, ce qui éveille les soupçons de ma mère.

– Avec qui tu parles?

Mes épaules se crispent. J'ai le réflexe immédiat d'obscurcir mon écran puis je range mon téléphone dans ma poche intérieure.

– Personne!

– Cette personne te fait énormément d'effet en tout cas. Tu rougis, Ella. Est-ce que c'est Matt?

Ma mère pense comme tout le monde que je suis en couple avec Matt MacCaffrey.

– Si je te dis que oui, tu vas arrêter de poser des questions?

Elle sourit et me regarde longuement. Je m'attends au pire.

– Vous en êtes où, tous les deux, alors?

– Nulle part!

J'anticipe déjà ses interrogations gênantes, ses allusions sur le sexe et l'importance de se protéger, et là je n'ai aucune envie de l'écouter. Mes oreilles souffrent suffisamment à cause du *bachelor* dont les prétendantes éconduites sont en train de pleurer. Yeux de panda et nez rouge. Alors comme à chaque fois que je ne veux pas parler d'un sujet, je le détourne.

– Tu vas partager ces pop-corn ou tout garder pour toi?

Comme si elle venait de réaliser qu'elle accaparait le saladier, elle me le tend.

– Désolée, je suis une mère indigne.

– Je ne te le fais pas dire, lâché-je malgré moi.

Elle pince les lèvres et je regrette immédiatement ma pique acerbe. Je ne voulais pas la blesser.

– Désolée, je ne voulais pas dire ça, dis-je dans un souffle.

– Ne t'en fais pas. Raconte-moi plutôt cette journée, ce casting.

Je m'exécute et elle m'écoute avec attention, se délectant de tous les détails que je lui donne. Ses yeux verts, les mêmes que les miens, brillent d'une lueur particulière. De la fierté et un peu d'émotion qui me picotent la gorge.

– Je suis tellement fière de toi, Ella. Tu vas être la première Gonzalez à aller à l'université.

– Rien n'est encore joué mais je suis sur la bonne voie, dis-je, enthousiaste, un soulagement emplissant ma poitrine.

Il y a encore quelques mois, tout ça était impossible à imaginer.

– Il va falloir qu'on retourne faire du shopping pour t'acheter des tenues de sport.

– Non, j'ai ce qu'il faut.

– Tu parles de tes shorts baggy et de tes tee-shirts informes?

J'acquiesce et elle lève les yeux au ciel.

– Bon, je te laisse, je vais monter faire mes devoirs.

– OK, ma puce. Je finis le deuxième épisode du *Bachelor* et je vais aller chez Clint. Il y a de quoi manger dans le frigo.

– OK, merci !

Je me redresse, attrape mon sac à dos et monte les marches d'un pas pressé. Je suis tellement heureuse que je rejoue ma chorégraphie dans le couloir, faisant une entrée fracassante dans ma chambre.

Je referme la porte et sursaute quand j'entends des applaudissements. Je me retourne et me retrouve nez à nez avec des yeux bleu océan.

– Zack.

34

Zack

– Qu'est-ce que tu fous là ? Tu es dingue ou quoi ? Lisa est juste en bas, chuchote Ella avant de verrouiller la porte derrière elle.

Mais je ne l'écoute pas, je me redresse et la rejoins. Elle relève le menton pour me faire face, immédiatement son visage s'adoucit. Ce joli visage délicat que j'aime tant. Ses grands yeux vert clair changent de teinte à chaque fois qu'elle ressent un truc différent. Elle a le visage le plus expressif au monde et ne pourrait cacher ses émotions si sa vie en dépendait.

J'ai bien reçu son message. Mais j'avais envie de la voir. Alors j'ai escaladé le mur. En plein jour, comme un crevard. Je sais que je fais n'importe quoi mais impossible de me raisonner. Je voulais voir ma Chicago et rien ni personne ne pouvait m'en empêcher.

Je retire lentement le sac de sport qu'elle porte en bandoulière.

– Zack, ce n'est pas prudent… murmure-t-elle tout en fixant ma bouche, le souffle court.

Elle porte toujours sa tenue de sport et ses cheveux en queue-de-cheval haute. Son visage dégagé est ravissant. Elle n'a pas besoin de faire grand-chose, de porter des vêtements sexy pour m'exciter.

Je ne sais pas ce que j'ai, mais plus je m'abreuve d'Ella et plus j'ai soif.

– Je fais ce que j'ai envie de faire depuis que j'ai quitté ton lit ce matin. Depuis que tu m'as annoncé avoir réussi ton audition. Quel petit ami serais-je si je ne venais pas féliciter ma petite championne en personne ?

– Petit ami ? répète-t-elle comme si elle goûtait mes mots, avant de me sourire.

Encore cette lueur dans ses iris. Ce feu qui me réchauffe les entrailles.

– Ouais. Petit ami, confirmé-je en lui mordillant le cou. Et surtout depuis que tu m'as envoyé ce putain de message.

Elle rit, fière de son effet. Je relève la tête et plonge mes yeux dans les siens.

– Est-ce que tu as une seule idée de ce que ça m'a fait ? À quel point ça a été difficile de me concentrer sur l'entraînement après avoir lu ça ? J'avais la bite en feu, Ella.

– C'est toi qui t'imposes des règles ridicules, moi je veux que tu me fasses l'amour, Zack. Et ce depuis longtemps. Et vu que j'ai décroché mon casting, je pense que je mérite un petit cadeau.

Elle marque une pause puis m'achève en collant sa bouche contre mon oreille, susurrant sur le ton du secret, tout en me caressant au-dessus du jean :

– Ta queue me paraît être le parfait présent.

Je laisse tomber ma tête sur son épaule dans un grognement. Il devient de plus en plus difficile de lui résister. Depuis qu'on a commencé à sortir ensemble, Ella a gagné en assurance, pas juste dans ses mots mais dans ses attitudes également, et je sens qu'elle est prête.

– Putain ! Tu me tues, tu le sais ça !

Elle se mordille les lèvres pendant que je prends son visage en coupe, caresse ses joues de mes pouces et l'embrasse. Elle inspire et s'ouvre immédiatement comme une fleur, elle a un goût de pop-corn caramel et d'Ella. Ma plus grande addiction. Nos langues se rejoignent et s'enroulent.

Elle se met sur la pointe des pieds et s'accroche à mes épaules pour m'attirer au plus près. Je colle mon corps contre le sien, ses seins pressent contre mon torse et je perds la tête. Je veux baiser ses seins. Je veux baiser sa bouche. Je veux la baiser. La pulvériser. Le désir déferle d'un coup dans mes veines. Violent. Intense. Une urgence primaire.

Je la plaque contre la porte, la soulève par les fesses, elle enroule ses jambes autour de moi et je me dirige tout droit vers son lit dont on a si souvent usé et abusé.

En moins de temps qu'il ne faut pour le dire, je me retrouve au-dessus d'elle à dévorer la moindre parcelle de peau que j'arrive à découvrir dans mes gestes pressés et désordonnés.

Elle est dans le même état que moi et essaye de me déshabiller à la hâte. Je tire, je soulève, je malaxe, je suce. Je la mouille de ma salive, la souille. J'ai envie de tout caresser, de tout embrasser, de tout goûter en même temps, je deviens dingue.

Son odeur, sa respiration haletante, sa douceur, ses courbes, sa peau douce et naturellement hâlée, tout fait pulser ma queue.

Putain, elle m'a manqué. Je ne l'ai pas vue de la journée. Et j'en ai fini de lutter. De lui laisser du temps. D'attendre le parfait endroit, le parfait moment. Il n'y a pas plus parfait que le moment présent.

J'ai envie d'elle, de m'enfoncer en elle et de ne plus la laisser partir. Alors dans un geste précipité je lui arrache son short. Elle m'aide en bougeant ses jambes. Ses jambes fines et bronzées. Je me redresse, retire mon tee-shirt et mon jean. Elle joue de ses jambes excitées, anticipant la suite des événements. Elle s'appuie sur ses coudes et me mate sans vergogne. Elle rougit quand j'avance vers elle puis fronce les sourcils, inquiète.

– Tu t'es encore blessé ?

Je regarde l'hématome qui recouvre mon avant-bras. Conséquence de mon manque de concentration aujourd'hui.

– On s'en fout ! Viens par là.

Je tire sur ses pieds. Elle lâche un petit cri de surprise qu'elle étouffe immédiatement et ça me frustre. J'en ai marre de la voir retenir ses cris et de la voir jouir en silence. Je veux qu'elle hurle son plaisir. Qu'elle montre à tout le monde qu'elle est à moi. C'est aussi pour ça que je voulais attendre de pouvoir l'emmener en week-end dans une des propriétés familiales à Big Sur ou Palm Spring. J'aurais pu la baiser dans toutes les pièces et dans toutes les positions. Je ne voulais pas que notre première fois soit constituée de moments volés et de gémissements étouffés. Problème. Le week-end il y a des matchs et je ne peux pas m'y soustraire. Pas en ce moment en tout cas. L'avenir de l'équipe et de mon meilleur pote est en jeu. Et après la séance d'entraînement fiasco d'aujourd'hui, j'ai compris une chose : si je ne la baise pas, je vais perdre la tête. Je vis avec une érection permanente depuis qu'on a commencé à sortir ensemble. Je ne suis pas docteur mais je suis à peu près sûr que c'est mauvais pour ma santé. De plus, elle me répète sans cesse qu'elle est prête, et j'ai fini par la croire.

Elle écarte les jambes, je m'installe là au paradis, collant ma queue contre sa chaleur. Je lui arrache le haut puis l'embrasse à nouveau, m'abreuvant de sa bouche pleine, de ses lèvres, de sa langue. Elle me rend fou !

Je descends tout en la dévorant, ses petits seins épousent parfaitement mes mains, comme s'ils avaient été faits pour moi. Elle frissonne à la minute où je les mets en bouche et redresse son visage pour m'observer. Elle adore ça, mater. Et j'adore rendre le spectacle le plus attrayant possible.

Elle me fait son regard suppliant, celui qui dit ne t'arrête pas, et ça m'excite davantage. J'enroule ma langue autour de ses tétons qui durcissent. Je la suce, la mordille, elle ne me lâche pas du regard, se cambre et frotte son bassin contre le mien. Elle évite de faire du bruit mais sa respiration devient sifflante, je continue ma joyeuse exploration, lui retire sa culotte en dentelle, embrasse ses cuisses douces, ses hanches rondes.

– Zack ! souffle-t-elle, excitée. Tu vas me faire l'amour ?

Elle me pose toujours cette question et j'arrive toujours à me contenir, mais cette fois c'est mort, je la veux. Je la veux tellement que mes couilles sont douloureuses.

– Oui, j'en crève d'envie.

Ses yeux s'écarquillent de surprise. Visiblement, elle s'attendait à ce que je lui réponde non, comme d'habitude.

Elle éclate de rire. Et pose sa tête sur le coussin en levant les deux bras au ciel dans un signe de victoire.

– Qu'est-ce qui te fait marrer ?

– Toi !

– Pourquoi ?

– Parce que tu as le pire sens du timing au monde. Tu veux enfin me faire l'amour et il a fallu que tu attendes que Lisa soit là.

– Je sais, je fais n'importe quoi, soufflé-je en me frottant le visage. Quand elle est à moitié nue, je ne peux plus réfléchir.

– On peut attendre si tu veux.

– Non, je ne veux pas attendre. Ça fait trop longtemps que j'attends, et tu risques de changer d'avis si je te laisse réfléchir. Tant pis pour Lisa. Elle regarde son émission, elle en a encore pour une bonne heure et on sait être discrets. Je veux que tu me prennes. Que tu me montres cette magie dont tout le monde parle.

– Y a pas à dire, tu sais comment foutre la pression à un homme, répliqué-je en riant à moitié.

– Je pensais que Zack Miller ne reculait jamais devant un challenge !

– C'est vrai.

Je lui adresse un clin d'œil puis écarte ses jambes d'un coup sec et me place juste en face de son intimité.

– On va commencer par la base alors.

Je donne un coup de langue et elle sursaute. Putain, elle est délicieuse ! Je l'ai déjà masturbée des dizaines de fois mais je ne l'ai jamais léchée. J'avais trop peur de ne pas pouvoir me freiner après l'avoir goûtée et j'avais raison. Son odeur de femme envahit mes sens et me rend directement accro.

– Ella, tu as une chatte magnifique.

Elle gémit quand je lèche sa fente de haut en bas.

– Mmh ! Zack, c'est trop bon, dit-elle en enfonçant sa main dans mes cheveux.

– C'est la première fois qu'on t'embrasse ici ?

– Oui, répond-elle, gênée.

– Alors tu n'es pas vierge, mais personne n'a jamais léché ta jolie petite chatte ?

Cette idée me plaît. Me plaît beaucoup trop. C'est macho et ça fait de moi un connard possessif, mais je m'en branle.

Elle plaque ses mains sur son visage pour se planquer.

Je me redresse et me mets à côté d'elle pour l'embrasser et la rassurer.

– On n'est pas obligés de faire ça si ça te gêne.

– Non, au contraire, je le veux. Je veux que tu me fasses tout découvrir.

Ses grands yeux verts sont hypnotisants, à cet instant.

Je l'embrasse, puis prends sa main dans la mienne et la dirige vers l'endroit que je viens de quitter, puis l'oblige à se caresser. Je la guide, masse son clitoris.

– Montre comment tu fais quand tu es seule et que tu penses à moi.

Sa bouche s'entrouvre à mesure que la pression monte entre nous. Je la regarde et je regarde nos mains. Mon érection en béton presse contre sa cuisse. Puis je fais glisser ma langue le long de son corps. Ses seins, putain, je les aime.

– Oh, Zack.

– Oui, Chicago, continue de te toucher.

Quand j'arrive face à sa chatte rose juteuse qu'elle a préparée de ses doigts, je remplace sa main de ma langue, la titille et suce son clitoris déjà trempé.

Elle jette la tête en arrière.

– Je veux que tu me regardes te dévorer, grogné-je contre ses chairs.

Et c'est ce qu'elle fait. Les joues rougies par l'excitation et le regard vitreux. Nos yeux s'accrochent alors que ma langue continue de caresser son endroit le plus sensible. Elle est traversée par des petits spasmes et essaye de se dérober mais je la tiens fermement.

– Tu aimes ça, soufflé-je contre sa chatte.

Elle acquiesce frénétiquement.

– Dis-le-moi ! Je veux t'entendre.

– J'aime ça, Zack.

Le son de sa voix éraillée par le désir me rend fou.

Je relève ses jambes pour l'exposer un maximum et y vais franchement, écartant ses chairs de mes doigts et parcourant ses moindres méandres.

Elle frissonne et ferme les yeux à nouveau.

– Regarde-moi, Chicago. Regarde ce que je te fais et dans quel état ça me met.

Je me branle un peu pour me calmer.

Elle redresse son visage de poupée, elle a les joues en feu et le regard vitreux empreint de désir et de gêne aussi. Mais je ne veux pas qu'elle le soit.

– Mmh… Tu es délicieuse.

Je la dévore, la déguste, la lèche, puis insère mes doigts avant de reprendre mes succions, harcelant son clitoris. Je redouble de ferveur pour la satisfaire. Je veux qu'elle jouisse comme ça et de mille autres façons. J'y vais à fond en utilisant mes lèvres, ma langue, mon nez, mon menton, mes dents. Elle est envahie de moi et je suis envahi d'elle, son corps se met soudain à trembler.

Elle ferme les yeux et sa bouche s'entrouvre, son pouls cogne contre son cou. Elle se mord les lèvres, terrassée par l'orgasme, attrape un coussin pour étouffer ses cris. Je ne vois plus que son corps se cambrer et ses seins s'ériger vers le plafond. Putain, cette vision ! Je bande tellement fort que j'ai l'impression de pouvoir faire un carnage.

***

Ella

Quand je redescends de cet orgasme qui a failli me causer une mini crise cardiaque, j'aperçois Zack qui m'observe de son regard affamé, les lèvres luisantes. Son sexe est tendu comme le reste de son corps. Son torse musclé, ses bras puissants et cette ligne en V qui descend tout droit vers le paradis. Qu'est-ce qu'il est beau ! Et il est à moi, aujourd'hui plus que jamais puisqu'il va enfin me faire l'amour. Je ne sais pas ce qui lui a fait changer d'avis mais je remercie le ciel de ce miracle, et même si les conditions ne sont pas idéales, avec une Lisa en bas dans le salon, je m'en fiche.

– Prête pour la suite ? demande-t-il en se caressant.

Je vois une goutte de sperme perler sur sa queue et déglutis.

Je me dépêche d'acquiescer. Je sais qu'il est à l'affût de mes moindres réactions, de mes moindres hésitations et je ne veux pas qu'il fasse marche arrière. Pas maintenant.

Il nettoie sa bouche avec le drap, prend un préservatif dans son portefeuille. Je le regarde dérouler la capote sur son sexe, le souffle court. Il fait ça lentement comme dans un rituel, et mon putain de cerveau se met en branle.

Peut-être que ce sera comme la première fois, que ça va faire mal, que je n'aurai aucun plaisir, peut-être que je suis frigide ou juste réceptive aux préliminaires. Peut-être que je ne serai pas à la hauteur de ses exigences. Il a eu tellement de filles.

Je déglutis en essayant de garder un air assuré.

Ce n'est pas le moment de paniquer, Ella. Pas après lui avoir bourré le mou pour qu'il te fasse enfin l'amour.

Zack s'approche et s'allonge à mes côtés puis me caresse la joue avant de sonder mon regard.

– Hé ! tu es sûre que tu es prête ?

Ses lèvres sont si proches et son regard si doux que ça calme un peu mes angoisses. C'est Zack. Il ne me fera aucun mal, jamais, je peux lui faire confiance.

– Oui !

– C'est pas ta première fois ?

– Non ! J'ai déjà couché avec un garçon une fois mais ce n'était pas une grande réussite.

C'est le moins qu'on puisse dire.

– Du coup, je me suis toujours demandé si c'était moi, si j'avais un problème, si j'étais pas faite comme les autres à l'intérieur, tu vois.

Il m'écoute attentivement, l'air grave, en me caressant tendrement la joue.

– Ella, non. Il n'y a rien qui cloche chez toi, tu es parfaite. Tu es juste tombée sur un abruti qui ne voyait pas plus loin que le bout de sa bite.

J'acquiesce et décide d'être totalement franche avec lui.

– Il n'y a pas que ça… J'ai peur de ne pas être à la hauteur également, de ne pas te satisfaire autant que les autres filles avec qui tu as été.

Il secoue la tête et me vole un baiser.

– Ne pas me satisfaire ? Toi ? Ella, un seul de tes baisers suffit à mettre le feu à ma queue.

Je souris et humidifie mes lèvres. Je le crois. Je crois en sa sincérité et je sais que je peux m'abandonner dans ses bras. Baisser ma garde. Il m'assène le coup de grâce et finit par effacer tous mes doutes en ajoutant :

– Écoute, le sexe, ce n'est pas une performance, c'est un échange, une alchimie, et toi et moi on a déjà cette alchimie. Mais si tu veux attendre, il n'y a pas d'urgence.

– Je ne veux pas attendre.

– Tu es sûre ?

– Oui.

Je l'embrasse pour mieux le convaincre. Il roule au-dessus de moi et caresse mon intimité jusqu'à ce que je sois trempée à nouveau et prête à le recevoir.

– Vas-y, Zack, haleté-je en cherchant son sexe à tâtons pour le diriger vers mon entrée.

Il me laisse faire, tout en m'embrassant dans le cou, je le fais glisser contre moi comme on a l'habitude de faire dans nos séances de chauffe.

Zack se redresse sur ses avant-bras. Le moment tant attendu est arrivé.

– Prête ?

Je hoche de la tête en retenant mon souffle. Il me regarde longuement, murmure mon prénom puis me pénètre. Lentement. Écartant mes chairs de la façon la plus délicieuse qui soit. Il marque une pause quand il arrive au bout et j'ai l'impression de le sentir jusque dans mon ventre. Il me remplit, je suis pleine de lui et je sais déjà que je vais être accro à cette sensation.

– Ça va ? demande-t-il en sondant mes yeux.

– Oui.

Il se retire un peu puis revient à la charge et je souffle en m'accrochant à ses épaules, car oui c'est un peu douloureux mais pas comme la première fois. Il s'arrête, alarmé par ma réaction.

– Je te fais mal?

– Non… haleté-je. Enfin, un peu, mais ne t'arrête pas… Je t'en supplie, ne t'arrête pas.

Et c'est ce qu'il fait. Il va et vient en moi, lentement d'abord, sensuellement, nos hanches bougent, trouvant leur rythme. Il m'embrasse et glisse en moi, avec de plus en plus de facilité. La douleur disparaît à mesure qu'il me caresse, qu'il m'embrasse, pour ne laisser place qu'au plaisir. Un plaisir singulier, une impression de fusion, de découverte de terre inconnue et d'interdit. Mon corps se cambre, se tend, se contorsionne sous ses coups de reins. J'essaye de contenir le trop-plein de sensations qui me submerge, de calmer mes gémissements. Mes hanches se soulèvent et ça le fait grogner. Sa bouche, ses mains, ses coups de boutoir et son regard torturé… J'ai l'impression que je vais exploser, il me mouille avec sa langue insatiable, me dévore tandis que j'enfonce mes ongles dans sa chair.

– Oh, Zack… Continue, ne t'arrête pas, c'est… trop bon.

Il sourit comme un diable, heureux de me voir prendre mon pied, puis me place au-dessus de lui.

– Vas-y, Ella, fais-toi plaisir maintenant, prends tout ce que tu veux.

Zack me regarde tout en me manipulant, me faisant bouger sur lui avec la bouche en o comme s'il n'en revenait pas lui-même. Je prends confiance, galvanisée par ses réactions et ses encouragements, et bouge de plus en plus vite avec plus d'aisance, imposant mon propre rythme alors que ses mains parcourent mes seins, ma taille. Il est concentré sur moi. Je me sens tellement belle, tellement désirable dans ses yeux que ça me rend folle. Zack regarde l'endroit où nos deux corps se joignent, tend la main puis frotte mon clitoris. Oh, mon Dieu. Je vais mourir. Je me mords les lèvres pour éviter de crier, jette la tête en arrière et laisse monter ce tourbillon, cette volupté dans mon ventre. C'est bon, c'est tellement bon et surtout ça sonne juste.

– Putain, Ella, ta chatte, elle ne pouvait pas être plus parfaite. Chaude, trempée, étroite. Tu me rends fou.

J'ai un hoquet de surprise quand il me retourne sur le ventre et me pénètre à nouveau. Mon Dieu ! Est-ce que ça peut être plus bon que ça ? C'est presque trop. Zack m'agrippe par les hanches tout en me pénétrant par-derrière. Son poids sur moi, son sexe qui coulisse dans mon intimité trempée. Il est partout. Je suis submergée de lui, et j'adore ça. Sa bouche haletante dans mon oreille, il répète des trucs insensés, crus, obscènes. Je tourne la tête, sa langue trouve la mienne et sa main mes seins. Il stimule tous mes endroits préférés en même temps et je ne suis plus qu'une flaque de plaisir, gémissante, suppliante. Il accélère ses coups de reins, dedans, dehors, profonds, rapides et irréguliers, il me surprend à chaque fois, je vais perdre la tête. C'est moite, c'est chaud, c'est intense. Ça claque. L'impression de ne plus savoir où je suis ni comment je m'appelle. Je le supplie, lui demande de continuer. Il m'obéit, m'embrasse, s'acharne sur mes seins. Ces mots crus, ces gestes pressés, désordonnés, il semble perdre le contrôle également et ne me ménage plus du tout.

– Zack, je vais, je vais…

Pas le temps de finir ma phrase que je suis terrassée par un orgasme puissant qui me cloue sur place.

Mon cerveau a un court-circuit et mon corps perd le contrôle. Je ferme les yeux, m'accroche au drap et me cambre contre lui, il me maintient au plus près tout en continuant à me marteler de l'intérieur, faisant durer l'onde de choc au-delà du soutenable. Je crie son nom, oubliant Lisa et le monde autour de nous. Il étouffe mon cri de sa main qui a l'odeur de ma jouissance, puis il grogne contre mon oreille avant de se figer. On reste ainsi quelques minutes, essoufflés, alanguis, sa respiration dans mon cou, la mienne qui fait voler une mèche de mes cheveux trempés. Sa main sur mon ventre. Son sexe encore en moi. Il embrasse mon dos, se retire, ce qui m'arrache une grimace. Il me fait pivoter vers lui, son regard bleu auréolé d'or a une lueur particulière. Une sincérité, une vulnérabilité, en tout cas un truc que je n'avais encore jamais vu et ça a le mérite de voler le peu d'oxygène qu'il me restait. Il caresse ma joue et m'embrasse.

– Zack… murmuré-je contre ses lèvres.

– Ella ?

Mais ce n'est pas Zack qui me répond à cet instant.

35

Ella

– Ella ?

Les coups sur la porte s'intensifient. Je regarde Zack qui semble étrangement calme et serein, alors que je suis en panique. Lisa a toujours le chic pour débarquer au mauvais moment. Il faut dire qu'il fallait s'y attendre en décidant de faire ce qu'on vient de faire, alors qu'elle est là. Mais je ne pouvais pas refuser la proposition de Zack après l'avoir tenté des dizaines de fois. Si j'avais su qu'il suffisait que je décroche mon casting ou lui envoie un sexto pour le convaincre, je l'aurais fait bien avant.

Zack Miller vient de me faire l'amour. Je suis joie. Je pourrais hurler et danser, là tout de suite. C'était chaud, bon, intense et surtout ça sonnait juste. Tellement pur et vrai. Lui, moi. Quelque chose me dit qu'on était faits pour se rencontrer. Et quand je plonge dans ses yeux océan, je voudrais…

– Ella, tu m'entends ?! Ouvre cette porte. Pourquoi t'es-tu enfermée ?

Je me flanque une gifle mentale. Lisa. Il ne faut pas qu'elle nous découvre, bordel.

– Réponds-lui. Dis-lui que tu étais sous la douche, chuchote Zack tout en retirant son préservatif.

Il fait un nœud au bout et le glisse dans ma table de chevet. Je suis perturbée par cette vision.

Ses abdos.

Sa queue.

– Arrête de me mater, réagis, Chicago, continue-t-il en se levant du lit.

J'oblige mes yeux à ne pas suivre son dos musclé et son cul tout aussi bien bâti. Mais on a déjà établi une chose sur moi : je n'ai aucune volonté. Il attrape ses vêtements et s'habille à la vitesse de la lumière alors que je me hisse hors du lit en essayant d'ignorer la délicieuse douleur que je ressens entre les jambes.

– Ella, qu'est-ce que tu fais ? Je te préviens, si tu ne m'ouvres pas tout de suite, je vais forcer la serrure. Et tu sais que je ne parle pas à la légère quand je dis ça.

– Putain. Elle me rend folle ! Elle est têtue comme c'est pas permis.

Je lève les yeux au ciel. Zack s'approche de moi, m'embrasse en riant doucement.

– Vous n'êtes pas sœurs pour rien.

Il se dirige vers la fenêtre. Je le retiens à bout de bras.

– Non ! Cache-toi plutôt sous le lit.

Il lève un sourcil.

– Maintenant que tu m'as enfin dit oui, je veux pouvoir en profiter.

– OK !

Il m'adresse son sourire arrogant, celui qui fait fondre la banquise et ma petite culotte, me frappe les fesses, je couine comme une pintade puis il fait ce que je lui demande.

Je tire sur les couvertures pour être sûre qu'on ne puisse pas l'apercevoir. Je me recoiffe. Saute dans mon short.

Merde, mon tee-shirt, où est-il ?

Je cours comme un poulet sans tête à travers la pièce, m'agenouille pour le chercher à tâtons. Mon regard croise celui de Zack sous le lit. Il attrape le tee-shirt et me l'envoie. Je lui lance un baiser pour le remercier.

J'allume une bougie parfumée, prends une profonde inspiration et ouvre la porte pour tomber sur une Lisa plus que suspicieuse. Paupières plissées, bras croisés. L'interrogatoire est sur le point de commencer.

– Avec qui tu parlais ?

– Matt, au téléphone. Avec qui voudrais-tu que je parle ? Mon amant caché sous le lit peut-être ? ironisé-je.

– Tu en as mis du temps pour ouvrir ! Pourquoi es-tu essoufflée ? On dirait que tu as couru un marathon. Tes joues sont toutes rouges.

– J'étais dans la salle de bains.

– Euh… Je te rappelle que ta salle de bains est adjacente à ta chambre.

– Il faut croire qu'un rien me fatigue, comme ton intrusion, par exemple.

Je souris et essaye de garder mon assurance, mais mon cœur cogne fort contre ma poitrine et des images de torses musclés en sueur s'immiscent dans ma tête sans y avoir été invitées.

Pas le moment de fantasmer, Ella. Garde le cap.

– Et pourquoi tu t'es enfermée?

Elle regarde derrière mon épaule, mais je fais barrage de mon corps pour l'empêcher d'entrer.

– Je voulais un peu d'intimité, mais c'est une notion que tu ne connais pas, visiblement.

– De l'intimité pour faire tes devoirs?

– Si tu veux tout savoir, madame Curieuse, j'étais en train de m'épiler.

Je suis une piètre menteuse. Et c'est la première excuse qui me vient à l'esprit.

– T'épiler? Alors ça y est, tu as décidé d'aller plus loin avec Matt? Il faut que tu saches que le ticket de métro n'est plus du tout à la mode, maintenant il faut…

Je me racle la gorge pour l'interrompre. Elle ne va pas recommencer avec ses allusions et ses conseils ridicules. Devant Zack en plus. Je vais mourir de honte là. Je sens mes joues chauffer davantage, et pourrais jurer avoir entendu mon petit ami caché se marrer derrière moi.

– Lisa! On t'a jamais appris à te mêler de ce qui te regarde?

– Ella! Tu es ma fille. Tout ce qui te concerne me regarde. Et passer le cap avec un garçon, c'est une étape importante. Alors si tu veux en parler, je suis là!

Merde. Mon Dieu! Fais que Zack n'ait rien entendu.

– Qu'est-ce que tu as? Tu es toute blanche. Tu n'es pas malade au moins?

Elle pose sa main sur mon front.

– Non, je vais bien. Bon, tu veux quoi? dis-je en perdant patience.

Il faut que je me débarrasse d'elle avant qu'elle parle de mes problèmes d'hémorroïdes.

– Je suppose que tu n'es pas montée jusqu'ici pour me parler de Matt. Et j'ai encore plein de trucs à réviser.

– Clint a appelé. Il est rentré du boulot. Je voulais savoir si tu avais besoin de moi avant de partir le retrouver.

– Je n'ai besoin de rien. Je vais finir mes devoirs, grignoter un truc et me coucher. Comme d'hab, quoi, fais-je en haussant les épaules.

– J'ai préparé le dîner. Si tu as faim.

– Merci.

– Et tu seras heureuse de savoir qu'Edward a éliminé Meghan. Bon débarras. Je ne pouvais vraiment pas la sentir, celle-là, avec son nez de cochon.

Elle me raconte la fin du *Bachelor* avec enthousiasme, ignorant mon regard perdu. Je ne l'écoute pas. Je suis bien trop préoccupée par la présence de Zack et la perspective qu'il ait entendu Lisa diffuser notre secret.

Je sais que je peux lui faire confiance, mais j'ai peur de le décevoir, qu'il m'en veuille de lui avoir menti. Et que ça remette en question notre relation naissante. Après ce qui vient de se passer entre nous, je suis à peu près sûre de ne pas pouvoir m'en remettre si jamais il décidait d'y mettre un terme. Voilà ce à quoi je pense pendant que Lisa continue son monologue.

Ma mère finit par tourner les talons. Je referme la porte et tape mon front contre le bois froid avant de me retourner et de me retrouver face à un Zack qui est sorti de sa planque et me dévisage d'un regard incrédule.

– Y a-t-il une petite chance pour que tu n'aies rien entendu? dis-je en me cachant derrière mes mains.

Il fait non de la tête, alors que je l'observe à travers mes doigts écartés.

– Lisa? Ta mère? Comment est-ce possible? Elle est si jeune et… je veux dire… Pourquoi tu n'as rien dit? Tu me mens depuis le début, Ella?

Je soupire avant de m'asseoir à ses côtés sur le lit.

– Je suis désolée de t'avoir caché la vérité, mais sache que je n'avais pas le choix.

Ses sourcils se froncent et il plonge ses yeux dans les miens.

– Je ne comprends pas.

– Lisa ne voulait pas que les gens sachent qu'elle avait été fille mère. Elle a peur d'être jugée, de perdre son travail. J'ai donc menti pour la protéger. J'espère que tu ne m'en veux pas?

Je suis en train de triturer mes peaux de doigts. Il m'interrompt en prenant ma main dans la sienne.

– Non… je ne t'en veux pas… Je suis juste… dit-il en se caressant la nuque, je suis juste un peu perturbé. Je connais Lisa depuis toujours et j'avais aucune idée qu'elle était maman. Elle s'est occupée de moi comme de son fils, et toi tu étais où tout ce temps?

Je m'adosse à ma tête de lit, rassemble mes jambes comme pour m'en servir de bouclier. Je pose mon front contre mes genoux. Pour une raison qui m'échappe, je suis extrêmement gênée par cette conversation. Zack a dû sentir mon désarroi car il se déplace et me prend dans ses bras. Quand j'en trouve le courage, je lui explique tout. Il m'écoute avec attention.

– Tu veux dire que pendant qu'elle s'occupait de moi comme de son propre enfant, toi tu manquais cruellement d'une mère?

J'acquiesce en avalant le nœud qui s'est formé dans ma gorge. Je n'avais jamais vu ça sous cet angle. Et dire que ça ne me blesse pas serait mentir.

– Je suis désolé, Ella, ça a dû être tellement difficile.

Je hausse les épaules.

– Ce qu'on ne connaît pas ne peut pas nous manquer. Et puis j'avais mamie qui s'est extrêmement bien occupée de moi. Elle était merveilleuse. J'aurais voulu que tu la rencontres.

– J'aurais adoré ça.

Il me regarde avec tristesse, ce qui me gêne.

– Ne me regarde pas comme ça, s'il te plaît.

– Comme quoi?

– Comme si tu avais pitié de moi. Je ne suis pas à plaindre. J'ai eu beaucoup d'amour dans ma vie. Et je vais bien, j'apprends à connaître Lisa maintenant. Il vaut mieux tard que jamais, comme on dit.

Je m'efforce de la jouer cool, même si là tout de suite je n'en mène pas large. Avoir été abandonnée par une personne qui est censée vous aimer plus que tout au monde laisse des traces. Profondes. Indélébiles. Je questionnerai toujours ma valeur, et me demanderai toujours si je mérite d'être aimée. Même si je comprends les raisons qui l'ont poussée à partir. Et que ces raisons ont guéri quelques-unes de mes blessures. Il me faudra du temps. Mais je n'ai aucune envie de m'épancher là-dessus. C'est le passé. Détester ma mère pour ses erreurs de jeunesse n'y changera rien.

– Je ne sais pas comment tu fais pour être si résiliente mais tu m'impressionnes, Ella. Si j'avais été à ta place, je ne suis pas sûr que j'aurais pu lui pardonner.

– J'ai longtemps été en colère contre elle. Et j'ai réalisé bien des choses en venant ici. Premièrement, elle était une enfant quand elle m'a eue et ne savait pas quoi faire. Deuxièmement, elle a autant souffert que moi, si ce n'est plus. Et pour finir, le jour où j'ai décidé de lui pardonner, je me suis sentie beaucoup mieux. Tu sais ce que disait toujours ma grand-mère ?

Il fait non de la tête.

– La haine est un poison qui nous détruit à petit feu.

– Ta grand-mère avait l'air d'être une très belle personne.

– La meilleure. Elle m'a appris à être forte, indépendante et surtout à rire. « Ris de tout, Ella, profite de tout ce qui dure comme de ce qui ne dure pas, disait-elle tout le temps. Le temps passe vite et la pire des choses qui puissent t'arriver, c'est d'être une vieille dame comme moi avec des rides et des regrets. »

Je soupire en la visualisant me parler avec son tablier fétiche noué autour de la taille, les mains pleines de farine. Elle disait toujours des trucs profonds dans des situations on ne peut plus banales et quotidiennes.

– Elle te manque ?

– Énormément. Elle est morte tellement soudainement. Une

crise cardiaque, un coup de fil et c'était terminé. Parfois, j'ai l'impression que ce n'est pas arrivé et qu'elle continue à vivre quelque part. Qu'elle est toujours là !

– Ouais, je comprends ce sentiment.

– Ta mère ?

– Oui, j'ai parfois l'impression de la sentir, qu'elle veille sur moi.

J'attends qu'il m'en dise plus, mais comme à chaque fois qu'il s'agit de sa mère, il se referme comme une huître et reprend son regard ombrageux, hanté par des démons que je ne connais pas ! Démons qui le maintiennent toujours un peu à distance des autres, du monde, de moi. Je sais qu'elle est morte dans un accident de voiture, mais je n'en connais pas les circonstances.

Il se frotte le visage. Je décide de détendre l'atmosphère qui est devenue un peu trop lourde et pesante.

– Bon, Lisa est partie, tu veux descendre mater un film en bas ?

Il fait non de la tête et m'attire à lui par le col de mon tee-shirt. Il bascule en arrière et je me retrouve au-dessus de lui.

– J'ai une meilleure idée.

– Ah oui ? Laquelle ? demandé-je en faisant semblant de ne pas comprendre, alors qu'une de ses mains passe déjà sous mon tee-shirt.

Avec l'autre, il tire sur mon élastique pour libérer ma chevelure. Ses yeux bleus observent chaque parcelle de mon visage. Je me sens tellement belle dans ses bras. C'est presque miraculeux.

– Ben… tu as dit que tu voulais profiter de moi tout à l'heure, alors profite !

Il dégage mes cheveux qui sont retombés en cascade autour de nos deux visages.

– À moins que tu n'en aies pas envie.

– Zack ! Sache que si tu me demandais de choisir entre faire l'amour avec toi ou respirer, je choisirais la première option.

Il éclate de rire.

– Ce n'est pas du tout excessif comme réaction !

– Pas du tout.

– Tu sais ce que j'aime chez toi, Chicago ?

– Non.

– Que tu sois si passionnée tout le temps. Tu es pleine de vie, entière et solaire, dit-il en enroulant une mèche autour de son doigt. Un véritable rayon de soleil.

– Un rayon de soleil, gloussé-je. C'est le sexe qui te rend poète?

Il approche ses lèvres des miennes et souffle.

– Le sexe et toi.

Ma bouche fond contre la sienne. Il prend son temps pour m'explorer, longuement, tendrement. Sa main se perd dans mes cheveux puis il caresse ma joue en me dévorant des yeux. J'ai l'impression qu'il a envie de me dire quelque chose mais qu'il n'ose pas.

– Quoi?

– Je me demandais si j'avais été à la hauteur de tes attentes.

Je souris et fonds devant son petit air penaud, peu sûr de lui que je ne vois jamais.

– Tu doutes de tes talents?

– Non! Non…

Ses joues rosissent légèrement et il se caresse l'arrière de la nuque. Il est adorable.

– Je veux juste savoir si la magie a opéré. Le feu d'artifice, l'explosion, comme tu lisais dans tes romans.

Il se souvient de ça.

– Tu veux savoir si j'ai joui?

– Non, je sais que tu as joui. Je l'ai vu et je l'ai senti aussi. Je veux savoir si c'était aussi bien que tu l'imaginais.

Ses yeux océan brillent de curiosité.

– C'était un peu étrange.

– Étrange?

– Oui, tu vois, comme un rendez-vous chez le dentiste. C'est long, douloureux, mais tu sais que c'est pour ton bien donc tu supportes la douleur.

Il a l'air horrifié. Et j'ai un mal fou à garder mon sérieux. Je pince les lèvres pour ne pas exploser de rire.

– Tu te fous de moi, c'est ça?

– Évidemment.

Il me pince la hanche.

– Non, plus sérieusement, c'était magique, soufflé-je pour le rassurer. C'était intense et torride, j'ai adoré, c'était même au-dessus de tout ce que j'imaginais, Zack ! Ce que j'ai préféré, c'est ta patience et le fait que tu me laisses diriger les opérations un instant. Je sais que ça ne doit pas être drôle tous les jours d'être avec une fille aussi inexpérimentée que moi, surtout quand on connaît ta réputation.

– Ma réputation est largement exagérée, Ella, et je suis ravi que tu n'aies pas eu trop d'expériences.

– Pourquoi ?

– Je ne sais pas ! Ça me plaît.

Il a un petit sourire satisfait. Je lève les yeux au ciel.

– Les mecs et leur ego.

– Qu'est-ce que tu veux ? On n'a pas beaucoup évolué depuis l'âge de pierre. Une chatte, de la viande, du feu et nous voilà heureux.

J'étouffe un rire. Il m'embrasse à nouveau.

– Et moi, j'étais comment ?

– Toi ?

Il dépose un baiser sur mon nez.

– Tu étais parfaite, Chicago.

Je souris à mon tour. Fière de ma première prestation.

– Chaude, étroite, trempée. Tellement parfaite que je bande à nouveau rien que d'y penser.

En effet, je sens son érection brûlante et lourde peser contre moi. Et j'hallucine de l'effet que je lui fais. Et du désir qui naît encore au creux de mes reins.

Il fait glisser une de ses mains sous l'élastique de mon short et caresse mon sexe, me faisant gémir d'anticipation.

– Il faut juste que je te dise que le ticket de métro n'est plus du tout à la mode.

Je me marre.

– J'avais espéré que tu n'aies pas entendu ça non plus. Lisa est tellement embarrassante.

– Elle est drôle.

– Drôle ? Je dirais plutôt sans filtre. Tu l'aurais vue m'expliquer comment utiliser un préservatif, tu aurais halluciné. Elle l'a déroulé sur une banane.

Il réprime un rire.

– Elle est géniale.

– Elle est complètement dingue, tu veux dire.

– Vous vous ressemblez beaucoup.

– Pas du tout. Mais j'ai aucune envie de parler d'elle là tout de suite. Ça risque de me couper l'envie.

– Ce serait dommage vu tout ce que j'ai envie de te faire, maintenant que nous sommes enfin seuls et que tu peux crier ton plaisir.

Je me redresse sur les genoux.

– Non ! Cette fois, c'est à mon tour de te faire du bien.

Galvanisée par notre première fois, j'ai envie de tout expérimenter aujourd'hui avec lui.

Il arque un sourcil. J'ouvre sa ceinture et plonge dans son boxer pour libérer sa queue. Il place ses deux mains derrière la tête comme un pacha et arbore un sourire satisfait.

– Est-ce que tu vas faire ce que je pense que tu vas faire ?

– Tous les indices semblent pointer vers cette direction, plaisanté-je tout en humectant mes lèvres.

Son regard se voile de désir, et son sourire s'agrandit.

– Mmmh… Je suis tout à toi, Ella ! Fais ce que tu veux.

Je ne sais pas par où commencer alors je donne un petit coup de langue au niveau du bout.

Un long grognement lui échappe. Zack s'appuie sur ses avant-bras et m'observe d'un air curieux et excité. Je répète ce geste plusieurs fois, et je ne sais pas pourquoi mais je sens qu'il y a un truc que je ne fais pas correctement, et comme pour confirmer mes doutes, Zack intervient.

– Il va falloir que tu la mettes dans ta bouche maintenant, Ella. Désolé de te décevoir mais ce n'est pas une glace.

Il sourit malicieusement.

– Je sais ! réponds-je, à la fois surprise et vexée par sa remarque.

En fait, j'en sais rien du tout et c'est bien le problème. Je me suis lancée dans ce truc sans trop savoir comment faire. Je pensais pouvoir y arriver, laisser l'instinct me guider, mais maintenant que je suis face à la situation, je ne suis plus très sûre de moi. J'ai l'impression qu'il est bien trop gros pour ma bouche, que je vais avoir du mal à respirer, ou pire, que je risque de le mordre.

Est-ce que ce serait agréable pour lui si je le mordais?

Putain, j'aurais pas dû!

J'aurais dû faire une recherche Google avant, comme à chaque fois que j'ai besoin d'un mode d'emploi. Je suis en panique, mes doigts tremblent, son sexe m'échappe plusieurs fois, claquant bruyamment contre son ventre. Zack semble remarquer mon désarroi et me tend les bras.

– Viens ici, Chicago!

J'obéis et me niche dans sa nuque, honteuse de ma piètre prestation.

– Alors comme ça tu veux me sucer? lance-t-il sans aucune gêne. Mais tu ne sais pas comment faire?

– Zack, je t'en supplie, tais-toi. Je me sens suffisamment embarrassée sans que tu en rajoutes.

J'enterre mon visage dans son cou et je sens mes joues rougir de honte.

– Il n'y a pas à avoir honte, Chicago. Reprends là où tu t'es arrêtée, et je vais te guider, t'expliquer ce que j'aime, OK?

Je sors ma tête de ma planque. Mes yeux rencontrent les siens.

– Tu trouves pas ça… je sais pas… nul?

– Non, tu rigoles… Je trouve ça excitant au possible, même si tu manques de pratique, c'est pas grave, ça va venir.

Il presse sur mes lèvres avec son pouce. Il trouve exactement les mots pour me rassurer, me galvaniser, me donner envie de continuer.

Je lui souris puis l'embrasse, et le désir déferle à nouveau dans mes veines, plus fort que la gêne.

Je m'installe donc sur les genoux à côté de ses jambes et attends patiemment ses instructions.

– OK, prête!

Je hoche la tête. Il saisit ma main droite.

– OK, donc tu enroules tes magnifiques doigts autour de ma gigantesque queue !

Je ris du choix de ses mots car je sais qu'il plaisante pour détendre l'atmosphère.

– Tu me branles. Ça, je pense que tu sais faire, et ensuite tu introduis la partie supérieure dans ta bouche. Et tu suces, c'est simple. J'aime quand ça mouille bien, il faut que tu changes d'angle, que tu me surprennes. Ah oui ! et mes couilles. Ne néglige pas mes couilles s'il te plaît.

– Euh… C'est précis, dis-je en riant. Je vois que monsieur sait exactement ce qu'il veut. Autre chose ?

– Non… Je te guiderai au fur et à mesure. Et toi ? Tu as des questions ?

Je réfléchis, hésite à les formuler, je ne veux pas qu'il se moque de moi…

– Est-ce que ça craint si je te mords ?

Il ricane.

– Oui ! Ne mords pas à moins que tu ne veuilles pas baiser pour les deux prochaines semaines ! Mais tu peux utiliser légèrement les dents, ça fait son petit effet. N'oublie pas de respirer par le nez.

Je l'écoute religieusement comme une écolière. Il s'approche de moi, m'embrasse passionnément et mord ma lèvre :

– Maintenant, dépêche-toi ! Je suis tellement dur à l'idée de ce que tu vas me faire que mon gland va exploser.

Il me fait un clin d'œil. Je me penche vers son sexe et l'englobe avec précaution. Il est brûlant, doux et ferme à la fois. Un léger goût salé. Je suce doucement, aussi longtemps que je peux, puis relâche pour remplacer les mouvements de ma bouche par ceux de ma main. Zack souffle.

– C'est bien comme ça ?

– C'est parfait ! dit-il d'une voix étranglée comme s'il était en souffrance. Surtout ne t'arrête pas.

Je souris, fière de moi, puis reprends mes assauts tandis qu'il dégage mes cheveux de mon visage et m'observe avec gourmandise. Ça m'excite. Je ne pensais pas que d'être dans cette position pourrait m'exciter autant, mais c'est le cas. Mon corps tout entier est en feu. J'aimerais qu'il me touche, j'aimerais qu'il atténue la douleur de mon désir. Je serre les cuisses, ma culotte est trempée.

Il tend le bras et retire mon tee-shirt.

– Je veux te voir nue. Retire ton short, ton string. Tout.

Sa voix. Ses ordres. Un condensé de désir et de testostérone.

Je m'exécute. Il se tapote les lèvres des doigts en m'observant. Je ne me suis jamais sentie aussi désirable, aussi vivante, aussi femme que dans les yeux de Zack.

Je m'installe entre ses jambes à nouveau, sur les genoux, les fesses en l'air. Il tend la main pour me caresser les cheveux. Les seins. Je gémis contre sa queue. Les vibrations le font réagir.

– Putain, oui, Chicago. C'est ça, t'apprends vite ! Vas-y, n'hésite pas ! Vas-y à fond ! Mouille ma queue.

J'accélère mes mouvements buccaux. Mes joues se creusent et je vois les muscles de ses jambes se contracter.

– Putain, Ella, suce ! Suce fort !

Ses mots crus m'excitent et me poussent à me surpasser. Je le regarde, il a les sourcils froncés, sa mâchoire est contractée, et ses poings fermés. Ça me rend folle de le voir comme ça, de voir le plaisir que je lui procure, de savoir qu'il est sur le point d'exploser. Je gémis malgré moi. Ses yeux s'ouvrent subitement et plongent dans les miens.

– Oh, Ella ! Tu es tellement bandante avec tes lèvres enflées enroulées autour de ma queue que j'ai envie de faire un carnage, de te...

Il ne finit pas sa phrase et je comprends que la sensation se décuple pour lui quand je l'enfonce au plus profond de ma gorge. Je le fais plusieurs fois, faisant disparaître la quasi-totalité de son membre, essayant de ne pas m'étouffer. Il enroule mes cheveux autour de son poing et bouge ses hanches, baisant littéralement ma bouche.

Il tire sur mes cheveux, guide ma bouche et la maintient longtemps sur son membre. Il grogne, perd le contrôle, et ça m'excite de le voir aussi primaire, aussi sauvage. Je relève son membre et laisse glisser ma langue jusqu'à ses couilles. Il grogne, me susurre des mots cochons. Un peu vulgaire, mais complètement addictif.

Au bout de quelques minutes, je sens sa queue lubrifiée par ma salive frémir et en conclus qu'il arrive à son apogée. Je suis tellement fière de moi, d'y être arrivée et surtout d'avoir aimé ça.

J'ai toujours pensé que cette position était un peu dégradante, sale, mais c'est tout le contraire, agenouillée devant lui, sa queue dans ma bouche, j'ai l'impression de lui appartenir un peu plus. De franchir un autre pas dans notre intimité.

– Ella, je vais venir. Retire-toi maintenant, ordonne-t-il d'une voix méconnaissable alors que ses abdominaux se contractent.

Mais je ne lui obéis pas, je veux le goûter, je veux tout de lui. Je reste en place et il se vide en moi. J'avale sa semence sans trop y réfléchir, le goût est particulier, plutôt dégueulasse à vrai dire, mais je ne regrette pas une seule seconde de l'avoir fait.

Je le regarde reprendre son souffle, il gît sur le lit, complètement sonné, comme s'il avait couru un marathon. Sa poitrine s'élève rapidement au rythme de son cœur qui bat la chamade. Ses joues sont rouges et son front en sueur. Je m'allonge en face de lui, il ouvre ses yeux bleus auréolés d'or puis aperçoit mon sourire triomphant.

– Ella, c'était génial !

– Vraiment ?

– Oh, putain, oui ! Je savais que tu avais du potentiel, vu cette magnifique bouche, dit-il en caressant ma lèvre inférieure de son pouce, mais là, tu as dépassé et de loin tous mes espoirs.

– À ce point-là ?

– Oui ! Tu as même avalé bordel ! Tu es parfaite, Chicago. Parfaite.

Je ris, amusée par son sens de l'exagération. Mais je dois avouer que je suis plutôt fière de moi.

– Tout ça pour une fellation ! Si j'avais su, j'aurais tenté l'expérience plus tôt.

– Non, Ella, c'est pas une simple fellation. Cette œuvre d'art que tu viens de faire mérite un nom à elle toute seule. On va appeler ça une…

Il réfléchit puis lâche comme s'il s'agissait de l'idée du siècle :

– Une « ellation ».

J'éclate de rire. Il fait de même avant de me prendre dans ses bras.

Nous faisons l'amour trois fois cette nuit-là. À chaque fois à un rythme différent, puis nous nous endormons dans les bras l'un de l'autre, nus, épuisés, heureux et pleins d'espoir.

36

Ella

– Allez, tout le monde dans le bus. Les Eagles de Newport n'ont qu'à bien se tenir. Laguna High arrive, hurle coach Philipps pour nous galvaniser avant de laisser monter l'équipe de *cheerleaders*, la fanfare et enfin l'équipe de foot sous les cris d'encouragement des autres lycéens qui vont suivre le cortège en voiture.

Le foot est une religion à Laguna High et personne ne veut passer son vendredi soir ailleurs que sur des gradins à supporter l'équipe.

C'est le premier match auquel je vais assister en tant que membre de la *team* des *cheers*. Avant, je venais voir uniquement les matchs locaux, pas les déplacements, faute de moyen de locomotion. Je suivais le cours des matchs sur Insta et hurlais toute seule dans ma chambre, mais rien ne vaut le direct. Être dans ce bus me paraît donc complètement irréel.

J'ai dû m'entraîner comme une folle pour me mettre à niveau, maîtriser la plupart des chorégraphies et avoir enfin la possibilité d'accompagner l'équipe. Maddie m'a beaucoup aidée, Shelby beaucoup critiquée, mais quoi de neuf sous le soleil ?

« Si tu mangeais un peu moins et te bougeais un peu plus tu y arriverais, Taco Bell », lançait-elle à mon intention à chaque fois que la coach avait le dos tourné.

Quelle conne !

Ce qu'elle ne comprend pas, cette pimbêche, c'est que plus elle essaye de me briser et plus elle ravive la flamme et la rage qui sommeillent en moi.

Plutôt crever que de la voir jubiler face à mes échecs !

Alors j'ai redoublé d'efforts et je l'en remercie. Grâce à elle, je suis enfin prête.

Je retiens ma respiration quand je vois Zack entrer, avec sa casquette qui souligne à la perfection sa mâchoire, sa carrure de champion sous sa veste à l'effigie des Falcons. Le bleu et blanc lui va comme un gant et fait ressortir son regard océan.

En tant que capitaine, il a un mot d'encouragement pour chacun des membres de l'équipe. Il secoue des épaules, tape dans des mains. Je suis le moindre de ses pas, de ses gestes, le souffle court. Je suis consciente de tous ses mouvements. Sa présence magnétique a un impact direct sur mon épiderme. Il me jette un regard rapide et me fait un clin d'œil discret avant d'aller s'installer à côté de Matt.

Je rougis en espérant que personne ne nous ait vus. Mon rythme cardiaque s'accélère et mes cuisses se resserrent immédiatement en repensant à la nuit mouvementée qu'on a passée. Depuis qu'on a commencé à faire l'amour, on ne s'arrête plus et je ne pensais pas qu'on puisse jouir autant et si souvent. Et surtout que je ne puisse penser qu'à ça, à son corps musclé penché au-dessus du mien, à ses mots cochons dans mon oreille, à sa douceur et sa brutalité, à son endurance et son impatience. Tout ce qu'il me fait me rend folle et me donne envie de plus. Je suis complètement, totalement obsédée par lui.

Nous étions déjà très proches avant, mais avec le sexe, notre fusion a pris une tout autre tournure. Il n'y a pas assez d'heures dans la journée pour brûler mon désir pour lui.

Je me suis surprise à le regarder dormir hier soir, avec l'impression étrange qu'il me manquait chaque fois que je fermais les yeux. Comment une personne que je ne connaissais pas il y a encore quelques mois peut-elle devenir aussi essentielle à mon existence aujourd'hui ?

Aucune idée ! Tout ce que je sais, c'est que je suis folle amoureuse de lui, que c'est de plus en plus difficile de ne pas le crier à la terre entière et à lui en particulier.

Difficile également d'ignorer les filles qui l'abordent, le draguent ouvertement devant moi sans que je puisse dire ou faire quelque chose pour marquer mon territoire.

Officiellement, il est célibataire.

Ce qui attire la concurrence comme les abeilles sur le miel. Hier j'ai bien cru que j'allais étrangler les deux nanas qui ont posé leurs numéros de téléphone sur la table de Zack pendant le déjeuner, avant de glousser et de mimer « appelle-moi ». Ce sont des sœurs jumelles en plus.

C'est quoi leur trip ? Les plans à trois ?

Évidemment, Zack n'y a pas prêté plus d'attention que ça, même si les autres membres de l'équipe l'encourageaient à garder les numéros pour un éventuel plan cul. Nos regards se sont furtivement croisés. Il a vu à quel point je fulminais. Et lorsqu'on s'est retrouvés le soir, on a fait l'amour intensément, sauvagement, évacuant toute la jalousie, le manque, la frustration accumulés au cours de la journée. Je l'ai griffé, mordu de rage, pour marquer mon territoire. Et lui m'a baisée tellement fort que je ne pouvais plus douter de sa fidélité.

Je suis consciente que nos chemins vont devoir se séparer tôt ou tard. Il partira à Harvard cet été. Et moi je n'ai pas le profil pour intégrer une Ivy League. Je pourrais postuler à l'université de Boston qui est plus à ma portée, scolairement et financièrement, enfin si j'obtiens une bourse. Mais je ne sais pas s'il apprécierait que je le suive à travers le pays. Après tout, il sait que je cherche un endroit à intégrer l'année prochaine et il ne m'a jamais proposé cette solution.

Je soupire et regarde par la fenêtre avec le sentiment que je suis dans un train qui me mène tout droit vers la catastrophe. Mais c'est plus fort que moi, j'ai beau essayer de freiner mes sentiments, je n'y arrive pas, il a envahi jusqu'à mon ADN. Je pense, vis, respire Zack Miller.

– Tout va bien, Ella ? Tu as l'air songeuse, demande Maddie qui se trouve à mes côtés.

Je force un sourire.

– Non, ça va. Je suis juste un peu stressée pour tout à l'heure. Il ne faut pas que je me loupe.

– Ne t'en fais pas, tu t'es suffisamment entraînée, tu es prête.

– Merci.

– Ceci dit, je ne veux pas te foutre la pression mais ce match est d'une importance capitale, et comme on ne joue pas à domicile, il va falloir les supporter à fond. Celui qui perd est définitivement éliminé de la compétition, et les Eagles de Newport peuvent se montrer très agressifs. D'ailleurs, la dernière rencontre a failli se finir en baston générale.

– Tu ne veux pas me foutre la pression mais tu me la fous carrément là !

Je lui pince la joue en riant.

– Je veux juste te prévenir que ça va être chaud.

***

Pour être chaud, c'est chaud. C'est même brûlant.

Le match a à peine commencé que plusieurs tacles pas très réglementaires ont été sifflés par l'arbitre, et Hunter ne cesse de répliquer en poussant et en jouant des coudes. Même Matt perd son sang-froid et jette son casque au sol à plusieurs reprises. Pour que le roi du zen, qui ne jure que par le pouvoir des vagues et de la *weed*, s'énerve, il faut vraiment y aller.

Les esprits s'échauffent et l'ambiance devient électrique. Un coup de sifflet annonce la fin du tiers-temps. Heureusement, sinon je crois que le terrain se serait transformé en champ de bataille.

C'est à nous d'entrer en scène. Nous faisons notre chorégraphie que nous maîtrisons sur le bout des doigts sur « Yikes » de Nicki Minaj, à coups d'acrobaties et de pyramides périlleuses. Je ne fais pas encore partie de ces moments clés, mais je les encourage comme je peux.

Quand on termine, Shelby s'avance et crie :

– Allez, les filles, on fait une impro, vous êtes prêtes ?

Tout le monde acquiesce, même moi, alors que je suis à peine prête pour les chorégraphies préparées.

– Ça va aller, Ella ! Fais juste comme nous, me rassure Maddie.

Shelby compte jusqu'à trois et tape un rythme dans ses mains que nous reprenons toutes en chœur : « We will rock you » de Queen, mais en version a cappella. Le tempo est repris par nos supporters et la fanfare pendant que le camp adverse hurle des « bouuh », croyant nous intimider, mais ça a l'effet inverse. Ça nous galvanise.

Chacune des membres des *cheers* s'avance et fait sa petite prestation personnelle, certaines font des saltos, des grands écarts. L'ambiance est en feu et, quand vient mon tour, je fais de mon mieux pour être à la hauteur des autres. J'improvise une routine hip-hop. Un truc qui à défaut d'être grandiose envoie de l'énergie. Quand je reviens en ligne, je croise le sourire radieux de Maddie, qui d'un coup de menton valide ma chorégraphie. Nous finissons notre danse sous les cris et les clameurs avec la sérieuse impression d'avoir reboosté nos Falcons.

L'arbitre siffle la reprise et c'est parti. Ça court, ça tacle, ça marque des *touchdowns*. Le score est vraiment serré. 14-14. On est dans le dernier quart-temps. Il faut qu'on gagne. J'observe Zack et perçois d'ici sa concentration et sa détermination. La balle vient d'être récupérée par notre défense. C'est le moment ou jamais de marquer pour plier ce match. Le stade est suspendu à l'action à venir.

Les gars sont réunis dans la mêlée pendant que nous nous rongeons les sangs sur le bord du terrain. Zack leur donne des instructions auxquelles je ne comprends rien. Ils font leur cri de guerre et se placent stratégiquement.

Zack a le ballon et doit le lancer à l'un de ses *running backs* ou *wide receivers*. La défense adverse s'agite. Quand l'arbitre siffle la reprise, Zack hésite avant de jeter le ballon, ce qui donne à l'adversaire le droit de le tacler et c'est ce qui se passe. Un colosse de cent vingt kilos court la tête la première vers mon petit ami et le plaque au sol au moment même où il jette le ballon. L'impact est tel qu'un énorme bruit de collision fait siffler mes oreilles. Zack s'effondre au sol et ne bouge plus. J'ai l'impression que cette scène s'est jouée au ralenti. Je hurle à pleins poumons avant de courir sur le terrain. J'entends le sang cogner dans mes tempes. L'adrénaline me fait péter un plomb, oublier où je suis. Plus rien ne compte à part m'assurer qu'il va bien. Qu'il n'est pas blessé !

Ma course est interrompue par Matt qui me bloque dans ses bras.

– Ella ! Qu'est-ce que tu fous ?

– Lâche-moi ! Zack ! Il est blessé. Il est blessé. Il ne bouge plus.

Je regarde au-dessus de son épaule et me débats comme une folle. Des larmes hystériques inondent mon visage.

– Ella, arrête, tout le monde te regarde.

– Je m'en fous ! hurlé-je.

Mes yeux sont rivés sur Zack. Il finit par bouger la tête et mes poumons reprennent leur oxygène. Matt me lâche pendant que je regarde les entraîneurs poser une civière à côté de mon petit ami. Il bouge, il parle mais il est quand même évacué. Matt passe une main autour de mon épaule pour me rassurer quand je lâche encore un sanglot.

– Il va bien, Ella. Il est juste sonné. Ne t'en fais pas. Il en a vu d'autres. Il est fort.

– Pourquoi est-ce qu'ils l'évacuent s'il va bien ?

– Ils vont aller vérifier qu'il ne souffre pas d'une commotion cérébrale. C'est le protocole quand un joueur perd connaissance. Tu verras, il sera bientôt de retour.

– Tu es sûr ? Je ne veux pas qu'il lui arrive quelque chose. Je… je…

Mes larmes reprennent du service. Je suis méconnaissable, hystérique. Il me serre dans ses bras pour me rassurer et quand il sent que je me calme, il me lâche à nouveau.

– Ça va mieux ?

Je renifle comme une petite fille, efface mes larmes et confirme d'un geste de la tête.

– Bon, maintenant, sors du terrain avant que tout le monde comprenne que tu es la meuf de Zack.

J'acquiesce puis me retourne et quand je croise le regard de Maddie ainsi que celui de Shelby, je comprends que c'est trop tard, que je viens de me tirer une balle dans le pied. De nous tirer une balle dans le pied. Elles savent. Elles ont compris, toutes les deux.

***

Durant le trajet retour, Maddie ne m'adresse pas la parole, tandis que Shelby me toise avec suspicion.

– On peut savoir ce qu'il t'a pris tout à l'heure, Taco Bell?

– Arrête de m'appeler Taco Bell, Shelby! Je te l'ai déjà dit mille fois!

– OK, Ella! fait-elle en levant les yeux.

S'adresser à moi comme à une égale lui coûte énormément. Elle va finir par faire de l'eczéma si elle continue, cette haineuse.

– Bon? Tu réponds?

Elle parle suffisamment fort pour que je l'entende, mais pas suffisamment pour que le reste du bus comprenne. De toute façon, après la défaite d'aujourd'hui, tout le monde est d'humeur morose et les membres de l'équipe noient leur frustration dans leur musique.

– De quoi tu parles? finis-je par répondre en essayant de rester crédible.

– De ta réaction de pleureuse sicilienne qui vient de perdre son mari quand Zack Miller a perdu connaissance?

Je rougis en espérant que ça ne se voit pas et cherche désespérément une réponse qui lui clouerait le bec et en même temps ferait taire les soupçons que j'ai fait naître dans sa tête par ma réaction stupide. Évidemment, rien ne me vient. J'ai la plus grande gueule du monde mais je ne suis pas une bonne menteuse, du coup je reste bouche bée.

– Laisse-la tranquille, Shelb. C'était son premier match. Elle n'a pas l'habitude de voir autant de violence d'aussi près. Du coup, elle a réagi excessivement. N'est-ce pas, Ella? intervient Maddie.

– Oui! C'est exactement ça. Je ne savais pas que ça pouvait être aussi dur.

Je remercie silencieusement Maddie de venir à ma rescousse. Elle semble toujours contrariée, pourtant.

– Violent? se moque Shelby en jetant ses extensions en arrière. Ça doit être rien par rapport aux meurtres auxquels tu as dû assister dans ton ghetto, lance-t-elle pour faire rire ses pintades de copines.

– T'as raison ! D'ailleurs si tu continues de me chauffer, je vais te montrer comment on se débarrasse d'un corps encombrant. Chicago *style*.

Ça a le mérite de lui fermer son clapet et de la faire retourner à son siège.

Je l'entends chuchoter avec Sam, mieux connue sous le nom de l'Antéchrist.

– Tu peux sortir une fille de son ghetto mais pas le ghetto d'une fille.

Elles gloussent toutes les deux, alors que je me tourne vers Maddie pour la remercier. Elle me répond à peine puis insère ses écouteurs dans les oreilles.

Je soupire de désespoir. Je sais qu'elle a compris et qu'elle m'en veut de lui avoir menti.

Lorsque nous arrivons à Laguna, il fait déjà nuit. Tout le monde se dirige vers les voitures. Tout le monde sauf moi. Je suis venue avec Maddie, du coup je me sens un peu conne vu qu'elle m'ignore. Matt et Zack ainsi que le reste de l'équipe sont réquisitionnés par coach Philipps pour un débrief d'après match. Vu son humeur, ils vont passer un mauvais quart d'heure. Les yeux baissés, l'équipe se dirige vers les vestiaires. Le parking est presque vide, alors je décide de rentrer à pied.

– Marche ! Ça te fera perdre quelques kilos, crie Shelby en passant à côté de moi, la vitre de sa Porsche Cayenne ouverte, avec son armada de copines qui se marrent.

Je leur fais un doigt d'honneur et continue mon chemin. Le manoir des Miller est à deux kilomètres et en haut d'une colline, je suis épuisée mais ce ne sera ni la première ni la dernière fois que je ferai ce trajet à pied.

37

Ella

Dès que j'arrive à la maison, je décide d'aller prendre une douche histoire d'oublier cette journée de merde.

Des images du match défilent dans ma tête. Ma réaction face à la chute de Zack.

Qu'est-ce que j'ai pu être stupide !

Le lycée tout entier doit me soupçonner maintenant d'avoir des sentiments pour lui. Je frotte mon cuir chevelu avec force, histoire de faire disparaître toutes mes angoisses, mais en vain. Je sors après une heure, la peau fripée et l'humeur sombre. Je tente de dormir mais une tempête de pensées souffle sous mon crâne. Je me tourne et me retourne plusieurs fois. Quand il est clair que le sommeil ne sera pas pour tout de suite, je saisis mon téléphone et fais la bêtise d'aller sur Instagram. Mauvaise idée. Plusieurs stories reprennent ma réaction de tout à l'heure avec des commentaires qui ne laissent aucune ambiguïté sur les soupçons que j'ai éveillés.

Je vais sur le profil de Maddie et passe en revue les dernières photos qu'on a prises ensemble juste avant l'incident, elle est tout sourire et m'embrasse sur la joue pendant que je tire la langue.

Ça, c'était avant…

Elle n'a répondu à aucun de mes messages. Et je lui en ai envoyé une dizaine. Elle doit vraiment m'en vouloir. J'essayerai de lui parler lundi à tête reposée, en espérant qu'elle veuille bien m'accorder un moment.

Je soupire de désespoir et finis par m'endormir, le cœur lourd. Quelques heures plus tard, je sens deux bras puissants m'envelopper, un parfum épicé et des lèvres douces qui se posent dans mon cou. Je bouge dans mon sommeil. Je suis encore endormie mais mon corps, lui, est complètement éveillé. Je me retourne et me blottis dans les bras de Zack qui embrasse le sommet de mon crâne et me serre fort. Nos jambes s'emmêlent et nos deux chaleurs se déversent l'une dans l'autre, m'offrant cette impression de plénitude et de protection.

Je suis tellement bien dans ses bras. Mais des images de ma réaction stupide de tout à l'heure surgissent dans mon cerveau et me font frissonner.

– Tu as froid, Chicago ?

Je relève les yeux en même temps qu'il les baisse. Il a un petit bleu en dessous de l'œil, et sa lèvre est fêlée. Je lui caresse la joue tendrement. Il ferme les yeux et pousse sa joue dans ma paume.

– Non, ça va. Et toi ? Tu t'es remis de ta chute ?

– Non, j'ai un putain de mal au crâne, mais ça va passer. Je suis surtout dégoûté. C'est à cause de moi si on a perdu le match et qu'on est sortis de la compétition.

Il a l'air triste. Complètement désespéré.

– Zack… Désolée de blesser ton ego, mais le foot est un sport d'équipe. Tu ne peux ni gagner ni perdre seul. Et puis les Eagles de Newport n'ont pas été très fair-play.

– Tu as raison, et cet arbitre… À croire qu'il était aveugle. Mais Matt, putain, il comptait sur ce championnat pour se faire repérer. Je l'ai laissé tomber. Je suis vraiment une merde.

– Non, ne dis pas ça. Et si tu veux mon opinion, je ne suis pas sûre que Matt rêve de foot. Il me parle constamment d'aller à Hollywood et de faire une école de cinéma.

Il lève les yeux au ciel.

– Je crois que jouer au faux couple avec toi lui est monté à la tête.

– Ouais.

Il sourit, je fais de même.

– Merci, Ella, tu sais toujours comment me remonter le moral.

– De rien.

Il caresse ma joue, effleure mes lèvres de son pouce, humidifie sa bouche avant de m'embrasser. Je profite pleinement de ce moment de tendresse, le temps que ça dure.

Ses yeux inquiets plongent dans les miens.

– Matt m'a raconté ce qui s'est passé quand je me suis blessé.

Je baisse les yeux et me mordille l'intérieur de la joue. J'ai tellement honte de moi.

– Je suis désolée, Zack. Je ne sais pas ce qui m'a pris. J'ai réagi à chaud. J'ai eu peur qu'il te soit arrivé un truc grave.

Des larmes viennent obstruer ma gorge et m'empêchent d'aller plus loin.

– Hé ! Ne pleure pas, Chicago.

Évidemment, dès qu'il dit ça, j'éclate en sanglots. Cette journée a été des plus éprouvantes pour moi et là je lâche tout. Il me serre dans ses bras pour me calmer. Je respire son parfum qui m'envoûte et m'apaise en même temps. J'ai envie de lui hurler que je l'aime, que je ne veux pas qu'il lui arrive quoi que ce soit ou qu'il parte loin de moi, à Boston, cet été. Que je voudrais le suivre ! Ne plus jamais le quitter. Mais ce serait complètement dingue, alors je me tais.

– Chicago, il va falloir qu'on prenne nos distances.

Coup de poignard.

Non, pas ça !

– Tu veux… Tu veux qu'on arrête ?

Rien que prononcer cette phrase me fait un mal de chien.

– Non, évidemment que non.

Il prend ma main dans la sienne et la pose contre ses lèvres.

– Même si je le voulais, j'en serais incapable.

Un soulagement envahit tout mon être. Je souris et efface mes larmes. Il m'embrasse encore une fois puis reprend :

– Ce que je veux dire, c'est qu'il faut qu'on arrête nos conneries. Qu'on soit plus discrets. Plus de rendez-vous cachés au lycée ni dans la voiture ou sous les gradins.

– Tu as raison. Il faut qu'on fasse attention. J'ai clairement éveillé les soupçons de Shelby et d'autres également. Maddie a compris et je crois qu'elle me fait la gueule.

Je ferme les yeux. Ça m'ennuie vraiment qu'elle ne m'adresse plus la parole, elle est devenue ma meilleure amie ici.

Zack pose son front contre le mien puis susurre :

– Hé ! Ne t'en fais pas pour ça, je suis sûr que ça va lui passer et qu'elle reviendra vers toi.

– Permets-moi d'en douter. Je sais que tu ne vas pas aimer ce que je vais dire, mais j'ai envie de lui avouer la vérité.

– Quoi ? Mais pourquoi ?

– Parce que je déteste lui mentir. Ça me donne l'impression d'être faux cul. Elle est ma seule amie ici. Et j'ai peur de la perdre si je continue à lui raconter des bobards.

– Et moi alors, je suis quoi ? Ton *boy toy* ? dit-il d'un air offensé.

– Toi tu es mon mec, c'est différent.

– Je ne vois pas en quoi c'est différent. On était potes avant de commencer à baiser et tu sais que tu peux tout me dire.

– Oui mais c'est pas pareil, j'ai besoin de l'avis d'une fille. De parler de trucs de filles. De parler de toi à une fille.

Il fronce les sourcils comme si je lui parlais de science-fiction.

– Commence un journal intime !

– Zack ! C'est facile pour toi de dire ça. Tu as Matt et tu l'as mis dans la confidence sans même me consulter. Je ne vois pas pourquoi je ne pourrais pas faire pareil avec Maddie.

– C'était différent. C'était pour te protéger.

– Peu importe.

Je me retourne, agacée par son égoïsme.

Je l'entends soupirer longuement, puis il se ravise et vient se blottir contre moi. Il m'embrasse dans le cou. Je me décale pour mettre à nouveau de la distance entre nous. Il revient à la charge et m'enlace par-derrière.

– OK ! Tu as gagné.

Je souris et pivote vers lui.

– Tu es sûre que tu peux lui faire confiance, Chicago ?

– Absolument. Elle n'a aucune raison de diffuser notre secret.

– OK, si c'est important pour toi alors dis-lui. Mais le cercle de la confidence doit s'arrêter là. Plus il y a de gens au courant et plus nous prenons de risques.

– D'accord.

– Tu as autre chose à me dire?

– Non.

Il embrasse le sommet de mon crâne tandis que je me blottis contre lui, prête à me rendormir.

– Ella, je suis désolé que la première fois que tu viens nous supporter, je me débrouille comme une merde et réussis à nous faire éliminer de la compétition. Je voulais tellement t'impressionner que j'ai fait n'importe quoi.

– Tu voulais vraiment m'impressionner?

Je relève les yeux vers lui.

– Ouais. Je voulais que ma petite amie soit fière de moi. Tu étais tellement belle dans ton uniforme. J'avais envie de t'embrasser devant tout le monde.

Petite amie? Ce n'est pas la première fois qu'il le dit!

– Alors je suis ta petite amie?

– Ouais, tu en doutes?

– Ben, la dernière fois qu'on en a parlé tu ne voulais pas de petite amie, justement.

– J'étais un idiot.

Je souris. Il me faut toujours un petit moment pour réaliser que je lui plais, que je lui plais vraiment. Moi et pas une autre. Il me vole un baiser. Sa langue se fraye un passage et rencontre la mienne, la harcelant de ses caresses.

– Mmmh…

Il grimace.

– J'ai vraiment envie de te faire l'amour, Chicago, mais j'ai ce putain de mal de crâne qui me tue.

Je décroche mes lèvres des siennes.

– Tu veux que j'aille te chercher de l'aspirine?

– J'en ai déjà pris. Non, il faut juste que je dorme.

– OK.

Je me blottis à nouveau dans ses bras et nous nous endormons l'un contre l'autre, son cœur battant contre le mien.

***

Aujourd'hui, j'ai rendez-vous avec Mme Griffith, la conseillère d'orientation, pour parler de mon avenir. Assise dans la salle d'attente, je me ronge les peaux de doigts, le stress me nouant le ventre.

La porte s'ouvre, Mme Griffith m'invite à entrer et me désigne un siège face à son bureau.

– Voyons voir, Eleanor, que je mette la main sur ton dossier.

Elle humidifie un de ses doigts potelés et cherche parmi toute la paperasse devant elle. Pour une conseillère d'orientation, elle n'est pas très organisée, mais elle est sympathique, avenante et semble vraiment se préoccuper de l'avenir de ses élèves.

La preuve, j'étais un cas désespéré et elle a su me conseiller au mieux pour me remettre sur les rails. Surtout, elle a su insuffler de l'espoir en moi. M'inciter à viser haut, à ne pas m'autolimiter.

« Dis-moi où tu rêverais d'aller si l'argent n'était pas un problème, Eleanor? »

Harvard fut ma première réponse. L'université prestigieuse où Zack va aller. On a tenté le coup, j'ai été refusée, mais au lieu de baisser les bras, elle m'a encouragée à ajouter des activités extrascolaires, à écrire une dissertation sur mes motivations, me poussant à être le plus honnête possible. J'ai donc parlé de mamie, de Chicago, de Lisa, de Laguna, de mes rêves de réussite. De faire taire les statistiques qui disent qu'une fille comme moi n'a pas sa place dans une université prestigieuse. Aujourd'hui, le verdict va tomber.

Mon regard se perd sur les photos de sa famille qu'elle a posées sur son bureau. Une fille, un garçon, un labrador. Tout ce qu'il y a de plus classique. Ce qui m'interpelle, c'est qu'elle a plus de photos de son chien que de ses propres enfants.

– Ah! Je le tiens, dit-elle, me faisant sursauter et revenir à la réalité. Ta dissertation a été très appréciée, Eleanor, et beaucoup d'universités pour lesquelles tu as postulé t'offrent une bourse.

– C'est vrai?!

Mon cœur fait des cabrioles dans ma poitrine.

– Oui. Certaines sont plus généreuses que d'autres.

Elle énumère la liste des universités.

Boston Uni. Boston Uni. Boston Uni... répété-je dans ma tête, les yeux fermés. Quand elle le dit à haute voix, je lâche un cri d'excitation qui la fait sursauter et me jette dans ses bras. Elle me reçoit avec une certaine surprise mais mon enthousiasme est contagieux, et elle finit par rire de bonheur avec moi.

– Eh bien, je ne pensais pas que tu serais aussi heureuse.

Boston. Zack. On va peut-être pouvoir continuer notre histoire au-delà de cette année. De Laguna. Des restrictions de sa belle-mère. De Shelby et de tout ce qui nous empêche de vivre notre amour au grand jour.

Je me mets à rêver de colocation, de sessions d'études tard à la bibliothèque. De sexe. De sorties avec des copains. Tous les deux ensemble. Heureux. Je sais que je mets la charrue avant les bœufs car après tout il ne m'a même encore jamais dit qu'il m'aimait. Mais il me considère comme sa petite amie.

Ça doit compter pour quelque chose. Non ?

Je suis tellement prise dans ma tête que je n'entends pas le reste de la conversation.

– Eleanor, tu es toujours avec moi ?

– Oui, oui, pardon, j'ai juste du mal à réaliser.

– Il va falloir faire un choix rapidement.

– Boston ! Je veux l'université de Boston.

– OK ! Tu es sûre ? Ils ne t'offrent qu'une bourse partielle de soixante pour cent alors que New York te propose une bourse de cent pour cent. Si j'étais toi...

– Non, mon choix est fait. Je travaillerai à côté, ce n'est pas un souci. Et ils ont un excellent programme de danse, alors...

– OK, dans ce cas, c'est réglé.

Elle me tend la brochure ainsi que tous les papiers que je dois remplir.

Je sors de son bureau les yeux remplis d'espoir et envoie un message à Zack. Je ne l'ai pas vu de la journée, mais rien de plus normal. Nous devons éviter d'attiser les rumeurs. Mon sac sur le dos, je rejoins la cafétéria où l'équipe des *cheerleaders* m'attend pour notre déjeuner hebdomadaire du lundi. Elles sont déjà toutes installées avec leurs assiettes quasiment vides. La mienne tranche complètement, j'ai pris de la pizza et du dessert. Le regard réprobateur de Shelby m'indique qu'elle n'approuve pas mon choix.

Sacrilège. Brûlez-moi sur un bûcher gluten free.

– Ella ! Enfin tu daignes te joindre à nous. Je vois que tu n'as aucune intention de suivre le régime que j'ai envoyé ce week-end ?!

– Tu nous as envoyé quelque chose ?

Je fais semblant de ne pas savoir de quoi elle parle, alors que son e-mail a fini tout droit à la poubelle comme tous les autres spams.

Je jette un coup d'œil à ma droite et suis heureuse de constater que Maddie a également ignoré le régime keto imposé par Shelby. Celle qui le suit à la lettre aura la chance de se retrouver au top de la pyramide. Elle nous a annoncé cela comme s'il s'agissait de gagner un Oscar.

Je préfère la bouffe, désolée.

Je fais un sourire à Maddie. Elle détourne le regard pour écouter les conneries que balance Shelby à propos du nouveau plan des *cheerleaders* pour continuer à exister malgré le fait que l'équipe de foot est éliminée de la compétition et ne jouera plus que des matchs amicaux sans importance.

Je soupire. Maddie m'en veut toujours. Elle m'a ignorée tout le week-end. Il faut vraiment que je lui parle. En parlant d'ignorance, Zack n'a toujours pas répondu à mon texto.

Je balaye la cafétéria des yeux. L'équipe de foot est à sa table habituelle. Il y a tout le monde sauf Zack. Où est-il ? Ce n'est pas son genre de sécher les cours. Hier soir, il n'est pas venu dormir avec moi non plus. Et si je ne me suis pas posé de questions car ça lui arrive, ne pas le voir à la cafétéria avec ses potes m'interpelle.

La réunion de l'enfer se termine sur la stupide phrase que nous répète toujours Shelby après chaque entraînement :

– Ne mangez rien que je ne mangerais pas.

D'habitude, Maddie et moi aurions échangé des blagues, ou l'aurions imitée discrètement, mais là elle se contente d'acquiescer, de rassembler ses affaires et de partir comme si elle avait le diable aux trousses. Je la suis.

– Maddie.

Elle ne s'arrête pas. J'accélère le pas et finis par la coincer quand elle arrive à son casier. Je suis à bout de souffle, elle aussi. Elle ouvre son cadenas et dépose ses livres avant de prendre ceux dont elle aura besoin cet après-midi.

– Maddie, est-ce qu'on peut parler, s'il te plaît ?

Elle soupire.

– OK, je t'écoute.

Les grands yeux bleus brillants de mon amie sont remplis de tristesse et de déception quand ils rejoignent les miens.

– Maddie, je suis désolée.

– Désolée ? Pour quoi, Ella ?

– De t'avoir menti, de ne pas avoir été honnête avec toi.

– Alors c'est vrai ? Tu sors avec Zack Miller ?

– Chut, ne parle pas si fort.

Elle fronce les sourcils, clairement agacée, mais aussi intriguée.

– Explique-toi ! C'est vrai ou non ?

J'acquiesce, confirmant ses soupçons.

– Et Matt ? Il est au courant que tu le trompes ? Je ne pensais pas que tu étais ce genre de fille, Ella.

Alors c'est pour ça qu'elle m'en veut ? Parce qu'elle pense que j'ai trahi mon pseudo petit ami ? Ça me rassure quelque part et me donne envie de l'aimer encore plus.

Je lui expose toute la situation. Ses yeux s'écarquillent à mesure que j'ajoute des détails de notre histoire rocambolesque.

– C'est digne d'un scénario hollywoodien, ton truc, dit-elle, toujours un peu contrariée, mais la lueur bienveillante qu'elle a habituellement au fond des yeux se rallume. C'est quoi le problème de sa belle-mère ?

Je hausse les épaules.

– Va comprendre.

– Tu crois qu'elle a des vues sur son propre beau-fils ?

– Non, je ne pense pas…

– Toi et Zack…

Elle sourit.

– Je savais bien qu'il y avait un truc. Il te regarde toujours comme si tu étais l'une des sept merveilles du monde.

Je souris.

– C'est vrai ?

– Si c'est vrai ? Il te bouffe littéralement des yeux chaque fois qu'on est ensemble, Ella. Je commençais à m'inquiéter pour Matt justement. Mais tout s'explique maintenant.

– Ouais, tu avais un peu deviné, et je voulais tellement t'en parler, ça me brûlait les lèvres. Mais je ne pouvais pas. Tu me pardonnes ?

Elle sourit. Je fais de même, puis elle me prend dans ses bras. Un soulagement envahit tout mon être.

– Oui. Mais à condition que tu m'accompagnes manger une glace, *biatch*, et que tu me racontes tous les détails.

– Et briser le régime keto de Shelby ? plaisanté-je. Sacrilège !

Elle se marre.

– Non, mais tu as vu cet e-mail ? Elle a pété un câble, sérieux. Le pire, c'est que les autres vont le suivre.

Je lève les yeux au ciel.

– Elle leur demanderait de se jeter du haut d'une falaise…

Pas le temps de finir ma phrase que Matt entre dans mon champ de vision, me pousse littéralement contre le casier avant de plaquer sa bouche contre la mienne. Chose qu'il ne fait jamais. Mais là il s'en donne à cœur joie. Lèvres humides, langue vorace qui essaye de forcer ma bouche. Il me surplombe de sa taille, m'écrase de son poids et de son corps d'acier. Je finis par lui mordre la langue, ce qui le fait reculer. À bout de souffle, les yeux écarquillés comme des soucoupes, je me remets de son baiser sauvage.

– Qu'est-ce que tu fous ?

– Du *damage control*. Souris et prétends que tu es folle amoureuse de moi, murmure-t-il.

Je lui obéis. Il caresse ma joue et s'assure que tout le monde a bien vu notre échange.

– C'est la merde, Ella. Beaucoup de gens pensent que tu me trompes avec Zack.

– À ce point?

– Ouais…

Il passe sa main autour de mes épaules.

– Viens, je vais t'amener en classe.

J'acquiesce, dis au revoir à Maddie, qui se marre devant notre mascarade, et m'élance dans les couloirs au bras de Matt. Il redouble d'efforts pour faire taire les ragots, à coups de déclarations à l'emporte-pièce et de fous rires improvisés. Il est crédible. Il a vraiment de l'avenir dans le cinéma. Je lui fais la remarque, ce qui le fait sourire jusqu'aux oreilles. Ses grands yeux bleu acier brillent de fierté.

– Chris Hemsworth n'a qu'à bien se tenir, dis-je pour booster son ego.

Nous arrivons devant ma classe et avant de me quitter, il me refait son cinéma. Langue et main baladeuses.

– Une main sur le cul, tu crois que c'est vraiment nécessaire? susurré-je contre ses lèvres.

– Primordial, Ella. Fais-moi confiance.

Je secoue la tête quand il me lâche et en profite pour lui demander où est Zack.

– Je ne l'ai pas vu de la journée. Et il ne répond pas à mes textos.

Il baisse les yeux.

– Aujourd'hui, nous sommes le 8 avril. C'est la date anniversaire de la mort de sa mère. Il devient toujours bizarre à ce moment-là. Il disparaît pendant quelques jours. Personne ne sait où il va. Puis il revient, et tout le monde agit comme si de rien n'était. C'est une période sombre pour lui. Il était très proche d'elle.

Mon cœur tambourine dans ma poitrine lorsque je l'entends dire ça.

Zack…

Il ne m'a rien dit pourtant.

Peut-être parce qu'on ne s'est pas vus depuis vendredi?

Je ne peux pas le laisser affronter son deuil seul. Il a besoin de moi. Je dois le retrouver, le consoler, lui montrer qu'il n'est pas seul, qu'il peut compter sur moi dans les bons et les mauvais moments.

– Il faut que je le voie. Tu sais où il pourrait être ?

– Il va t'envoyer chier, Ella. Laisse-le vivre son truc tout seul. Il devient con quand il est blessé. Tu n'as pas envie d'en faire les frais.

– Je suis forte. Je peux encaisser sa mauvaise humeur, si ça peut l'aider à se sentir soutenu.

– C'est comme tu veux, mais je t'aurai prévenue.

– Merci, Matt.

Je l'embrasse sur la joue et me dirige vers la sortie du lycée.

38

Ella
Hidden Cove

Il ne me faut que très peu de temps pour le localiser. Je lâche un soupir de soulagement avant de descendre le chemin abrupt de la falaise.

Zack est en train de faire du surf. Le courant est tout sauf coopératif. Il est complètement dingue. Il m'a lui-même expliqué que cette plage était dangereuse. Trop rocheuse. Et pourtant, le voilà en train de chevaucher la vague comme si de rien n'était, jouant de ses limites, espérant sûrement se fracasser le crâne.

Je serre les dents en attendant qu'il se lasse et revienne sur la plage.

En un seul morceau de préférence.

Je m'installe sur sa serviette, là où il a posé ses affaires, en fermant les yeux à chaque fois qu'il s'approche trop près des rochers ou qu'une vague particulièrement violente l'éjecte de sa planche.

Il finit par m'apercevoir. Ou peut-être m'a-t-il vue depuis le début. Toujours est-il qu'il revient sur la plage, trempé des pieds à la tête, et essoufflé. Sa combinaison noire, luisante, lui colle à la peau.

Je lève les yeux sur lui mais il n'a pas l'air ravi de me voir. Son regard torturé est aujourd'hui sombre, ombrageux, hanté par des fantômes.

– Qu'est-ce que tu fous là, Chicago? Tu n'as pas cours?

Eh bien, bonjour! Ravie de te voir moi aussi.

– Je pourrais te faire la même remarque.

Il hausse les épaules et m'envoie une de ses remarques acerbes dont il a le secret, trempées dans le venin et l'acide, mais qui ne me sont jamais destinées d'habitude.

– J'ai pas besoin d'aller en cours, j'ai déjà une université pour l'année prochaine. Toi, en revanche, tu ferais mieux d'y aller. Rien ne rebute plus les recruteurs qu'un taux d'absentéisme élevé.

Prends-toi ça dans les dents, Ella !

Je sais ce qu'il essaye de faire. M'envoyer chier pour que je le laisse tranquille, me repousser pour que je me vexe et lui tourne le dos, mais je n'en ferai rien. Il a beau prétendre le contraire, il a besoin de moi là tout de suite, et si je dois me prendre quelques coups au passage, alors tant pis. Je l'aime trop pour le laisser traverser ce moment seul.

– Je prends le risque.

J'ai envie d'ajouter pour toi. Mais mon sens de la dévotion a ses limites. Il hausse les épaules puis retire sa combinaison, avant de s'allonger sur la serviette. À bonne distance de moi, au sens propre comme au figuré.

Je ne sais pas quoi faire de mon corps ni quoi dire. Il porte cet air froid, cette armure vouée à me maintenir à distance. À me faire douter de moi. De nous. De son intérêt pour moi.

Je reste silencieuse et observe les vagues se fracasser sur les rochers avec violence. L'odeur iodée ne couvre en rien son parfum entêtant qui met mes sens en alerte. La présence électrique de Zack à mes côtés me donne envie de me serrer contre lui ou de prendre mes jambes à mon cou. Le jeu du silence dure un long moment avant qu'il ne brise la glace.

– C'est l'anniversaire de sa mort aujourd'hui. De la mort de ma mère, je veux dire.

Sa voix semble différente, méconnaissable. Encore plus grave que d'habitude. Je me retourne vers lui alors que ses yeux sont fixés vers le ciel.

– J'étais avec elle dans la voiture quand c'est arrivé.

Je fronce les sourcils et me rapproche de lui. Il déglutit et continue.

– On revenait du centre commercial. Et je faisais une crise de nerfs.

Il se tait, ferme les yeux. Comme si ces mots lui étaient insupportables.

– Je ne sais même plus pourquoi. Un jouet qu'elle ne voulait pas m'acheter ou une connerie comme ça. J'étais un putain de gamin capricieux, à pleurer pour tout et n'importe quoi alors que j'avais tout ce dont un gosse pouvait rêver. Elle s'est retournée une seconde pour me calmer, me disant qu'on allait retourner dans ce putain de centre commercial. Je revois son visage doux et rassurant, sa main essayant d'atteindre mon siège auto. Et puis c'est arrivé.

Il déglutit.

– L'impact. Le sifflement des pneus, le klaxon, le bruit du métal froissé. Ça a duré quelques secondes. Comme dans un cauchemar. Trente secondes. Trente minutes. Une éternité. Et nos vies ont basculé dans l'horreur.

Sa voix se brise et des larmes viennent envahir ses joues. Je me jette sur lui pour le consoler. Sa première réaction est de sursauter, comme s'il avait oublié ma présence.

– Je suis désolée, Zack.

Je le serre aussi fort que possible. Je voudrais effacer toute sa peine, effacer la ride qui a creusé son front. Chasser les démons qui hantent ses yeux et obscurcissent son doux visage.

– C'est de ma faute si elle est morte, Ella. Si je n'avais pas fait cette putain de crise, elle n'aurait pas cherché à me consoler et elle aurait évité ce chauffard.

– Non, Zack, ne dis pas ça. Ce n'est pas de ta faute. C'est un accident. Un terrible accident. Un accident injuste, mais ce n'est pas de ta faute.

Je prends son visage entre mes mains et efface ses larmes. La douleur que je lis sur ses traits me brise le cœur.

Comment peut-il penser une seule seconde une chose pareille ?

Ses yeux s'ouvrent et j'y vois la profondeur de sa peine. Il est convaincu de sa culpabilité. C'est absurde. C'était un enfant.

– C'est pour ça que mon père me déteste, Ella. J'ai tué la femme de sa vie. À l'hôpital, alors que maman était dans le coma et que je me remettais de mes propres blessures, je lui ai tout raconté. Tu aurais dû voir comment il m'a regardé, comme si j'étais le diable.

Il a quitté la pièce, m'a laissé gérer mon chagrin seul. Ce jour-là, j'ai perdu ma mère mais aussi mon père. Le jour de l'enterrement, il m'a accusé d'avoir gâché sa vie. Il m'a dit qu'il aurait souhaité que ce soit moi qui sois enseveli sous cette terre, pas elle.

Je plaque une main devant ma bouche pour empêcher le cri d'effroi qui m'obstrue la gorge.

Comment un père peut-il dire une chose pareille à son fils ?

Jusqu'ici j'avais plutôt du respect et de la considération pour M. Miller, car c'est grâce à lui que Lisa et moi avons pu rester à Laguna, mais là je crois que je pourrais le tuer pour avoir mis toutes ces idées dans la tête de son fils.

– Il ne lui a fallu que quelques semaines pour se consoler dans les bras de Judith, continue-t-il d'une voix monotone. Et la suite tu la connais. Le pire, c'est que je ne lui en veux pas. Il a raison de me détester. Je me déteste aussi pour ce que j'ai fait à ma mère.

– Écoute-moi bien, Zack. Regarde-moi, s'il te plaît.

Son regard met un temps fou à s'ancrer dans le mien.

– Tu n'as rien fait. Tu n'y es pour rien. Ta maman est morte dans un accident de voiture et cela n'a rien à voir avec toi. C'est une tragédie. Et c'est injuste que ce soit arrivé à ta mère. Mais je t'en supplie, arrête de te torturer. Ce n'est pas de ta faute. Ton père était dévasté par le chagrin et ça a troublé son jugement. Il ne le pense pas. Personne ne peut penser une chose pareille.

Je ne réalise pas que dans ma tentative de le consoler, je lui ai grimpé dessus avec l'envie d'absorber sa douleur comme un buvard. Il me dévisage comme s'il me voyait pour la première fois et pose son front contre le mien. Je ne sais pas si mes mots ont de l'effet. Ses larmes continuent de couler. Il empoigne ma mâchoire avec un peu trop de force, comme s'il voulait me faire taire.

– Je suis un monstre, Ella. Je détruis toutes les personnes qui ont le malheur de m'aimer. Tu ferais mieux de te barrer pendant qu'il en est encore temps. Je ne sais faire que ça, du mal. Je suis un connard égoïste. Comme dirait mon père, je suis une malédiction.

Je fais non de la tête. Nos fronts sont toujours collés et mes mains effacent ses larmes frénétiquement. Nos lèvres sont à quelques millimètres. J'inspire pendant qu'il expire, essoufflé d'avoir dit tout ça à voix haute.

– Non, non, non, Zack. Tu n'es rien de tout ça. Tu es… tu es merveilleux. Une belle personne… Je…

Je déglutis.

– Je t'aime, Zack.

Il a un mouvement de recul. Ses yeux bleus s'écarquillent puis il fait une grimace indéchiffrable, comme si mes mots lui faisaient mal. Je reste interdite, regrettant déjà d'avoir ouvert ma grande gueule. D'avoir mis mon cœur à nu. C'est le pire moment du monde pour dire à quelqu'un qu'on l'aime.

Il ne me répond pas, il plaque ses lèvres sur les miennes, pour me réduire au silence ou pour me punir. Son baiser n'a rien de romantique ni de doux, il est bestial, primaire, agressif et me met à bout de souffle en moins de temps qu'il ne faut pour le dire. Il soulève mon top, arrache mon soutien-gorge avec frénésie puis saisit mes seins violemment. Je gémis de douleur et de plaisir. Ses larmes, mes gémissements, son urgence, son impatience, mes peurs et mes doutes, tout se mélange.

Je le laisse se perdre en moi car je sais qu'il en a besoin et qu'il n'y a rien que je puisse faire pour Zack Miller. Il m'embrasse partout, sa bouche humide et affamée laisse des traces sur mon corps qui se consume sous l'effet dévastateur de sa langue. Mais il ne passe pas autant de temps en préliminaires que d'habitude. Il se relève sans me dire un mot et cherche un préservatif dans son jean, resté au sol, abaisse son short de plage. Sa queue large et saillante semble aussi en colère que lui, mais ne manque pas d'attiser mon désir.

Je suis confuse, perturbée par son silence et son humeur, mais il n'empêche que j'ai envie de lui. J'ai toujours envie de lui. Je me sens complète quand il est en moi. Peu importe qu'on soit sur une plage, que nous ayons décidé de ne plus déconner, de ne plus prendre le risque de nous faire repérer.

Quand nous sommes ensemble, c'est le feu et plus rien ne compte. Il s'installe entre mes cuisses et entre en moi en une seule poussée. Je grince des dents, essayant de m'habituer à son imposante présence. Il ne me demande pas comment je vais. Et commence à bouger, dedans, dehors, dedans, dehors, à un rythme frénétique qui fait ballotter mes seins. Il est loin de moi, simplement concentré sur ses pénétrations, et j'ai besoin du contact de sa peau, de ses yeux sur moi, de ses lèvres.

– Zack, regarde-moi.

Il n'en fait rien et continue ses va-et-vient.

– S'il te plaît, Zack.

Il finit par lever les yeux et sortir de sa transe. Ses yeux bleus s'adoucissent quand ils plongent dans les miens. Il s'abaisse pour m'embrasser tout en continuant à bouger à l'intérieur de moi. Je sens que le désir se fait de plus en plus fort dans mes entrailles et que mon sexe est de plus en plus trempé.

Je le serre au plus près. Les muscles de son dos roulent sous mes mains. J'enfonce mes talons dans ses fesses pour le sentir au plus profond de moi. Il grogne de plaisir. Sa langue dans ma bouche, sur mon menton, mon cou, mes seins. Je me cambre quand il me suce les seins avec force. Il va laisser des marques sur ma poitrine, c'est sûr. Mon cœur cogne fort dans ma poitrine et nos respirations deviennent chaotiques.

J'ai envie de lui crier que je l'aime, c'est là au bout de ma langue et ça fait trembler mon corps, mais je n'en fais rien. Je ne veux ni lui faire peur ni me prendre un deuxième râteau. C'est bien trop pour mon petit cœur.

Ses mains s'enfoncent dans mes hanches. Il se redresse et me pénètre avec force, relevant mes jambes pour les mettre de part et d'autre de ses épaules. L'angle est fatal, tellement profond qu'il me fait hurler de plaisir. Il atteint un endroit magique à l'intérieur de moi que je ne connaissais pas. Un endroit miraculeux qui me fait complètement perdre la tête et m'amène au bord des larmes. Il est concentré, son visage est froid et ses coups de reins accompagnés de grognements de fureur. Il me baise avec hargne comme s'il m'en voulait ou en voulait à la terre entière. C'est à la fois torride et perturbant.

Un orgasme dévastateur vient secouer tout mon corps et me faire trembler sur sa queue. Je crie sans pouvoir m'en empêcher. Ma jouissance est tellement puissante qu'elle provoque celle de Zack qui, dans un grognement, se vide dans le préservatif avant de retomber, essoufflé, sur mon corps en sueur.

Nous restons ainsi un long moment, écoutant nos cœurs battre à l'unisson. Mes mains se perdent dans ses cheveux mouillés et sa peau salée. Les lèvres entrouvertes contre mon cou, il reprend son souffle. Je voudrais rester comme ça pour toujours. Mais il se retire, me laissant une horrible impression de vide.

Il enlève son préservatif et se rhabille rapidement, son jean qu'il ne prend pas le soin de boutonner, son *hoodie* à capuche noir. Il ne me dit pas un mot et range ses affaires. J'ai l'impression étrange que j'ai fait un truc de mal.

Ma nudité me saute aux yeux et me fait honte pour la première fois. Je me rhabille alors qu'il ne m'accorde aucun regard. Il allume un joint, le fume en contemplant le soleil se coucher, il m'en propose mais je n'ai pas la tête à ça. Puis il se redresse, silencieux, froid.

– Je te ramène chez toi, Ella, dit-il d'une voix ferme et sans appel.

Mon cœur me brûle à nouveau mais je n'ose pas protester et lui emboîte le pas. Il me dépose puis disparaît dans la nuit pour aller Dieu sait où.

39

Ella

« Pas de nouvelle, bonne nouvelle ! »

Quel est le con qui a inventé cette expression ? Sûrement pas une personne qui vient de confesser son amour et qui reçoit en échange rien, nada, le néant.

La pire des tortures.

Le silence radio c'est un « je t'emmerde » déguisé.

Ma seule consolation est de me dire que je ne suis pas la seule à subir son indifférence. Le monde entier est dans le même cas que moi. Zack a déserté la villa, le lycée, son équipe et tous les endroits qu'il aime fréquenter. Matt me dit de ne pas m'en faire, que ça lui arrive chaque année, à la même période. Il disparaît quelques jours mais finit toujours par revenir. Bien que cette fois, il semble que sa crise soit plus longue que d'habitude, ce qui ne fait rien pour me rassurer. Il n'empêche que je suis blessée. Je n'ai jamais dit « je t'aime » à personne, et même si j'ai choisi le pire moment pour faire ma déclaration, ce n'est pas exactement comme ça que j'imaginais ma première fois. J'ai envie de le détester. Et je l'ai fait les trois premiers jours. Puis l'inquiétude a pris le dessus.

Je me demande ce qu'il fait, où il est, et s'il a réussi à calmer ses démons intérieurs. Je me réveille en sueur la nuit en l'imaginant le crâne fracassé sur un rocher après avoir chevauché la vague périlleuse de trop. Ou sur le parking d'un bar malfamé après avoir provoqué une bagarre stupide. Il a une grande gueule et j'ai l'impression que son côté destructeur est encore plus vif en ce moment.

Je passe donc mon temps après l'école à essayer de le retrouver. Matt ou Maddie m'accompagnent parfois.

Le pire, c'est que ses parents s'en tapent comme de l'an quarante. Ils n'ont même pas remarqué son absence et maintiennent leurs événements guindés et déplacements comme si de rien n'était. Dire que je pensais que Lisa battait des records en matière de parents de merde, mais à côté des Miller, c'est une sainte. Les Miller jouent carrément dans une autre catégorie. Pas étonnant qu'il soit si mal dans sa peau et continue à se punir pour la mort de sa mère.

Zack n'est plus retourné à Hidden Cove. Peut-être parce qu'il sait que j'essayerai de le trouver là-bas. Mon angoisse augmente avec chaque jour qui passe sans nouvelle. Je ne mange plus, ne dors plus. Je ne suis plus que l'ombre de moi-même.

Je soupire et referme mon casier. Je sens mon téléphone vibrer dans la poche de mon jean. Je sors mon portable à la hâte, en priant pour que ce soit lui, mais la bulle d'espoir qui s'était formée dans ma poitrine explose immédiatement, me plongeant un peu plus dans le désarroi.

– C'est Shelby, dis-je en même temps que Maddie confirme, car elle a reçu le même texto que moi sur le WhatsApp de l'équipe des *cheers*.

Shelby : Hello les filles ! Juste pour vous dire qu'il n'y aura pas d'entraînement aujourd'hui. J'ai des trucs à faire <3. Passez une bonne fin de journée et n'oubliez pas, vous êtes ce que vous mangez. ;) ;) ;)

Je grogne de frustration. Je déteste les gens qui utilisent trop d'émoticônes et cette fille en use et abuse, sans parler des photos où elle pose à moitié à poil sur Instagram en parlant de ses régimes. Elle ajoute toujours une phrase profonde, zen, bouddhiste, comme si Bouddha cautionnait sa dictature de la minceur ou ses poses bouche de canard et cul en arrière.

De toute façon, tout ce qu'elle fait a le don de m'exaspérer et encore plus quand je suis de mauvaise humeur.

– Super, pas d'entraînement, on va pouvoir aller à la plage ou faire du shopping. Ça te dit, El ? Ça te ferait du bien de te changer les idées un peu, lance Maddie avec enthousiasme.

Elle fait tout pour me remonter le moral, mais impossible, je suis trop à côté de mes pompes.

– Non, je vais rentrer, je suis crevée et j'ai des milliards de devoirs à faire.

Je mens. Enfin qu'à moitié. Je vais surtout passer mon temps à guetter par la fenêtre au cas où Zack rentrerait.

– Tous les exams sont passés, on n'a plus de devoirs. Et tu as été prise à Boston Uni, plus aucune raison de te donner autant de mal, ma chérie.

– Je sais mais je vais rentrer, ça vaut mieux.

– Comme tu veux.

Lorsque j'arrive à la villa, la première chose que je remarque, c'est la Jeep de Zack garée dans le garage resté ouvert. L'espace d'un instant, je crois à une hallucination. Mais non, c'est bien sa caisse, avec sa planche qui dépasse.

Mon cœur fait un bond dans ma poitrine. Je vérifie mon téléphone. Peut-être qu'il a fini par répondre aux milliers de messages que je lui ai envoyés.

Non. Toujours pas.

Machinalement, je me dirige vers le manoir. Je réfléchis à toute vitesse à une excuse qui justifierait ma présence. Je n'en trouve aucune mais je frappe quand même sur l'immense porte en bois. M. Bird m'ouvre avec son air contrit et suffisant habituel.

– Encore une visite non annoncée. Vous vous êtes donné le mot, ou quoi?

Je ne comprends pas vraiment ce qu'il raconte, mais j'ai l'habitude de ses sarcasmes, alors je ne me formalise pas plus que ça et me tiens fermement devant la porte.

– Bonjour, monsieur Bird! Comment allez-vous?

– Eleanor! Que nous vaut ce plaisir?

– Je suis venue voir Lisa. J'ai quelque chose d'important à lui dire.

– Elle vient juste de partir faire une course.

– Je peux l'attendre ici, demandé-je.

– Euh... si vous voulez, mais vous habitez juste en face, peut-être que vous pourriez l'attendre là-bas, où personne n'aurait besoin de vous surveiller comme le lait sur le feu, suggère-t-il avec sa voix toujours pleine d'ironie.

Il excelle dans l'art de mettre une claque et de la pommade en même temps. Je l'aime beaucoup, malgré son côté coincé. Il sait pour Lisa, pour Zack et moi, depuis le début, et n'a jamais rien dit à personne.

– Je n'ai pas 2 ans, je n'ai pas besoin qu'on me surveille. Je serai sage comme une image.

Je lui fais le sourire le plus innocent que j'aie en stock, celui que je sors pour les grandes occasions.

– OK ! Mais interdiction d'aller à l'étage.

– Évidemment, qu'est-ce que j'irais faire à l'étage ? mens-je non sans culpabiliser, mais aux grands maux les grands remèdes.

– Je ne sais pas, moi… des choses qui vous sont interdites depuis le début et que vous ignorez sciemment, risquant l'avenir de votre sœur/mère ? dit-il en plissant les paupières.

J'acquiesce en lui faisant le signe de la promesse des scouts.

Il referme la porte et je traverse un dédale de couloirs.

Est-ce qu'un endroit peut être plus grand ou plus luxueux ?

Autant de mètres carrés pour si peu de personnes, ça me dépasse complètement.

M. Bird m'offre quelque chose à boire pour m'aider à patienter. J'hésite à lui demander de la vodka, car il va me falloir du courage pour affronter Zack.

Il finit par tourner les talons et me laisser seule. C'est le moment pour moi de m'éclipser et d'aller à l'étage. Un shoot d'adrénaline pulse dans ma veine lorsque je gravis les escaliers en écoutant les bruits autour de moi. J'arrive à l'étage, traverse un long couloir et trouve la porte de Zack.

Je prends une grande bouffée d'oxygène pour rassembler tout mon courage avant de frapper. La porte s'ouvre après un long moment durant lequel j'imagine mille scénarios, mille façons d'entamer la conversation. L'embrasser, l'engueuler, le serrer dans mes bras. Mais aucun scénario ne m'avait préparée à ce qui arrive.

40

Ella

– Shelby?

Mes sourcils se froncent alors qu'elle arbore son sourire démoniaque et suffisant.

– Qu'est-ce que tu fais là? Où est Zack?

– Tu veux dire mon petit ami? Il est sous la douche.

Elle s'évente le visage de la main.

– J'avais oublié à quel point il était insatiable. J'en ai des courbatures partout. Pas sûr que je puisse venir m'entraîner demain.

Sa réponse me heurte comme une tonne de briques, expulsant tout l'air que j'ai dans les poumons. L'espace d'un instant, je ne l'entends plus, tout ce que je perçois ce sont les battements de mon cœur affolé.

Non, c'est pas possible, elle raconte des conneries.

Elle ment. C'est une putain de menteuse.

Il n'est pas là, pas avec elle, il n'a pas pu me faire ça.

Je la pousse et entre dans la chambre. Le lit est défait, les fringues de Zack sont au sol et j'entends l'eau s'écouler sous la douche. Mon cœur se brise en mille morceaux. Des larmes coulent sur mes joues sans que je puisse les empêcher. J'ai envie de hurler, de faire un carnage, mais aucun son ne sort de ma bouche. Je reste figée et hypnotisée.

– Qu'est-ce que tu as, Ella? chuchote Shelby à mon oreille comme le serpent qu'elle est. Tu ne pensais quand même pas sérieusement qu'il était amoureux de toi, si? Oh, tu es tellement naïve, ma pauvre fille! Un mec comme Zack ne peut pas tomber amoureux d'une fille comme toi, c'est contre les lois de l'univers.

Elle arbore une fausse moue boudeuse et son regard de vipère brille de satisfaction. Il faut que je sorte d'ici. Il faut que je sorte d'ici tout de suite. Je n'arrive plus à respirer.

Je cours à travers le couloir comme une folle, la tête et le cœur en feu. Des larmes de tristesse et d'amertume coulent sur mes joues et m'obstruent la vue. Deux personnes montent l'escalier en face de moi. Je n'arrive pas à distinguer leurs visages mais j'entends leurs voix. Malgré ma peine, je me rappelle que je n'ai rien à faire ici et que si on me trouve ça créera des problèmes à Lisa.

J'entre dans la première pièce ouverte à ma droite pour me planquer. Un bureau. J'entends les voix se rapprocher. Merde. Je cherche à toute vitesse où me dissimuler et décide de me cacher derrière l'un des rideaux épais et opaques.

– Cent mille dollars ! Tu as pété les plombs, Jack ! Je n'ai pas ce genre de somme à disposition.

C'est Mme Miller. Je reconnais aisément son accent du sud.

– Sara, tu claques ça en une séance de shopping, tu ne vas pas me dire que ton mari plein aux as ne peut pas te faire de chèque?

– Et comment tu veux que je le justifie? Il n'est pas complètement con. Tu m'as déjà extorqué cinquante mille dollars le mois dernier.

– Fais encore un gala de charité. Je suis sûr que tes amis « botoxés » seraient ravis de sponsoriser un autre pseudo hôpital pour enfants.

– Jack, tu vas finir par nous faire prendre à force d'en vouloir toujours plus. Ce n'était pas le deal. Tu devais toucher ton cachet et disparaître de ma vie.

– Ça, c'était avant que je comprenne à quel point ton nouveau pigeon était riche. Regarde autour de toi, Sara. Regarde tout ce luxe. Et tu penses que je ne vais pas réclamer ma part du gâteau? Je te rappelle que j'ai pris tous les risques.

– Et tu as été gracieusement rémunéré.

– Tout est relatif !

– C'est non, Jack ! Je ne peux pas. Je ne peux plus.

– Dans ce cas-là, je vais devoir aller trouver ton gentil mari et lui dire toute la vérité. Lui dire que sa précieuse femme est une meurtrière et qu'elle a orchestré le meurtre de son ex-femme. La mère de son seul et unique enfant.

Un hoquet de surprise et d'horreur m'échappe. Je le bloque du revers de ma main et essaye d'empêcher mon corps de trembler. Je ne réalise pas tout de suite que la conversation s'est interrompue. Le rideau s'écarte brusquement et un grand mec baraqué m'attrape par les cheveux et m'oblige à me redresser.

Je crie de douleur et de panique. Il place une main sur ma bouche. L'odeur de cigarette sur ses doigts qui pressent sur ma mâchoire me donne la nausée.

– C'est qui cette pute?! gronde-t-il en m'amenant face à Mme Miller.

Elle me dévisage, l'air grave, alors que je me débats de toutes mes forces. Je mords la main du connard, en espérant m'échapper de ce cauchemar.

Mauvaise idée, car cela ne fait que décupler sa fureur, il me rattrape aisément et me décoche une droite qui me couche au sol immédiatement et me fait voir des étoiles.

– Arrête, Jack! C'est qu'une gamine.

– Une gamine qui a tout entendu, alors moi je propose qu'on la supprime.

– Non. Laisse-la tranquille. Je vais m'en occuper. Ne t'en fais pas.

– Comme tu veux, Sara, mais tu connais ma politique. Pas de témoin, pas de balance.

– Prends ça! Prends cet argent et débarrasse le plancher avant que Jeffrey ne rentre et se mette à poser des questions.

– Et la gosse?

– Je m'en occupe, je te dis.

Il répond par un grognement, avant de tourner les talons et de quitter la pièce.

– Lève-toi, Ella.

Je ne réponds pas, alors Judith ou Sara, Dieu seul sait quel est son vrai nom, parle plus fermement. Sa voix est méconnaissable, son accent encore plus prononcé. Je me redresse sur mes jambes flageolantes et m'assois en face d'elle dans un effort surhumain.

Mes mains, mes lèvres, tous mes membres tremblent. Mon cuir chevelu me brûle et ma vue est obstruée par mes larmes et la paupière enflée de mon œil gauche.

– Eleanor Gonzalez. Quand je t'ai dit de rester loin de ce manoir, pourquoi tu ne m'as pas écoutée? Qu'est-ce que tu foutais ici à écouter aux portes? Hein?!

Je ne réponds pas, je suis tétanisée. J'amène mes mains à ma bouche pour constater que je saigne, un nouveau sanglot m'échappe. Elle me tend un mouchoir comme si de rien n'était, comme si je ne venais pas d'assister à une scène abjecte.

Elle a orchestré l'accident. Elle a tué la mère de Zack. Cette phrase repasse en boucle dans ma tête et me donne le tournis. J'ai l'impression d'avoir atterri dans un monde parallèle.

C'est pas possible! C'est un cauchemar, je vais me réveiller.

– Je t'aimais bien pourtant. Tu paraissais être une fille intelligente, qui avait suivi mes instructions à la lettre. Maintenant je vais être obligée de te faire disparaître.

Elle sort une arme de son bureau et la pointe sur moi. Paniquée, je place mes deux mains face à moi pour me protéger.

– Non, je vous en supplie, ne faites pas ça! Je ne dirai rien à personne. Je vous le promets.

– Vois-tu, je ne peux pas en être certaine et je ne peux pas vivre avec le doute toute ma vie. Si je te tue maintenant, j'aurai la certitude que mon secret est définitivement enterré.

– Ne faites pas ça! Je n'ai que 17 ans. Laissez-moi une chance. Laissez-moi partir. Je quitterai la ville. Je déteste cet endroit de toute façon. On m'a forcée à venir ici. Laissez-moi m'en aller et vous n'entendrez plus jamais parler de moi.

Je ne sais pas où je trouve tout ce courage pour parler alors que je suis au bord de l'évanouissement. L'instinct de survie sûrement.

Judith réfléchit longuement puis finit par poser son arme.

– OK, voici le deal, Eleanor. Tu vas aller chercher quelques affaires. Tu vas laisser un mot à ta sœur pour ne pas qu'elle s'inquiète et qu'elle appelle la police. Sois convaincante, surtout. Je te dépose ensuite à la gare, tu prends un billet et tu disparais de nos vies. Si tu vas voir la police, parles ou reprends contact avec quelqu'un ici, je te retrouverai et je finirai le boulot. Non, mieux, je demanderai à Jack de le faire. Il n'a plus toute sa tête depuis qu'il est rentré d'Afghanistan, il a soif de sang et de souffrance.

Je frissonne en imaginant tout ce qu'il pourrait me faire. La nausée me vrille l'estomac.

– Crois-moi, Ella ! Il n'hésitera pas une seconde. Alors sois raisonnable et ne ruine pas la chance que je te laisse.

J'acquiesce frénétiquement, sans demander mon reste. Après cela, tout va très vite, comme dans un cauchemar. En quelques heures, je me retrouve seule dans un bus et complètement anéantie.

41

Zack

– Qu'est-ce que tu fous dans ma chambre?

J'enroule autour de ma taille la serviette que j'utilisais pour frotter mes cheveux, plaquant mon bordel que Shelby est clairement en train de mater en se mordillant les lèvres.

Elle a ce regard. Le regard de la nana qui vient foutre la merde.

– Toi aussi tu m'as manqué, Zack.

– Qui t'a laissée monter?

– M. Bird. Comme quoi il ne me déteste pas autant que tu le prétendais. C'est toi qui en as fait toute une histoire, Zack.

Je frotte mon visage et me dirige vers la porte pour l'ouvrir en grand. Rien de bon ne peut sortir de cette intrusion. Je le sais, donc je préfère mettre fin à son délire tout de suite.

– Dégage, Shelby!

Elle lève un sourcil, clairement vexée. Mais je n'ai aucune envie de discuter avec elle et encore moins dans ma chambre quand je suis à moitié à poil. J'ai à peine dormi les cinq derniers jours et la dernière chose dont j'ai besoin, c'est de subir les conneries de Crazy Shelby.

– Tu ne veux pas entendre ce que j'ai à te dire?

– Non…

– C'est dommage! Car je suis sûre que Judith serait ravie de m'écouter, surtout concernant ta relation secrète avec Taco Bell.

Je referme la porte dans un geste las. Je me masse les tempes, espérant chasser le début de migraine qui menace de faire exploser mon crâne, vestige de mes derniers abus, mais en vain.

– Te voilà enfin raisonnable.

Elle sourit comme un diable et décroise ses jambes. Je crois qu'elle ne porte rien sous sa jupe.

Est-ce que cette fille peut être plus subtile?

– La réponse est oui.

– Je ne crois pas t'avoir posé de question.

– Tu n'as pas besoin, Zack. Je vois bien ce que tu regardes.

Elle secoue la tête en riant.

– Tu as toujours été un obsédé sexuel. Insatiable. Tu sais que depuis notre rupture je n'ai pas réussi à trouver quelqu'un à ta hauteur? Aussi endurant. Aussi performant. Tu serais étonné de savoir combien d'éjaculateurs précoces il y a dans cette ville. Bon, il est vrai que je suis tellement excitante que parfois certains mecs ont du mal à se contenir.

Elle se redresse et s'approche de moi.

– Mais toi… tu savais faire durer les choses. On était si bien tous les deux. Dis-moi que je te manque autant que tu me manques. Dis-moi qu'elle ne te satisfait pas autant que moi.

Elle pose une main sur ma joue et essaye de m'embrasser. Je baisse mon visage jusqu'à presque effleurer ses lèvres, elle ferme les yeux, s'abandonnant à ce moment.

– Tu veux savoir la vérité?

– Oui, répond-elle dans un souffle.

– Tu me dégoûtes, Shelby. Je ne sais vraiment pas ce que j'ai pu te trouver. Je ne te toucherais même plus avec un bâton.

Elle ouvre les yeux subitement et me fusille du regard.

– Bon, dans ce cas, tu ne me laisses pas le choix.

Elle tourne les talons, fouille dans son immense sac Prada et éparpille des photos sur mon lit.

– Qu'est-ce que tu fous?

– J'étale les preuves de tes crimes, Zack. Honnêtement, je ne comprends pas ce que tu lui trouves. Elle a l'air aussi manchote dans la vie que dans le sexe et on en parle de ces cuisses qui dégoulinent de cellulite?

Je m'approche pour regarder les photos. Putain! Cette nana est encore plus tordue que ce que j'imaginais. Sur les clichés, il y a Ella et moi en train de faire l'amour à Hidden Cove. Le jour où j'ai fait le con, où elle m'a avoué ses sentiments et où je l'ai baisée avec froideur pour toute réponse. Ce moment me hante depuis. Dans mon tourbillon destructeur, je n'ai cessé de revoir son regard triste et confus. Ce qui m'a poussé à me détester et à me détruire encore plus. Ella mérite tellement mieux que moi. Je suis le roi des enfoirés mais je l'aime. Elle est la seule personne dans ce bas monde qui me donne foi en l'humanité et me donne envie de croire en l'avenir. Donc fini les conneries, je suis revenu pour lui dire tout ça en espérant qu'elle me pardonnera. Et m'acceptera à nouveau dans sa vie.

– Tu nous as suivis ? Tu devrais aller te faire sérieusement soigner !

Je les ramasse et les déchire immédiatement.

– Tu peux les détruire, j'en ai d'autres. Plein d'autres. Et j'en ai filé à Hunter aussi. Si jamais tu décides de m'intimider, il les publiera. Tu imagines le cul d'Ella partout sur les réseaux sociaux ?

– Hunter ? Il est dans ce coup foireux avec toi ?

– Tu pensais quand même pas qu'il t'avait pardonné l'humiliation de la soirée de Maddie ? Il a juste attendu le moment opportun pour frapper. On dirait que ce moment est enfin arrivé.

Ce sourire diabolique. J'ai envie de le lui arracher. Et ce fils de pute de Hunter, il ne perd rien pour attendre.

– Et non, je ne vous ai pas suivis, je n'ai pas le temps pour ça. J'ai une vie. J'ai engagé un détective privé évidemment.

Je fronce les sourcils. Cette fille devrait être enfermée. Il y a clairement un truc qui ne tourne pas rond dans sa tête.

– Tu vois, le jour du match contre Newport, continue-t-elle, imperturbable, comme si tout ceci était normal et qu'elle ne venait pas de m'exposer l'étendue de sa folie, j'ai trouvé la réaction d'Ella face à ta chute très bizarre. Du coup j'ai décidé de la faire suivre et voilà. Après je me suis demandé pourquoi tu n'assumais pas cette relation. Pourquoi tous ces mensonges ? Je pensais que tu voulais le cacher à Matt. Mais en venant boire le thé avec ma mère chez Judith, j'ai découvert que la vérité était encore plus juteuse. Alors dis-moi, Zack, veux-tu que j'aille voir ta belle-mère ? Voudrais-tu vraiment que notre pauvre Taco Bell retourne d'où elle vient ? Dans son ghetto de Chicago.

Elle arbore une fausse mine boudeuse.

– Après tout ce qu'elle a fait pour s'intégrer, allant jusqu'à se ridiculiser au sein des *cheerleaders*. Il paraît même qu'elle a décroché une bourse. Tu le savais ?

Vu que je suis un petit ami centré sur sa petite personne, non je n'en savais rien, mais je ne l'avoue pas à Shelby, évidemment.

– Ce serait vraiment dommage que tous ses efforts soient réduits à néant à cause de ton égoïsme et de ton incapacité à la garder dans ton pantalon. Et sans parler de cette pauvre Lisa. Ça fait combien de temps qu'elle bosse pour vous ? Dix ans ? Quinze ans ?

– Qu'est-ce que tu veux au juste ? Arrête de tourner autour du pot. Et dis-moi ce que tu veux.

– Je veux que tu me fasses l'amour.

– Tu rêves. C'est mort ! dis-je en croisant les bras sur mon torse.

Quand je réalise qu'elle me mate, je passe vite un tee-shirt et un bas de jogging.

– Oh, je suis blessée. Mais je suis sûre que tu changeras d'avis avec le temps. Non, ce que je veux vraiment, c'est que tu dises à Taco Bell que c'est fini et que tu te remettes avec moi. Enfin, aux yeux de tout le monde. Je veux ma photo dans le *year book*. Je veux qu'on soit élus roi et reine de la promo. En gros, je veux le juste retour des choses, quoi !

– Et si je refuse ?

– Eh bien tu peux dire adieu à Taco Bell, et Ella peut dire adieu à son avenir glorieux. Si j'étais toi, je réfléchirais à deux fois à ma proposition avant de la refuser. Car finalement tu as le choix entre son bien-être ou ton égoïsme. Je te laisse réfléchir, tu as à peu près deux semaines. Allez, bonne soirée.

Elle me tape sur la joue plusieurs fois de manière condescendante, trop contente de son plan machiavélique, avant de passer la porte.

Mon poing s'écrase sur le mur dans un réflexe de frustration.

– *Fuck* !

42

Zack

[Ella ! Je suis rentré.
Je sais que j'ai fait le con.
Mais je t'en supplie
laisse-moi une chance.]

[OK, je mérite ton silence.]

[Ça te dit d'aller surfer cet
après-midi ?
On pourrait discuter un peu.
Je vais tout t'expliquer.
Et il faut que je te parle
d'un truc important.]

[C'est à propos de Shelby,
c'est vraiment important.
Réponds !]

[Putain, Ella. Ça fait deux jours.
Je te préviens, si tu réponds pas
je débarque, et je m'en fous
que Lisa soit là.]

C'est le dernier message que j'ai envoyé avant d'escalader la gouttière pour aller dans la chambre d'Ella.

La fenêtre est verrouillée. Merde !

Je regarde à travers la vitre, comme un psychopathe, en plein jour. Son lit est fait. Les petites lumières que je l'ai aidée à installer au-dessus de son lit sont allumées, mais elle n'est nulle part. Ça fait deux jours que je suis rentré. Deux jours que je la bombarde de textos et qu'elle m'ignore. Au début, je pensais qu'elle me fuyait. Logique, vu tout ce que je lui ai fait subir ces derniers temps. Et je sais à quel point elle peut être rancunière quand elle est blessée.

Mais après avoir parlé à Matt et Maddie qui n'ont pas de nouvelles non plus, je suis passé de la contrariété à l'inquiétude.

– Je peux savoir ce que tu fous, Zack?

C'est la voix de Lisa qui m'interpelle. Elle porte un panier de courses et a l'air complètement désespérée. Ses cheveux blonds sont négligemment relevés au-dessus de sa tête, et d'ici je peux voir qu'elle a des valises sous les yeux.

– Je cherche Ella.

– On est deux dans ce cas, dit-elle d'une voix monotone.

– Quoi?

Je descends au plus vite, et mon inquiétude ne fait que s'amplifier quand je vois son visage déformé par la tristesse.

– Tu ne sais pas où elle est non plus?

Elle se mordille les lèvres, sûrement pour éviter d'éclater en sanglots.

– Non… Je crois qu'elle est partie.

– Partie? Partie où?

Elle hausse les épaules, lâche son panier avant d'éclater en sanglots. Je la prends immédiatement dans mes bras pour la calmer, mais la vérité c'est que je suis tout aussi inquiet qu'elle.

– Où est-elle partie? Et pourquoi? insisté-je avec l'envie de m'arracher ma propre peau, tellement cette situation me paraît insupportable.

– Je ne sais pas. Elle m'a laissé une lettre.

– Je peux la voir?

Elle acquiesce et m'invite à la suivre à l'intérieur. Elle est tellement triste qu'elle ne questionne ni ma présence ni mon intérêt soudain pour Ella.

Je m'installe sur l'îlot central de la cuisine pendant qu'elle disparaît à l'étage. C'est bizarre de me retrouver ici sans Chicago. Je suis bombardé d'images d'elle. Son sourire. Son rire tonitruant.

Ses talents culinaires et le nombre de fois où je lui ai fait l'amour sur ce plan de travail quand Lisa passait la nuit chez Clint.

Lisa revient avec la lettre en main, avant que je parte en vrille.

– Voilà, je l'ai découverte sur son lit vendredi quand je suis rentrée de mon service.

– Je peux la lire?

– Oui, évidemment.

Lisa,

Je te remercie de m'avoir accueillie et de m'avoir montré ce qu'est l'amour. Après la mort de mamie, je n'avais plus personne et tu m'as ouvert les bras, ainsi que ton chez-toi. Pourtant je n'ai jamais vraiment réussi à trouver ma place ici, à Laguna Beach. Et cela n'a rien à voir avec toi. Tu as été plus que parfaite. Je ne suis pas comme tous ces gens. La superficialité de cette ville m'étouffe. J'ai besoin de grands espaces. J'ai toujours rêvé de faire un road trip, de faire le tour des États-Unis, voire le tour du monde, et c'est ce que je compte bien faire maintenant que j'ai bientôt 18 ans. Mais je ne veux pas attendre encore un mois, d'être majeure, ou d'avoir mon diplôme. Il n'y a pas meilleur moment que l'instant présent. Je suis jeune et je vais profiter de la vie, pas m'ennuyer sur les bancs d'un lycée qui me mèneront vers une fac tout aussi ennuyeuse. N'essaye pas de me retrouver. Et surtout ne t'inquiète pas je vais bien.

Love

Ella

– Qu'est-ce que c'est que ces conneries? Ça ne ressemble pas du tout à Ella.

– C'est exactement ce que je me suis dit. Mais il s'agit bien de son écriture. Clint dit qu'on ne connaît jamais vraiment les gens et ce qu'ils ont derrière la tête. Il pense qu'elle fait une crise d'adolescence tardive et qu'elle finira par revenir.

– Tu as prévenu la police?

– Oui, c'est même la première chose que j'ai faite. Mais ils pensent pareil. Crise d'adolescence. Ils la cherchent mais sans trop se forcer non plus. Oh, ma Ella ! Pourquoi est-ce qu'elle est partie ? A-t-elle la moindre idée des dangers qu'elle court ? Pourquoi a-t-elle fait ça ? Je pensais lui offrir tout ce dont elle avait besoin ici. J'aurais peut-être dû passer plus de temps avec elle. Lui donner plus d'amour.

Les larmes de Lisa me brisent le cœur. J'essaye de la calmer, de la rassurer tout en réfléchissant à ce que je pourrais faire.

– Non, Lisa, ce n'est pas de ta faute. Tu ne peux pas t'en vouloir. Écoute, je vais la retrouver. Ne t'en fais pas.

– Comment vas-tu t'y prendre au juste ? Tu ne sais même pas où elle est.

– Je vais commencer par là où elle a toutes ses attaches.

43

Zack

Trouver Chicago à Chicago s'avère beaucoup plus difficile que je ne l'imaginais.

Qu'est-ce que je croyais ?

C'est une ville qui compte plus de deux millions d'habitants. Autant chercher une aiguille dans une botte de foin.

Le pire, c'est que je n'ai aucune certitude. Elle pourrait être ici comme elle pourrait être ailleurs. Sa lettre ne donnait aucun indice, mais il fallait bien que je commence quelque part.

L'instinct me dit qu'elle est ici. Je le sens. Tous les deux nous sommes reliés par quelque chose de plus grand que nous. Depuis l'enfance. J'ai été élevé par la mère qui l'a abandonnée.

Si ça, ce n'est pas la destinée ?

Une forme de mythologie grecque un peu tordue. Voilà pourquoi je ressens tous ces trucs pour elle. Pourquoi elle est constamment dans ma tête ! Il m'a fallu du temps pour le comprendre. Il m'a fallu la perdre pour le comprendre, mais maintenant j'en suis convaincu. Elle est mon autre. La pièce du puzzle qui manquait à mon existence et me donnait l'impression d'être bancal, incomplet.

Et si elle n'est pas à Chicago, j'irai la chercher jusqu'au bout du monde. Parce qu'elle est mon oxygène. Parce que je sais ce que c'est de perdre quelqu'un d'essentiel et que je n'ai pas l'intention de laisser la vie m'enculer une deuxième fois.

J'ai bon espoir de la trouver ici. Elle est attachée à sa ville natale, à Maria et Pierce. Si elle a quitté Laguna, ce n'est pas pour tout recommencer ailleurs. Non, elle est revenue ici, aux sources, là où tous les gens qu'elle aime sont réunis.

La vraie question, c'est pourquoi elle a décidé de partir.

Parce qu'elle m'en veut ? À cause de mon attitude de connard ?

Ça ne lui ressemble pas. Elle n'enverrait pas tout balader à cause de moi, même si je l'ai profondément blessée.

Après avoir parlé avec Lisa, j'ai bouclé quelques affaires, pris un billet d'avion et me voilà. Matt a proposé de m'accompagner mais j'ai refusé. Je dois régler cette histoire seul.

Assis dans ma voiture de location, je sillonne les quartiers du sud de Chicago sous une pluie battante. Ça fait des heures que je tourne dans l'espoir de l'apercevoir ou de tomber sur un indice.

Ella m'a beaucoup parlé de son enfance. Elle était fière de son quartier. Je me demande bien pourquoi. La plupart des rues sont cabossées et les façades des bâtiments crient leur besoin de rénovation. Quelques personnes errent sous la pluie. Certaines poussent des Caddies de fortune. Un klaxon me fait sursauter. Un connard furieux me dépasse en me faisant un doigt d'honneur.

– Putain ! Mais détends-toi, hurlé-je comme s'il pouvait m'entendre.

Il est vrai que je roule à deux à l'heure mais la visibilité est vraiment merdique. Il faudrait que je quitte l'avenue principale et que je sillonne les ruelles car sous cette pluie je ne vois rien.

Black Horse ! Ce nom me dit quelque chose.

Je décide de m'arrêter pour réfléchir. Hier j'ai traîné toute la journée devant Lincoln High, l'ancien lycée d'Ella, dans l'espoir d'apercevoir Pierce ou Maria, mais en vain. Évidemment, j'ai essayé d'entrer dans le lycée, mais il est plus facile de pénétrer dans la banque fédérale que dans ce bâtiment. La sécurité de l'établissement est digne d'une prison, avec détecteur de métaux et agents de sécurité. Ça en dit long sur le lycée. Pas étonnant qu'elle me répète tout le temps : « J'ai peur de rien, je viens du sud de Chicago. »

Black Horse. Black Horse.

Je réfléchis à toute vitesse en regardant ce pub à la devanture verte et aux lettres d'or. Ça y est, ça me revient !

***

Nous sommes allongés tous les deux sur nos serviettes, nos planches de surf à nos côtés, et le bruit des vagues pour seule compagnie. Ella tourne son joli visage vers moi. Le soleil se reflète dans ses yeux verts. On dirait presque qu'elle en a capturé la beauté. Elle a son sourire et parle à mille à l'heure comme à chaque fois qu'elle est excitée.

« Jackson, le frère de Pierce, bossait au Black Horse et nous filait des limonades gratuites l'été quand il faisait trente degrés et que nous crevions de chaud. »

***

J'éteins ma caisse et traverse la rue à grandes enjambées, en essayant de ne pas me noyer. Je pousse la porte du Black Horse, des effluves de bière et de cigarettes me prennent à la gorge.

Ils fument encore dans les lieux publics dans cette ville ?

Je m'installe au bar et balaye la pièce des yeux en imaginant une jeune Ella avec ses potes en train de siroter des limonades. Mais rien ne me vient. L'endroit est glauque, presque vide.

À part quelques habitués au bar ou au billard, il n'y a personne. Du coup, ma présence attire toutes les attentions. J'ai l'impression de pénétrer dans un endroit privé et défendu. Les regards qui convergent vers moi sont loin d'être bienveillants. Si on était dans un western, ils auraient déjà sorti les revolvers.

– Tu t'es perdu, beau gosse ?

La voix de la barmaid m'interpelle.

– Non… Je voudrais une bière !

– *Draft* ou bouteille ?

– *Draft*. Une IPA.

– OK, ça roule mon mignon.

La serveuse tatouée au style emo me sourit largement et laisse traîner son regard sur moi un peu trop longtemps. Je lui plais, c'est indéniable. Et je vais utiliser ça à mon avantage pour obtenir des renseignements.

Quand elle dépose la pinte devant moi, je la remercie et

complimente ses tatouages. Elle semble en être fière et me les décrit les uns après les autres avec passion. Je continue à jouer de mes charmes jusqu'à ce qu'elle se détende complètement. L'investigation peut commencer.

– Jackson ne travaille plus ici ?

– Tu connais Jackson ?

– La dernière fois que je suis venu, c'est lui qui m'a servi. On avait un peu discuté.

– Non ! Depuis que sa fiancée est enceinte, elle veut qu'il trouve un meilleur job plus stable qui ne dépend pas des pourboires. Du coup, c'est son frère Pierce qui le remplace, après le lycée. D'ailleurs, il ne devrait pas tarder à venir prendre la relève. Ce qui veut dire que je finis bientôt mon service. Je peux te faire découvrir Chicago, si tu veux ?

– Désolé, j'ai déjà une petite amie.

– Elle n'est pas obligée de le savoir, réplique-t-elle en souriant.

– Et j'ai une conscience aussi.

– Beau et fidèle, elle a beaucoup de chance. Si tu changes d'avis ou si tu t'ennuies pendant ton séjour, voici mon numéro.

Elle attrape mon avant-bras, ouvre un stylo dont elle garde le capuchon dans la bouche puis écrit son numéro.

– Voilà ton premier tatouage made in Chicago.

Une chose est sûre, c'est qu'elle n'a pas froid aux yeux.

– Ah, Pierce est là, hurle-t-elle soudain. Il était temps. J'ai des trucs à faire, moi.

Un grand brun, *man bun*, piercing dans la bouche et tatoué des pieds à la tête, fait son entrée. Je l'ai déjà vu en photo. Je le reconnais tout de suite. Lui de son côté ne me remet pas. Sûrement grâce à la casquette qui me planque la moitié du visage.

Je décide de régler ma bière et de m'éclipser dans ma caisse. Je vais attendre qu'il finisse son service. Une chose me dit qu'il me mènera tout droit à Ella.

Il est vingt et une heures quand Pierce se décide enfin à sortir du pub. Il se dirige vers une vieille Nissan pourrie qui met trois heures à démarrer. J'attends un peu avant de me lancer à sa poursuite.

Je laisse quelques voitures entre nous histoire de ne pas me faire repérer et souris comme un diable lorsque je le vois se garer quelques minutes plus tard devant un immeuble. Il sort de sa caisse et rentre à l'intérieur. Je ne tarde pas à lui emboîter le pas. Il ne se doute de rien et disparaît derrière une porte au troisième étage.

Je reste planté là pendant dix minutes à essayer d'écouter à la porte, dans l'espoir d'entendre la voix d'Ella, quand un coup violent s'abat sur ma tête.

***

– T'as intérêt d'avoir une bonne raison d'écouter aux portes, espèce d'enfoiré.

Une petite brune piquante avec une batte de base-ball dans les mains me surplombe et s'apprête à m'assommer à nouveau. Je lève les bras en signe de défense. Elle m'observe de ses yeux noirs plissés.

– Zack? Zack Miller?

– Maria!

– Qu'est-ce que tu fais ici?

Elle m'aide à me lever. J'accepte la main qu'elle me tend, et me redresse.

– Je cherche Ella.

Elle a un instant de pause, puis ouvre la porte. Je m'attends à ce qu'elle m'invite à l'intérieur mais elle n'en fait rien.

– Elle n'est pas là, désolée.

Son regard fuyant me dit le contraire. Et puis elle devrait être inquiète, me demander pourquoi je la cherche, ce qui lui est arrivé! Au lieu de ça, elle s'empresse de refermer la porte derrière elle. Je mets mon pied dans l'entrebâillement et tente le passage en force.

– Ella! crié-je, à peine ai-je réussi à pénétrer à l'intérieur.

Maria se met à me hurler dessus mais je l'ignore et continue d'avancer. Mauvaise idée. Un autre coup s'abat sur ma tête et me met K.-O., cette fois.

44

Ella

Je me précipite dans le salon et vois Zack allongé au sol. Mon cœur loupe un battement et mes mains se mettent à transpirer.

Qu'est-ce qu'il fait là et comment m'a-t-il retrouvée ?

Maria est penchée au-dessus de lui avec une batte de base-ball, prête à lui fracasser le crâne, tandis que Pierce, la télécommande à la main, semble découvrir la scène comme moi.

– Qui est ce mec ? demande-t-il en dévisageant Maria.

Mais c'est moi qui lui réponds.

– C'est Zack. Zack Miller.

– Ton Californien ?

Je hoche la tête en pinçant les lèvres et en essayant de retenir mes larmes.

– Qu'est-ce qu'il fout là ?

– Je ne sais pas…

– Il est venu te voir, répond Maria. Il a essayé le passage en force et voilà le résultat.

Elle arbore une moue inquiète.

– Tu crois que je l'ai tué ?

– Non… Crois-moi, il a la tête dure.

– Dommage ! plaisante-t-elle. Enfin, je crois.

S'il y a quelque chose que Maria déteste, ce sont les gens qui font du mal à ceux qu'elle aime. Et dans son esprit, Zack a brisé le cœur de sa meilleure amie. Il l'a tellement fait souffrir qu'elle a préféré fuir et venir se réfugier ici. C'est la version que je leur ai racontée. Une partie infime de la vérité. Je ne voulais pas les mettre en danger en leur racontant les réelles raisons de ma fuite.

Quand j'ai débarqué au milieu de la nuit et en pleurs chez Maria et Pierce, ils m'ont immédiatement accueillie les bras ouverts. La première chose que Pierce m'a demandée, c'est qui il devait tuer.

Ça m'a arraché un sourire. Tous les trois, nous sommes le genre d'amis à la vie à la mort. Pose pas de question, dis-nous où on doit enterrer le cadavre. Pas besoin de se voir tous les jours pour s'aimer et savoir qu'on peut compter les uns sur les autres. C'est aussi pour ça que je suis venue ici, car je savais que j'y trouverais un toit et du réconfort.

Maintenant, je le regrette, car il n'a pas fallu beaucoup de temps à Zack pour me retrouver. Mais honnêtement, je ne pensais pas qu'il essayerait de me chercher.

« Disparais, Ella, et ne parle jamais à personne de ce que tu as vu aujourd'hui. Si tu ouvres ta bouche, je le saurai et je te ferai regretter d'être venue au monde à toi et à tous les gens que tu aimes. »

La voix de Mme Miller résonne dans ma tête et me fait frissonner.

– Bon, qu'est-ce qu'on en fait? Tu veux lui parler? Ou je le renvoie d'où il vient?

– Je vais lui parler.

– Tu es sûre? Après t'avoir trompée, il ne mérite pas que tu lui accordes une seconde chance. Et moi j'ai des envies de briser quelques os, menace Maria, la mâchoire serrée.

– Il ne le mérite pas, tu as raison, mais il est venu jusqu'ici alors la moindre des choses, c'est que j'écoute ce qu'il a à me dire.

Pierce et Maria échangent un regard inquiet. Je sais ce qu'ils pensent. Que je suis faible. Que mon amour pour lui m'aveugle et m'empêche de voir quel salaud il est.

– Je sais ce que je fais, dis-je pour les rassurer. Faites-moi confiance. Je vais lui parler. Et le renvoyer d'où il vient puis fin de l'histoire. Vous pouvez m'aider à le porter jusqu'à la chambre?

Pierce et Maria essayent de le hisser de part et d'autre de leurs épaules tandis que j'attrape ses jambes.

– Putain, il pèse une tonne! grogne Pierce, la voix étouffée.

Nous réussissons à l'allonger sur le lit. Je lui retire ses chaussures trempées ainsi que sa casquette et m'installe à ses côtés. Maria et Pierce quittent la pièce, me laissant seule avec Zack, non sans me prévenir de ne pas retomber dans ses filets.

Si seulement ils savaient que dans cette histoire l'ordure c'est moi. Je suis au courant d'une chose qui a détruit sa vie et j'ai fui.

Mais quel autre choix avais-je ?

Je pivote vers lui. Son beau visage m'a tellement manqué. Je lutte pour ne pas poser mes lèvres sur les siennes ou lui prendre la main. Son torse musclé et dur se soulève et s'apaise au rythme de sa respiration. Il a cet air innocent qu'il arbore lorsqu'il dort. Pourtant l'innocence ne fait pas partie de ses attributs. C'est un enfoiré, un salaud qui m'a trompée.

Alors pourquoi je ressens tous ces trucs forts pour lui ? Pourquoi je culpabilise de ne pas lui dire la vérité ?

Pendant tout le temps où il est inconscient, je me triture les peaux de doigts en réfléchissant à ce que je vais bien pouvoir lui dire. Je passe par toutes les émotions, la tristesse, la colère, le désespoir. Puis l'inquiétude prend le dessus, et s'il ne se réveillait pas du tout et s'il avait une commotion cérébrale ? Je finis par le secouer. Zack ouvre les yeux douloureusement et grogne en se frottant le dessus de la tête. Sa beauté dévastatrice me frappe encore plus maintenant que je sais que je ne pourrai plus en profiter. Cette idée me déprime, j'ai l'impression d'être au bord de l'évanouissement. Une forte envie de vomir me prend à la gorge. Mais il faut que je sois forte.

Pourquoi est-il parti ? Pourquoi m'a-t-il trompée ?

C'est de sa faute si j'étais au mauvais endroit au mauvais moment.

Tout ça, c'est de sa putain de faute.

– Pourquoi es-tu venu jusqu'ici ? Tu aurais dû me laisser tranquille, Zack.

C'est la première chose qui sort de ma bouche, lorsque nos yeux s'accrochent.

– Ella.

Sa voix est rauque et l'oblige à s'éclaircir la gorge.

– Je suis venu pour te voir. Te retrouver. Te ramener à Laguna, à la maison. Avec moi.

Il se redresse, s'adosse au coussin puis tend une main vers moi que j'esquive d'un geste brusque comme s'il avait la peste.

Je vois bien que ça le blesse. Mais je ne veux surtout pas qu'il me touche. S'il me touche, je vais perdre pied.

– Pourquoi ? Shelby ne te suffit pas ? réponds-je avec le peu d'aplomb qu'il me reste.

Ces derniers jours, je les ai passés à pleurer et à culpabiliser. Je suis épuisée. Physiquement et mentalement. Alors je n'ai pas l'énergie de me battre comme je l'aimerais.

– Pourquoi tu me parles de Shelby ?

– Parce que je l'ai vue, Zack ! Je l'ai vue dans ta chambre. Le jour où tu es revenu de ton trip de l'enfer.

Mon ton est cassant, empreint de venin. Je revois Shelby adossée à la porte de sa piaule, à moitié à poil. Son sourire machiavélique, sa bouche crachant son fiel, trop heureuse de me briser en mille morceaux.

Je la déteste. Je le déteste.

Soudain, toute ma culpabilité se transforme en colère et je pourrais lui arracher la tête là tout de suite. Ses yeux bleu océan qui m'ont fait ressentir tellement de choses. J'ai su à la minute où je l'ai rencontré qu'il avait la capacité de me briser, mais je ne savais pas à quel point.

Je bondis du lit, désespérée de mettre de la distance entre nous. Il me regarde comme si j'avais perdu la tête.

Hypocrite ! Menteur ! Connard !

– Ella, ce n'est pas ce que tu crois, dit-il avant de sortir du lit à son tour et de me faire face. Je n'ai pas couché avec Shelby. Elle s'est introduite dans ma chambre alors que je prenais ma douche. Elle est venue me menacer, me proposer un marché tordu dont elle a le secret. Tu as dû te pointer à ce moment-là et l'occasion était trop belle pour elle. Elle t'a menti. Elle t'a fait croire n'importe quoi. Chicago ! Tu dois me croire.

Ses yeux bleus torturés me transpercent et je sais qu'il ne ment pas.

– Comment a-t-elle su que tu étais rentré ?

– Elle m'a fait suivre.

– Quoi ?

– Elle est complètement folle. Elle sait pour nous deux. Elle a deviné le jour où je me suis blessé et que tu as surréagi. Elle a mené son enquête et compris la raison pour laquelle on se cachait. Elle m'a menacé de tout révéler à Judith si je ne te quittais pas pour me remettre avec elle. Mais je m'en branle de Shelby, de Judith, de Laguna. Ils peuvent tous aller au diable. Je veux être avec toi. Ici ou ailleurs, du moment qu'on est ensemble.

Il s'approche alors que je recule. Mon dos bute contre le mur. Il me surplombe de sa hauteur et son parfum envahit tous mes sens. Son odeur si unique, la chaleur si intense que dégage son corps. Et les vibrations que je ressens dans le mien quand il est si près.

– Ella, je suis désolé d'avoir disparu sans donner de nouvelles. Désolé de t'avoir fait souffrir. Je suis un enfoiré, je le sais. Mais je t'aime.

– Quoi ?

Ma respiration se bloque, et des larmes envahissent mes joues. Zack prend mon visage dans ses mains et caresse mes joues pour effacer mes larmes.

– Je t'aime. Je suis fou de toi. Je suis désolé de ne pas te l'avoir dit plus tôt, de ne pas l'avoir réalisé plus tôt. D'être parti sans donner de nouvelles. Mais je suis là maintenant et je ne compte plus aller nulle part. Je te promets, Ella. Ces quelques jours sans toi ça a été l'enfer. Ne pas savoir où tu étais. Ne pas savoir si j'allais te revoir. Mon Dieu… dit-il en fermant les yeux. On m'aurait arraché le cœur, on ne m'aurait pas fait plus mal.

– … Je…

– Non, laisse-moi finir, Ella. Je t'aime. Je ne veux plus te quitter ni vivre sans toi. Je voudrais que tu viennes à Boston avec moi. Si tu préfères une autre université alors on ira là où tu veux. Mes ambitions, mon foot, tout ça je m'en fous. Rien n'a de sens quand t'es pas là. Je te veux avec moi. À mes côtés. Je veux t'aimer, te voir, rire, danser et partager tous les plus beaux moments de la vie avec toi. La vie est courte, Chicago. Et toi et moi savons à quel point les gens qu'on aime peuvent nous être arrachés du jour au lendemain. Alors viens ! On s'aime. Le reste suivra.

Il m'embrasse et je me laisse un peu faire. Car il m'a manqué, car je l'aime à en crever. Mais quand son baiser devient trop intense et menace de faire tomber toutes mes barrières, je le repousse par les épaules.

– Zack. Si tu savais combien de temps j'ai attendu que tu me dises ces mots, que tu me choisisses, que tu me dises que tu m'aimes. Que tu me proposes de m'inscrire dans la même université que toi. Que tu me proposes un avenir!

– Je sais, mon amour, ça a pris du temps. Ça m'a pris du temps de comprendre à quel point tu m'étais essentielle. Mon cœur ne bat pas au même rythme quand tu n'es pas là, Chicago.

Ses mots. Ses putains de mots. S'il me les avait dits avant… si seulement.

Je prends une profonde inspiration et coupe court à sa déclaration.

– C'est trop tard, Zack. C'est fini. Tous les deux c'est impossible.

– Non… Ella, ne dis pas ça.

– Je suis désolée mais tu es venu jusqu'ici pour rien. Je ne te suivrai pas.

– Quoi? Mais pourquoi? C'est à cause de Shelby? Je t'ai dit qu'il ne s'est rien passé. Je ne pourrai jamais te tromper Ella, je t'aime. Tu es tout pour moi. Je suis fou de toi. Je ne pourrai jamais te faire de mal.

– Et pourtant tu m'as fait plus de mal que n'importe qui d'autre. Tu avais raison à propos d'une chose. T'aimer, c'est risquer d'être détruite.

Je répète les mots qu'il m'a dits à Hidden Cove en sachant bien que j'appuie sur ses plus grandes blessures. Et son visage se décompose à mesure que je dis toutes ces horreurs.

– Retourne à Laguna. Oublie que tu m'as un jour rencontrée. Ma vie est ici, elle a toujours été ici, avec mes amis, les gens qui me ressemblent. Nous deux c'était une parenthèse, tu te souviens, c'est toi-même qui l'as dit: « À nos âges, on ne peut rien se promettre. Quoi qu'il arrive entre nous, ça s'arrêtera cet été. » L'été est arrivé en avance, c'est tout. Alors oublie-moi. Retrouve ta vie de privilégié et oublie que tu as un jour croisé mon chemin.

Je ne sais pas où je trouve la force de lui dire toutes ces horreurs sans m'écrouler. Mes jambes ne sont plus que de la gelée. Et mon cœur bat tellement fort qu'il menace de sortir de ma poitrine. Son visage se décompose à mesure que je parle. Je crois que je ne pourrai jamais me pardonner de le briser ainsi. Mais je dois le faire. Je dois le dégoûter suffisamment pour qu'il s'en aille sans se retourner. Je me déteste de ne pas lui dire la vérité, pour sa mère. Mais j'ai peur. Je suis terrifiée, pour moi, pour Lisa, mais aussi pour lui. Dieu seul sait ce que Judith pourrait lui faire si elle apprenait qu'il sait. Elle le tuerait, elle n'hésiterait pas.

J'ouvre la porte, prends mon courage à deux mains et lui assène le coup de grâce.

– Va-t'en, Zack !

– Ella, ne fais pas ça.

– VA-T'EN ! crié-je, ce qui fait rappliquer Pierce et Maria.

Zack me dévisage comme s'il ne me reconnaissait pas et je crois que tant que je vivrai, je n'oublierai pas ce regard. Les épaules voûtées et l'air complètement perdu, il se dirige vers la porte, escorté de près par mes deux meilleurs amis. Quand il sort enfin de l'appartement, je lâche un sanglot resté coincé au fond de ma gorge et me laisse glisser le long du mur jusqu'à me retrouver au sol. La douleur qui m'envahit à ce moment-là est insoutenable. Mes pleurs deviennent erratiques, m'empêchant de respirer. Me crevant le cœur comme jamais auparavant.

45

Ella

– Tu crois qu'il va rester là combien de temps? demande Pierce en écartant le rideau.

– Je ne sais pas. Ça fait déjà quatre jours et il n'a toujours pas bougé.

– Je pense qu'il fait une grève de la faim.

– Non! Je l'ai vu se faire livrer une pizza hier soir.

– Ah ouais? Avec pepperoni?

– Quelle importance?

– Je ne sais pas si c'est un mec que j'ai envie d'apprécier ou pas, et savoir s'il bouffe des vraies pizzas me donnera une bonne indication.

– Pff, n'importe quoi, Pierce!

– N'empêche, il me fait de la peine, on devrait l'inviter au moins à prendre une douche. Il doit empester dans cette voiture.

– Tu rigoles, après ce qu'il a fait à Ella. Il ne mérite rien du tout.

– Moi j'y crois à son explication à propos de Shelby, il avait l'air sincère.

– Toi tu le défends parce que t'es un mec et que tu te sens étrangement solidaire. Le fait que vous ayez tous les deux une bite ne devrait pas faire de vous des alliés.

– C'est juste que je vous trouve dures. Le mec dit qu'il ne l'a pas trompée, peut-être que c'est vrai. Il dort dans sa voiture dans l'espoir de voir El. C'est quand même une belle preuve d'amour. Il mérite au moins une chance.

– Évidemment, il ne va pas dire le contraire s'il veut la récupérer. Et ne t'en fais pas pour lui, El dit qu'il est plein aux as et largement capable de se payer une chambre d'hôtel.

– Vous êtes conscients que je suis là et que je vous entends tous les deux?

Mes deux potes se retournent vers moi alors que je m'installe sur le canapé. En pyjama, les cheveux remontés sur la tête en chignon chaotique. Reflet de mon état d'esprit. D'habitude je reste dans ma chambre mais je commence à me sentir claustrophobe.

J'ouvre un énième pot de glace. Je crois que j'en suis à mon deuxième depuis ce matin. Je ne me nourris plus mais quand je le fais c'est à base de glace et de Twizzlers. Je n'ai rien trouvé de mieux pour combattre la déprime.

– Ella, tu ne vas quand même pas passer encore une journée sur ce canapé à regarder le plafond? Et la glace au petit déjeuner, il y a mieux.

Je hausse les épaules en essayant de ne pas regarder par la fenêtre. Zack est toujours là, garé, il ne s'éloigne jamais. Il m'a fait livrer des fleurs et a glissé sous la porte des mots griffonnés sur des tickets de caisse.

Je t'aime, Ella ! Je t'en prie, donne-moi une chance.

Je ne t'ai pas trompée. Il faut que tu me croies.

Je ne partirai d'ici que si tu acceptes de venir avec moi.

Il n'y a pas à dire, il est déterminé. Persévérant. Touchant. Le pire, c'est qu'il croit que je lui en veux pour Shelby. Je sais qu'il ne m'a pas trompée. Je le connais suffisamment pour savoir qu'il ne ment pas. Il ne doit pas comprendre ma réaction, mais je fais ça pour lui, pour le protéger.

Si seulement il pouvait être moins têtu et repartir !

Mais non, il est là, il insiste et avec chaque jour qui passe ma volonté de garder ce lourd secret fond comme neige au soleil. La culpabilité est bien trop forte. Je ne pourrai pas vivre avec ça sur ma conscience, mais en même temps je ne peux pas le mettre en danger, ni lui ni Lisa.

Je plonge ma cuillère dans le pot et laisse la glace fondre sur ma langue, en espérant qu'elle fasse aussi fondre mon cerveau qui ne cesse de réfléchir.

– Je peux aller dans ma chambre si je vous dérange.

Les deux viennent s'installer à mes côtés avec une cuillère et plongent dans le pot.

– Je croyais que c'était bof la glace au petit déjeuner? fais-je en couvrant le pot quand les deux deviennent trop gourmands.

Je me prends un coup de cuillère sur la main de Maria.

– Aïe!

– Ça t'apprendra à ne pas partager. Ça t'a rendue égoïste la Californie. Et ça t'a asséché les cheveux aussi, dit-elle en prenant une de mes mèches rebelles entre les doigts. Il faut vraiment que tu te fasses couper les pointes.

Je fronce les sourcils.

– T'es sérieuse, Maria? Tu vois pas que je traverse un moment difficile là? Et toi tu ne trouves rien d'autre à faire que de critiquer mes cheveux?

Elle lève les yeux au ciel.

– Tu ne peux pas continuer à déprimer éternellement. Tu sais ce que dit Beyoncé? Tu as le droit de t'apitoyer sur ton sort le temps d'un week-end. Après tu mets ta culotte de grande fille et tu affrontes la vie. El. Il t'a brisé le cœur. C'est un enfoiré. Comme quatre-vingt-dix pour cent des mecs. Si on pouvait compter sur eux ça se saurait.

– Hé!

– Toi tu es différent, Pierce. Tu n'es pas un vrai mec. Tu es l'un d'entre nous.

– Je ne sais pas comment je dois le prendre.

– Te vexe pas. Tu sais très bien ce que je veux dire. Toi, on peut compter sur toi.

– Bon, qu'est-ce que tu comptes faire de monsieur le harceleur? Les voisins vont commencer à se poser des questions. Une bagnole aussi luxueuse dans ce quartier attire l'attention.

– Rien. Il va finir par se lasser et rentrer chez lui.

– Je pensais pareil mais j'ai l'impression qu'on a affaire à un cas sérieux de Super Glue. Honnêtement, s'il ne t'avait pas trompée, je trouverais ça super romantique.

Mon cœur se serre.

– On peut arrêter de parler de Zack, s'il vous plaît?

– OK, parlons de ce que tu vas faire aujourd'hui.

– Ça...

Je prends la télécommande et cherche une série Netflix.

– Ella, tu ne peux pas rester coincée dans cet appartement jusqu'à la fin des temps.

– Et pourquoi pas?

– Parce que tu dois reprendre le lycée... finir ton année de terminale, si tu comptes toujours obtenir ton diplôme.

Au lieu de lui répondre, je lance une série.

– Bon, Ella, je te laisse encore une journée de glande mais demain si tu ne te bouges pas, je te mettrai un grand coup de pied au cul. Pierce, on y va. On va encore être en retard.

– OK!

Il prend une dernière cuillère de glace puis attrape leurs sacs à dos et ils descendent. J'en profite pour m'allonger sur le canapé. Il est à peine neuf heures du matin, mais je suis crevée. C'est ce qui arrive quand on ne ferme pas les yeux de la nuit.

Je m'endors sans y prêter attention. Je me réveille en sursaut quelques heures plus tard avec une étrange impression de manque et de vide. Je me précipite à la fenêtre, et constate avec désarroi que la voiture de Zack n'est plus là. Il est parti. Il a fini par se lasser.

Cette fois, c'est fini!

Je ne le reverrai plus jamais. Cette prise de conscience me heurte comme une tonne de briques et je me laisse glisser au sol une fois encore et m'abandonne à mon chagrin.

Lorsque je n'ai plus de larmes à sortir, je me décide à faire une chose que je n'ai pas faite depuis mon départ de Chicago il y a presque un an: visiter la tombe de ma grand-mère.

46

Ella

– Hé, mamie ! J'espère que tu vas bien ?

Une larme s'écrase sur mes genoux, je l'efface immédiatement. Je ne fais que pleurer en ce moment. Et je sais à quel point mamie détestait me voir dans cet état. Faible et résignée.

« Ne jamais montrer ses faiblesses, Ella. Le monde est rempli de gens qui voudront profiter de toi, de ta gentillesse et de ton innocence. Ne les laisse pas faire. Ne te laisse pas faire ! »

Ses mots n'ont jamais sonné aussi juste qu'aujourd'hui.

– Je sais que ça fait un moment que je ne suis pas venue te voir, mais comme tu dois sûrement le savoir, j'étais en Californie, occupée à réaliser tous les rêves que tu avais pour moi. J'ai même réussi à décrocher une bourse pour une université. Tu y crois toi ? Moi ? Ella Gonzalez. La première Gonzalez à prétendre aux études supérieures, dis-je en essayant de paraître enjouée alors qu'en fait ce rêve, comme beaucoup d'autres, ne se réalisera pas.

Je soupire et continue.

– Évidemment, toi tu as toujours cru en moi, même quand je doutais. Et des raisons de douter, il y en a eu des milliers. Tu me manques, mamie. Ta force, ta détermination et ta sagesse me manquent. Tellement. Personne ne sait me rassurer aussi bien que toi. Et si aujourd'hui je suis là, c'est pour te demander conseil à nouveau. Tu vois, en Californie j'ai rencontré un garçon. Zack. Le genre que tu n'aurais sûrement pas approuvé. Imprévisible, égoïste et beau à se damner. Je sais ce que tu vas me dire. « Tu es trop jeune pour penser aux garçons, Ella. Ne fais pas comme ta mère, ne sacrifie pas ton avenir à cause d'un homme qui ne le mérite pas. » Et tu as raison. Zack a plein de défauts, mais il a une qualité certaine. Il fait battre mon cœur plus vite et me donne l'impression d'être vivante, d'être capable de tout affronter. Je suis tombée amoureuse de lui, à la minute où je l'ai vu. Stupide fille, je sais. Et c'était merveilleux, enfin pour un temps, et puis tout s'est compliqué. Je suis partie et je ne pensais plus jamais le revoir. C'était plus simple de garder mon lourd secret quand je pouvais me raccrocher à l'idée qu'il ne m'aimait pas et qu'il m'avait trompée. Seulement, il est venu me chercher. Je sais que je dois renoncer à lui mais comment pourrais-je vivre avec moi-même en connaissant l'identité du tueur de sa mère ? Dis-moi ce que je dois faire, mamie. Je t'en supplie. Envoie-moi un signe.

Il n'y a pas eu de signe mais le vrombissement de l'orage et la pluie qui s'est abattue sur moi, se mêlant à mes larmes et m'obligeant à quitter la tombe.

Je marche longtemps sous la pluie. Trempée jusqu'aux os, je devrais avoir froid mais je ne ressens rien. Je suis anesthésiée depuis mon départ de Laguna. La seule douleur que je ressens est à l'intérieur et, parfois, j'ai envie de me faire mal pour faire diversion. Car ce chagrin-là est tellement douloureux qu'il m'empêche de dormir, de m'alimenter et d'envisager de reprendre le lycée. Le monde ne peut pas se remettre à tourner comme si de rien n'était, comme si je ne venais pas de perdre définitivement Zack, comme si je ne portais pas la culpabilité en moi.

Au moment où j'arrive devant chez Pierce, mon cœur loupe un battement. Zack est là. Il est revenu, ou il n'est jamais parti. Il est devant sa voiture, les bras croisés, sous la pluie, et il me regarde approcher. Il a l'air exténué, triste et complètement déboussolé mais il est là. Sous cette pluie, j'ai l'impression qu'on est seuls au monde. Je reste immobile un moment.

Je prends une profonde inspiration, traverse la route qui me sépare de lui, ne sachant pas encore quoi décider.

Lui redire de partir ou tout lui avouer ?

Je suis tellement hypnotisée par ses yeux qui ont la capacité de mettre mon âme à nu, par la tristesse et le désespoir que je lis sur ses traits, que je n'entends pas le crissement de pneus. L'air horrifié et les cris de Zack me sortent de ma torpeur. J'ai à peine le temps de pivoter mon visage que c'est déjà trop tard : une voiture me fonce droit dessus.

47

Zack

Je déteste l'odeur des hôpitaux.

Le bruit de la machine de respiration résonne dans ma tête comme dans un cauchemar. Les yeux rivés sur Ella, son visage tuméfié, les perfusions qui lui percent le bras, je m'efforce de serrer les dents pour ne pas craquer.

Quarante-huit heures que je suis dans cet hôpital auprès d'elle à attendre qu'elle reprenne ses esprits. Elle a une jambe cassée, quelques côtes fêlées, le docteur a dit qu'elle était hors de danger.

Mais alors pourquoi est-elle toujours inconsciente ?

Des images de l'accident de ma mère se mêlent à la tragédie d'aujourd'hui et je suis à nouveau cet enfant, seul, triste, désespéré.

Coupable.

– Comment elle va ?

La voix de Lisa me sort de mes pensées. Je hausse les épaules.

– Elle se repose. Elle n'a pas encore ouvert les yeux, mais le docteur a dit qu'elle était sortie d'affaire et que ce n'était plus qu'une question de temps.

Je répète cette phrase comme un mantra pour mieux me convaincre.

J'ai dû harceler le docteur tout à l'heure pour qu'il me laisse la voir. Le protocole, c'est d'attendre que le patient reprenne ses esprits avant d'autoriser les visites, mais j'ai réussi à le convaincre de me laisser entrer, de nous laisser entrer, Lisa et moi. Il a fini par comprendre que je n'accepterais pas un refus.

– Mon Dieu ! Ma petite fille !

Lisa dépose un long baiser sur le front tuméfié d'Ella. Ses lèvres sont fendues, ses joues gonflées et bleuies. La regarder ravive mes envies de meurtre.

– Elle va s'en sortir, dis-je pour rassurer Lisa qui a les joues inondées de larmes.

Elle renifle.

– Elle doit s'en sortir car je ne peux pas vivre sans elle.

– Moi non plus, avoué-je.

Lisa me regarde en biais.

– Vous n'êtes pas juste amis, n'est-ce pas ? souffle-t-elle.

– Non. Je l'aime.

Ces mots me paraissent tellement fades par rapport à ce que je ressens pour elle. Lisa ne semble pas du tout surprise par mes aveux.

– J'avais deviné quand tu es parti de l'autre côté du pays pour la retrouver.

Elle ne fait plus de commentaire et se contente de me serrer l'épaule dans un geste affectueux. Là tout de suite, garder notre relation secrète est le cadet de mes soucis. J'aime Ella et je vais le crier à la face du monde.

Fuck ma belle-mère et fuck mon père.

– Monsieur Miller ! Il y a un officier de police qui souhaite vous parler.

Je me retourne d'un coup sec vers l'infirmière qui se tient à la porte. Je me frotte le visage, hésitant à l'idée de laisser Ella ne serait-ce qu'une seconde seule. Avec ce qu'il vient de lui arriver, je ne la quitterai plus jamais. Je veux la protéger jusqu'à la fin des temps.

Je finis par m'y résoudre, notamment car Lisa m'encourage de son regard bienveillant. Je sors et me retrouve face à deux agents de police.

– Zack Miller, n'est-ce pas ?

Je confirme d'un geste de la tête.

– Nous avons une bonne nouvelle à vous annoncer : nous avons arrêté l'homme qui a renversé Ella.

Un grand soulagement envahit ma poitrine. Je ne pense pas que j'aurais pu dormir en sachant ce connard en liberté, vivant tranquillement sa vie. Je l'aurais traqué jusqu'à la mort comme j'aurais dû le faire pour le chauffard qui a tué ma mère.

– Il va moisir en prison, j'espère.

– Il y a des chances. Mais nous aimerions vous poser quelques questions et recueillir votre témoignage.

– J'ai déjà tout dit à l'un de vos collègues hier. Je ne vois pas ce que je peux faire de plus.

Je suis épuisé et peine à contenir mon irritabilité. Mais je sais qu'ils sont là pour m'aider et le moins qu'on puisse dire, c'est qu'ils ont fait du bon boulot. Alors je rabaisse ma tendance connard de quelques étages. Difficile pour moi, dans ces circonstances.

– Ce salaud roulait en trombe, expliqué-je à nouveau. Il a foncé délibérément sur Ella et l'a laissée pour morte sur le trottoir.

– De nouveaux éléments ont émergé dans cette affaire.

Je plisse les paupières, attendant que l'officier m'en dise plus.

– Le conducteur s'appelle Jack Di Rossi. Il s'avère qu'il n'est pas inconnu de nos services et qu'il a plusieurs crimes à son actif. Il est également lié à votre belle-mère, Judith Miller, née Sara Di Rossi. Ce qui soulève d'autres questions.

– Quoi?

Je fronce les sourcils et essaye d'assimiler les informations qu'il me donne.

Qu'est-ce que Judith a à voir là-dedans?

– Nous pensons qu'il s'agit d'une tentative d'homicide volontaire. Nous aurons donc besoin de votre déposition ainsi que de celle de Mlle Gonzalez quand elle sera en état. Nous avons de bonnes raisons de penser que votre belle-mère est impliquée dans l'affaire. Elle n'en serait pas à son premier rodéo.

– Je ne comprends pas…

– C'est beaucoup de choses à assimiler, monsieur Miller, nous en sommes conscients, mais passez au commissariat dès que vous aurez une minute et on vous expliquera tout.

Il me tend sa carte, je la range dans ma poche arrière en essayant de ne pas laisser mon cerveau partir dans tous les sens. Mais impossible avec ce qu'il vient de m'annoncer.

Je rejoins la salle d'attente où se trouvent Pierce, Maria, Maddie et Matt. Mes deux potes sont arrivés de Laguna dès qu'ils ont appris la triste nouvelle. Nous avons tous dormi ici, nos gueules enfarinées peuvent en témoigner. Malgré la fatigue, des liens se sont créés, notamment entre Matt et Maria qui semblent s'entendre à merveille.

Maddie, en grande Maddie, s'occupe du bien-être de tous. Pierce passe son temps à faire des recherches sur son téléphone.

À croire qu'il va élucider les raisons de l'accident grâce à Internet.

Dès qu'ils m'aperçoivent, ils me pressent de questions.

– Comment va-t-elle ?

– Elle est toujours inconsciente. Je l'ai laissée avec Lisa.

Maddie propose d'aller chercher des cafés et des sandwiches pour tout le monde. Cette fille est une sainte. Toujours aux petits soins pour les autres. Je ne lui dis pas que je ne peux rien avaler là tout de suite. Pierce offre de l'accompagner. Maria s'endort presque sur l'épaule de Matt. Je place mes mains derrière ma nuque et tends mes jambes devant moi en lâchant un long soupir. Je ne sais même plus quelle heure du jour ou de la nuit nous sommes.

Je repense aux déclarations des inspecteurs, une montée de bile me brûle la gorge.

Qu'est-ce qu'elle peut avoir à faire là-dedans ma putain de belle-mère ?

Des pensées noires, folles, incohérentes, des pensées que j'ai peut-être toujours eues et jamais voulu explorer m'assaillent et me donnent envie de courir derrière les inspecteurs, d'en savoir plus. Avant que je ne puisse faire quoi que ce soit, Lisa apparaît au milieu du couloir, les yeux toujours rouges d'avoir trop pleuré, mais avec un sourire qui me donne de l'espoir.

Je suis sur mes jambes avant même qu'elle ouvre la bouche, le reste de la bande sur mes talons.

– Elle est réveillée ?

– Oui… Elle voudrait te voir, Zack.

Une bourrasque de bonheur envahit ma poitrine. Ma Ella. Je jette le gobelet de café et me précipite dans sa chambre. Je passe mon visage dans l'embrasure et suis accueilli par une Ella au regard triste et coupable. Je m'approche lentement avec la peur de la bousculer, de l'entendre m'envoyer balader.

– Ella…

Je marche en osant à peine respirer, comme si j'étais sur un terrain miné. Elle essaye de me sourire mais peine à le faire sans froncer des sourcils. Elle humidifie ses lèvres sèches et craquelées. Je prends un gobelet et le remplis d'eau. Elle le saisit avant d'en vider une bonne moitié. J'ai envie de la toucher mais elle me paraît tellement fragile. Une poupée de porcelaine, aux fêlures apparentes.

– Ça va ? lui demandé-je après un long moment, en me rendant immédiatement compte du ridicule de ma question.

Elle acquiesce et me prend la main.

– Je suis désolée, Zack.

Sa voix est enrouée. Brisée.

– Désolée ? Pourquoi tu es désolée ?

– Parce que je t'ai menti… Je ne t'ai pas dit la véritable raison pour laquelle je suis partie.

– Écoute, Ella, on n'a pas besoin de parler de ça maintenant. Je veux que tu te concentres sur toi, que tu te remettes de tes blessures. Le reste n'a pas d'importance.

– Zack, je t'en supplie ! Écoute-moi, c'est important.

Son ton est grave. Nos yeux s'accrochent et elle me raconte tout. Judith, son frère, leurs menaces, l'accident de ma mère et maintenant Ella. Elle dit avoir vu le conducteur et l'avoir reconnu.

Je garde le silence un long moment en essayant de recoller les morceaux du puzzle.

Comment est-ce possible ? Judith ? Ma mère…

J'ai l'impression que les murs de l'hôpital sont en train de se refermer sur moi et que je ne peux plus respirer.

– Je suis désolée, Zack, j'espère que tu ne m'en veux pas.

– T'en vouloir ?

– Oui, d'être partie au lieu de tout te dire, mais j'avais peur pour moi, pour toi… Je m'en veux tellement, si tu savais.

Elle se met à pleurer.

– Hé, hé, ne pleure pas, Chicago, je t'en supplie. Tu n'as rien fait. Si quelqu'un est victime ici, c'est toi.

J'embrasse ses paupières humides, sa tempe, et laisse glisser mes lèvres jusqu'aux siennes. Elles sont salées et nos larmes se mélangent.

– Je t'aime, Ella.

– Je t'aime aussi. Tellement, si tu savais. Je suis désolée pour ta maman.

J'efface mes larmes, m'éclaircis la gorge.

– Je dois régler ça. Je dois aller voir la police. Prévenir mon père. Je dois…

J'essaye de me redresser. Une bouffée d'angoisse me fait vaciller et me cloue sur place. Une envie de rugir, de tout casser autour de moi me vrille de l'intérieur. Mais je suis incapable de bouger. Anesthésié. Ma respiration se bloque.

Ella pose ses paumes sur mes joues, mais sa voix me semble lointaine. Je suis perdu à l'intérieur de moi. La haine, le choc m'empêchent de retrouver mon chemin.

– Zack, regarde-moi. Respire. Zack. Respire.

Je fais ce qu'elle me dit et ça me demande un effort surhumain. Inspire. Expire. Inspire. Expire.

Elle pose son front contre le mien.

– On va s'occuper de ça ensemble. J'irai raconter tout ce que je sais à la police. Judith et son frère vont payer pour tous leurs crimes. Crois-moi ! Tu n'es pas seul. Je suis là pour toi. Je serai toujours là pour toi.

Le fait qu'elle soit blessée et qu'elle soit en train de me réconforter me paraît tellement ironique. Pourtant j'en ai besoin, là tout de suite. Chacun de ses mots insuffle la vie en moi.

Le docteur entre dans la pièce, interrompant ce moment.

J'efface mes larmes du revers de ma manche, embrasse Ella une dernière fois, sors dans le couloir pour enfoncer mon poing dans le premier mur que je vois.

Je sors de l'hôpital avec la conviction de devenir complètement fou. Il faut que je fasse quelque chose, sinon je vais perdre la tête. J'essaye d'appeler mon père mais comme d'habitude il ne répond pas.

Mes pas me mènent jusqu'au commissariat. Je raconte tout ce que je sais aux inspecteurs. Tous les nouveaux éléments que m'a confiés Ella. Ils me demandent de me tenir à carreau, de ne surtout pas prévenir mon père. Ils craignent que Judith l'apprenne et disparaisse dans la nature.

Quand je reviens à l'hôpital, Lisa et nos potes sont au chevet d'Ella. Les éclats de rire se mêlent aux moments tendres. Voir Ella sourire me met du baume au cœur même si j'ai toujours envie de brûler l'hôpital.

***

J'ai vécu les jours suivants entre l'hôpital et le commissariat où j'ai passé des heures à faire mes déclarations. L'affaire a été transférée au FBI et les agents sont venus recueillir le témoignage d'Ella. Apparemment, Di Rossi est passé aux aveux, impliquant directement sa sœur pour alléger sa peine.

Quelques jours plus tard, Judith se faisait arrêter. Elle était au spa avec ses copines en plein Laguna Beach et ne s'y attendait pas. Les photos de son arrestation sont partout sur Internet. Shelby m'a envoyé des messages pour me dire à quel point elle est désolée de cette situation et de m'avoir menacé par rapport à Ella, tout en me demandant des détails de l'affaire.

Quelle conne!

Elle ne changera jamais. Je l'ai bloquée, chose que j'aurais dû faire depuis longtemps.

D'autres curieux ont essayé de me joindre. Rien ne plaît plus aux vautours de Laguna qu'un beau scandale juteux pour alimenter leurs discussions de country club. J'ignore tout le monde, y compris mon père. Son nom s'affiche inlassablement, mais je n'ai aucune envie de lui parler.

48

Zack

Aujourd'hui, c'est le jour où Ella sort de l'hôpital. Nous sommes tous réunis à attendre que le docteur signe son autorisation de sortie. Nous allons passer quelques jours à Chicago avant de rentrer à Laguna.

Je m'éloigne de la bande un instant pour aller prendre mon dixième café de la journée. Ces derniers jours, je compte sur la caféine pour garder les idées claires et essayer d'oublier que ma vie est devenue un bordel sans nom.

J'ai l'impression que ce n'est pas près de s'arranger car au bout du couloir apparaît la dernière personne que j'ai envie de voir, là tout de suite.

Mon père.

Il s'avance lentement vers moi. Il a l'air d'avoir pris dix ans dans la gueule. Des cercles noirs encerclent ses yeux bleus.

– Qu'est-ce que tu fais là ?

Il porte son costume habituel mais sa cravate est défaite et ses cheveux partent dans tous les sens. Je me demande quand il a fermé l'œil pour la dernière fois.

– Je suis venu te voir. Voir Eleanor aussi. Je suis sûr que tu as appris la nouvelle pour Judith.

J'acquiesce d'un geste du menton. Le sujet est encore trop vif dans ma tête pour que je puisse en parler.

Ses yeux bleus, les mêmes que les miens, sont injectés de sang, comme s'il avait pleuré. Mon père est un homme grand, fort, robuste, et surtout froid. Depuis la mort de ma mère, il s'est encore plus refermé. Il ne dit jamais plus de mots que nécessaire, passe son temps à travailler et ne montre aucun signe d'affection ou même d'humanité. Alors le fait qu'il soit ici devant moi, complètement défait, et qu'il s'approche pour me prendre dans ses bras tient littéralement du miracle.

J'ai un moment d'hésitation et lui aussi. Notre étreinte paraît tout sauf naturelle. Mes épaules sont tendues, et mon instinct me pousse à me méfier de cet élan d'affection, mais au bout d'un moment je cesse de lutter, de le rejeter, et je me laisse aller à mon chagrin.

Des larmes que je n'ai pas laissées couler depuis des années et qui obscurcissent mon âme s'évacuent longuement. Mon père me serre fort contre lui. Et nous pleurons. Nous pleurons ma mère et toutes ces années perdues.

Je lui en veux. Je lui en veux tellement, putain.

– Je suis désolé, fiston. Pour tout ! De t'avoir accusé, de t'avoir négligé quand tu avais le plus besoin de moi. Pour m'être remarié si vite avec ce… ce monstre. Je ne comprends pas comment j'ai pu me faire avoir à ce point. Ta mère était la femme de ma vie et elle le sera toujours. Sa mort m'a fait complètement perdre pied mais j'aurais dû être là, j'aurais dû te protéger. Tu aurais dû être ma priorité. Au lieu de cela, je me suis perdu dans les bras de la première venue. Du bourreau de ta mère.

Sa voix craque à nouveau.

– Je ne sais pas si je pourrai un jour me pardonner d'avoir laissé entrer le loup dans la bergerie. Et je ne sais pas si tu me le pardonneras non plus. Je ne mérite pas de seconde chance, Zack. Mais je veux que tu saches une chose, c'est que je t'aime. Tu es mon fils et je passerai le reste de ma vie à essayer de réparer mes erreurs.

Je ne dis rien. Je ne sais pas quoi dire. Ces mots, j'aurais voulu les entendre il y a plusieurs années déjà.

Est-ce trop tard ?

Je ne sais pas. Une chose est sûre, c'est que j'ai envie de reconstruire ce qui me reste de famille. Et quand je vois Ella au loin sortir de sa chambre, je me dis que ma vraie famille commence avec elle.

J'abandonne mon père pour la retrouver. Elle semble émue de nous voir tous réunis autour d'elle, aux petits soins, et ne cesse de nous remercier. Mais elle le mérite, elle mérite bien plus que ça même. Et je me fais la promesse solennelle de lui donner tout ce dont elle a besoin à partir d'aujourd'hui.

***

Cette nuit-là, je peine à trouver le sommeil. Une fois rentrés de l'hôpital, nous nous sommes installés chez Maria et Pierce. L'appartement vétuste ne permettant pas de tous nous accueillir, Lisa est allée à l'hôtel et mon père a fait de même, tandis que Matt et Maddie ont envahi le salon.

Mon père est dévasté, complètement sonné par la situation. Il faut dire qu'il vient de vivre une véritable tragédie grecque. Mais je ne peux me résoudre à le plaindre. Il va me falloir du temps pour lui pardonner et pour accepter cette infamie. Judith a tué ma mère puis a pris sa place. Même dans mes pires cauchemars, je ne pouvais imaginer un tel scénario. *Comment revenir de ça? Comment me reconstruire après ça? Comment faire confiance à qui que ce soit?*

Je sors du lit en sueur en essayant de ne pas réveiller Ella, et me dirige vers la fenêtre. De l'oxygène, il me faut de l'oxygène. J'ouvre la vitre comme si ma vie en dépendait. L'air froid balaye mon visage mais peine à remplir mes poumons.

J'agrippe la bordure de fenêtre à m'en faire blanchir les mains.

Respire. Putain! Zack, respire!

Deux bras s'enroulent autour de ma taille et tout à coup, ça marche. Je respire à nouveau.

Grâce à elle.

Elle pose sa douce joue contre mon dos et y dépose un baiser.

– Du mal à dormir?

Je confirme d'un geste de la tête avant de me retourner et de la prendre dans mes bras. Ella, ma Ella. Belle, douce et forte. Derrière son visage tuméfié, son regard vert est plus déterminé que jamais, comme si elle savait qu'à cet instant il allait lui falloir de la force pour deux.

– Je suis désolé de t'avoir réveillée. Tu as besoin de dormir, Chicago.

Je lui caresse tendrement la joue en essayant d'éviter ses nombreuses blessures.

– Je n'ai besoin de rien à part toi, Zack. Comment tu vas?

– Mal! J'ai mal à en crever.

Je lui adresse un sourire contrit. Mais je ne peux pas lui mentir, pas là, pas après tout ce qu'on vient de vivre. Je serre les poings avec cette fureur animale qui monte à nouveau en moi. Je me passe la main sur le crâne. Brutalement, avec l'envie de m'arracher la tête.

– J'ai envie de tout casser, Ella. De faire mal. De me faire du mal. À elle, à mon père. À la terre entière. La prison, ça me paraît léger comme sentence après ce que Judith a fait. Je veux me venger. Je veux que justice soit faite à ma mère. Je veux qu'on me rende ce qu'on m'a volé.

Je baisse la tête et ferme les yeux pour mieux échapper à ce cauchemar.

– Je veux qu'elle revienne.

Ella desserre mes poings et glisse ses mains dans les miennes pour m'apaiser.

– Mon amour. Je sais. Tout ça est tellement injuste. Et si je pouvais étriper Judith de mes propres mains, crois-moi, je le ferais. Mais il faut que tu surmontes cette épreuve. Pour toi, mais surtout pour ta mère. Elle n'aurait pas voulu que tu te détruises ou que tu fasses du mal autour de toi. Que tu finisses en prison, ou pire. La meilleure vengeance, c'est de vivre. C'est d'être heureux. C'est d'accomplir tes rêves, Zack. Devenir l'homme qu'elle aurait voulu que tu sois. Pour elle, pour honorer sa mémoire.

– Comment, Ella? Comment veux-tu que je vive, que je fasse comme si de rien n'était? À quoi bon? Ce monde est complètement merdique. On va tous finir six pieds sous terre. À quoi ça rime tout ça? Tout me paraît dérisoire. Le lycée, le foot, mes projets de devenir pro, la fac, tout… Je me fous de tout… de tout à part toi.

Je pose mon front contre le sien et embrasse ses lèvres meurtries, en savourant la douceur et la chaleur de ses baisers. Après avoir cru la perdre, il y a une chose dont je suis convaincu, c'est que je l'aime et que j'ai besoin d'elle.

Nos lèvres se déconnectent mais je la maintiens au plus près de moi. Mes mains dans ses cheveux. Mon souffle contre le sien.

Elle a une jambe dans le plâtre, des côtes cassées, mais réussit la prouesse de se tenir droite. Elle est blessée. Diminuée. Pourtant elle est mon roc, et ce qui sort de sa bouche la seconde qui suit ne fait que le confirmer.

– Alors je serai ta bouée de sauvetage, Zack. Jusqu'à ce que tu retrouves goût à la vie. Tu peux te reposer sur moi. Je serai là chaque jour, à chaque fois que tu auras du mal à respirer ou que tu perdras pied. Je serai aussi là pour te botter le cul si nécessaire. Et t'obliger à aller de l'avant. Parce qu'on est obligés, Zack. Parce que c'est la vie. Parce que si on n'avance pas on tombe.

– Comment tu fais pour être aussi forte ?

– Je viens du sud de Chicago, plaisante-t-elle du bout des lèvres comme si elle ne voulait pas m'offenser.

Sa réponse m'arrache un sourire. Le premier depuis un long moment.

– Allez, viens, on va se coucher ! On a tout le temps d'affronter le monde demain à tête reposée.

Elle essaye de sauter à pieds joints, mais je l'attrape et la fais basculer dans mes bras comme une mariée avant de la déposer délicatement sur le lit. Je m'allonge en face d'elle. Ses yeux verts percent l'obscurité. Je m'approche, dépose un léger baiser sur ses lèvres.

– Je t'aime, Ella.

Elle sourit et glisse sa main dans la mienne avant de la porter à ses lèvres.

– Moi aussi, je t'aime. Et on va affronter ça un jour à la fois, mon amour. Promis. Une épreuve à la fois. Ensemble.

49

Ella

Notre retour à Laguna n'a pas été de tout repos.

La presse locale a élu domicile devant la villa, guettant nos allées et venues pour essayer de prendre des photos volées de Zack, de son père, de moi. Dans cette petite ville, le crime et l'arrestation de Judith, alias Sara Di Rossi, ne sont pas passés inaperçus. Tout le monde se pose des questions et les rumeurs vont bon train, mais nous essayons de rester solidaires dans l'adversité. Par solidaires, je veux dire que M. Bird utilise toute l'ingéniosité dont il a le secret afin de maintenir les curieux loin de la villa, il n'hésite pas à leur jouer des tours pour tromper leur vigilance, ce qui nous vaut bien des fous rires.

Zack est aux petits soins avec moi, ne me quittant pas des yeux une seconde, comme s'il avait peur que je disparaisse à nouveau. Je passe mon temps à le rassurer, à lui soutenir que je vais bien, que je peux monter les escaliers ou me déshabiller seule, il ne veut rien entendre. Il m'a installée dans sa chambre pour être sûr de pouvoir garder un œil sur moi, et me couvrir d'attention.

J'aime qu'il s'occupe de moi, mais j'ai peur qu'il m'utilise comme prétexte pour ignorer ses propres blessures, invisibles celle-là, mais beaucoup plus profondes. Quant à M. Miller, il fait face à l'ignominie en se jetant à corps perdu dans le travail et l'organisation du procès. Il a fait appel aux meilleurs avocats du pays pour s'assurer que Judith et son frère finissent leurs jours en prison. Vu tous les chefs d'inculpation qui pèsent sur eux, il n'y a aucun doute là-dessus.

Chacun gère la situation comme il le peut, j'imagine. Mais Zack a beau mépriser son père, ils se ressemblent énormément. Tous les deux parlent peu et agissent beaucoup.

Ils ont eu une discussion à cœur ouvert. Je ne sais pas si ça a aidé, tout ce que je sais, c'est qu'à chaque fois que j'évoque le sujet de sa mère, Zack se contente de me répondre que la vie peut être une salope et que Judith devrait brûler en enfer.

Il joue au dur. Au fond, je sais qu'il cache ses fragilités et que parfois ça reprend le dessus. J'ai émis une ou deux fois l'idée d'aller voir un psy, que cela lui ferait du bien de parler à un professionnel, il m'a répondu par un haussement d'épaules. Il est têtu comme une mule, mais je finirai par le convaincre. Je ne désespère pas. Pour l'heure, nous avons autre chose à gérer, comme notre retour à Laguna High.

– Je ne pensais jamais avouer ça un jour, mais ce putain de lycée m'a manqué, dis-je alors que Zack est en train d'éteindre le moteur de sa Jeep.

Nous sommes garés devant cet établissement dans lequel j'ai tant de souvenirs, des bons comme des mauvais, et revoir toute cette effervescence, tous ces étudiants vivant leur vie comme si de rien n'était, a quelque chose de rassurant. Il y a des petits stands à l'entrée où certains membres du comité événementiel vendent des tickets pour le bal de promo. C'est vrai que c'est bientôt, ça aussi ça m'était complètement sorti de la tête.

Il faut dire que nous étions à des millions d'années-lumière de toutes ces préoccupations. Et cette reprise me paraît presque irréelle.

Compte tenu des circonstances, le proviseur nous a permis de nous absenter plus de trois semaines sans que cela impacte notre année scolaire.

– On verra si tu diras toujours la même chose quand on croisera Shelby, se moque Zack.

Je grimace.

– C'est vrai, je l'avais presque oubliée, cette conne. Tu crois que je risque de me faire renvoyer si je lui enfonce l'une de mes béquilles dans le cul, histoire de lui apprendre la vie?

Après ce qu'elle a osé faire, c'est tout ce qu'elle mérite.

Il éclate de rire.

– On n'a pas dit qu'on voulait que notre retour se fasse en toute discrétion, Chicago?

– Ne t'en fais pas, je le ferai en mode ninja. Pas vu, pas pris.

Zack secoue la tête, amusé, avant de prendre mon visage entre ses mains.

– Je t'ai déjà dit que tu étais super sexy quand tu joues à la bad girl ?

Il me sourit et je fais de même. Ses lèvres sont à quelques centimètres des miennes, il me dévore de son regard océan avant de m'embrasser longuement, tendrement, me volant tout mon oxygène au passage.

Je me demande s'il sera aussi affectueux avec moi sorti de cette voiture. Je me déteste de penser à des trucs aussi futiles alors que nous venons de traverser l'enfer, mais il n'empêche qu'une minuscule part de moi, la part la plus complexée, continue à se demander s'il va assumer. M'assumer. Ici. Devant tout le lycée. Moi. Ella Gonzalez. La fille de sa femme de ménage. À la villa, tout le monde sait qu'on est en couple, et pouvoir enfin passer la plupart de nos nuits ensemble sans se cacher est une véritable bénédiction. Je me suis habituée à être dans la lumière, je ne veux plus retourner dans l'ombre.

Pas le temps de me perdre dans mes pensées car un message fait vibrer son téléphone dans le porte-gobelet et interrompt notre baiser. Zach décroche ses lèvres des miennes, le consulte rapidement puis s'empresse d'obscurcir l'écran et de ranger le téléphone dans sa poche.

– On y va ?

– Euh… oui !

Zack sort de la voiture, la contourne à petites foulées puis m'ouvre la porte avant de m'aider à sortir. Il récupère les béquilles ainsi que mon sac à dos et nous nous dirigeons vers l'entrée principale.

Tout le monde nous regarde et chuchote sur notre passage. C'était à prévoir.

– Je ne sais pas toi, mais je me sens légèrement observée, plaisanté-je en arrivant au pied de l'escalier.

– C'est pas près de s'arranger, répond Zack.

Je ne comprends complètement sa déclaration que lorsqu'il me fait basculer dans ses bras telle une mariée, comme il le fait souvent à la villa pour gravir les escaliers.

Mais ici tous les yeux sont rivés sur nous.

– Zack ! Qu'est-ce que tu fous ?

– Ben tu le vois, je porte ma petite amie pour éviter qu'elle ne s'épuise avec son plâtre sur ces marches périlleuses.

– Tu es dingue. Tout le monde nous regarde.

– Je sais. Au moins, maintenant, ils ont une bonne raison de le faire.

Il me vole un baiser et continue sa course imperturbable. Je l'admire, le sourire aux lèvres, je crois que je viens d'avoir la réponse à toutes mes inquiétudes. Il n'a aucune intention de dissimuler ce qui se passe entre nous.

Pourquoi ai-je douté de lui ?

Lorsqu'il me repose au sol, je n'ai plus que la moitié d'un cerveau à ma disposition pour entrer dans l'établissement et affronter la jungle des couloirs.

– Je te laisse une seconde, je vais voir l'équipe, m'annonce Zack après avoir fait quelques mètres avec moi.

Il s'éclipse rapidement, ne me laissant ni le temps de protester ni de récupérer mon sac.

J'ai envie de le retenir, de lui demander de rester avec moi plus longtemps. Mais ce serait complètement ridicule. On a passé chaque seconde de ces trois dernières semaines ensemble. Il doit avoir envie de revoir du monde, de retrouver un semblant de normalité.

Je me retrouve donc seule, au milieu du couloir, comme je l'ai souvent été auparavant, à marcher vers mon casier.

J'avance lentement jusqu'à destination, bataillant avec mes béquilles, essayant de garder un visage impassible, quand je croise Shelby et sa bande. Elles me saluent toutes du revers de la main, sauf la Queen Bitch qui me lance un regard noir agacé, mais je ne m'attarde pas. Je crains que si je rentre en contact direct avec elle, je risque de mettre mes menaces à exécution.

J'arrive à proximité de mon casier. On dirait que quelque chose y est inscrit au feutre noir. Oh, non ! Ils n'ont quand même pas osé. Pas après ce que je viens de vivre. Je crains le pire. Une sueur froide me traverse l'échine, les moments les plus sombres que j'ai vécus dans ce lycée se rappellent à mes bons souvenirs. J'entends des chuchotements et des ricanements à mesure que je m'approche, j'ai peur de lire d'énièmes insultes, je ferme les yeux, et quand je les ouvre, je suis surprise d'y découvrir un message de Zack.

« Ella Gonzalez, je t'aime de tout mon cœur.
Tu es la plus belle personne que je connaisse,
à l'intérieur comme à l'extérieur.
Me ferais-tu l'honneur de m'accompagner au bal de promo ?
Signé Zack Miller.
P.-S. : si quelqu'un s'approche encore une fois de ce casier,
il aura affaire à moi.

Mais qu'est-ce que…

– Surprise.

Je me retourne d'un coup sec et me retrouve nez à nez avec Zack qui sourit de toutes ses dents.

Pas le temps de comprendre ce qu'il m'arrive qu'une partie de l'équipe de foot débarque derrière lui en portant des pancartes. Sur chacune d'entre elles est écrit un message.

Dis-lui oui, s'il te plaît !

Accepte sa proposition.

Mon capitaine m'a demandé de faire cette pancarte ringarde.

Il t'aime et il veut que tout le monde le sache.

Et quand je vois débarquer Matt avec sa propre pancarte, je ne peux empêcher une larme de s'échapper de mes yeux.

Ella Gonzalez, femme cruelle, comment peux-tu me quitter comme ça ?!
P.-S. : je plaisante, tu as évidemment toute ma bénédiction. Signé le futur Chris Hemsworth.

Je ris à travers mes larmes en finissant de lire ce message on ne peut plus long et on ne peut plus ridicule, mais surtout on ne peut plus visible, au vu et au su de tous.

– Tu es complètement fou ! Pourquoi tu as fait ça ? dis-je en pivotant vers Zack.

– Pour que tout le monde sache à quel point je t'aime, Ella.

Mon cœur loupe un battement alors qu'il me prend dans ses bras.

Et dire que je pensais qu'il n'assumerait pas, j'ai fait complètement fausse route.

Un regard à ma droite m'indique que Shelby a tout vu de la scène et qu'elle trépigne de jalousie. C'est mesquin de ma part mais après tout ce qu'elle m'a fait subir, je ne peux m'empêcher de jubiler.

– Alors j'attends toujours ta réponse, Chicago. Me feras-tu cet honneur ?

– Oui, oui, oui, évidemment que oui !

Je me marre, efface mes larmes, avant de l'embrasser comme il se doit sous les cris et les sifflements de ses coéquipiers.

ÉPILOGUE 1

Ella
Quelques mois plus tard

– Je ne sais pas qui a dit qu'imaginer l'audience nue avant de faire un discours est censé vous rendre moins nerveux, mais ça ne marche pas du tout pour moi. Je suis extrêmement nerveuse, déclare Maddie du haut de son pupitre, habillée de son uniforme officiel et du chapeau typique de la cérémonie d'obtention des diplômes que nous portons tous également.

Par tous, je veux dire toutes les dernières années de Laguna High.

Maddie a eu l'honneur d'être choisie pour faire le discours de fin d'année. Nous sommes réunis dans la cour centrale du lycée, celle qui a une vue directe sur l'océan.

Aujourd'hui, c'est jour de remise des diplômes.

Et moi, Ella Gonzalez, je vais recevoir le mien.

J'espère que ce sera le premier d'une longue série puisque j'ai été acceptée à Boston Uni, dans la même ville que Zack. Cet été, nous allons nous y installer ensemble.

Le soleil est haut dans le ciel, l'odeur des magnolias et celle de l'excitation des étudiants se mélangent et créent une atmosphère particulièrement électrique. Je me retourne pour regarder Zack qui ne m'a pas lâché la main depuis le début de la cérémonie.

Depuis qu'on est rentrés de Chicago, il met un point d'honneur à montrer à tout le monde qu'on est ensemble. Parfois il en fait un peu trop, comme hier lors du dernier match de la saison où il est carrément sorti du terrain pour venir m'embrasser après que l'équipe a marqué un énième *touchdown*. Comme ça, devant tout le lycée. La foule était en délire et mes joues en feu. Je sens encore la chaleur m'envahir lorsque je le revois me porter et m'embrasser fougueusement. Ses lèvres humides, son odeur masculine, épicée, mélangée à la sueur, et ses bras si puissants qu'ils me font décoller du sol sans aucun effort… Et on ne peut pas dire que je sois un poids plume. Surtout à cause des semaines à mobilité réduite que j'ai endurées pour permettre à mes blessures de guérir.

Tout au long de cette période, il a été aux petits soins avec moi, pourtant il avait ses propres blessures à panser. Une chose est sûre, Zack n'est pas du genre à montrer ses faiblesses. Il m'en a fallu des arguments pour le convaincre de consulter un psy pour parler de sa mère. Il a fini par accepter une séance par semaine, mais à chaque fois il agit comme s'il avait rendez-vous chez le dentiste.

Il joue au dur mais finit toujours par y retourner. C'est que ça doit lui faire du bien quelque part. Ses relations avec son père se sont également améliorées. Par améliorées, je veux dire qu'ils supportent d'être dans la même pièce plus d'une heure sans se sauter à la gorge.

Il faut dire que M. Miller fait des efforts, invitant Zack à aller voir des matchs de basket, de foot, de base-ball. La dernière fois, il a même sorti sa vieille planche de surf et proposé un moment entre hommes. Zack a halluciné mais accepté et quand il est rentré il avait ce sourire, celui qu'il ne fait pas souvent mais qui laisse entrevoir la beauté de son âme.

Je l'aime tellement. J'aime son côté tourmenté et sa beauté intérieure qu'il cache pudiquement, par peur d'être blessé ou abandonné. J'aime le toucher aussi, le voir, passer toutes mes journées avec lui, l'embrasser, lui faire l'amour dès que l'occasion se présente. Et maintenant que c'est officiel entre nous, des occasions, il y en a plein. Pourtant on continue à se cacher ou à s'encanailler dans les endroits les plus insolites. Une ruelle, une plage, un cinéma. Je crois qu'on a pris le goût de l'interdit.

– Et le fait que l'équipe de foot soit au premier rang n'arrange rien à mon affaire, continue Maddie, me sortant de mes rêveries.

Des rires s'élèvent dans l'assemblée avec des sifflements.

– *Go*, Falcons ! crie Matt.

Maddie lui sourit puis reprend son discours.

– Plus sérieusement, un grand homme a dit un jour : « Soyez le changement que vous voulez voir dans le monde. » #Gandhi. Il n'est ni sur TikTok ni sur Twitch, mais je vous conseille de lire à son propos, il mérite plus d'attention que les Kardashian.

Encore des rires et des applaudissements. Maddie marque une pause puis continue.

– L'année s'achève et avec ça nos années lycée. Nos années d'insouciance, de rires, de pleurs, de premières fois, de confusion et de découvertes. Nous avons ri ensemble, aimé ensemble, pleuré et grandi ensemble. Les plus belles années, me dit-on, celles qui marquent une vie. Mais moi j'ai envie de croire que ce n'est que le début et que nous avons encore beaucoup à accomplir. Qui sait, peut-être que parmi nous figure le prochain Elon Musk, Jeff Bezos ou Angela Merkel ? Ce qui est sûr, c'est que notre nouvelle vie nous promet bien des challenges à relever. Le changement climatique, la mondialisation… les pandémies.

– Elle s'est prise pour Greta Thunberg ou quoi ? peste Shelby, à quelques mètres de moi.

Je lui souffle de se taire. Elle lève les yeux au ciel tellement haut que j'ai peur qu'elle reste coincée ainsi. Elle me répond par un doigt d'honneur.

Classe.

La vérité, c'est qu'elle est verte de jalousie. Verte que ce soit Maddie qui ait été choisie pour faire le discours de fin d'année devant toutes les terminales et pas elle. Elles ont toutes les deux de très bonnes notes, alors le choix du conseil d'école s'est fait dans un mouchoir de poche. La différence qui a apparemment joué, c'est l'investissement de Maddie dans des œuvres caritatives. Chose que Shelby avait négligée, dans sa course au parcours de l'étudiante parfaite. Mais s'occuper des autres n'est juste pas dans son ADN. Elle ne pourrait pas tendre la main aux moins fortunés qu'elle si sa vie en dépendait.

Je lui réponds par le même geste.

– Je vois que tu essayes toujours de te faire des amis, murmure Zack à mon oreille.

– Toujours. Tu me connais.

Je ris contre ses lèvres avant de l'embrasser puis de l'admirer amoureusement.

Il est beau. Ses cheveux châtains dépassent de son chapeau bleu et je ne sais pas comment il réussit la prouesse de paraître sexy dans une tenue qui ne l'est pas du tout. Mais sa carrure, ses épaules larges de footballeur et sa taille font de lui un dieu grec en toutes circonstances.

– Pourquoi tu me regardes comme ça? Si je ne te connaissais pas, je dirais que tu as envie qu'on aille baptiser les dessous des gradins pour la dernière fois.

– Peut-être, surtout que je ne porte rien sous ma toge.

J'humidifie mes lèvres et regarde un de ses sourcils se lever et son regard se remplir de désir.

– Tu essayes de me tuer, Chicago? dit-il en passant une main sur mes fesses, pour vérifier mes dires.

Il faisait beaucoup trop chaud sous cette blouse, et elle est suffisamment large pour ne pas me trahir, donc ne pas porter de sous-vêtements me paraissait la meilleure chose à faire.

– Peut-être bien.

Il me rapproche de lui d'un coup sec et m'embrasse fougueusement comme pour me punir, puis murmure à mon oreille.

– Tu ne perds rien pour attendre.

– Alors, je vous le répète, mes amis, continue Maddie, ce qui fera de nous des grands hommes, ce n'est pas le nombre de likes, de *followers* ou d'argent que nous allons gagner mais l'impact que nous aurons sur le monde et, plus important, sur les autres. Combien d'amis nous aurons aidés, combien de sourires, de bonheur nous saurons créer, et surtout combien d'amour nous aurons donné. Mes camarades, c'est un honneur d'être à vos côtés pour célébrer ce moment si précieux. Allez découvrir le monde! Visez la Lune! Au pire, vous attraperez une étoile. Et parce qu'on n'est pas la génération Z pour rien, je finirai par des hashtags.

Elle fait le signe avec ses doigts que nous imitons tous et répétons ses mots après elle.

– #Love #LagunaHigh #Falcons #OneLife. Et maintenant place à la fête!

Nous jetons tous nos chapeaux au ciel en même temps et nous nous jetons mutuellement dans les bras les uns des autres pour crier notre joie et excitation.

ÉPILOGUE 2

Zack

Dès que je passe le pas de la porte, je sens l'odeur des enchiladas, mon plat préféré. Ça tombe bien. Je sors de l'entraînement et je meurs de faim.

Je dépose mon sac de sport dans l'entrée, me débarrasse de mon manteau et de mon bonnet. Quatre ans qu'on vit à Boston et je ne me suis toujours pas habitué à ce froid glacial. On est en mars et on se gèle encore les miches. Chaque fois que je « Facetime » Matt, il m'en met plein la vue, avec le soleil et les plages de Californie. Il a fini par convaincre son père que le foot n'était pas pour lui et s'est inscrit dans une école de cinéma à Hollywood. Du coup, il surfe toute la journée, l'enfoiré.

Je suis donc super content de passer le week-end à Laguna. Un peu de chaleur nous fera du bien. Lisa se marie avec son petit ami de longue date, Clint. Elle va faire une cérémonie simple sur la plage et nous a invités. Ella est la demoiselle d'honneur. Il en a fallu, des arguments, à Lisa pour la convaincre de porter une des robes guimauve qu'elle a choisies pour l'occasion. Les deux se parlent tous les jours au téléphone et à chaque fois c'est un festival. Ella fait semblant d'être blasée par Lisa, et Lisa pose les questions les plus indiscrètes possibles et imaginables. Posé sur le canapé, je me délecte de leur échange et observe Chicago faire des va-et-vient, le téléphone à la main.

J'adore écouter Ella parler de son futur beau-père également. Elle enchaîne les *punchlines* à son égard.

« Sérieux, Zack ! Je ne sais pas ce qu'elle lui trouve à Bon Jovi ! Tu crois qu'il va garder son mulet le jour de son mariage ? »

À chaque fois je me marre.

La vie est comme ça avec Chicago, pleine d'éclats de voix, de rires, de bonne bouffe, de musique, et de folie en tout genre. Elle n'a pas son pareil pour égayer le quotidien. Faire du moindre petit moment une fête, une célébration de la vie. Moi qui ai grandi dans une immense maison froide et silencieuse, ça me change. Elle met de la couleur sur les murs, dans les plats et dans ma vie, et j'adore chaque seconde passée avec elle. Quand on s'engueule, c'est avec passion. Quand on baise, c'est avec passion. Il n'y a pas de demi-mesure, jamais.

Je traverse notre grand salon qui a vue sur la baie de Boston et je la vois se déhancher sur des rythmes endiablés latinos tout en préparant une farce dont elle a le secret pendant que des oignons rissolent dans une poêle et que de l'eau est en train de bouillir dans une casserole. Un véritable cordon-bleu, et je suis le premier à en profiter. Je souris jusqu'aux oreilles, m'adosse à l'entrée et l'observe. Je ne me lasse pas de la regarder.

Elle me tourne le dos et est tellement à fond dans sa chorégraphie qu'elle ne me voit pas. Mon regard se promène sur son corps. Elle porte une de ses tenues de danse qui ne manquent jamais de me faire bander. Elle en porte souvent après les cours, surtout depuis qu'elle est volontaire dans un foyer pour enfants trois fois par semaine. Elle y propose des classes de hip-hop, en plus de ses cours de business management et de son boulot de serveuse le week-end. Elle est sur le point d'obtenir son master quelques mois en avance. Une véritable prouesse quand on sait qu'elle avait tellement de mal en arrivant à Laguna High.

Mais Ella est une battante. Et les obstacles ne sont pour elle que des étapes à franchir. J'ai beaucoup appris de sa détermination. D'ailleurs moi aussi j'ai plutôt bien réussi et j'ai une grande nouvelle à lui annoncer ce soir.

Je marche vers elle, enroule mes bras autour de sa taille, me colle à son cul et suis son mouvement lascif. Elle ondule des fesses contre moi, et nous dansons langoureusement, mes lèvres se promènent dans son cou. Elle lâche la cuillère et lève sensuellement les mains au-dessus de sa tête tandis que ses longs cheveux soyeux caressent mon visage. Elle se cambre et je la retourne d'un coup sec avant que je ne puisse plus contrôler mon envie de pousser tout ce qu'il y a sur cette table et de la prendre dessus.

– Salut toi ! susurre-t-elle contre mes lèvres.

– Salut toi.

Elle se pend à mon cou, me sourit largement, avant de m'embrasser fougueusement.

– Eh ben, on dirait que je t'ai manqué.

– Oui. Et j'ai une super nouvelle à t'annoncer, dit-elle en éteignant la musique de son téléphone, branché au système Bluetooth.

– Ça tombe bien, moi aussi.

– Ah oui ?

– Oui.

Elle me regarde avec excitation.

– Mais toi d'abord, dis-je, en lui plaquant un bref baiser sur la bouche.

– OK, je me lance. Tu te souviens que je devais proposer mon projet de fin d'année aujourd'hui ?

– Oui, le concept de restaurant latino avec musique, cours de danse la semaine et *live band* le week-end ?

– Tout à fait. Eh bien les jurés ont adoré et je vais avoir plein de sponsors. Je pense que je vais pouvoir ouvrir mon premier resto dès l'année prochaine. C'est pas énorme, ça, comme nouvelle ? Et tu sais comment j'ai décidé d'appeler mon premier resto ?

– Non ! Mais tu vas me dire.

Je souris. Son enthousiasme est contagieux.

– Gloria's ! Je vais l'appeler Chez Gloria.

– Comme le prénom de ta grand-mère ?

– Exactement ! Pour lui rendre hommage. Après tout, si j'aime cuisiner et danser, c'est grâce à elle. C'est donc un juste retour des choses.

– C'est une super idée ! Et je suis ravi que ton projet aboutisse enfin.

J'ai vu Ella bosser comme une forcenée, ne comptant jamais ses heures, alors si quelqu'un mérite de réussir, c'est elle.

– Mais est-ce que tu peux envisager d'ouvrir ton premier resto à Chicago ?

Ses yeux s'écarquillent de surprise.

– Pourquoi Chica… demande-t-elle en plaquant ses mains contre sa bouche. Ça a marché ? Ils t'ont choisi ? L'équipe de foot de Chicago t'a choisi ? Tu vas passer pro. Oh, mon Dieu, Zack ! C'est génial.

Elle hurle et me saute dans les bras avant de bombarder mon visage de baisers.

– J'y crois pas. C'est trop génial. Ton rêve se réalise enfin. Je suis tellement, tellement fière de toi. Tu dois être fou de joie. Tu l'as appris aujourd'hui ?

– Oui, mon agent m'a appelé. C'est encore confidentiel. L'annonce officielle se fera lors du *draft* télévisuel. Il faut encore que je signe le contrat, négocie quelques clauses, mais oui c'est un truc de fou, Ella. Je vais jouer avec mes idoles. Alec Graham. Jude Hartnett. Et toi tu vas pouvoir retrouver tes amis, Pierce et Maria.

De toutes les équipes qui me tournaient autour, je voulais absolument Chicago, car je sais à quel point cette ville compte pour Ella.

– Ouiiii ! Par contre, si on vit à Chicago, il va falloir me trouver un autre surnom. Tu ne peux plus m'appeler Chicago, à Chicago c'est absurde.

– Je trouverai autre chose.

Comme « ma petite femme ». J'évite de lui dire que je compte lui demander sa main ce week-end à Laguna, sur notre plage de Hidden Cove, là où nous avons passé de si bons moments. Tout le monde sera là. Lisa, Clint, Maddie qui étudie à New York, Matt, Maria, Pierce et même mon père. Chicago n'a aucune idée de mes plans. J'ai pris soin de tout organiser derrière son dos. Elle croit juste assister au mariage de sa mère. Le plus dur a été de trouver la bague qui lui plairait. Elle ne porte pas de bijou, donc je n'avais aucun point de comparaison. Heureusement, Maddie et Maria ont été de bon conseil.

Elle me serre encore une fois puis m'embrasse. Elle a les yeux remplis de fierté et d'amour. J'empoigne son visage et caresse ses joues.

– Ta mère serait tellement fière de toi, Zack.

Je baisse les yeux, le sujet est toujours douloureux, même après quatre ans. Je rentre voir mon père de temps en temps mais on ne peut pas dire qu'on soit proches. Je crois que quelque chose s'est brisé, mais j'apprécie qu'il essaye de recoller les morceaux. Il fait des efforts, ça, je dois le reconnaître, mais à chaque fois que je vais fleurir la tombe de ma mère, mon amertume à son égard reprend. Je chasse ces idées tristes et me concentre sur le positif, et aujourd'hui est une journée très positive.

– C'est un peu grâce à toi. Sans toi et ton soutien indéfectible, je n'y serais sûrement pas arrivé.

– Non, Zack ! Tu m'accordes beaucoup trop de crédit. C'est grâce à ton talent, à ta ténacité et à ce corps de rêve que tu as réussi à passer pro.

Elle promène ses mains sur mon torse avec gourmandise.

– Ah oui ?

– Oui !

– Et tu sais ce qu'il a envie de te faire ce corps de rêve ?

– Non, mais tu vas me montrer.

Je l'empoigne par les fesses et la porte tandis qu'elle enroule ses jambes autour de ma taille.

– La douche ?

– Ouais. J'ai besoin de me laver et toi aussi.

– Tu es en train de dire que je pue ? C'est ça ? Je crois que le respect est mort et que tu vas devoir payer pour ta grande bouche.

Je lui mords la lèvre inférieure. Elle gémit, je me dirige vers l'escalier.

– Attends, Zach ! Il faut éteindre la plaque si tu ne veux pas foutre le feu au building.

– C'est à ton cul que je vais mettre le feu !

Elle étouffe un rire.

Je fais ce qu'elle me demande avant de l'emmener à l'étage pour lui faire l'amour.

Aujourd'hui. Demain. Toujours.

Fin

REMERCIEMENTS

Je voudrais remercier Clémence pour son aide à tous les niveaux, Stacy et Caroline pour leur merveilleux travail de bêta lectrices et Émilie, mon éditrice, pour sa disponibilité, sa gentillesse et son dévouement.

Extrait

HIGH SCHOOL INITIATION

Sianna Milano

1

Ambre

« Les passagers du vol 1285 à destination de Bordeaux sont priés de se présenter à la porte B3 pour l'embarquement. »

Récupérant mes magazines et mon sac à main, j'observe ma mère qui, derrière son sourire attristé, s'efforce d'être rassurante. Je lui emboîte le pas vers notre oiseau de fer, direction une nouvelle vie, une nouvelle maison et un nouveau lycée.

Je laisse derrière moi une vie de famille, certes pas parfaite, et quelque peu dysfonctionnelle. Un père maladroit, peu démonstratif mais aimant, et par-dessus tout ma meilleure amie, Sana, la seule qui me connaisse vraiment, moi et tous mes secrets les plus inavouables.

Alors que je suis perdue dans mes souvenirs, la voix de ma mère me ramène les pieds sur terre…

– Ambre, dépêche-toi, je ne voudrais pas qu'on rate notre avion, me presse-t-elle.

– Oui, maman. Désolée. Je te suis !

– Allez viens, c'est par là, vite !

Ma mère est souvent stressée par le monde qui l'entoure, comme s'il pouvait l'engloutir d'une minute à l'autre.

– Bonjour, mesdames, billets et pièces d'identité, s'il vous plaît ?

nous demande une hôtesse. Très bien ! Madame Nadia Nombria, mademoiselle Ambre Bellino, la compagnie Air France vous souhaite un agréable vol.

Après nous être installées à nos sièges, ma mère au centre et moi près du hublot, j'observe le tarmac, me demandant combien de passagers décollent aujourd'hui pour un nouveau départ. Sommes-nous les seules ? Y a-t-il eu d'autres au revoir déchirants et d'autres perles salées sur le sol de l'aéroport ?

Je chasse cette pensée de mon esprit et sors mon téléphone portable de mon sac. En fond d'écran, un selfie de Sana et moi lors de mon dernier anniversaire, il y a quatre mois. Nos sourires immortalisés laissent apparaître un bonheur sans fin. Mes parents m'avaient offert des livres et un nouveau téléphone. Ils m'avaient fait promettre de réussir le bac de français. Sana avait alors défendu ma cause en hurlant haut et fort que j'étais l'une des meilleures élèves de la classe et que je réussirais haut la main. Nous avions fini la soirée dans ma chambre et pris ce fameux selfie après une centaine de tentatives, de changements de position, de lumière, d'angle et j'en passe. Oui, Sana aime la perfection. Et quand aujourd'hui, assise dans cet avion, je regarde cette photo, je me dis que ça valait le coup d'avoir perdu une demi-heure.

J'ouvre le fil de notre discussion et prends une photo du hublot avec la légende : « Tu me manques déjà. » J'appuie sur Envoyer et attends impatiemment sa réponse quand ma mère me met une tape sur le crâne.

– Ambre ! Éteins ce téléphone portable tout de suite ! m'ordonne-t-elle. J'ai vu dans un documentaire que les ondes émises par les téléphones peuvent dérégler le fonctionnement de l'avion.

– Quel dommage ! Moi qui croyais le faire dévier vers New York et rejoindre Justin Timberlake pour vivre une grande histoire d'amour ! Une prochaine fois, tant pis… me moqué-je.

Elle me dévisage avec un soupçon de colère en remarquant mon ironie.

– Ambre, écoute, me dit-elle avec un air solennel. Je sais que cette situation est difficile pour toi et je suis désolée que tu doives la subir. Mais je suis sûre que de belles choses nous attendent à Bordeaux. Nous serons proches de Yama, ta tante Louisa et tes cousines. Puis, tu es pleine de ressources et tu as toujours su relever des défis. Essaie de voir le positif, tente-t-elle de me rassurer.

Le positif ? Déracinée de Nice, ma ville natale, où j'ai passé dix-sept années à me construire. Où j'ai mes habitudes, mon quotidien, ma seule et unique amie et mon père. Mais aussi mon centre équestre et mon école de musique, dans laquelle j'ai appris à chanter et jouer du piano depuis mes 10 ans.

Difficile, là tout de suite, de voir le positif.

Difficile aussi de blâmer ma mère pour cette décision de divorcer et de recommencer une nouvelle vie chez elle, à Bordeaux.

Ma mère est tout pour moi. Elle est imparfaitement parfaite. Remplie de bonté, d'amour et de bienveillance. Elle m'aime plus que sa propre vie et m'a toujours protégée comme une lionne. Alors, quand mes parents m'ont dit que j'étais en âge de décider avec qui je voulais vivre, je n'ai pas hésité une seule seconde. J'aime mon père, mais il est en grande partie responsable de tout ça.

Alors pour ma mère, je change de vie, de ville et j'essaie de ne pas penser à ce que je laisse derrière moi, pour me concentrer sur ce que je vais retrouver.

J'ai tellement hâte de revoir Yama, ma grand-mère maternelle. Une femme d'une grande bonté, qui est arrivée d'Algérie en 1963, après la guerre, dans un pays qu'elle ne connaissait pas. *Yama* veut dire « maman » en arabe. C'est comme ça que tout le monde l'appelle car elle est le pilier de notre famille.

Ma mère est la deuxième de la fratrie. Il y a son grand frère Farès, ses deux petites sœurs Louisa et Inès, et le dernier de la famille, Rayane.

Ma grand-mère est une femme aimante, et je suis l'une des seules de ma génération à savoir parler en arabe avec elle. Bon, mon vocabulaire n'est pas étayé de mille mots, mais l'essentiel est là. Mon cœur s'apaise légèrement en pensant à nos retrouvailles et je sens mes paupières s'alourdir.

addictives

Romans déjà parus

Rose Becker
Le Bébé, mon milliardaire et moi (aussi en poche)
Torride, sexy & dangereux
Forever You – saisons 1 et 2
Dangerous

Phoebe Campbell
Lui résister… ou pas – l'intégrale
You Again
Single Daddy. Try Me if You Can

Mia Carre
Bad for You
Teach Me Everything
Charmant connard !

Mélodie Chavin
Campus Rules
Fucking Wedding

Sonia Eska
Ne me tente pas

Emma Green
Toi + Moi : L'un contre l'autre (aussi en poche)
Toi + Moi : Envers et contre tout (aussi en poche)
Toi + Moi : Seuls contre tous (aussi en poche)
Call Me Baby – volumes 1 et 2
Call Me Bitch
Love Me if You Can
Kiss Me if You Can
Bliss. Le faux journal d'une vraie romantique – volumes 1 et 2
Jeux interdits
Jeux insolents
Jeux imprudents
Une toute dernière fois
Fallait pas me chercher ! – volumes 1 et 2
Corps impatients (aussi en poche)
Cœurs insoumis (aussi en poche)
Âmes indociles (aussi en poche)
Cent facettes de Mr Diamonds – l'intégrale

Bliss. Le faux journal d'une vraie romantique – l'intégrale
(Im)parfait
Love Me if You Can – l'intégrale
Kiss Me if You Can – l'intégrale
It's Raining Love!
The Boy Next Room
Call Me Baby – l'intégrale
Call Me Bitch – l'intégrale
PS: Oublie-moi!
Fallait pas me chercher! – l'intégrale
Recherche coloc: emmerdeurs, râleurs, lovers… s'abstenir!
10 bonnes raisons de te détester!
Just 17
Love & Lies on Campus
Bien plus forte que toi!
If You Wanna Be My Lover…

Megan Harold
Breaking the Rules
Initiation with My Boss

Ludivine Hart
Arrogant & Tattooed

Amy Hopper
Gone Boy
Le Coloc

Julie Huleux
Alpha Player

Charlie Lazlo
Mon insupportable boss

Sienna Lloyd
Mords-moi!

Caroline Mongas
Mariage forcé. Un contrat indécent

June Moore
Étreinte – volumes 1 à 3

Zoé Murat
Stepbrother Love
Boss Me Around

Clara Oz
Arrogant

Gaëlle Sage
Kiss, Kill & Ride
Lost Rider

Ana Scott
Dark Ride
Last Ride
Vicious Ride
The Dominant
Evil Ride
Sensual Stepbrother
Un enfoiré mais un coup d'enfer!

Camilla Simon
Le voisin parfait est un enfoiré
Initiation with My Enemy
Le mec parfait est un inconnu… ou presque !

Ève Souliac
Sexy Mistake

Liv Stone
Love Lessons

Lisa Swann
Adore-moi ! – l'intégrale

Louise Valmont
Toi & moi, c'est compliqué!
Campus Initiation
Mon insupportable voisin !

Chloe Wilkox
Extreme Lover – l'intégrale
Immoral
Dominant Boss. Apprends-moi
The Virgin's Price

Luv

Romans déjà parus

Ana K. Anderson
Indompté
Scottish Bastard

Sophie Auger
Be with Me

Sonia Birdy
L'Initiation
Touchdown. Campus Star

Laura Black
Dark Initiation
Games of Desire
H.A.R.D. Hot, Arrogant, Rebelle, Déterminé
Sulfurous Bad Boy

Margot D. Bortoli
Too Young

Juliette Brunel
Delicious

Anne Cantore
Promets-moi. Louise et Marco

Sarina Cassint
Avec toi… peut-être
Insolent Boss

Mary Ann Davis
Coach Me Love

Gwen Delmas
Noël, toi & moi
Sex Friends. Pas de contraintes, que du plaisir !

Sarah Dheilm
Hot Reward

Eugénie Dielens
Imprévisible Boss

Cléa Dorian & Ninon Vars
Dark Love

Laurie Eschard
Love Naked

Lil Evans
Savage Rider
Crash & Burn
Boss Affair

Lou Garance
Can You Keep a Secret ?
Foutu coloc !

Alexandra Gonzalez
Shades of You

Erin Graham
Teach Me Love
The Boss
Secret Stepbrother
Strong Addiction
Coloc avec mon boss

Joh Harper
Crazy Love
Broken but Alive

Marie Hayle
Under Control
Lover Next Door

Ellie Jade
About Last Night

Emma S. James
Under the Rain

Lucie F. June
Fight with Darkness

Sara June
Rider in the Dark
Sexy Wild Rider

Emily Jurius
Love to Hate You

Allie Krown
High School Challenge

Marion Laurent
Mr Alpha

Pauline Libersart
Tiger. Entre ses griffes

Nina Loren
Breaking the Ice
Teach Me Again. Impossible Desire

Ella Lores
Mariée par accident à un connard arrogant rencontré la veille...
My Best Enemy

Jessica Lumbroso
Emma X. Secrète et insoumise

Lili Malone
Coloc avec un inconnu

Mila Marelli
Dark Man in Love
Crazy Wedding

Mag Maury
My Hipster Christmas

Alix Parks
Never Kiss the Boss

Jeanne Pears
Insupportable coloc
Colocs & Sex Friends
H.O.T. Hypnotique, Obstiné, Ténébreux
The Most Insolent Man

Alexia Perkins
Arrogant Fake Lover

Sophie S. Pierucci
L'Inconnu de l'ascenseur & Moi (aussi en poche)
My Stepbrother. L'initiation

Silvia Reed
Darkest. La dernière heure
Too Close

Anita Rigins
No Rules
My Rules

Avril Rose
Coffee, Sex & Law

Jana Rouze
Effet de vague – saisons 1, 2 et 3

Wendy Roy
Une seule fois (ou presque)

Ana Scott
À corps brisés

Léana Soal
Fight & Hope

Cara Solak
Perfect Obsession

Izia Soley
Fauve

Liv Stone
Initie-moi. Mes jours contre tes nuits

Lena K. Summers
Perfect Bad Boy
Donovan, roi des connards

Kaly Swann
Austin. Breathe with Me

Lily Tortay
Dance for Me

Flore Valier
Ta peau contre la mienne

Anna Wendell
Arrogant Bad Boy
Apprends-moi le désir
Colosse. Le maître du jeu

Mina Zadig
Just Sex & Tattoos
Arrogant Highlander

New adult addictives

Romans déjà parus

Sonia Birdy
California High School

Sianna Milano
High School Initiation

Isla A. Rowley
Toxic Games

addictives POCHE

Romans déjà parus

Rose Becker
Le Bébé, mon milliardaire et moi (aussi en grand format)

Marjorie Burbaud
The Campus Teacher

Phoebe Campbell
Tes ordres sont mes désirs

Olivia Dean
À lui, corps et âme – volumes 1 et 2

Lou Everly
Bad Boy Crush

Erin Graham
Nos amours contraires

Emma Green
Seul contre tous (aussi en grand format sous le titre *Toi + Moi : Seuls contre tous*)
L'un contre l'autre (aussi en grand format sous le titre *Toi + Moi : L'un contre l'autre*)
Envers et contre tout (aussi en grand format sous le titre *Toi + Moi : Envers et contre tout*)
Corps impatients (aussi en grand format)
Cœurs insoumis (aussi en grand format)
Âmes indociles (aussi en grand format)

Megan Harold
Sublime-moi !

Charlie Lazlo
Kiss Me I'm Famous

Jeanne Pears
Jamais avec mon coloc !

Sophie S. Pierucci
L'Inconnu de l'ascenseur & Moi (aussi en grand format)
Deep & Dark

Lise Robin
Forbidden Stepbrother

Alexane Tolley
The Boss Rules

Chloe Wilkox
Your Game, My Rules

Toxic Games
Isla A. Rowley

Elle est la reine du lycée. Il est nouveau et compte bien lui en faire baver !
Issue d'une famille aisée et puissante, Laria a tout de la typique reine de lycée : sûre d'elle, respectée, presque adulée. Seule ombre au tableau ? Enjel, le nouveau, rebelle aux répliques cinglantes. Un peu en retrait, il ne fait pas partie du même monde que les autres et n'a aucune envie de s'intégrer. Ce qu'il veut, en revanche, c'est faire plier Laria. Pour quelle raison ? Parce que derrière la façade de la parfaite Prom Queen, la jeune femme dissimule bien des secrets. Secrets que semble connaître Enjel. Ou du moins, c'est ce qu'il pense…
Entre Enjel et Laria commence alors une confrontation de plus en plus sensuelle, faite de défis et d'attirance, de haine et de passion. Au jeu des faux-semblants, qui du bad boy ou de la reine du lycée sortira vainqueur ?

Auteure : Sonia Birdy

Edisource – Éditions Addictives
100, rue Petit, 75019 Paris
Imprimé par FINIDR – Lipova cp. 1965 – 73 701 Cesky Tesin,
République tchèque
Dépôt légal : mars 2022 – Achevé d'imprimer : février 2022
ISBN : 978-2-37126-485-4
Réf. contrat : ZZAC_001